·中小学生阅读指导目录·

赵树理选集

赵树理／著

人民文学出版社

图书在版编目(CIP)数据

赵树理选集 / 赵树理著. —北京：人民文学出版社，2020
(中小学生阅读指导目录)
ISBN 978-7-02-016181-2

Ⅰ.①赵… Ⅱ.①赵… Ⅲ.①中篇小说—小说集—中国—当代②短篇小说—小说集—中国—当代 Ⅳ.①I247.7

中国版本图书馆 CIP 数据核字(2020)第 059762 号

责任编辑　付如初
装帧设计　李思安
责任印制　任　祎

出版发行　人民文学出版社
社　　址　北京市朝内大街 166 号
邮政编码　100705
网　　址　http://www.rw-cn.com

印　　刷　大厂回族自治县彩虹印刷有限公司
经　　销　全国新华书店等

字　　数　321 千字
开　　本　890 毫米×1290 毫米　1/32
印　　张　13　插页 1
印　　数　1—5000
版　　次　2002 年 1 月北京第 1 版
印　　次　2020 年 9 月第 1 次印刷

书　　号　978-7-02-016181-2
定　　价　42.00 元

如有印装质量问题，请与本社图书销售中心调换。电话：010-65233595

出 版 说 明

阅读是帮助人获取知识、培养正确的价值观、提高审美水平和增强表达能力的重要手段。中小学时期正值人生的成长阶段，培养良好的阅读习惯，保证一定的阅读量，会让每一个孩子受益无穷。为此，教育部基础教育课程教材发展中心组织研制了一套《中小学生阅读指导目录》，于2020年4月向全社会发布。

《指导目录》推荐的书目涵盖小学、初中、高中三个学段，分人文社科、文学、自然科学、艺术四类，总计三百种图书。其中文学类图书占一百五十种，充分体现了文学阅读在中小学生课外阅读中的重要地位。人民文学出版社是全国最大的文学专业出版机构，七十年来始终坚持以传播优秀文化为己任，立足经典，注重创新，在中外文学出版方面积累了丰厚的资源。《指导目录》推荐的绝大多数文学类图书，本社很早即已出版，且经多年修订、打磨，版本质量总体较高。为使《指导目录》发挥实际作用，尽力为广大中小学生、教师、家长选书提供"一站式"便捷服务，我社充分发挥自身优势，推出了这套"中小学生阅读指导目录"丛书。丛书收书约一百三十种，以推荐阅读的文学类图书为主，并在我们编辑力量允许的范围内,酌情选入了部分人文社科、艺术、自然科学类图书。

　　青少年代表着国家的未来和希望,少年强则国强。希望这套书常伴孩子们左右,对丰富他们的精神世界、提升各方面素质,能有切实帮助。

人民文学出版社编辑部

2020 年 5 月

目　次

前言 ·· 1

小二黑结婚 ······································· 1
李有才板话 ······································· 16
地板 ··· 57
李家庄的变迁 ····································· 63
孟祥英翻身 ······································· 176
福贵 ··· 191
催粮差 ··· 204
小经理 ··· 213
邪不压正 ··· 219
传家宝 ··· 257
田寡妇看瓜 ······································· 271
登记 ··· 273
刘二和与王继圣 ··································· 300
"锻炼锻炼" ······································· 353
套不住的手 ······································· 374
实干家潘永福 ····································· 384

前　言

赵树理（1906—1970），小说家，戏曲作家。他对文学艺术的民族化、大众化有卓越的贡献。

赵树理在中国现当代文学史上占有重要地位，是中国真正熟悉农村、热爱人民的杰出作家之一。他的作品，着眼于农村发生的巨大变革，植根于他的家乡太行山区，书写当地的民风民俗和生产劳动特征，书写他熟悉的田间地头的劳动人民。更重要的，他借用民间曲艺的技巧，用普通大众喜闻乐见的方式，将婚丧嫁娶、家长里短浓缩到脍炙人口的故事中，塑造了一系列新鲜活泼，既勤劳朴实、善良仁厚，又不乏落后保守思想的普通劳动者的形象。作品中充满着浓厚的乡土气息和朴素的家庭、家族和乡里社会的伦理。赵树理因此被誉为描写农民的"铁笔""圣手"，他开创的写农村、写乡民的美学风格被称为"山药蛋派"，并逐渐发展为中国现当代文学史上重要的文学流派之一。

本书中收录的都是赵树理小说的代表作，也是文学史上的名篇佳作，其中《小二黑结婚》《李有才板话》等均被改编为多种艺术形式，《田寡妇看瓜》《"锻炼锻炼"》等曾成为学生课外阅读和考试的话题。他塑造的一些"中间人物"，比如《小二黑结婚》里的三仙姑、二诸葛，《传家宝》里的成娘，《孟祥英翻身》里的婆婆，等等，作为家庭矛盾中的冲突一方,他们是封建宗法制的牺牲品,到了新时代,他们又成了落后的代表。赵树理用温和的笔触书写这类人,既指出了农民需要破除身上因袭的陈旧观念,又写出了农村变革的艰难和希望所在。

在这些小说中,赵树理发挥自己熟悉农村生活和农民心理的优势,真实表达农民的愿望和心声;同时,他也以经受"五四"新思想洗礼的知识分子的眼光,冷静而宽容地看待农民的弱点和落后性,温和地指出农村中存在的各种问题。他的写作接地气、懂民心,带有社会历史发展具体进程中的特点,同时也具有超越时代的生命力。尤其是赵树理的语言,平易近人、幽默活泼,写人状物常能捕捉最鲜明的特点,让人有身临其境、如见其人之感。

人民文学出版社从1952年开始出版赵树理的作品,曾先后出版《李有才板话》《李家庄的变迁》《小二黑结婚》的单行本,1958年出版《赵树理选集》,2005年出版《赵树理文集》。此外,在人民文学出版社的出版历史中,赵树理的小说先后进入包括"大学生必读""新文学碑林""中国当代长篇小说藏本""中国文库""中学红色文学经典阅读丛书""新中国70年70部长篇小说典藏"等多种重点丛书。

此次《赵树理选集》入选教育部《中小学生阅读指导目录》,是新一代的广大读者,尤其是青少年读者阅读、了解赵树理经典作品的良机,也是赵树理的艺术魅力在新的时代条件下进一步得到传承的良机。为此,我们收入了文学史上已经形成定论的赵树理的全部经典作品,旨在让读者通过一本书了解赵树理的创作成就和历史影响。优秀的文学作品生命力是永恒的,或许它所描写的具体历史时代会过时,但它对鲜活生活的描写、它所具有的美学魅力却永远不会过时。

人民文学出版社编辑部

小二黑结婚

一　神仙的忌讳

　　刘家峧有两个神仙,邻近各村无人不晓:一个是前庄上的二诸葛,一个是后庄上的三仙姑。二诸葛原来叫刘修德,当年做过生意,抬脚动手都要论一论阴阳八卦,看一看黄道黑道。三仙姑是后庄于福的老婆,每月初一十五都要顶着红布摇摇摆摆装扮天神。

　　二诸葛忌讳"不宜栽种",三仙姑忌讳"米烂了"。这里边有两个小故事:有一年春天大旱,直到阴历五月初三才下了四指雨。初四那天大家都抢着种地,二诸葛看了看历书,又掐指算了一下说:"今日不宜栽种。"初五日是端午,他历年就不在端午这天做什么,又不曾种;初六倒是个黄道吉日,可惜地干了,虽然勉强把他的四亩谷子种上了,却没有出够一半。后来直到十五才又下雨,别人家都在地里锄苗,二诸葛却领着两个孩子在地里补空子。邻家有个后生,吃饭时候在街上碰上二诸葛便问道:"老汉!今天宜栽种不宜?"二诸葛翻了他一眼,扭转头返回去了,大家就嘻嘻哈哈传为笑谈。

　　三仙姑有个女孩叫小芹。一天,金旺他爹到三仙姑那里问病,三仙姑坐在香案后唱,金旺他爹跪在香案前听。小芹那年才九岁,响午做捞饭,把米下进锅里了,听见她娘哼哼得很中听,站在桌前听了一会,把做饭也忘了。一会,金旺他爹出去小便,三仙姑趁空子向小芹说:"快去捞饭!米烂了!"这句话却不料就叫金旺他爹听见,回去就传开了。后来有些好玩笑的人,见了三仙姑就故意问别人:"米烂了没有?"

二 三仙姑的来历

三仙姑下神,足足有三十年了。那时三仙姑才十五岁,刚刚嫁给于福,是前后庄上第一个俊俏媳妇。于福是个老实后生,不多说一句话,只会在地里死受。于福的娘早死了,只有个爹,父子两个一上了地,家里就只留下新媳妇一个人。村里的年轻人们觉着新媳妇太孤单,就慢慢自动地来跟新媳妇做伴,不几天就集合了一大群,每天嘻嘻哈哈,十分红火。于福他爹看见不像个样子,有一天发了脾气,大骂一顿,虽然把外人挡住了,新媳妇却跟他闹起来。新媳妇哭了一天一夜,头也不梳,脸也不洗,饭也不吃,躺在炕上,谁也叫不起来,父子两个没了办法。邻家有个老婆替她请了一个神婆子,在她家下了一回神,说是三仙姑跟上她了,她也哼哼唧唧自称吾神长吾神短,从此以后每月初一十五就下起神来,别人也给她烧起香来求财问病,三仙姑的香案便从此设起来了。

青年们到三仙姑那里去,要说是去问神,还不如说是去看圣像。三仙姑也暗暗猜透大家的心事,衣服穿得更新鲜,头发梳得更光滑,首饰擦得更明,官粉搽得更匀,不由青年们不跟着她转来转去。

这是三十来年前的事。当时的青年,如今都已留下胡子,家里大半又都是子媳成群,所以除了几个老光棍,差不多都没有那些闲情到三仙姑那里去了。三仙姑却和大家不同，虽然已经四十五岁，却偏爱当个老来俏，小鞋上仍要绣花，裤腿上仍要镶边，顶门上的头发脱光了，用黑手帕盖起来，只可惜官粉涂不平脸上的皱纹，看起来好像驴粪蛋上下上了霜。

老相好都不来了，几个老光棍不能叫三仙姑满意，三仙姑又团结了一伙孩子们，比当年的老相好更多、更俏皮。

三仙姑有什么本领能团结这伙青年呢？这秘密在她女儿小芹身上。

三　小　芹

三仙姑前后共生过六个孩子，就有五个没有成人，只落了一个女儿，名叫小芹。小芹当两三岁时候，就非常伶俐乖巧，三仙姑的老相好们，这个抱过来说是"我的"，那个抱起来说是"我的"，后来小芹长到五六岁，知道这不是好话，三仙姑教她说："谁再这么说，你就说'是你的姑姑'。"说了几回，果然没有人再提了。

小芹今年十八了，村里的轻薄人说，比她娘年轻时候好得多。青年小伙子们，有事没事，总想跟小芹说句话。小芹去洗衣服，马上青年们也都去洗；小芹上树采野菜，马上青年们也都去采。

吃饭时候，邻居们端上碗爱到三仙姑那里坐一会，前庄上的人来回一里路，也并不觉得远。这已经是三十年来的老规矩，不过小青年们也这样热心，却是近二三年来才有的事。三仙姑起先还以为自己仍有勾引青年的本领，日子长了，青年们并不真正跟她接近，她才慢慢看出门道来，才知道人家来了为的是小芹。

不过小芹却不跟三仙姑一样：表面上虽然也跟大家说说笑笑，实际上却不跟人乱来，近二三年，只是跟小二黑好一点。前年夏天，有一天前晌，于福去地，三仙姑去串门，家里只留下小芹一个人。金旺来了,嬉皮笑脸向小芹说:"这会可算是个空子吧?"小芹板起脸来说:"金旺哥!咱们以后说话要规矩些!你也是娶媳妇大汉了!"金旺撇撇嘴说:"咦!装什么假正经?小二黑一来管保你就软了!有便宜大家讨开点,没事;要正经除非自己锅底没有黑!"说着就拉住小芹的胳膊悄悄说:"不用装模作样了!"不料小芹大声喊道:"金旺!"金旺赶紧放手跑出来。一边还咄念道:"等得住你!"说着就悄悄溜走了。

四　金旺弟兄

提起金旺来,刘家峧没有人不恨他,只有他一个本家兄弟名叫兴旺跟他对劲。

金旺他爹虽是个庄稼人,却是刘家峧一只虎,当过几十年老社首,捆人打人是他的拿手好戏。金旺长到十七八岁,就成了他爹的好帮手,兴旺也学会了帮虎吃食,从此金旺他爹想要捆谁,就不用亲自动手,只要下个命令,自有金旺兴旺代办。

抗战初年,汉奸敌探溃兵土匪到处横行,那时金旺他爹已经死了,金旺兴旺弟兄两个,给一支溃兵作了内线工作,引路绑票,讲价赎人,又做巫婆又做鬼,两头出面装好人。后来八路军来,打垮溃兵土匪,他两人才又回到刘家峧。

山里人本来就胆子小,经过几个月大混乱,死了许多人,弄得大家更不敢出头了。别的大村子都成立了村公所、各救会、武委会,刘家峧却除了县府派来一个村长以外,谁也不愿意当干部。不久,县里派人来刘家峧工作,要选举村干部,金旺跟兴旺两个人看出这又是掌权的机会,大家也巴不得有人愿干,就把兴旺选为武委会主任,把金旺选为村政委员,连金旺老婆也被选为妇救会主席,其他各干部,硬捏了几个老头子出来充数。只有青抗先队长,老头子充不得。兴旺看见小二黑这个小孩子漂亮好玩，随便提了一下名就通过了，他爹二诸葛虽然不愿，可是惹不起金旺，也没有敢说什么。

村长是外来的，对村里情形不十分了解，从此金旺兴旺比前更厉害了，只要瞒住村长一个人，村里人不论哪个都得由他两个调遣。这几年来，村里别的干部虽然调换了几个，而他两个却好像铁桶江山。大家对他两个虽是恨之入骨，可是谁也不敢说半句话，都恐怕扳不倒他们，自己吃亏。

五　小二黑

小二黑，是二诸葛的二小子，有一次反"扫荡"打死过两个敌人，曾得到特等射手的奖励。说到他的漂亮，那不只在刘家峻有名，每年正月扮故事，不论去到哪一村，妇女们的眼睛都跟着他转。

小二黑没有上过学，只是跟着他爹识了几个字。当他六岁时候，他爹就教他识字。识字课本既不是五经四书，也不是常识国语，而是从天干、地支、五行、八卦、六十四卦名等学起，进一步便学些《百中经》《玉匣记》《增删卜易》《麻衣神相》《奇门遁甲》《阴阳宅》等书。小二黑从小就聪明，像那些算属相、卜六壬课、念大小流年或"甲子乙丑海中金"等口诀，不几天就都弄熟了，二诸葛也常把他引在人前卖弄。因为他长得伶俐可爱，大人们也都爱跟他玩；这个说："二黑，算一算十岁属什么？"那个说："二黑，给我卜一课！"后来二诸葛因为说"不宜栽种"误了种地，老婆也埋怨，大黑也埋怨，庄上人也都传为笑谈，小二黑也跟着这事受了许多奚落。那时候小二黑十三岁，已经懂得好歹了，可是大人们仍把他当成小孩来玩弄，好跟二诸葛开玩笑的，一到了家，常好对着二诸葛问小二黑道："二黑！算算今天宜不宜栽种？"和小二黑年纪相仿的孩子们，一跟小二黑生了气，就连声喊道："不宜栽种不宜栽种……"小二黑因为这事，好几个月见了人躲着走，从此就和他娘商量成一气，再不信他爹的鬼八卦。

小二黑跟小芹相好已经二三年了。那时候他才十六七，原不过在冬天夜长时候，跟着些闲人到三仙姑那里凑热闹，后来跟小芹混熟了，好像是一天不见面也不能行。后庄上也有人愿意给小二黑跟小芹做媒人，二诸葛不愿意，不愿意的理由有三：第一小二黑是金命，小芹是火命，恐怕火克金；第二小芹生在十月，是个犯月；第三是三仙姑的声名不好。恰巧在这时候彰德府来了一伙难民，其中有个老李带来个八九岁的小姑娘，因为没有吃的，愿意把姑娘送给人家逃个活命。二诸葛说是个便宜，先问了一下生辰八字，掐算了半天说："千里姻缘使线牵。"就替小二黑收作童养媳。

虽然二诸葛说是千合适万合适，小二黑却不认账。父子俩吵了几天，二诸葛非养不行，小二黑说："你愿意养你就养着，反正我不要！"结果虽把小姑娘留下了，却到底没有说清楚算什么关系。

六　斗争会

金旺自从碰了小芹的钉子以后，每日怀恨，总想设法报一报仇。有一次武委会训练村干部，恰巧小二黑发疟疾没有去。训练完毕之后，金旺就向兴旺说："小二黑是装病，其实是被小芹勾引住了，可以斗争他一顿。"兴旺就是武委会主任，从前也碰过小芹一回钉子，自然十分赞成金旺的意见，并且又叫金旺回去和自己的老婆说一下，发动妇救会也斗争小芹一番。金旺老婆现任妇救会主席，因为金旺好到小芹那里去，早就恨得小芹了不得。现在金旺回去跟她说要斗争小芹，这才是巴不得的机会，丢下活计，马上就去布置，第二天，村里开了两个斗争会，一个是武委会斗争小二黑，一个是妇救会斗争小芹。

小二黑自己没有错,当然不承认,嘴硬到底。兴旺就下命令,把他捆起来送交政权机关处理。幸而村长脑筋清楚,劝兴旺说:"小二黑发疟是真的,不是装病,至于跟别人恋爱,不是犯法的事,不能捆人家。"兴旺说:"他已是有了女人的。"村长说:"村里谁不知道小二黑不承认他的童养媳。人家不承认是对的:男不过十六女不过十五,不到订婚年龄。十来岁小姑娘,长大也不会来认这笔账。小二黑满有资格跟别人恋爱,谁也不能干涉。"兴旺没话说了,小二黑反要问他:"无故捆人犯法不犯?"经村长双方劝解,才算放了完事。

兴旺还没有离村公所,小芹拉着妇救会主席也来找村长,她一进门就说:"村长!捉贼要赃,捉奸要双,当了妇救会主席就不说理了?"兴旺见拉着金旺的老婆,生怕说出这事与自己有关,赶紧溜走。后来村长问了问情由,费了好大一会唇舌,才给她们调解开。

七　三仙姑许亲

两个斗争会开过以后,事情包也包不住了,小二黑也知道这事是合理合法的了,索性就跟小芹公开商量起来。

三仙姑却着了急。她跟小芹虽是母女,近几年来却不对劲。三仙姑爱的是青年们,青年们爱的是小芹。小二黑这个孩子,在三仙姑看来好像鲜果,可惜多一个小芹,就没了自己的份儿。她本想早给小芹找个婆家推出门去,可是因为自己声名不正,差不多都不愿意跟她结亲。开罢斗争会以后,风言风语都说小二黑要跟小芹自由结婚,她想要真是那样的话,以后想跟小二黑说句笑话都不能了,那是多么可惜的事,因此托东家求西家要给小芹找婆家。

"插起招军旗，就有吃粮人。"有个吴先生是在阎锡山部下当过旅长的退职军官，家里很富，才死了老婆。他在奶奶庙大会上见过小芹一面，愿意续她，媒人向三仙姑一说，三仙姑当然愿意。不几天过了礼帖，就算定了，三仙姑以为了却一宗心事。

小芹已经和小二黑商量得差不多了，如何肯听她娘的话？过礼那一天，小芹跟她娘闹起来，把吴先生送来的首饰绸缎扔下一地。媒人走后，小芹跟她娘说："我不管！谁收了人家的东西谁跟人家去！"

三仙姑愁住了，睡了半天，晚饭以后，说是神上了身，打了两个呵欠就唱起来。她起先责备于福管不了家，后来说小芹跟吴先生是前世姻缘，还唱些什么"前世姻缘由天定，不顺天意活不成……"于福跪在地下哀求，神非教他马上打小芹一顿不可。小芹听了这话，知道跟这个装神弄鬼的娘说不出什么道理来，干脆躲了出去，让她娘一个人胡说。

小芹一个人悄悄跑到前庄上去找小二黑，恰在路上碰上小二黑去找她，两个就悄悄拉着手到一个大窑里去商量对付三仙姑的法子。

八　拿双

小芹把她娘怎样主婚怎样装神，唱些什么，从头至尾细细向小二黑说了一遍，小二黑说："不用理她！我打听过区上的同志，人家说只要男女本人愿意，就能到区上登记，别人谁也做不了主……"说到这里，听见外边有脚步声，小二黑伸出头来一看，黑影里站着四五个人，有一个说："拿双拿双！"他两人都听出是金旺的声音，小二黑起了火，大叫道："拿？没有犯了法！"兴旺也来了，下命令道："捉住捉住！我就看你犯法不犯法，给你操了好几天心了!"小二黑说:"你说去哪里咱就去哪里,到边区政府你也不能把谁怎么样!走!"兴旺说:"走?便宜了你!把他捆起来!"小二黑挣扎了一会,无奈没有他们人多,终于被他们七手八脚打了一顿捆起来了。兴旺说:"里边还有个女的,也捆起来!捉奸要双,这是她自己说的!"说着就把小芹也捆起来了。

前庄上的人都还没有睡,听见有人吵架,有些人就跑出来看,麻秆火把下看见捆着的两个人,大家不问就都知道了八九分。二诸葛也出来了,见小二黑被人家捆起来,就跪在兴旺面前哀求道:"兴旺!咱两家没有什么仇!看在我老汉面上,请你们诸位高高手……"兴旺说:"这事情,我们管不了,送给上级再说吧!"小二黑说:"爹!你不用管!送到哪里也不犯法!我不怕他!"兴旺说:"好小子!要硬你就硬到底!"又逼住三个民兵说:"带他们走!"一个民兵问:"带到村公所?"兴旺说:"还到村公所干什么?上一回不是村长放了的?送给区武委会主任按军法处理!"说着就把他两个人拥上走了。

九　二诸葛的神课

邻居们见是兴旺弟兄们捆人,也没有人敢给小二黑讲情,直等到他们走后,才把二诸葛招呼回家。

二诸葛连连摇头说:"唉!我知道这几天要出事啦:前天早上我上地去,才上到岭上,碰上个骑驴媳妇,穿了一身孝,我就知道坏了。我今年是罗睺星照运,要谨防戴孝的冲了运气,因此哪里也不敢去,谁知躲也躲不过?昨天晚上二黑他娘梦见庙里唱戏。今天早上一个老鸦落在东房上叫了十几声……唉!反正是时运,躲也躲不过。"他啰哩啰嗦念了一大堆,邻居们听了有些厌烦,又给他说了一会宽心话,就都散了。

有事人哪里睡得着？人散了之后，二诸葛家里除了童养媳之外，三个人谁也没有睡。二诸葛摸了摸脸，取出三个制钱占了一卦，占出之后吓得他面色如土。他说："了不得呀了不得！丑土的父母动出午火的官鬼，火旺于夏，恐怕有些危险了。唉！人家把他选成青年队长，我就说过不叫他当，小杂种硬要充人物头！人家说要按军法处理，要不当队长哪里犯得了军法？"老婆也拍手跺脚道："小爹呀！谁知道你要闯这么大的事啦？"大黑劝道："甭怕！事已经出下了，由他去吧！我想这又不是人命事，也犯不了什么大罪！既然他们送到区上了，我先到区上打听打听！你们都睡吧！"说着点了个灯笼就走了。

　　二诸葛打发大黑去后，仍然低头细细研究方才占的那一卦。停了一会，远远听着有个女人哭，越哭越近，不大一会就来到窗下，一推门就进来了。二诸葛还没有看清是谁，这女人就一把把他拉住，带哭带闹说："刘修德！还我闺女！你的孩子把我的闺女勾引到哪里了？还我……"二诸葛老婆正气得死去活来，一看见来的是三仙姑，正赶上出气，从炕上跳下来拉住她道："你来了好！省得我去找你！你母女两个好生生把我个孩子勾引坏，你倒有脸来找我！咱两人就也到区上说说理！"两个女人滚成一团，二诸葛一个人拉也拉不开，也再顾不上研究他的卦。三仙姑见二诸葛老婆已经不顾了命，自己先胆怯了几分，不敢恋战，少闹了一会挣脱出来就走了。二诸葛老婆追出门来，被二诸葛拦回去，还骂个不休。

十　恩典恩典

　　二诸葛一夜没有睡，一遍一遍念："大黑怎么还不回来，大黑怎么还不回来。"第二天天不明就起程往区上走，走到半路，远远看见大黑、三个民兵已都回来了，还来了区上一个助理员、一个交通员。他远远就喊叫道:"大黑!怎么样?要紧不要紧?"大黑说:"没有事!不怕!"说着就走到跟前,助理员跟三个民兵先走了。大黑告交通员说:"这就是我爹!"又向二诸葛说:"区上添传你跟于福老婆。你去吧,没有事!二黑跟小芹两个人,一到区上就放开了。区上早就说兴旺跟金旺两个人不是东西,已经把他两个人押起来了,还派助理员到咱村开大会调查他们横行霸道的证据。我赶到那里人家就问罢了,听说区上还许咱二黑跟小芹结婚。"二诸葛说:"不犯罪就好,结婚可不行,命相不对!你没有听说添传我做什么?"大黑说:"不知道,大约也没有什么大事。你去吧,我先回去告我娘说。"交通员说:"老汉!这就算见了你了!你去吧,我再传那一个去!"说了就跟大黑相跟着走了。

  二诸葛到了区上,看见小二黑跟小芹坐在一条板凳上,他就指着小二黑骂道:"闯祸东西!放了你你还不快回去?你把老子吓死了!不要脸!"区长道:"干什么?区公所是骂人的地方?"二诸葛不说话了。区长问:"你就是刘修德?"二诸葛答:"是!"问:"你给刘二黑收了个童养媳?"答:"是!"问:"今年几岁了?"答:"属猴的,十二岁了。"区长说:"女不过十五岁不能订婚,把人家退回娘家去,刘二黑已经跟于小芹订婚了!"二诸葛说:"她只有个爹,也不知逃难逃到哪里去了,退也没处退。女不过十五不能订婚,那不过是官家规定,其实乡间七八岁订婚的多着哩。请区长恩典恩典就过去了……"区长说:"凡是不合法的订婚,只要有一方面不愿意都得退!"二诸葛说:"我这是两家情愿!"区长问小二黑道:"刘二黑!你愿意不愿意?"小二黑说:"不愿意!"二诸葛的脾气又上来了,瞪了小二黑一眼道:"由你啦?"区长道:"给他订婚不由他,难道由你啦?老汉!如今是婚姻自主,由不得你了,你家养的那个小姑娘,要真是没有娘家,就算成你的闺女好了。"二诸葛道:"那也可以,不过还得请区长恩典恩典,不能叫他跟于福这闺女订婚!"区长说:"这你就管不着了!"二诸葛发急道:"千万请区长恩典恩典,命相不对,这是一辈子的事!"又向小二黑道:"二黑!你不要糊涂了!这是你一辈子的事!"区长道:"老汉!你不要糊涂了;强逼着你十九岁的孩子娶上个十二岁的小姑娘,恐怕要生一辈子气!我不过是劝一劝你,其实只要人家两个人愿意,你愿意不愿意都不相干。回去吧!童养媳没处退就算成你的闺女!"二诸葛还要请区长"恩典恩典",一个交通员把他推出来了。

十一　看看仙姑

　　三仙姑去寻二诸葛,一来为的是逗逗闹气的本领,二来为的是遮遮外人的耳目,其实让小芹吃一吃亏她很高兴,所以跟二诸葛老婆闹了一阵之后,回去就睡了。第二天早上,她起得很迟,于福虽比她着急,可是自己既没有主意,又不敢叫醒她,只好自己先去做饭,饭快成的时候,三仙姑慢慢起来梳妆,于福问她道:"不去打听打听小芹?"她说:"打听她做甚啦?她的本领多大啦?"于福也再没有敢说什么,把饭菜做成了放在炉边等,直等到她梳妆罢了才开饭。

　　饭还没有吃罢,区上的交通员来传她。她好像很得意,嗓子拉得长长地说:"闺女大了咱管不了,就去请区长替咱管教管教!"她吃完了饭,换上新衣服、新手帕、绣花鞋、镶边裤,又擦了一次粉,加了几件首饰,然后叫福给她备上驴,她骑上,于福给她赶上,往区上去。

　　到了区上。交通员把她引到区长房子里,她趴下就磕头,连声叫道:"区长老爷,你可要给我作主!"区长正伏在桌上写字,见她低着头跪在地下,头上戴了满头银首饰,还以为是前两天跟婆婆生了气的那个年轻媳妇,便说道:"你婆婆不是有保人吗?为什么不找保人?"三仙姑莫名其妙,抬头看了看区长的脸。区长见是个擦着粉的老太婆,才知道是认错人了。交通员道:"认错人了!这就是于小芹的娘!"区长打量了她一眼道:"你就是小芹的娘呀?起来!不要装神作鬼!我什么都清楚!起来!"三仙姑站起来了。区长问:"你今年多大岁数?"三仙姑说:"四十五。"区长说:"你自己看看你打扮得像个人不像?"门边站着老乡一个十来岁的小闺女嘻嘻嘻笑了。交通员说:"到外边耍!"小闺女跑了。区长问:"你会下神是不是?"三仙姑不敢答话。区长问:"你给你闺女找了个婆家?"三仙姑答:"找下了!"问:"使了多少钱?"答:"三千五!"问:"还有些什么?"答:"有些首饰布匹!"问:"跟你闺女商量过没有?"答:"没有!"问:"你闺女愿意不愿意?"答:"不知道!"区长道:"我给你叫来你亲自问问她!"又向交通员道:"去叫于小芹!"

刚才跑出去那个小闺女,跑到外边一宣传,说有个打官司的老婆,四十五了,擦着粉,穿着花鞋。邻近的女人们都跑来看,挤了半院,唧唧哝哝说:"看看!四十五了!""看那裤腿!""看那鞋!"三仙姑半辈没有脸红过,偏这会撑不住气了,一道道热汗在脸上流。交通员领着小芹来了,故意说:"看什么?人家也是个人吧,没有见过?闪开路!"一伙女人们哈哈大笑。

把小芹叫来,区长说:"你问问你闺女愿意不愿意!"三仙姑只听见院里人说:"四十五""穿花鞋",羞得只顾擦汗,再也开不得口。院里的人们忽然又转了话头,都说"那是人家的闺女""闺女不如娘会打扮",也有人说"听说还会下神",偏又有个知道底细的断断续续讲"米烂了"的故事;这时三仙姑恨不得一头碰死。

区长说:"你不问我替你问!于小芹,你娘给你找的婆家你愿意跟人家结婚不愿意?"小芹说:"不愿意!我知道人家是谁?"区长向三仙姑道:"你听见了吧?"又给她讲了一会婚姻自主的法令,说小芹跟小二黑订婚完全合法,还吩咐她把吴家送来的钱和东西原封退了，让小芹跟小二黑结婚。她羞愧之下，一一答应了下来。

十二　怎么到底

三个民兵回到刘家峧，一说区上把兴旺金旺二人押起来，又派助理员来调查他们的罪恶，真是人人拍手称快。午饭后，庙里开一个群众大会，村长报告了开会宗旨，就请大家举他两个人的作恶事实。起先大家还怕扳不倒人家，人家再返回来报仇，老大一会没有人说话，有几个胆子太小的人，还悄悄劝大家说："忍事者安然。"有个被他两人作践垮了的年轻人说："我从前没有忍过？越忍越不得安然！你们不说我说！"他先从金旺领着土匪到他家绑票说起，一连说了四五款，才说道："我歇歇再说，先让别人也说几款！"他一说开了头，许多受过害的人也都抢着说起来：有给他们花过钱的，有被他们逼着上过吊的，也有产业被他们霸了的，老婆被他们奸淫过的。他两人还派上民兵给他们自己割柴，拨上民夫给他们自己锄地；浮收粮，私派款，强迫民兵捆人……你一宗他一宗，从晌午说到太阳落，一共说了五六十款。

区上根据这些罪状把他两人送到县里，县里把罪状一一证实之后，除叫他们赔偿大家损失外，又判了十五年徒刑。

经过这次大会之后，村里人也都敢出头了。不久，村干部又都经过大改选，村里人再也不敢乱投坏人的票了。这期间，金旺老婆自然也落了选。偏她还变了口吻，说："以后我也要进步了。"

两个神仙也有了变化：

三仙姑那天在区上被一伙妇女围住看了半天，实在觉着不好意思，回去对着镜子研究了一下，真有点打扮得不像话；又想到自己的女儿快要跟人结婚，自己还卖什么老俏？这才下了个决心，把自己的打扮从顶到底换了一遍，弄得像个当长辈人的样子，把三十年来装神弄鬼的那张香案也悄悄拆去。

　　二诸葛那天从区上回去，又向老婆提起二黑跟小芹的命相不对，他老婆道："把你的鬼八卦收起吧！你不是说二黑这回了不得吗？你一辈子放个屁也要卜一课，究竟抵了些什么事？我看小芹蛮不错，能跟咱二黑过就很好！什么命相对不对？你就不记得'不宜栽种'？"二诸葛见老婆都不信自己的阴阳，也就不好意思再到别人跟前卖弄他那一套了。

　　小芹和小二黑各回各家，见老人们的脾气都有些改变，托邻居们趁势和说和说，两位神仙也就顺水推舟同意他们结婚。后来两家都准备了一下，就过门。过门之后，小两口都十分得意，邻居们都说是村里第一对好夫妻。

　　夫妻俩在自己卧房里有时候免不了说玩话：小二黑好学三仙姑下神时候唱"前世姻缘由天定"，小芹好学二诸葛说"区长恩典，命相不对"。淘气的孩子们去听窗，学会了这两句话，就给两位神仙加了新外号：三仙姑叫"前世姻缘"，二诸葛叫"命相不对"。

1943年5月写于太行

李有才板话

一　书名的来历

阎家山有个李有才,外号叫"气不死"。

这人现在有五十多岁,没有地,给村里人放牛,夏秋两季捎带看守村里的庄稼。他只是一身一口,没有家眷。他常好说两句开心话,说是"吃饱了一家不饥,锁住门也不怕饿死小板凳"。村东头的老槐树底有一孔土窑还有三亩地,是他爹给留下的,后来把地押给阎恒元,土窑就成了他的全部产业。

阎家山这地方有点古怪:村西头是砖楼房,中间是平房,东头的老槐树下是一排二三十孔土窑。地势看来也还平,可是从房顶上看起来,从西到东却是一道斜坡。西头住的都是姓阎的;中间也有姓阎的也有杂姓,不过都是些在地户;只有东头特别,外来的开荒的占一半,日子过倒霉了的杂姓,也差不多占一半,姓阎的只有三家,也是破了产卖了房子才搬来的。

李有才常说:"老槐树底的人只有两辈——一个'老'字辈,一个'小'字辈。"这话也只是取笑:他说的"老"字辈,就是说外来的开荒的,因为这些人的名字除了闾长派差派款在条子上开一下以外,别的人很少留意,人叫起来只是把他们的姓上边加个"老"字,像老陈、老秦、老常……等。他说的"小"字辈,就是其余的本地人,因为这地方人起乳名,常把前边加个"小"字,像小顺、小保……等。可是西头那些大户人家,都用的是官名,有乳名别人也不敢叫——比方老村长阎恒元乳名叫"小囤",别人对上人家不只不敢叫"小囤",就是该说"谷囤"也只得说成"谷仓",谁还好意思说出"囤"字来?一到了老槐树底,风俗大变,活八十岁也只能叫小什么,小什么,你就起上个官名也使不出去——比方陈小元前几年请柿子洼老先生给起了个官名叫"陈万昌",回来虽然请闾长在闾账上改过了,可是老村长看账时候想不起这"陈万昌"是谁,问了一下闾长,仍然提起笔来给他改成陈小元。因为有这种关系,老槐树底的本地人,终于还都是"小"字辈。李有才自己,也只能算"小"字辈人,不过他父母是大名府人,起乳名不用"小"字,所以从小就把他叫成"有才"。

在老槐树底,李有才是大家欢迎的人物,每天晚上吃饭时候,没有他就不热闹。他会说开心话,虽是几句平常话,从他口里说出来就能引得大家笑个不休。他还有个特别本领是编歌子,不论村里发生件什么事,有个什么特别人,他都能编一大套,念起来特别顺口。这种歌,在阎家山一带叫"圪溜嘴",官话叫"快板"。

比方说:西头老户主阎恒元,在抗战以前年年连任村长,有一年改选时候,李有才给他编了一段快板道:

村长阎恒元,一手遮住天,
自从有村长,一当十几年。
年年要投票,嘴说是改选,
选来又选去,还是阎恒元。
不如弄块板,刻个大名片,
每逢该投票,大家按一按,

人人省得写，年年不用换，
　　用他百把年，管保用不烂。

　　恒元的孩子是本村的小学教员，名叫家祥，一九三〇年在县里的简易师范毕业。这人的相貌不大好看，脸像个葫芦瓢子，说一句话眨十来次眼皮。不过人不可以貌取，你不要以为他没出息，其实一肚肮脏计，谁跟他共事也得吃他的亏。李有才也给他编过一段快板道：

　　鬼眨眼，阎家祥，
　　眼睫毛，二寸长，
　　大腮蛋，塌鼻梁，
　　说句话儿眼皮忙。
　　两眼一忽闪，
　　肚里有主张，
　　强占三分理，
　　总要沾些光。
　　便宜占不足，
　　气得脸皮黄，
　　眼一挤，嘴一张，
　　好像母猪打哼哼！

　　像这些快板，李有才差不多每天要编，一方面是他编惯了觉着口顺，另一方面是老槐树底的年轻人吃饭时候常要他念些新的，因此他就越编越多。他的新快板一念出来，东头的年轻人不用一天就都传遍了，可是想传到西头就不十分容易。西头的人不论老少，没事总不到老槐树底来闲坐，小孩们偶尔去老槐树底玩一玩，大人知道了往往骂道："下流东西！明天就要叫你到老槐树底去住啦！"有这层隔阂，有才的快板就很不容易传到西头。

抗战以来,阎家山有许多变化,李有才也就跟着这些变化作了些新快板,又因为作快板遭过难。我想把这些变化谈一谈,把他在这些变化中作的快板也抄他几段,给大家看看解个闷,结果就写成这本小书。

作诗的人,叫"诗人";说作诗的话,叫"诗话"。李有才作出来的歌,不是"诗",明明叫做"快板",因此不能算"诗人",只能算"板人"。这本小书既然是说他作快板的话,所以叫做《李有才板话》。

二 有才窑里的晚会

李有才住的一孔土窑,说也好笑,三面看来有三变,门朝南开,靠西墙正中有个炕,炕的两头还都留着五尺长短的地面。前边靠门这一头,盘了个小灶,还摆着些水缸、菜瓮、锅、匙、碗、碟;靠后墙摆着些筐子、箩头,里面装的是村里人送给他的核桃、柿子(因为他是看庄稼的,大家才给他送这些);正炕后墙上,就炕那么高,打了个半截套窑,可以铺半条席子:因此你要一进门看正面,好像个小山果店;扭转头看西边,好像石菩萨的神龛;回头来看窗下,又好像小村子里的小饭铺。

到了冷冻天气,有才好像一炉火——只要他一回来,爱取笑的人们就围到他这土窑里来闲谈,谈起话来也没有什么题目,扯到哪里算哪里。这年正月二十五日,有才吃罢晚饭,邻家的青年后生小福,领着他的表兄就开开门走进来。有才见有人来了,就点起墙上挂的麻油灯。小福先向他表兄介绍道:"这就是我们这里的有才叔!"有才在套窑里坐着,先让他们坐到炕上,就向小福道:"这是哪里的客?"小福道:"是我表兄!柿子洼的!"他表兄虽然年轻,却很精干,就谦虚道:"不算客,不算客!我是十六晚上在这里看戏,见你老叔唱焦光普唱得那样好,想来领领教!"有才笑了一笑又问道:"你村的戏今年怎么不唱了?"小福的表兄道:"早了赁不下箱,明天才能唱!"有才见他说起唱戏,劲上来了,就不客气地讲起来。他讲:"这焦光普,虽说是个丑,可是个大角色,唱就得唱出劲来!"说着就举起他的旱烟袋算马鞭子,下边虽然坐着,上边就抢打起来,一边抢着一边道:"一出场:当当当当当令×令当令×令……当令×各拉打打当!"他煞住第一段家伙,正预备接着打,门"啪"一声开了,走进来个小顺,拿着两个软米糕道:"慢着老叔!防备着把锣打破了!"说着走到炕边把胳膊往套窑里一展道:"老叔!我爹请你尝尝我们的糕!"(阴历正月二十五,此地有个节叫"添仓",吃黍米糕)有才一边接着一边谦让道:"你们自己吃吧!今天煮得都不多!"说着接过去,随便让了让大家,就吃起来。小顺坐到炕上道:"不多吧总不能像启昌老婆,过个添仓,派给人家小旦两个糕!"小福道:"雇不起长工不雇吧,雇得起管不起吃?"有才道:"启昌也还罢了,老婆不是东西!"小福的表兄问道:"哪个小旦?就是唱国舅爷那个?"小福道:"对!老得贵的孩子给启昌住长工。"小顺道:"那么可比他爹那人强一百二十分!"有才道:"那还用说?"小福的表兄悄悄问小福道:"老得贵怎么?"他虽说得很低,却被小顺听见了,小顺道:"那是有歌的!"接着就念道:

  张得贵,真好汉,
  跟着恒元舌头转:
  恒元说个"长",
  得贵说"不短";
  恒元说个"方",
  得贵说"不圆";
  恒元说"砂锅能捣蒜",
  得贵就说"打不烂";

恒元说"公鸡能下蛋",
得贵就说"亲眼见"。
要干啥,就能干,
只要恒元嘴动弹!

他把这段快板念完,小福听惯了,不很笑。他表兄却嘻嘻哈哈笑个不了。

小顺道:"你笑什么?得贵的好事多着哩!那是我们村里有名的吃烙饼干部。"小福的表兄道:"还是干部啦?"小顺道:"农会主席!官也不小。"小福的表兄道:"怎么说是吃烙饼干部?"小顺说:"这村跟别处不同:谁有个事到公所说说,先得十几斤面五斤猪肉,在场的每人一斤面烙饼,一大碗菜,吃了才说理。得贵领一份烙饼,总得把每一张烙饼都挑过。"小福的表兄道:"我们村里早二三年前说事就不兴吃喝了。"小顺道:"人家哪一村也不兴了,就这村怪!这都是老恒元的古规。老恒元今天得个病死了,明天管保就吃不成了。"

正说着,又来了几个人:老秦①、小元、小明、小保。一进门,小元喊道:"大事情!大事情!"有才忙道:"什么?什么?"小明答道:"老哥!喜富的村长撤差了!"小顺从炕上往地下一跳道:"真的?再唱三天戏!"小福道:"我也算数!"有才道:"还有今天?我当他这饭碗是铁箍箍住了!谁说的?"小元道:"真的!章工作员来了,带着公事!"小福的表兄问小福道:"你村人跟喜富的仇气就这么大?"小顺道:"那也是有歌的:

一只虎,阎喜富,
吃吃喝喝有来路;

---

① 即小福的爹。

当过兵,卖过土,
　　又偷牲口又放赌,
　　当牙行,卖寡妇……
　　什么事情都敢做。
　　惹下他,防不住,
　　人人见了满招呼!

你看仇恨大不大?"小福的表兄听罢才笑了一声,小明又拦住告诉他道:"柿子洼客你是不知道!他念的那还是说从前,抗战以后这东西趁着兵荒马乱抢了个村长,就更了不得了,有恒元那老不死给他撑腰,就没有他干不出来的事,屁大点事弄到公所,也是桌面上吃饭,袖筒里过钱,钱淹不住心,说捆就捆,说打就打,说教谁倾家败产谁就没法治。逼得人家破了产,老恒元管'贱钱二百',买房买地。老槐树底这些人,进了村公所,谁也不敢走到桌边。三天两头出款,谁敢问问人家派的是什么钱;人家姓阎的一年四季也不见走一回差,有差事都派到老槐树底,谁不是荒着地给人家支?……你是不知道,坏透了坏透了!"有才低声问道:"为什么事撤了的?"小保道:"这可还不知道,大概是县里调查出来的吧?"有才道:"光撤了差放在村里还是大害,什么时候毁了他才能算干净,可不知道县里还办他不办?"小保道:"只要把他弄下台,攻他的人可多啦!"

　　远远有人喊道:"明天到庙里选村长啦,十八岁以上的人都得去……"一连声叫喊,声音越来越近,小福听出来了,便向大家道:"是得贵!还听不懂他那贱嗓?"进来了,就是得贵。他一进来,除了有才是主人,随便打了个招呼,其余的人都没有说话,小福小顺彼此挤了挤眼。得贵道:"这里倒热闹!省得我跑!明天选村长啦,凡年满十八岁者都去!"又把嗓子放得低低的:"老村长的意思叫选广聚!谁不在这里,你们碰上告诉给他们一声!"说着抽身就走了,他才一出门,小顺抢着道:"吃烙饼去吧!"小元道:"吃屁吧!

章工作员还在这里住着啦,饼恐怕烙不成!"老秦埋怨道:"人家听见了!"小元道:"怕什么?就是故意叫他听啦。"小保道:"他也学会打官腔了:'凡年满十八岁者'……"小顺道:"还有'老村长的意思'。"小福道:"假大头这回要变真大头啦呀!"小福的表兄问小福道:"谁是假大头?"小顺抢着道:"这也有歌:

刘广聚,假大头:

一心要当人物头,

抱粗腿,借势头,

拜认恒元干老头。

大小事,强出头,

说起话来歪着头。

从西头,到东头,

放不下广聚这颗头。

一念歌你就清楚了。"小福的表兄觉着很奇怪,也没有顾上笑,又问道:"怎么你村有这么多的歌?"小顺道:"提起西头的人来,没有一个没歌的,连那一个女人脸上有麻子都有歌。不只是人,每出一件新事,隔不了一天就有歌出来了。"又指着有才道:"有我们这位老叔,你想听歌很容易!要多少有多少!"

小元道:"我看咱们也不用管他'老村长的意思'不意思,明天偏给他放个冷炮,揽上一伙人选别人,偏不选广聚!"老秦道:"不妥不妥,指望咱老槐树底人谁得罪起老恒元?他说选广聚就选广聚,瞎惹那些气有什么好处?"小元道:"你这老汉真见不得事!只怕柿叶掉下来碰破你的头,你不敢得罪人家,也还不是照样替人家支差出款?"老秦这人有点古怪,只要年轻人一发脾气,他就不说话了。小保向小元道:"你说得对,这一回真是该扭扭劲,要是再选上个广聚还不是仍出不了恒元老家伙的手吗?依我说咱们老槐树底的人这回就出出头,就是办不好也比搓在他们脚板底强得多!"小保这么一说,大家都同意,只是决定不了该选谁好。依小元说,小保就可以办;老陈觉得要是选小明,票数会更多一些;小明却说在大场面上说个话还是小元有两下子。李有才道:"我说个公道话吧:要是选小明老弟,保管票数最多,可是他老弟恐怕不能办;他这人太好,太直,跟人家老恒元那伙人斗个什么事恐怕没有人家的心眼多。小保领过几年羊①。在外边走的地方也不少,又能写能算,办倒没有什么办不了,只是他一家五六口子全靠他一个人吃饭,真也有点顾不上。依我说,小元可以办,小保可以帮他记一记账,写个什么公事……"这个意见大家赞成了。小保向大家道:"要那样咱们出去给他活动活动!"小顺道:"对!宣传宣传!"说着就都往外走。老秦着了急,叫住小福道:"小福!你跟人家逞什么能?给我回去!"小顺拉着小福道:"走吧走吧!"又回头向老秦道:"不怕!丢了你小福我包赔!"说了就把小福拉上走了。老秦赶紧追出来连声喊叫,也没有叫住,只好领上外甥②回去睡觉。

窑里丢下有才一个人,也就睡了。

三　打　虎

第二天吃过早饭,李有才放出牛来预备往山坡上送,小顺拦住他道:"老叔你不要走了!多一票算一票!今天还许弄成,已经给小元弄到四十多票了。"有才道:"误不了!我把牛送到椒洼就回来。这时候又不怕吃了谁的庄稼!章工作员开会,一讲话还不是一大晌?误不了!"小顺道:"这一回是选举会,又不是讲话会。"有

---

① 就是当羊经理。
② 小福的表兄。

才道:"知道!不论什么会,他在开头总要讲几句'重要性'啦,'什么的意义及其价值'啦,光他讲讲这些我就回来了!"小顺道:"那你去吧!可不要叫误了!"说着就往庙里去了。

庙里还跟平常开会一样,章工作员、各干部坐在拜厅上,群众站在院里,不同的只是因为喜富撤了差,大家要看看他还威风不威风,所以人来得特别多。

不大一会,人到齐了,喜富这次当最后一回主席。他虽然沉着气,可是嗓子究竟有点不自然,说了几句客气话,就请章工作员讲话,章工作员这次也跟从前说话不同了,也没有讲什么"意义"与"重要性",直截了当说道:"这里的村长,犯了一些错误,上级有命令叫另选。在未选举以前,大家对旧村长有什么意见,可以提一提。"大家对喜富的意见,提一千条也有,可是一来没有准备,二来碍于老恒元的面子,三来差不多都怕喜富将来记仇,因此没有人敢马上出头来提,只是交头接耳商量。有的说"趁此机会不治他,将来是村上的大害",有的说"能送死他自然是好事,送不死,一旦放虎归山必然要伤人"……议论纷纷,都没有主意。有个马凤鸣,当年在安徽卖过茶叶,是张启昌的姐夫,在阎家山下了户。这人走过大地方,开通一点,不像阎家山人那么小心小胆。喜富当村长的第一年,随便欺压村民,有一次压迫到他头上,当时惹不过,只好忍过去。这次喜富已经下了台,他想趁势算一下旧账,便悄悄向几个人道:"只要你们大家有意见愿意提,我可以打头一炮!"马凤鸣说愿意打头一炮,小元先给他鼓励道:"提吧!你一提我接住就提,说开头多着哩!"他们正商量着,章工作员在台上等急了,便催道:"有没有?再限一分钟!"马凤鸣站起来道:"我有个意见:我的地上边是阎五的坟地,坟地堰上的荆条、酸枣树,一直长到我的地后,遮住半块地不长庄稼。前年冬天我去砍了一砍,阎五说出话来,报告到村公所,村长阎喜富给我说的,叫我杀了一口猪给阎五祭祖,又出了二百斤面叫所有的阎家人大吃一顿,罚了我五百块钱,永远不准我在地后砍荆条和酸枣树。猪跟面大家算吃了,钱算我出了,我都能忍过去不追究,只是我种地出着负担永远叫给人家长荆条和酸枣树,我觉着不合理。现在要换村长,我请以后开放这个禁令!"章工作员好像有点吃惊,问大家道:"真有这事?"除了姓阎的,别人差不多齐声答道:"有!"有才也早回来了,听见是说这事,也在中间发冷话道:"比那更气人的事还多得多!"小元抢着道:"我也有个意见!"接着说了一件派差事。两个人发言以后,意见就多起来,你一款我一款,无论是花黑钱、请吃饭、打板子、罚苦工……只要是喜富出头作的坏事,差不多都说出来了,可是与恒元有关系的事差不多还没人敢提,直到响午,意见似乎没人提了,章工作员气得大瞪眼,因为他常在这里工作,从来也不会想到有这么多的问题。他向大家发命令道:"这个好村长!把他捆起来!"一说捆喜富,当然大家很有劲,也不知道上来多少人,七手八脚把他捆成了个倒缚兔。他们问送到哪里,章工作员道:"且捆到下面的小屋里,拨两个人看守着,大家先回去吃饭,吃了饭选过村长,我把他带回区上去!"小顺、小福还有七八个人抢着道:"我看守!我看守!"小顺道:"迟吃一会饭有什么要紧?"章工作员又道:"找个人把上午大家提的意见写成个单子作为报告,我带回去!"马凤鸣道:"我写!"小保道:"我帮你!"章工作员见有了人,就宣布散了会。

　　这天响午,最着急的是恒元父子,因为有好多案件虽是喜富出头,却还是与他们有关的。恒元很想盼咐喜富一下叫他到县里不要乱说,无奈那么许多人看守着,没有空子,也只好罢了。吃过午饭,老恒元说身体有点不舒服,只打发儿子家祥去照应选举的事,自己却没有去。

　　会又开了,章工作员宣布新的选举办法道:"按正规的选法,应该先选村代表,然后由代表会里产生村长,可是现在来不及了。现在我想了个变通办法:大家先提出三个候选人,然后用投票的法子从三个人中选一个。投票的办法,因为不识字的人很多,可以用三个碗,上边画上记号,放到人看不见的地方,每人发一颗豆,愿意选谁,就把豆放到谁的碗里去;这个办法好不好?"大家齐声道:"好!"这又出了家祥意料之外;他仗着一大部分人离不了他写票,谁知章工作员又用了这个办法。办法既然改了,他借着自己是个教育委员,献了个殷勤,去准备了三个碗,顺路想在这碗上想点办法。大家把三个候选人提出来了:刘广聚是经过老恒元的运动的,自然在数,一个是马凤鸣,一个就是陈小元。家祥把一个红碗两个黑碗上贴了名字向大家声明道:"注意! 一会把这三个碗放到里边殿里,次序是这样:从东往西,第一个,红碗,是刘广聚! 第二个是马凤鸣,第三个是陈小元。再说一遍:从东往西,第一个,红碗,是刘广聚! 第二个是马凤鸣,第三个是陈小元。"说了把碗放到殿里的供桌上,然后站东过西每人发了一颗豆,发完了就投起来,一会,投票完了,结果是马凤鸣五十二票,刘广聚八十八票当选,陈小元八十六票,跟刘广聚只差两票。

选举完了,章工作员道:"我还要回区上去。派两个人跟我相跟上把喜富送去!"家祥道:"我派我派!"下边有几个人齐声道:"不用你派,我去! 我去!"说着走出十几个人来。章工作员道:"有两个就行!"小元道:"多去几个保险!"结果有五个去。章工作员又叫人取来了马凤鸣跟小保写的报告,就带着喜富走了。

刘广聚当了村长,送走章工作员之后,歪着个头,到恒元家里去——一方面是谢恩,一方面是领教,老恒元听了家祥的报告,知道章工作员把喜富带走,又知道小元跟广聚只差两票,心里着实有点不安,少气无力向广聚道:"孩子! 以后要小心点! 情况变得有点不妙了! 马凤鸣,一个外来户,也要翻眼;老槐树底人也起了反了!"说着伸出两个指头来道:"你看危险不危险?两票!只差两票!"又吩咐他道:"孩子以后要买一买马凤鸣的账,捡那不重要的委员给他当一个——就叫他当个建设委员也好!像小元那些没天没地的东西,以后要找个机会重重治他一下,要不就压不住东头那些东西。不过现在还不敢冒失,等喜富的事有个头尾再说!回去吧孩子!我今天有点不得劲,想早点歇歇!"广聚受完了这番训,也就辞出。

这天晚上,李有才的土窑里自然也是特别热闹,不必细说。第二天便有两段新歌传出来,一段是:

　　正月二十五,打倒一只虎;
　　到了二十六,老虎更吃苦,
　　大家提意见,尾巴藏不住,
　　咕咚按倒地,打个背绑兔。
　　家祥干眨眼,恒元屙一裤。
　　大家哈哈笑,心里蛮舒服。

还有一段是:

　　老恒元,真混账,
　　抱住村长死不放。
　　说选举,是假样,
　　侄儿下来干儿上。①

四　丈　地

自从把喜富带走以后,老恒元总是放心不下,生怕把他与自己

---

① 喜富是恒元的本家侄儿,广聚是干儿。

有关的事攀扯出来,可是现在的新政府不比旧衙门,有钱也花不进去,打发家祥去了几次也打听不着,只好算了。过了三个月,县里召集各村村长去开会,老恒元托广聚到县里顺便打听喜富的下落。

　　隔了两天,广聚回来了,饭也没有吃,歪着个头,先到恒元那里报告。恒元躺着,他坐在床头毕恭毕敬的报告道:"喜富的事,因为案件过多,喜富不愿攀出人来,直拖累了好几个月才算结束。所有麻烦,喜富一个人都承认起来了,县政府特别宽大,准他呈递悔过书赔偿大众损失,就算完事。"恒元长长吐了口气道:"也算!能不多牵连别人就好!"又问道:"这次开会商议了些什么?"广聚道:"一共三件事:第一是确实执行减租,发了个表格,叫填出佃户姓名,地主姓名,租地亩数,原租额多少,减去多少。第二是清丈土地,办法是除了政权、各团体干部参加外,每二十户选个代表共同丈量。第三是成立武委会发动民兵,办法是先选派一个人,在阳历六月十五号以前到县受训。"老恒元听说喜富的案件已了,才放心了一点,及至听到这些事,眉头又打起皱来。他等广聚走了,便跟儿子家祥道:"这派人受训没有什么难办,依我看还是巧招兵,跟阎锡山要的在乡军人一样,随便派上个谁就行了。减租和丈地两件事,在阎家山说来,只是对咱不利。不过第一件还好办,只要到各窝铺上说给佃户们一声,就叫他们对外人说是已经减过租了,他们怕夺地,自然不敢不照咱的话说;回头村公所要造表,自然还要经你的手,也不愁造不合适。只有这第二件不好办;丈地时候参加那么多的人,如何瞒得过去?"家祥眫着眼道:"我看也好应付!说各干部吧!村长广聚是自己人。民事委员教育委员是咱父子俩,工会主席老范是咱的领工,咱一家就出三个人。农会主席得贵还不是跟着咱转?财政委员启昌,平常打的是不利不害主义,只要不叫他吃亏,他也不说什么。他孩子小林虽然是个青救干部,啥也不懂。只有马凤鸣不好对付,他最精明,又是个外来户,跟咱都不一心,遇事又敢说话,他老婆桂英又是个妇救干部,一家也出着两个人……"老恒元道:"马凤鸣好对付:他们做过生意的人最爱占便宜,叫他占上些便宜他就不说什么了。我觉得最难对付的是每二十户选的那一个代表,人数既多,意见又不一致。"家祥道:"我看不选代表也行。"恒元道:"不妥!章工作员那小子腿勤,到丈地时候他要来了怎么办?我看代表还是要,不过可以由村长指派,派那些最穷、最爱打小算盘的人,像老槐树底老秦那些人。"家祥道:"这我就不懂了;越是穷人,越出不起负担,越要细丈别人的地……"恒元道:"你们年轻人自然想不通:咱们丈地时候,先拣那最零碎的地方丈起——比方咱'椒洼'地,一亩就有七八块,算的时候你执算盘,慢慢细算。这么着丈量,一个椒洼不上十五亩地就得丈两天。他们那些爱打小算盘的穷户,哪里误得起闲工?跟着咱们丈过两三天,自然就都走开了。等把他们熬败了,咱们一方面说他们不积极不热心,一方面还不是由咱自己丈吗?只要做个样子,说多少是多少,谁知道?"家祥道:"可是我见人家丈过的地还插牌子!"恒元道:"山野地,块子很不规矩,每一处只要把牌子上写个数目——比方'自此以下至崖根共几亩几分',谁知道对不对?要是再用点小艺道买一买小户,小户也就不说话了——比方你看他一块有三亩,你就说:'小户人家,用不着细盘量了,算成二亩吧!'这样一来,他有点小虚数,也怕多量出来,因此也就不想再去量别人的!"

恒元对着家祥训了这一番话;又打发他去请来马凤鸣。马凤鸣的地都是近二十年来新买的,不过因为买得刁巧一点,都是些大亩数——往往完一亩粮的地就有二三亩大。老恒元说:"你的地既然都是新买的,可以不必丈量,就按原契插牌子。"马凤鸣自然很高兴。恒元又叫家祥叫来了广聚,把自己的计划宣布了一番。广聚一来自己地多,二来当村长就靠的是恒元,当然没有别的话说。

第二天便依着计划先派定了丈地代表,第三天便开始丈地。果不出恒元所料,章工作员来了,也跟着去参观。恒元说:"先丈我的!"村长广聚领头,民事委员阎恒元、教育委员阎家祥、财政委员张启昌、建设委员马凤鸣、农会主席张得贵、工会主席老范、妇救会主席桂英、青救会主席小林,还有十余个新派的代表们,带着丈地的弓、算盘、木牌、笔砚等,章工作员也跟在后边,往椒洼去了。

广聚管指划,得贵执弓,家祥打算盘。每块地不够二分,可是东伸一个角西打一个弯,还得分成四五块来算。每丈量完了一块,休息一会,广聚给大家讲方的该怎样算,斜的该怎样折,家祥给大家讲"飞归得亩"之算法。大家原来不是来学习算地亩,也都听不起劲来,只是觉着丈量的太慢。章工作员却觉着这办法很细致,说是"丈地的模范",说了便往柿子洼编村去了。

果不出恒元所料,两天之后,椒洼地没有丈完,就有许多人不来了。到了第五天,临出发只集合了七个人:恒元父子连领工老范是三个,广聚一个,得贵一个,还有桂英跟小林,一个没经过事的女人,一个小孩子。恒元摇着芭蕉扇,广聚端着水烟袋,领工老范捎着一张镢,小林捎着个镰预备割柴,桂英肚里怀着孕,想拔些新鲜野菜,也捎着个篮子,只有得贵这几天在恒元家里吃饭,自然要多拿几件东西——丈地弓、算盘、笔砚、木牌,都是他一个人抱着。出发地点是椒洼后沟,也是恒元的地,出发时候,恒元故意发脾气道:"又都不来了!那么多的委员,只说话不办事,好像都成了咱们七八个人的事了!"说着就出发了。这条沟没有别人的地,连样子也不用装,一进了沟就各干各的:桂英吃了几颗青杏,就走了岔道拔菜去了,小林也吃了几颗跟桂英一道割柴去了,家祥见堰上塌了个小豁,指挥着老范去垒,得贵也放下那些家具去帮忙,恒元跟广聚,到麦地边的核桃树底乘凉快说闲话去。

这天有才恰在这山顶上看麦子，见进沟来七八个人，起先还以为是偷麦子的，后来各干其事了，虽然离得远了认不清人，可是做的事也都看得很清楚，只有到核桃树底去的那两个人不知是干什么的。他又往前凑了一凑，能听见说说笑笑，却听不见说什么。他自言自语道："这是两个什么鬼东西，我总要等你们出来！"说着就坐在林边等着。直到天快晌午，见有个人从核桃树下钻出来喊道："家祥！写牌来吧！"这一下听出来了，是恒元。垒堰那三个人也过来了两个，一个是家祥，一个是老范。家祥写了两个木牌，给了老范一块，自己拿着一块：老范那块插在东圪嘴上，家祥那块插在麦地边。牌子插好，就叫来了桂英、小林，七个人相跟着回去了；有才见得贵拿着弓，才想起来人家是丈地，暗自寻思道："这地原是这样丈的？我总要看看牌上写的是什么！"一边想，一边绕着路到沟底看牌。两块牌都看了，麦地边那块写的是："自此至沟掌，大小十五块，共七亩二分二厘。"东圪嘴上那块写的是："圪嘴上至崖根，共三亩二分八厘。"他看完了牌，觉着好笑。回来在路上编了这样一段歌：

　　丈地的，真奇怪，
　　七个人，不一块；
　　小林去割柴，桂英去拔菜，
　　老范得贵去垒堰，家祥一旁乱指派，
　　只有恒元与广聚，核桃树底乘凉快。
　　芭蕉扇，水烟袋，
　　说说笑笑真不坏。
　　坐到小晌午，叫过家祥来，
　　三人一捏弄，家祥就写牌，
　　前后共算十亩半，木头牌子插两块。
　　这些鬼把戏，只能哄小孩；

从沟里到沟外,平地坡地都不坏,

一共算成三十亩,管保恒元他不卖!

五　好怕的"模范村"

过了几天,地丈完了。他们果然给小户人家送了些小便宜,有三亩只估二亩,有二亩估作亩半。丈完了地这一晚上,得贵想在小户们面前给恒元卖个好,也给自己卖个好,因此在恒元家吃过晚饭,跟家祥们攀谈了几句,就往老槐树底来。老槐树底人也都吃过了饭,在树下纳凉、谈闲话,说说笑笑,声音很高。他想听一听风头对不对,就远远在路口站住步侧耳细听,只听一个人道:"小旦!你不能劝劝你爹以后不要当恒元的尾巴?人家外边说多少闲话……"又听见小旦拦住那人的话抢着道:"哪天不劝他?可是他不听有什么法?为这事不知生过多少气?有时候他在老恒元那里拿一根葱、几头蒜,我娘也不吃他的,我也不吃他的,就那他也不改!"他听见是自己的孩子说自己,更不便走进场,可是也想再听听以下还说些什么,所以也舍不得走开。停了一会,听得有才问道:"地丈完了?老恒元的地丈了多少?"小旦道:"听说是一百一十多亩。"小元道:"哄鬼也哄不过!不用说他原来的祖业,光近十年来的押地也差不多有那么多!"小保道:"押地可好算,老槐树底的人差不多都是把地押给他才来的!"说着大家就七嘴八舌,三亩二亩给他算起来,算的结果,连老槐树底带村里人,押给恒元的地,一共就有八十四亩。小元道:"他通年雇着三个长工,山上还有六七家窝铺,要是细量起来,丈不够三百亩我不姓陈!"小顺道:"你不说人家是怎样丈的?你就没听有才老叔编的歌?'丈地的,真奇怪,七个人,不一块……'"接着把那一段歌念了一遍,念得大家哈哈大笑。老秦道:"我看人家丈得也公道,要宽都宽,像我那地明明是三亩,只算了二亩!"小元道:"那还不是哄小孩?只要把恒元的地丈公道了,咱们这些户,二亩也不出负担,三亩还不出负担;人家把三百亩丈成一百亩,轮到你名下,三亩也得出,二亩也得出!"①

得贵听到这里,知道大家已经猜透了恒元的心事,这个好已经卖不出去,就返回来想再到恒元这里把方才听到的话报告一下。他走到恒元家,恒元已经睡了,只有家祥点着灯造表,他便把方才听到的话和有才的歌报告给家祥,中间还加了一些骂恒元的话。家祥听了,沉不住气,两眼眨得飞快,骂了小元跟有才一顿,得贵很得意地回去睡了。

第二天,不等恒元起床,家祥就去报告昨天晚上的事。恒元听了,倒不在乎骂不骂,只恨他们不该把自己的心事猜得那么透彻,想了一会道:"非重办他几个不行!"吃过了饭,叫来了广聚,数说了小元跟有才一顿罪状,末了吩咐道:"把小元选成什么武委会送到县里受训去,把有才撵走,永远不准他回阎家山来!"

广聚领了命即刻召开了个选人受训的会,仿照章工作员的办法推了三个候选人,把小元选在三人里边,然后投豆子,可是得贵跟家祥两个人,每人暗暗抓了一把豆子都投在小元的碗里,结果把小元选住了。

村里人,连恒元、广聚都算上,都只说是拔壮丁当兵。小元家里只有一个老娘,又没有吃的,全仗小元养活,一见说把小元选住了,哭着去哀求广聚。广聚奉的是恒元的命令,哀求也没有效,得贵很得意,背地里卖俏说:"谁叫他评论丈地的事?"这话传到老槐树底,大家才知道原来是这么一回事。

小明见邻居们有点事,最能热心帮助。他见小元他娘哀求也

---

① 当时行的是累进税制。

无效,就去找小保、小顺等一干人来想办法。小保道:"我看人家既是有计划的,说好话也无用。依我说就真当了兵也不是坏事,大家在一处都不错,谁还不能帮一把忙?咱们大家可以招呼他老娘几天。"小明向小元道:"你放心吧!也没有多余的事!烧柴吃水,一个人能费多少,你那三亩地,到了忙时候一个人抽一晌工夫就给你捎带了!"小元的叔父老陈为人很痛快,他向大家谢道:"事到头上讲不起,既然不能不去,以后自然免不了麻烦大家照应,我先替小元谢谢!"小元也跟着说了许多道谢的话。

在村公所这方面,减租跟丈地的两份表也造成了,受训的人也选定了,做了一份报告,吃过午饭,拨了个差,连小元一同送往区上。把这三件工作交代过,广聚打发人把李有才叫到村公所,歪着个头,拍着桌子大大发了一顿脾气,说他"造谣生事",又说"简直像汉奸",最后下命令道:"即刻给我滚蛋!永远不许回阎家山来!不听我的话我当汉奸送你!"有才无法,只好跟各牛东算了算账,搬到柿子洼编村去住。

隔了两天,章工作员来了,带着县里来的一张公事,上写道:"据第六区公所报告,阎家山编村各干部工作积极细致,完成任务甚为迅速,堪称各村模范,特传令嘉奖以资鼓励……"自此以后,阎家山就被称为"模范村"了。

六 小元的变化

两礼拜过后,小元受训回来了,一到老槐树底,大家就都来问询,在地里做活的,虽然没到响午,听到小元回来的消息的也都赶回来问长问短。小元很得意地道:"依他们看来这一回可算把我害了,他们哪里想得到又给咱们弄了个合适?县里叫咱回来成立武委会,发动民兵,还应许给咱们发枪,发手榴弹。县里说:'以后武委会主任跟村长是一文一武,是独立系统,不是附属在村公所'并且给村长下的公事教他给武委会准备一切应用物件。从今以后,村里的事也有咱老槐树底的份了。"小顺道:"试试!看他老恒元还能独霸乾坤不能?"小明道:"你的苗也给你锄出来了。老人家也没有饿了肚,这家送个干粮,那家送碗汤,就够她老人家吃了。"小元自是感谢不提。

吃过午饭,小元到了村公所,把县里的公事取出来给广聚看。广聚一看公事,知道小元有权了,就拿上公事去找恒元。

恒元看了十分后悔道:"想不到给他做了个小合适!"又皱着眉头想了一会道:"既然错了,就以错上来——以后把他团弄住,叫他也变成咱的人!"广聚道:"那家伙有那么一股扭劲,恐怕团弄不住吧!"恒元道:"你不懂!这只能慢慢来!咱们都捧他的场,叫他多占点小便宜,'习惯成自然',不上几个月工夫,老槐树底的日子他就过不惯了。"

广聚领了恒元的命,把一座庙院分成四部分:东社房上三间是村公所,下三间是学校,西社房上三间是武委会主任室,下三间留作集体训练民兵之用。

民兵动员起来了,差不多是老槐树底那一伙子,常和广聚闹小意见,广聚觉得很难对付。后来广聚常到恒元那里领教去,慢慢就生出法子来。比方广聚有制服,家祥有制服,小元没有,住在一个庙里觉着有点比配不上,广聚便道:"当主任不可以没制服,回头做一套才行!"隔了不几天,用公款做的新制服给小元拿来了。广聚有水笔,家祥有水笔,小元没有,觉着小口袋上空空的,家祥道:"我还有一支回头送你!"第二天水笔也插起来了。广聚不割柴,家祥不割柴,小元穿着制服来割了一回柴,觉着不好意思,广聚道:"能烧多少?派个民兵去割一点就够了!"

从此以后,小元果然变了:割柴派民兵,担水派民兵,自己架起胳膊当主任。他叔父老陈,见他的地也荒了,一日就骂他道:"小元你看!近一两月来像个什么东西!出来进去架两条胳膊,连水也不能担了,柴也不能割了!你去受训,人家大家给你把苗锄出来,如今秀了一半穗了,你也不锄二遍,草比苗还高,看你秋天吃什么?"小元近来连看也没有到地里看过,经老陈这一骂,也觉得应该到地里看看去。吃过早饭,扛了一把锄,正预备往地里走,走到村里,正碰上家祥吃过饭往学校去。家祥含笑道:"锄地去啦?"小元脸红了,觉着不像个主任身份,便喃喃地道:"我到地里看看去!"家祥道:"歇歇谈一会闲话再去吧!"小元也不反对,跟着家祥走到庙门口,把锄放在门外,就走进去跟家祥、广聚闲谈起来,直谈到晌午才回去吃饭去。吃过饭,总觉着不可以去锄地,结果仍是第二天派了两个民兵去锄。

  这次派的是小顺跟小福,这两个青年虽然也不敢不去,可是总觉着不大痛快,走到小元地里,无精打采慢慢锄起来。他两个一边锄一边谈。小顺道:"多一位菩萨多一炉香!成天盼望主任给咱们抵些事,谁知道主任一上了台,就跟人家混得很热,除了多派咱几回差,一点什么好处都没有!"小福道:"头一遍是咱给他锄,第二遍还教咱给他锄!"小顺道:"那可不一样:头一遍是人家把他送走了,咱们大家情愿帮忙;第二遍是人家升了官,不能锄地了,派咱给人家当差。早知道落这个结果,帮忙?省点气力不能睡觉?"小福道:"可惜把个有才老汉也撵走了,老汉要在,一定要给他编个好歌!"小顺道:"咱不能给他编个试试?"小福道:"可以!我帮你!"给小元锄地,他们既然有点不痛快,所以也不管锄到了没有,留下草了没有,只是随手锄过就是,两个人都把心用在编歌子上。小顺编了几句,小福也给他改了一两句,又添了两句,结果编成了这么一段短歌:

    陈小元,坏得快,

> 当了主任耍气派，
> 改了穿，换了戴，
> 坐在庙上不下来，
> 不担水，不割柴，
> 蹄蹄爪爪不想抬，
> 锄个地，也派差，
> 逼着邻居当奴才。

小福晚上悄悄把这个歌念给两三个青年听，第二天传出去，大家都念得烂熟，小元在庙里坐着自然不得知道。

这还都是些小事，最叫人可恨的是把喜富赔偿群众损失这笔款，移到武委会用了。本来喜富早两个月就递了悔过书出来了，只是县政府把他应赔偿群众的款算了一下，就该着三千四百余元，还有几百斤面、几石小米。这些东西有一半是恒元用了，恒元就着人告喜富暂且不要回来，有了机会再说。

恰巧"八一"节要检阅民兵，小元跟广聚说，要做些挂包、子弹袋、炒面袋，还要准备七八个人三天的吃喝。广聚跟恒元一说，恒元觉着机会来了，开了个干部会，说公所没款，就把喜富这笔款移用了。大家虽然听说喜富要赔偿损失，可是谁也没听说赔多少数目。因为马凤鸣的损失也很大，遇了事又能说两句，就有些人怂恿着他去质问村长。马凤鸣跟恒元混熟了，不想得罪人，可是也想得赔偿，因此借着大家的推举也就答应了。但是他知道村长不过是个假样子，所以先去找恒元。他用自己人报告消息的口气说："大家对这事情很不满意，将来恐怕还要讨这笔款！"老恒元就猜透他的心事，便向他道："这事怕不好弄，公所真正没款，也没有日子了，四五天就要用，所以干部会上才那么决定，你不是也参加过了吗？不过咱们内里人好商量；你前年那一场事，一共破费了多少，回头叫他另外照数赔偿你！"马凤鸣道："我也不是说那个啦，不过他们……"恒元拦他的话道:"不不不!他不赔我就不愿意他!不信我可以垫出来!咱们都是个干部,不分个里外如何能行?"马凤鸣见自己落不了空,也就不说什么了;别人再怂恿也怂恿不动他了。

事过之后,第二天喜富就回来了。赔马凤鸣的东西恒元担承了一半,其余应赔全村民众,那么大的数目,做了几条炒面袋、几个挂包、几条子弹袋,又给民兵拿了二十多斤小米就算完事。

"八一"检阅民兵,阎家山的民兵服装最整齐,又是模范,主任又得了奖。

七　恒元广聚把戏露底

过了阴历八月十五日,正是收秋时候,县农会主席老杨同志,被分配到第六区来检查督促秋收工作。老杨同志叫区农会给他介绍一个比较进步的村,区农会常听章工作员说阎家山是模范村,就把他介绍到阎家山去。

老杨同志吃了早饭起程,天不晌午就到了阎家山。他一进公所,正遇着广聚跟小元下棋。他两个因为一步棋争起来,就没有看见老杨同志进去。老杨同志等了一会,还没有人跟他答话,他就在这争吵中问道:"哪一位是村长?"广聚跟小元抬头一看,见他头上箍着块白手巾,白小布衫深蓝裤,脚上穿着半旧的硬鞋至少也有二斤半重。从这服装上看,村长广聚以为他是哪村派来的送信的,就懒洋洋地问道:"哪村来的?"老杨同志答道:"县里!"广聚仍问道:"到这里干什么?"小元棋快输了,在一边催道:"快走棋吗!"老杨同志有些不耐烦,便道:"你们忙得很!等一会闲了再说吧!"说了把背包往阶台上一丢,坐在上面休息。广聚见他的话头有点不对,也就停住了棋,凑过来答话。老杨同志也看出他是村长,却又故意

问了一句:"村长哪里去了?"他红着脸答过话,老杨同志才把介绍信给他,信上写的是:

"兹有县农会杨主席,前往阎家山检查督促秋收工作,请予接洽是荷……"

广聚看过了信,把老杨同志让到公所,说了几句客气话,便要请老杨同志到自己家里吃饭。老杨同志道:"还是兑些米到老百姓家里吃吧!"广聚还要讲俗套,老杨同志道:"这是制度,不能随便破坏!"广聚见他土眉土眼,说话却又那么不随和,一时想不出该怎么对付,便道:"好吧!你且歇歇,我给你出去看看!"说了就出了公所来找恒元。他先把介绍信给恒元看了,然后便说这人是怎样怎样一身土气,恒元道:"前几天听喜富说有这么个人。这人你可小看不得!听喜富说,有些事情县长还得跟他商量着办。"广聚道:"是是是!你一说我想起来了!那一次在县里开会。讨论丈地问题那一天,县干部先开了个会,仿佛有他,穿的是蓝衣服,眉眼就是那样。"恒元道:"去吧!好好应酬,不要冲撞着他!"广聚走出门来又返回去问道:"我请他到家吃饭,他不肯,他叫给他找个老百姓家去吃,怎么办?"恒元不耐烦了,发话道:"这么大一点事也问我?那有什么难办?他要那么执拗,就把他派到个最穷的家——像老槐树底老秦家,两顿糠吃过来,你怕他不再找你想办法啦?"广聚道:"老槐树底那些人跟咱们都不对,不怕他说坏话?"恒元道:"你就不看人?老秦见了生人敢放个屁?每次吃了饭你就把他招待回公所,有什么事?"

广聚碰了一顿钉子讨了这么一点主意,回去就把饭派到老秦家。这样一来,给老秦找下麻烦了!阎家山没有行过这种制度,老秦一来不懂这种管饭只是替做一做,将来还要领米,还以为跟派差款一样;二来也不知道家常饭就行,还以为衙门来的人一定得吃好的。他既是这样想,就把事情弄大了,到东家借盐,到西家借面,老两口忙了一大会,才算做了两三碗汤面条。

响午,老杨同志到老秦家去吃饭,见小砂锅里是面条,大锅里的饭还没有揭开,一看就知道是把自己当客人待。老秦舀了一碗汤面条,毕恭毕敬双手捧给老杨同志道:"吃吧先生!到咱穷人家吃不上什么好的,喝口汤吧!"他越客气,老杨同志越觉着不舒服,一边接一边道:"我自己舀!唉!老人家!咱们吃一锅饭就对了,为什么还要另做饭?"老秦老婆道:"好先生!啥也没有!只是一口汤!要是前几年这饭就端不出来!这几年把地押了,啥也讲不起了!"老杨同志听她说押了地,正要问她押给谁,老秦先向老婆喝道:"你这老不死,不知道你那一张疯嘴该说什么!可憋不死你!你还记得啥?还记得啥?"老杨同志猜着老秦是怕她说得有妨碍,也就不再追问,随便劝了老秦几句。老秦见老婆不说话了,因为怕再引起话来,也就不再说了。

小福也回来了。见家里有个人,便问道:"爹!这是哪村的客?"老秦道:"县里的先生!"老杨同志道:"不要这样称呼吧!哪里是什么'先生'?我姓杨!是农救会的!你们叫我个'杨同志'或者'老杨'都好!"又问小福"叫什么名字","多大了"。小福一一答应。老秦老婆见孩子也回来了,便揭开大锅开了饭。老秦、老秦老婆,还有个五岁的女孩,连小福,四个人都吃起饭来。老杨同志第一碗饭吃完,不等老秦看见,就走到大锅边,一边舀饭一边说:"我也吃吃这饭,这饭好吃!"老两口赶紧一齐放下碗来招待,老杨同志已把山药蛋南瓜舀到碗里。老秦客气了一会,也就罢了。

小顺来找小福割谷,一进门碰上老杨同志,彼此问询了一下,就向老秦道:"老叔!人家别人的谷都打了,我爹病着,连谷也割不起来,后晌叫你小福给俺割吧?"老秦道:"吃了饭还要打谷!"小顺道:"那我也能帮忙,打下你的来,迟一点去割我的也可以!"老杨同志问道:"你们这里收秋还是各顾各?农救会也没有组织过互助小组?"小顺道:"收秋可不就是各顾各吧?老农会还管这些事啦?"老杨同志道:"那么你们这里的农会都管些什么事?"小顺道:"咱不知道。"老杨同志自语道:"模范村!这算什么模范?"五岁的小女孩,听见"模范"二字,就想起小顺教她的几句歌来,便顺口念道:

  模范不模范,从西往东看;
  西头吃烙饼,东头喝稀饭。

  小孩子虽然是顺口念着玩,老杨同志却听着很有意思,就逗她道:"念得好呀!再念一遍看!"老秦又怕闯祸,瞪了小女孩一眼。老杨同志没有看见老秦的眼色,仍问小女孩道:"谁教给你的?"小女孩指着小顺道:"他!"老秦觉着这一下不只惹了祸,又连累了邻居。他以为自古"官官相卫",老杨同志要是回到村公所一说,马上就不得了。他气极了,劈头打了小女孩一掌骂道:"可哑不了你!"小顺赶紧一把拉开道:"你这老叔!小孩们念个那,有什么危险?我编的,我还不怕,就把你怕成那样?那是真的吧是假的?人家吃烙饼有过你的份?你喝的不是稀饭?"老秦就有这样一种习惯,只要年轻人说他几句,他就不说话了。

  吃过了饭,老秦跟小福去场里打谷子。老杨同志本来预备吃过饭去找村农会主任,可是听小顺一说,已知道工作不实在,因此又想先在群众里调查一下,便向老秦道:"我给你帮忙去。"老秦虽说"不敢不敢",老杨同志却扛起木锨扫帚跟他们往场里去。

  场子就在窑顶上,是好几家公用的。各家的谷子都不多,这天一场共摊了四家的谷子,中间用谷草隔开了界。

  老杨同志到场子里什么都通,拿起什么家具来都会用,特别是好扬家,不只给老秦扬,也给那几家扬了一会,大家都说"真是一张好木锨"①。一场谷打罢了,打谷的人都坐在老槐树底休息、喝水、吃干粮,蹲成一圈围着老杨同志问长问短,只有老秦仍是毕恭毕敬站着,不敢随便说话。小顺道:"杨同志!你真是个好把式!家里一定种地很多吧?"老杨同志道:"地不多,可是做得不少!整整给人家住过十年长工!"老秦一听老杨同志是个住长工出身,马上就看不起他了,一屁股坐在墙根下道:"小福!不去场里担糠还等什么?"小福正想听老杨同志谈些新鲜事,不想半路走开,便推托道:"不给人家小顺哥割谷?"老秦道:"担糠回来误得了?小孩子听起闲话来就不想动了!"小福无法,只好去担糠。他才从家里挑起篓来往场里走,老秦也不顾别人谈话,又喊道:"细细扫起来!不要只扫个场心!"他这样子,大家都觉着他不顺眼,小保便向他发话道:"你这老汉真讨厌!人家说个话你偏要乱吵!想听就悄悄听,不想听你不能回去歇歇?"老秦受了年轻人的气自然没有话说,起来回去了。小顺向老杨同志道:"这老汉真讨厌!吃亏、怕事、受了一辈子穷,可瞧不起穷人。你一说你住过长工,他马上就变了个样子。"老杨同志笑了笑道:"是的!我也看出来了。"

广聚依着恒元的吩咐,一吃过饭就来招呼老杨同志,可是哪里也找不着,虽然有人说在场子里,远远看了一下,又不见一个闲人(他想不到县农会主席还能做起活来);从东头找到西头,西头又找回东头来,才算找到。他一走过来,大家什么都不说了。他向老杨同志道:"杨同志!咱们回村公所去吧!"老杨同志道:"好,你且回去,我还要跟他们谈谈。"广聚道:"跟他们这些人能谈个什么?咱们还是回公所去歇歇吧!"老杨同志见他瞧不起大家,又想碰他几句,便半软半硬地发话道:"跟他们谈话就是我的工作,你要有什么话等我闲了再谈吧!"广聚见他的话头又不对了,也不敢强

---

① 就是说他用木锨用得好。

叫,可是又想听听他们谈什么,因此也不愿走开,就站在圈外。大家见他不走,谁也不开口,好像庙里十八罗汉像,一个个都成了哑子。老杨同志见他不走开大家不敢说话,已猜着大家是被他压迫怕了,想赶他走开,便向他道:"你还等谁?"他哝哝唧唧道:"不等谁了!"说着就溜走了。老杨同志等他走了十几步远,故意向大家道:"没有见过这种村长!农救会的人到村里,不跟农民谈话,难道跟你村长去谈?"大家亲眼看见自己惹不起的厉害人受了碰,觉着老杨同志真是自己人。

天气不早了,小顺喊叫小福去割谷,老杨同志见小顺说话很痛快,想多跟他打听一些村里的事,便向他道:"多借个镰,我也给你割去!"小明、小保也想多跟老杨同志谈谈,齐声道:"我也去!"小顺本来只问了个小福,连自己一共两个人,这会却成了五个。这五个人说说话话,一同往地里去了。

八 "老""小"字辈准备翻身

五个人到了地,一边割谷一边谈话。小顺果然说话痛快,什么也不忌讳。老杨同志提到响午听的那四句歌,很夸奖小顺编得好。小保道:"他还是徒弟,他师父比他编得更好。"老杨同志笑道:"这还是有师父的?"向小顺道:"把你师父编出来的给咱念几段听一听吧?"小顺道:"可以!你要想听这,管保听到天黑也听不完!"说着便念起来。他每念一段,先把事实讲清楚了然后才念,这样便把村里近几年来的事情翻出来许多。老杨同志越听越觉着有意思,比自己一件一件打听出来的事情又重要又细致,因此想亲自访问他这师父一次,就问小顺道:"这歌编得果然好!我想见见这个人,吃了晚饭你能领上我去他家里闲坐一会吗?"小顺道:"可惜他不在村里了,叫人家广聚把他撵跑了!"接着就把丈地时候的故事从头至尾说了一遍,一直说到小元被送县受训,有才逃到柿子洼。老杨同志问道:"柿子洼离这里有多么远?"小顺往西南山洼里一指道:"那不是?不远!五里地!"老杨同志道:"我看这三亩谷也割不到黑!你们着个人去把他请回来,咱们晚上跟他谈谈!"小明道:"只要敢回来,叫一声他就回来了!我去!"老杨同志道:"叫他放心回来!我保他无事!"小顺道:"小明叔腿不快!小福你去吧!"小福很高兴地说了个"可以"扔下镰就跑了。小福去后老杨同志仍然跟大家接着谈话,把近几年来村里的变化差不多都谈完了。最后老杨同志问道:"这些事情,章工作员怎么不知道?"小保道:"章工作员倒是个好人,可惜没经过事,一来就叫人家团弄住了。"他们直谈到天快黑,谷也割完了,小福把有才也叫来了,大家仍然相跟着回去吃饭。

小顺家晚饭是谷子面干粮豆面条汤,给他割谷的都在他家吃。小顺硬要请老杨同志也在他家吃,老杨同志见他是一番实意,也就不再谦让,跟大家一齐吃起来。小顺又给有才端了碗汤拿了两个干粮,有才是自己人,当然也不客气。老秦听说老杨同志敢跟村长说硬话,自然又恭敬起来,把晌午剩下的汤面条热了一热,双手捧了一碗送给老杨同志。

晚饭吃过了,老杨同志向有才道:"你住在哪个窑里?今天晚上咱们大家都到你那里谈一会吧!"有才就坐在自己的门口,顺手指道:"这就是我的窑!"老杨同志抬头一看,见上面还贴着封条,不由他不发怒。他跳起来一把把封条撕破了道:"他妈的!真敢欺负穷人!"又向有才道:"开开进去吧!"有才道:"这锁也是村公所的!"老杨同志道:"你去叫村公所人来给你开!就说我把你叫来谈话啦!"有才去了。

有才找着了广聚,说道:"县农会杨同志找我回来谈话,叫你去开门啦!"广聚看这事情越来越硬,弄得自己越得不着主意,有心去找恒元,又怕因为这点小事受恒元的碰。他想了一想,觉着农救会人还是叫农救会干部去应酬,主意一定,就向有才道:"你等等,我去取钥匙去!"他回家取上钥匙,又去把得贵叫来,暗暗嘱咐了一番话,然后把钥匙给了得贵,便向有才道:"叫他给你开去吧!"有才就同得贵一同回到老槐树底。

得贵跟着恒元吃了多年残剩茶饭,半通不通的浮言客套倒也学得了几句。他一见老杨同志,就满面赔笑道:"这位就是县农会主席吗,慢待慢待!我叫张得贵,就是这村的农会主席。响午我就听说你老人家来了,去公所拜望了好几次也没有遇面……"说着又是开门又是点灯,客气话说得既叫别人搀不上嘴,小殷勤也做得叫别人帮不上手。老杨同志在地里已经听小顺念过有才给他编的歌,知道他的为人,也就不多接他的话。等他忙乱过后,大家坐定,老杨同志慢慢问他道:"这村共有多少会员?"他含糊答道:"唉!我这记性很坏,记不得了,有册子,回头查查看!"老杨同志道:"共分几小组?"他道:"这,这,这,我也记不,不清了。"老杨同志放大嗓子道:"连几个小组也记不清?有几个执行委员?"他更莫名其妙,赶紧推托道:"我,我是个老粗人,什么也不懂,请你老人家多多包涵!"老杨同志道:"你不懂只说你不懂,什么粗人不粗人?农救会根本没有收过一个细人入会!连组织也不懂,不只不能当主席,也没有资格当会员,今天把你这主席资格会员资格一同取消了吧!以后农救会的事不与你相干!"他一听要取消他的资格,就转了个弯道:"我本来办不了。辞了几次也辞不退,村里只要有点事,想不管也不行!……"老杨同志道:"你跟谁辞过?"他道:"村公所!"老杨同志道:"当日是谁教你当的?"他道:"自然也是村公所!"老杨同志说:"不怨你不懂,原来你就不是由农救会来的!去吧!这一回不用辞就退了!"他还要啰嗦,老杨同志挥着手道:"去吧去吧!我还有别的事啦!"这才算把他赶出去。

这天因为有才回来了,邻居们都去问候,因此人来得特别多,来了又碰上老杨同志取消得贵,大家也就站住看起来了。老杨同志把得贵赶走之后,顺便向大家道:"组织农救会是叫受压迫农民反对压迫自己的人。日本鬼子压迫我们,我们就反对日本鬼子;土豪恶霸压迫我们,我们就反对土豪恶霸。张得贵能领导你们反对鬼子吗?能领导着你们反对土豪恶霸吗?他能当个什么主席?……"老杨同志借着评论得贵,顺路给大家讲了讲"农救会是干什么的",大家听得很起劲。不过忙时候总是忙时候,大家听了一小会,大部分就都回去睡了,窑里只剩下小明、小保、小顺、有才四个人(小福没有来,因为后响没有担完糠,吃过晚饭又去担去了)。老杨同志道:"请你们把恒元那一伙人做的无理无法的坏事拣大的细细说几件,我把他记下来。"说着取出钢笔和笔记簿子来道:"说吧!就先从喜富撤差说起!"小明道:"我先说吧,说漏了大家补!"接着便说起来。他才说到喜富赔偿大家损失的事,小顺忽听窗外好像有人,便喊道:"谁?"喊了一声,果然有个人冬冬冬跑了。大家停住了话,小保、小顺出来到门外一看,远远来了一个人,走近了才认得是小福。小顺道:"是你?你不进来怎么跑了?"小福道:"哪里是我跑?是老得贵!我担完了糠一出门就见他跑过去了!"小保道:"老家伙,又去报告去了!"小顺道:"要防备这老家伙坏事!你们回去谈吧,我去站个岗!"小顺说罢往窑顶上的土堆上去了,大家仍旧接着谈。老杨同志把材料记了一大堆,便向大家道:"我看这些材料中,押地、不实行减租、喜富不赔款、村政权不民主,这四件事最大,因为在这四件事上吃亏的是大多数。咱们要斗争他们,就要叫恒元退出押地,退出多收的租米,叫喜富照县里判决的数目赔款,彻底改选了村政干部。其余各人吃亏的事,只要各个人提出,该怎么办就怎么办;只要这样一来他们就倒台了,受压迫的老百姓就抬起头来了。"

小明道:"能弄成那样,那可真是又一番世界,可惜没有阎家——如今就想不出这么个可出头的人来。有几个能写能算、见过世面、干得了说话的,又差不多跟人家近,跟咱远。"老杨同志道:"现在的事情,要靠大家,不只靠一两个人——这也跟打仗一样,要凭有队伍,不能只凭指挥的人。指挥的人自然也很要紧,可是要从队伍里提拔出来的才能靠得住。你不要说没有人,我看这老槐树底的能人也不少,只要大家抬举,到个大场面上,也能说他几句!"小保道:"这道理是对的,只是说到真事上我就懵懂了。就像咱们要斗争恒元,可该怎样下手?咱又不是村里的什么干部,怎样去集合人?怎样跟人家去说?人家要说理咱怎么办?人家要翻了脸咱怎么办?……"老杨同志道:"你想得很是路,咱们现在预备就是要预备这些。咱们这些人数目虽然不少,可是散着不能办事,还得组织一下。在人家进步的地方,早就有组织起来的工农妇青各救会,你们这里因为一切大权都在恶霸手里,什么组织也没有。依我说咱们明天先把农救会组织起来,就用农救会出面跟他们说理。咱们只要按法令跟他说,他们使的黑钱、押地、多收了人家的租子,就都得退出来。他要无理混赖,现在的政府可不像从前的衙门,不论他是多么厉害的人,犯了法都敢治他的罪!"小保道:"这农救会该怎么组织?"老杨同志就把《会员手册》取出来,给大家把会员的权利、义务、入会资格、组织章程等大概讲了一些,然后向大家道:"我看现在很好组织,只要说组织起来能打倒恒元那一派,再不受他们的压迫,管保愿意参加的人不少!"小保道:"那么明天你就叫村公所召开个大会,你把这道理先给大家宣传宣传,就叫大家报名参加,咱们就快快组织起来干!"老杨同志道:"那办法使不得!"小保道:"从前章工作员就是那么做的,不过后来没有等大家报名,不知道怎样老得贵就成了主席了!"老杨同志道:"所以我说那办法使不得。那办法还不只是没有人报名:一来在那种大会上讲话,只能笼统讲,不能讲得很透彻;二来既然叫大家来报名,像与恒元有关系那些人想报上名给恒元打听消息,可该收呀不收?我说不用那样做:你们有两个人会编歌,就把'入了农救会能怎样怎样'编成个歌传出去,凡是真正受压迫的人听了,一定有许多人愿意入会,然后咱们出去几个人跟他们每个人背地谈谈,愿意入会的就介绍他入会。这样组织起来的会,一来没有恒元那一派的人,二来入会以后都知道会是做什么的。"大家齐声道:"这样好,这样好!"小保道:"那么就请有才老叔今天黑夜把歌编成,编成了只要念给小顺,不到明天晌午就能传遍。"老杨同志道:"这样倒很快,不过还得找几个人去跟愿意入会的人谈话,然后介绍他们入会。"小福道:"小明叔交人很宽,只要出去一转还不是一大群?"老杨同志道:"我说老槐树底有能人你们看有没有?"正说着,小顺跑进来道:"站了一会岗又调查出事情来了!广聚、小元、马凤鸣、启昌,都往恒元家里去了,人家恐怕也有什么布置。我到他门口看看,门关了,什么也听不见!"老杨同志道:"听不见由他去吧!咱们谈咱们的。你们这几个人算是由我介绍先入了会,明天你们就可以介绍别人。天气不早了,咱们散了吧!"说了就散了。

九　斗争大胜利

自从老杨同志这天后晌碰了广聚一顿,晚上又把有才叫回,又取消张得贵的农会主席,就有许多人十分得意,暗暗道:"试试!假大头也有不厉害的时候?"第二天早上,这些人都想看看老杨同志是怎么一个人,因此吃早饭时候,端着碗来老槐树底的特别多。有才应许下的新歌,夜里编成,一早起来就念给小顺了,小顺就把这歌传给大家。歌是这样念:

入了农救会,力量大几倍,

谁敢压迫咱,大家齐反对。
清算老恒元,从头算到尾;
黑钱要他赔,押地要他退;
减租要认真,一颗不许昧。
干部不是人,都叫他退位;
再不吃他亏,再不受他累。
办成这些事,痛快几百倍,
想要早成功,大家快入会!

　　提起反对老恒元,阎家山没有几个不赞成的,再说到能叫他赔黑款,退押地……大家的劲儿自然更大了,虽然也有许多怕得罪不起人家不敢出头的,可是仇恨太深,愿意干的究竟是多数。还有人说:"只要能打倒他,我情愿再贴上几亩地!"他们听了这入会歌,马上就有二三十个入会的,小保就给他们写上了名。山窝铺的佃户们,无事不到村里来。老杨同志道:"谁可以去组织他们?"有才道:"这我可以去!我常在他们山上放牛,跟他们最熟。"打发有才上了山,小明就到村里去活动,不到响午就介绍了五十五个会员。小明向老杨同志道:"依我看来,凡是敢说敢干的,差不多都收进来了;还有些胆子小的,虽然也跟咱是一气,可是自己又不想出头,暂且还不愿参加。"老杨同志道:"不少,不少!这么大个小村子,马上说话马上能组织起五十多个人来,在我作过工作的村子里,这还算第一次遇到。从这件事上看,可以看出一般人对他们仇恨太深,斗起来一定容易胜利!事情既然这么顺当,咱们晚上就可以开个成立大会,选举出干部,分开小组,明天就能干事。这村里这么多的问题,区上还不知道,我可以连夜回区上一次,请他们明天来参加群众大会。"正说着,有才回来了,有几家佃户也跟着来了。佃户们见了老杨同志,先问:"要是生起气来,人家要夺地该怎么办?"老杨同志就把法令上的永佃权给他们讲了一遍,叫他们放心。小明道:"山上人也来了,我看就可以趁着晌午开个会。"老杨同志道:"这样更好!晌午开了会,赶天黑我还能回到区上。"小明道:"这会咱们到什么地方开?"老杨同志道:"介绍会员不叫他们知道,是怕那些坏家伙混进来;开成立大会可不跟他们偷偷摸摸,到大庙里成立去!"吃过了午饭,庙里的大会开了,选举的结果,小保、小明、小顺当了委员。三个人一分工,小保担任主席,小明担任组织,小顺担任宣传。选举完了,又分了小组,阎家山的农救会就算正式成立。

老杨同志向新干部们道:"今天晚上,可以通知各小组,大家搜集老恒元的恶霸材料。"小顺道:"我看连广聚、马凤鸣、张启昌、陈小元的材料都可以搜集。"老杨同志道:"这不大妥当;马凤鸣、张启昌不是真心顾老恒元的人,照你们昨天谈的,这两个人有时候也反对恒元。咱们找个跟他说得来的人去给他说明利害关系,至少斗起恒元来他两人能不说话。小元他原来是你们招呼起来的人,只要恒元一倒,还有法子叫他变过来。把这些人暂且除过,只把劲儿用在恒元跟广聚身上,成功要容易得多。"老杨同志把这道理说完,然后叫他们多布置几个能说会道的人,预备在第二天的大会上提意见。

安顿停当,老杨同志便回到区公所去。他到区上把在阎家山发现的问题大致一谈,区救联会、武委会主任、区长,大家都莫名其妙,章工作员三番五次说不是事实。最后还是区长说:"咱们不敢主观主义,不要以为咱们没有发现问题就算没有问题。依我说咱们明天都可以去参加这个会去,要真有那么大问题,就是在事实上整了我们一次风。"

老恒元也生了些鬼办法:除了用家长资格拉了几户姓阎的,又打发得贵向农救会的个别会员们说:"你不要跟着他们胡闹!他们这些工作人员,三天调了五天换了,老村长是永远不离阎家山的,等他们走了你还出得了老村长的手心吗?"果然有几个人听了这话,去找小明要退出农救会,小明急了,跟小保小顺们商议。小顺道:"他会说咱也会说,咱们再请有才老叔编上个歌,多多写几张把村里贴满,吓他一吓!"有才编了个短歌,连编带写,小保也会写,小顺、小福管贴,不大一会就把事情办了,连老恒元门上也贴了几张。第二天早上,满街都有人在墙上念歌:

   工作员,换不换,

   农救会,永不散,

   只要你恒元不说理,

   几时也要跟你干!

  这样才算把得贵的谣言压住。

  吃过早饭,老杨同志跟区长、救联主席、武委会主任、章工作员一同来了,一来就先到老槐树底蹓了一趟,这一着是老恒元、广聚们没有料到的,因此马上慌了手脚。

  群众大会开了,恒元的违法事实,大家一天也没有提完。起先提意见的还只是农救会人,后来不是农救会人也提起意见了。恒元最没法巧辩的是押地跟不实行减租,其余捆人、打人、罚钱、吃烙饼……他虽然想尽法子巧辩,只是证据太多,一条也辩不脱。

  第二天仍然继续开会,直到晌午才算开完。斗争的结果老恒元把八十四亩押地全部退回原主,退出多收了的租,退出有证据的黑钱。因为私自减了喜富的赔款,刘广聚由区公所撤职送县查办。喜富的赔款仍然如数赔出。在斗争时候,自然不能十分痛快,像退押契,改租约……也费了很大周折,不过这种斗争,人们差不多都见过,不必细叙。

  吃过午饭,又选村长。这次的村长选住了小保,因此农救会又补选了委员。因为斗争胜利,要求加入农救会的人更多起来,经过了审查,又扩充了四十一个新会员。其余村政委员,除了马凤鸣跟张启昌不动外,老恒元父子也被大家罢免了另行选过。

选举完了,天也黑了,区干部连老杨同志都住在村公所。因为村里这么大问题章工作员一点也不知道,还常说老恒元是开明士绅,大家就批评了他一次。老杨同志指出他不会接近群众,一来了就跟恒元们打热闹,群众有了问题自然不敢说。其余的同志,也有说是"思想意识"问题或"思想方法"问题的,叫章同志作一番比较长期的反省。

批评结束了,大家又说起闲话,老杨同志顺便把李有才这个人介绍了一下,大家觉着这人很有趣,都说明天早上去访一下。

十 "板人"作总结

老杨同志跟区干部们因为晚上多谈了一会话,第二天醒得迟了一点。他们一醒来,听着村里地里到处喊叫,起先还以为出了什么事,仔细一听,才知道是唱不是喊。老杨同志是本地人,一听就懂,便向大家道:"你们听老百姓今天这股高兴劲儿!'干梆戏'①唱得多么喧!"

正说着,小顺唱着进公所来。他跳跳跶跶向老杨同志跟区干部们道:"都起来了?昨天累了吧?"看神气十分得意。老杨同志问道:"这场斗争老百姓觉着怎样?"小顺道:"你就没有听见'干梆戏'?真是天大的高兴,比过大年高兴得多啦!地也回来了,钱也回来了,吃人虫也再不敢吃人了,什么事有这事大?"老杨同志道:"李有才还在家吧?"小顺道:"在!他这几天才回来没有什么事,叫他吧?"老杨同志道:"不用!我们一早起好到外边蹓一下,顺路

---

① 这地方把不打乐器的清唱叫"干梆戏"。

就蹓到他家了！"小顺道："那也好！走吧！"小顺领着路，大家就往老槐树底来。

才下了坡，忽然听得有人吵架。区长问道："这是谁吵架？"小顺道："老陈骂小元啦！该骂！"区干部们问起底细，小顺道："他本来是老槐树底人，自己认不得自己，当了个武委会主任，就跟人家老恒元打成一伙，在庙里不下来。这两天斗争起老恒元来了，他没处去，仍然回到老槐树底。老陈是他的叔父，看不上他那样子，就骂起他来。"区干部们听老杨同志说过这事，所以区武委会主任才也来了。区武委会主任道："趁斗倒了恒元，批评他一下也是个机会。"大家本是出来闲找有才的，遇上了比较正经的事自然先办正经事，因此就先往小元家。老陈正骂得起劲，见他们来了，就停住了骂，把他们招呼进去。武委会主任也不说闲话，直截了当批评起小元来，大家也接着提出些意见，最后的结论分三条：第一是穿衣吃饭跟人家恒元们学样，人家就用这些小利来拉拢自己，自己上了当还不知道；第二是不生产、不劳动，把劳动当成丢人事，忘了自己的本分；第三是借着一点小势力就来压迫旧日的患难朋友。区武委会主任最后等小元承认了这些错误，就向他道："限你一个月把这些毛病完全改过，叫全村干部监视着你。一个月以后倘若还改不完，那就没有什么客气的了！"老陈听完了他们的话，把膝盖一拍道："好老同志们！真说得对！把我要说他的话全说完了！"又回头向小元道："你也听清楚了，也都承认过了！看你做的那些事以后还能见人不能？"老杨同志道："这老人家也不要那样生气！一个人做了错，只要能真正改过，以后仍然是好人，我们仍然以好同志看他！从前的事情已经过去了，尽责备他也无益，我看以后不如好好帮助他改过，你常跟他在一处，他的行动你都可以知道，要是见他犯了旧错，常常提醒他一下，也就是帮助了他了……"

谈了一会，已是吃早饭时候，老杨同志跟区干部们就从小元家里走出。他们路过老秦门口,冷不防见老秦出来拦住他们,跪在地下咕咚咚磕了几个头道:"你们老先生们真是救命恩人呀!要不是你们诸位,我的地就算白白押死了……"老杨同志把他拉起来道:"你这老人家真是认不得事!斗争老恒元是农救会发动的,说理时候是全村人跟他说的,我们不过是几个调解人。你的真恩人是农救会,是全村民众,哪里是我们?依我说你也不用找人谢恩,只要以后遇着大家的事靠前一点,大家是你的恩人,你也是大家的恩人……"老秦还要让他们到家里吃饭,他们推推让让走开。

李有才见小顺说老杨同志跟区干部们找他,所以一吃了饭,取起他的旱烟袋就往村公所来。从他走路的脚步上,可以看出比哪一天也有劲。他一进庙门,见区村干部跟老杨同志都在,便道:"找我吗?我来了!"小保道:"这老叔今天也这么高兴?"有才道:"十五年不见的老朋友,今天回来了,怎能不高兴?"小明想了一想问道:"你说的是个谁?我怎么想不起来?"有才:"一说你就想起来了!我那三亩地不是押了十五年了吗?"他一说大家都想起来了,不由得大笑了一阵。

老杨同志向有才道:"最好你也在村里担任点工作干,你很有才干,也很热心!"小明道:"当个民众夜校教员还不是呱呱叫?"大家拍手道:"对!对!最合适!"

老杨同志向有才道:"大家想请你把这次斗争编个纪念歌好不好?"有才道:"可以!"他想了一会,向大家道:"成了成了!"接着念道:

  阎家山,翻天地,
  群众会,大胜利。
  老恒元,泄了气,
  退租退款又退地。
  刘广聚,大舞弊,

犯了罪,没人替。
全村人,很得意,
再也不受冤枉气,
从村里,到野地,
到处唱起"干梆戏"。

大家听他念了,都说不错,老杨同志道:"这就算这场事情的一个总结吧!"

谈了一小会,区干部回区上去了,老杨同志还暂留在这一带突击秋收工作,同时在工作中健全各救会组织。

1943 年 10 月写于太行

地　板

王家庄办理减租。有一天解决地主王老四和佃户们的租佃关系,按法令订过租约后,农会主席问王老四还有什么意见没有,王老四说:"那是法令,我还有什么意见?"村长和他说:"法令是按情理规定的。咱们不只要执行法令,还要打通思想!"王老四叹了口气说:"老实说:思想我是打不通的!我的租是拿地板换的,为什么偏要叫我少得些才能算拉倒?我应该照顾佃户,佃户为什么不应该照顾我?我一大家人就是指那一点租来过活,大前年遭了旱灾,地租没有收一颗,把几颗余粮用了个光,弄得我一年顾不住一年,有谁来照顾我?为什么光该我照顾人?"农会主席给他解释了一会,区干部也给他解释了一会,都说粮食是劳力换的,不是地板换的。解释过后,问他想通了没有,他说:"按法令减租,我没有什么话说;要我说理,我是不赞成你们说那理的。他拿劳力换,叫他把我的地板缴回来,他们到空中生产去!你们是提倡思想自由的,我这么想是我的自由,一千年也不能跟你们思想打通!"

小学教员王老三站起来面对着王老四讲道:——

老四!再不要提地板!不提地板不生气!

你知道!我常家窑那地板都怎么样!从顶到凹,都是红土夹沙地,论亩数,老契上虽写的是荒山一处,可是听上世人说,自从租给人家老常他爷爷，十来年就开出三十多亩好地来；后来老王老孙来了，一个庄上安起三家人来，到老常这一辈三家种的地合起来已经够一顷了。论打粮食，不知道他们共能打多少，光给我出租，每年就是六十石。如今啦，不说六十石，谁可给我六升呢！

大前年除了日本人和姬镇魁的土匪部队扰乱，又遭了大旱灾，二伏都过了，天不下雨满地红。你知道吧！咱村二百多家人，死的死了，跑的跑了，七零八落丢下了三四十家。就在这时候，老常来找我借粮，说老王和老孙都饿得没了办法，领着家里人逃荒走了。后来老常饿死，他老婆领着孩子回了林县，这庄上就没有人了。——我想起来也很后悔，可该借给人家一点粮。

那年九月间，八路军来打鬼子的碉堡，咱不是还逃到常家窑吗？你可见来：前半年虽没有种上庄稼，后半年下了连阴雨，蒿可长得不低，那一片地也能藏住人。庄上的房子没人住了，牵牛花穿过窗里去，梁上有了碗口大的马蜂窝。那天晚上大家都困乏了，呼噜呼噜睡下一地，我可一夜也没有睡着。你想：我在咱本村里，就只有南墙外的三亩菜地，那中啥用！每年的吃穿花销，还都不是凭这常家窑的顷把地吗！眼见常家窑的地里，没有粮食光有蒿，我的心就凉了半截。

这年秋天，自然是一颗租子也没有人给。咱们这些家，是大手大脚过惯了的，"钟在寺院音在外"，撑起棚子来落不下：冬天出嫁闺女、回礼物、陪嫁妆、请亲戚、女婿认亲、搬九，哪一次也不愿丢了脸，抬脚动手都要花钱。几年来兵荒马乱，鬼子也要，姬镇魁也抢，你想能有几颗余粮？自己吃的是它，办事花的也是它，不几天差不多糟蹋光了。银钱是硬头货，虚棚子能撑几天？谷囤子麦囤子，一个一个都见了底，我有点胆寒，没等过了年就把打杂的、做饭的一齐都打发了。

七岁的孩子能吃不能干，你三嫂活了三四十岁也是个坐在炕上等饭的，我更是出门离马不行的人。这么三个人来过日子，不说生产,生的也做不成熟的。你三嫂做饭扫地就累坏了她,我喂喂马打个油买个菜也顾住了我,两个人一后晌铡不了两个干草,碾磨上还得雇零工。

过了年,接女婿住过了正月十五,囤底上的几颗粮食眼看扫不住了,我跟你三嫂着实发了愁。依我说就搬到常家窑去种我那地,你三嫂不愿意,她说三口人孤零零的去那里不放心。后来正月快过完了,别人都在往地里送粪,我跟你三嫂说:"要不咱就把咱那三亩菜地也种成庄稼吧?村边的好地,收成好一点,俭省一点,三亩地也差不多够咱这三口人吃。"她也同意。第二天,我去地里看了一下,辣子茄子秆都还在地里直撅撅长着,我打算收拾一下就往里送粪。

老弟!我把这事情小看了,谁知道种地真不是件简单的事!不信你试试!光几畦茄子秆耽误了一前晌:用镰削,削不下来,用斧砍,你从西边砍,它往东歪,用镢刨,一来根太深,二来枝枝碍事,刨不到根上。回家跑了三趟,拿了三件家具都不合适,后来想了个办法:用镢先把一边刨空了,扳倒,用脚踩住再用斧砍。弄了半晌还没有弄够一畦。邻家小刚,挑着箩头从地里回来,看见我两只手抡着斧剁茄根,笑得合不住口,羞得我不敢抬头。他笑完了,告我说不用那样弄,说着他就放下箩头拿起镢来刨给我看。奇怪!茄秆上的枝枝偏不碍他的事!那一枝碰镢把,就把那一枝碰掉了。他给我做了个样子就刨了一畦,跟我半前晌做得一般多。他放下镢担起箩头来走了,我就照着他的样子刨。也行!也刨得起来了,只是人家一镢两镢就刨一棵,我五镢六镢也刨不下一棵来。刨了不几棵,两手上磨起两溜泡来;咬着牙刨到晌午才算刨完,吃了饭,胳膊腿一齐疼,直直睡了一后晌。

第二天准备送粪。我胳膊疼得不想去插①,叫你三嫂去,这一

---

① 插是往驮子里装的意思。因为用锨插进粪里,才能把粪取起来,所以叫"插"。

下把她难住了。她给她娘守服,穿着白鞋。老弟!我说你可不要笑,你三嫂穿鞋,从新穿到破,底棱上也不准有一点黑,她怎么愿意去插粪呢?可是粪总得用人插,她也没理由推辞,只好拿着铁锹走进马圈里。她走得很慢,看准一个空子才敢往前挪一步,小心谨慎照顾她那一对白鞋,我在她背后看着也没有敢笑。往年往菜地里上的粪,都是打杂的从马圈里倒出来,捣碎了的;这一年把打杂的打发了,自然没人给捣。她拿着一张锹,立插插不下去,一平插就从上面滑过去了,反过锹来往回刮也刮不住多少,却不幸把她一对白鞋也埋住了。老弟!你不要笑!你猜她怎么样?她把锹一扔,三脚两步跑出马圈来,又是顿,又是踢,又是用手绢擦,我在一旁忍不住笑出来。我越笑,她越气,擦了半天仍然有许多黄麻子点;看看手,已经磨起了一个泡来,气得她咕嘟着嘴跑回去了。得罪了老婆,自然还得自己干,不过我也不比人家强多少,平插立插也都是一样插不上,后来用上气力尽在堆上撞,才撞起来些大片子。因为怕弄碎了不好插,就一片一片装进驮子里去。绝没有想起来这一下白搭了:备起马来没人抬——老婆才生了气,自然叫不出来,叫出来也没有用;邻居们也都不在家,干看没办法;后来在门口又等到小刚担粪回来,他抬得起我抬不起,还是不算话。两个人想了一会,他有了主意,把粪又倒出半驮,等抬上以后他又一锹一锹替我添满,这才算插出第一驮粪。这一下我又学了一样本领,第二驮我就不把驮子拿下来,只把马拴住往上插。地不够一百步远,一晌只能送三驮,因为插起来费事。

老弟!这么细细给你说,三天三夜也说不完,还是粗枝大叶告诉你吧!

粪送到地了,也下了雨,自己不会犁种,用个马工换了两个人工才算把谷种上。

村里牲口都叫敌人赶完了,全村连我的马才只有三个牲口。

八路军来了,人家都组织起互助组,没牲口的都是人拉犁。也有人劝我加入互助组,我说我不会做活,人家说:"你不能多做少做一点,只要把牲口组织起来就行。"那时候我的脑筋不开,我怕把牲口组织进去给大家支差,就问人家能不参加不能。人家说是自愿的才行,我说:"那啦我不自愿。"隔了不几天,人也没吃的了,马也没有一颗料,瘦干了,就干脆卖了马养起人来了。

谷苗出得很不赖,可惜锄不出来。我跟你三嫂天天去锄,好像尽管锄也只是那么一大片,在北头锄了这院子大一片,南头的草长起来就找不见苗了。四面地邻也都种的是谷,这一年是丰收年,人家四面的谷都长够一人高,我那三亩地夹在中间,好像个长方池子。到了秋收时候,北头锄出来那一小片,比起四邻的自然不如,不过长得还像个谷,穗秀也不大不小,可惜片子太小了。南头太不像话,最高的一层是蒿,第二层是沙蓬,靠地的一层是抓地草。在这些草里也能寻着一些谷:秀了穗的,大的像猪尾巴,小的像纸烟头,高的挂在蒿秆上,低的钻进沙蓬里;没秀穗的,跟抓地草锈成一片,活着的像马鬃,死了的像鱼刺,三亩地打了五斗。老弟!光我那一圈马粪也不止卖五斗谷吧?我跟你三嫂连马工贴上,一年才落下这点收成,要不连这五斗谷也打不上。这一年,人家都是丰年,我是歉年,收完秋就没有吃的了。

村里人都打下两颗粮食了,就想叫小孩子们识几个字,叫干部来跟我商量拨工——他们给我种那三亩地,我给他们教孩子。我自然很愿意,可惜马上就没有吃的。村里人倒很大方,愿意管我饭,又愿意给你三嫂借一部分粮,来年给我种地还不用我管饭。这一下把我的困难全部解决了,我自然很高兴,马上就开了学。

这是前年冬天的事。去年就这样拨了一年工,还是那三亩地,还种的是谷,到秋天打了八石五。老弟!你看看人家这本领大不大?我虽是四十多的人了,这本领我非学不可!今年村里给学校拨了二亩公地,叫学生们每天练习一会生产啦!我也参加到学生组里,跟小孩们学习学习。我觉着这才是走遍天下饿不死的真正本领啦!

老弟!在以前我也跟你想的一样,觉着我这轿上来马上去,遇事都要耍个排场,都是凭地板啦,现在才知道是凭人家老常老孙啦!唉,真不该叫把人家老常饿死了来!我看我常家窑那顷把地不行了,地广人稀,虽然有些新来的没地户,可是汽车路两旁的好地还长着蒿啦,谁还去种山地?再迟二年,地边一塌,还不是又变成"荒山一处"了吗!

老弟!再不要跟人家说地板能换粮食。地板什么也不能换,我那三亩菜地,地板不比你的赖,劳力不行了,打的还不够粪钱;常家窑那顷把红土夹沙地,地板也不赖,没有人只能长蒿,想当柴烧还得亲自去割,雇人割回来,不比买柴便宜。

老弟!人家农会主席跟区上的同志说得一点也不差,粮食确确实实是劳力换的,不信你今年自己种上二亩去试试!

1944 年

李家庄的变迁

一

李家庄有座龙王庙,看庙的叫"老宋"。老宋原来也有名字,可是因为他的年纪老,谁也不提他的名字;又因为他的地位低,谁也不加什么称呼,不论白胡老汉,不论才会说话的小孩,大家一致都叫他"老宋"。

抗战以前的八九年,这龙王庙也办祭祀,也算村公所;修德堂东家李如珍也是村长也是社首,因此老宋也有两份差——是村警也是庙管。

庙里挂着一口钟,老宋最喜欢听见钟响。打这钟也有两种意思:若是只打三声——往往是老宋亲自打,就是有人敬神;若是不住乱打,就是有人说理。有人敬神,老宋可以吃上一份献供;有人说理,老宋可以吃一份烙饼。

一天,老宋正做早饭,听见庙门响了一声,接着就听见那口钟当当当地响起来。隔着竹帘子看,打钟的是本村的教书先生春喜。

春喜,就是本村人,官名李耀唐,是修德堂东家的本家侄儿。前几年老宋叫春喜就是"春喜",这会春喜已经二十好几岁了,又在中学毕过业,又在本村教小学,因此也叫不得"春喜"了。可是一个将近六十岁的老汉,把他亲眼看着长大了的年轻后生硬叫成"先生",也有点不好意思。老宋看见打钟的是他,一时虽想不起该叫他什么,可是也急忙迎出来,等他打罢了钟,向他招呼道:"屋里坐吧!你跟谁有什么事了?"

春喜对他这招待好像没有看见,一声不哼走进屋里向他下命令道:"你去报告村长,就说铁锁把我的桑树砍了,看几时给我说!"老宋去了。等了一会,老宋回来说:"村长还没有起来。村长说今天晌午开会。"春喜说:"好!"说了站起来,头也不回就走了。

老宋把饭做成,盛在一个串门大碗①里,端在手里,走出庙来,回手锁住庙门,去通知各项办公人员和事主。他一边吃饭一边找人,饭吃完了人也找遍了,最后走到福顺昌杂货铺,通知了掌柜王安福,又取了二十斤白面回庙里去。这二十斤面,是准备开会时候做烙饼用的。从前没有村公所的时候,村里人有了事是请社首说理。说的时候不论是社首、原被事主、证人、庙管、帮忙,每人吃一斤面烙饼,赶到说完了,原被事主,有理的摊四成,没理的摊六成。民国以来,又成立了村公所;后来阎锡山巧立名目,又成立了息讼会,不论怎样改,在李家庄只是旧规添上新规,在说理方面,只是烙饼增加了几份——除社首、事主、证人、帮忙以外,再加上村长副、闾邻长、调解员等每人一份。

到了晌午,饼也烙成了,人也都来了,有个社首叫小毛的,先给大家派烙饼——修德堂东家李如珍是村长又是社首,李春喜是教员又是事主,照例是两份,其余凡是顶两个名目的也都照例是两份,只有一个名目的照例是一份。不过也有不同,像老宋,他虽然也是村警兼庙管,却照例又只能得一份。小毛自己虽是一份,可是

---

① 串门大碗,即一碗可以吃饱的大碗。

村长照例只吃一碗鸡蛋炒过的,其余照例是小毛拿回去了。照例还得余三两份,因为怕半路来了什么照例该吃空份子的人。

吃过了饼,桌子并起来了,村长坐在正位上,调解员是福顺昌掌柜王安福,靠着村长坐下,其余的人也都依次坐下。小毛说:"开腔吧,先生!你的原告,你先说!"

春喜说:"好,我就先说!"说着把椅子往前一挪,两只手互相把袖口往上一捋,把脊梁骨挺得直撅撅地说道:"张铁锁的南墙外有我一个破茅厕……"

铁锁插嘴道:"你的?"

李如珍喝道:"干什么?一点规矩也不懂!问你时候你再说!"回头又用嘴指了指春喜,"说吧!"

春喜接着道:"茅厕旁边有棵小桑树,每年的桑叶简直轮不着我自己摘,一出来芽就有人摘了。昨天太阳快落的时候,我家里去这桑树下摘叶,张铁锁女人说是偷他们的桑叶,硬拦住不叫走,恰好我放学回去碰上,说了她几句,她才算丢开手,本来我想去找张铁锁,叫他管教他女人,后来一想,些小事走开算了,何必跟她一般计较,因此也没有去找他。今天早上我一出门,看见桑树不在了,我就先去找铁锁。一进门我说:'铁锁!谁把茅厕边那小桑树砍了?'他老婆说:'我!'我说:'你为什么砍我的桑树?'她说:'你的?你去打听打听是谁的!'我想我的东西还要去打听别人?因此我就打了钟,来请大家给我问问他。我说完了,叫他说吧!看他指什么砍树。"

李如珍用嘴指了一下铁锁:"张铁锁!你说吧!你为什么砍人家的树?"

铁锁道:"怎么你也说是他的树?"

李如珍道:"我还没有问你你就先要问我啦是不是?你们这些外路人实在没有规矩!来了两三辈了还是不服教化!"

小毛也教训铁锁道:"你说你的理就对了,为什么先要跟村长顶嘴?"

铁锁道:"对对对,我说我的理:这棵桑树也不是我栽的,是它自己出的,不过长在我的茅厕墙边,总是我的吧?可是哪一年也轮不到我摘叶子,早早地就被人家偷光了……"

李如珍道:"简单些!不要拉那么远!"

铁锁道:"他拉得也不近!"

小毛道:"又顶起来了!你是来说理来了呀,是来顶村长来了?"

铁锁道:"你们为什么不叫我说话?"

福顺昌掌柜王安福道:"算了算了!怨咱们说不了事情。我看双方的争执在这里,就是这茅厕究竟该属谁。我看这样子吧:耀唐!你说这茅厕是你的,你有什么凭据?"

春喜道:"我那是祖业,还要什么凭据?"

王安福又向铁锁道:"铁锁你啦?你有什么凭据?"

铁锁道:"连院子带茅厕,都是他爷爷手卖给我爷爷的,我有契纸。"说着从怀里取出契纸来递给王安福。

大家都围拢着看契,李如珍却只看着春喜。

春喜道:"大家看吧!看他契上是一个茅厕呀,是两个茅厕!"

铁锁道:"那上边自然是一个!俺如今用的那个,谁不知道是俺爹新打的?"

李如珍道:"不是凭你的嘴硬啦!你记得记不得?"

铁锁道:"那是三十年前的事,我现在才二十岁,自然记不得。可是村里上年纪的人多啦!咱们请出几位来打听一下!"

李如珍道:"怕你嘴硬啦?还用请人?我倒五十多了,可是我就记不得!"

小毛道:"我也四十多了,自我记事,那里就是两个茅厕!"

铁锁道:"小毛叔！咱们说话都要凭良心呀！"

李如珍翻起白眼向铁锁道:"照你说是大家打伙讹你啦,是不是?"

铁锁知道李如珍快撒野了,心里有点慌,只得说道:"那我也不敢那么说!"

窗外有个女人抢着叫道:"为什么不敢说？就是打伙讹人啦!"只见铁锁的老婆二妞当当当跑进来,一手抱着个孩子,一手指划着,大声说道:"你们五十多的记不得,四十多的记得就是两个茅厕,难道村里再没有上年纪的人,就丢下你们两个了?……"

李如珍把桌子一拍道:"混蛋！这样无法无天的东西！滚出去！老宋！撵出她！"

二妞道:"撵我呀？贼是我捉的,树也是我砍的,为什么不叫我说话？"

李如珍道:"叫你来没有？"

二妞道:"你们为什么不叫我？哪有这说理不叫正头事主的？"

小毛道:"家有千口,主事一人。有你男人在场,叫你做什么？走吧走吧！"说着就往外推她。

二妞把小毛的手一拨道:"不行！不是凭你的力气大啦！贼是我捉的,树是我砍的！谁杀人谁偿命！该犯什么罪我都领,不要连累了我的男人。"

在窗外听话的人越挤越多,都暗暗点头,还有些人交头接耳说:"二妞说话把得住理！"

正议论间,又从庙门外走进个人来,有二十多岁年纪,披着一头短发,穿了件青缎夹马褂,手里提了根藤条手杖。人们一见他,跟走路碰上蛇一样,不约而同都吸了一口冷气,给他让开了一条路。这人叫小喜,官名叫继唐,也是李如珍的本家侄子,当年也是中学毕业,后来吸上了金丹,就常和邻近的光棍们来往,当人贩、卖寡妇、贩金丹、挑词讼……无所不为,这时又投上三爷的门子,因为三爷是阎锡山的秘书长的堂弟,小喜抱上这条粗腿,更是威风凛凛,无人不怕。他一进去,正碰着二妞说话,便对二妞发话道:"什么东西唧唧喳喳的!"

除了村长是小喜的叔父,别的人都站起来赔着笑脸招呼小喜,可是二妞偏不挨他的骂,就顶他道:"你管得着?你是公所的什么人?谁请的你?……"

二妞话没落音,小喜劈头就是一棍道:"滚你妈的远远的!反了你!草灰羔子!"

小毛拦道:"继唐!不要跟她一般计较!"又向二妞道:"你还不快走?"

二妞并不哭,也不走,挺起胸膛向小喜道:"你杀了我吧!"

小喜抡转棍子狠狠地又在二妞背上打了两棍道:"杀了你又有什么事?"把小孩子的胳膊也打痛了,小孩子大哭起来。

窗外边的人见势头不对,跑进去把二妞拉出来了。二妞仍不服软,仍回头向里边道:"只有你们活的了!外来户还有命啦?"别的人低声劝道:"少说上句吧!这时候还说什么理?你还占得了他的便宜呀?"

村长在里边发话道:"闲人一概出去!都在外边乱什么?"

小毛揭起帘子道:"你们就没有看见庙门上的虎头牌吗?'公所重地,闲人免进。'你们乱什么?出去!"

窗外的人们也只得掩护二妞走出去。

小毛见众人退出,赶紧回头招呼小喜:"歇歇,继唐!老宋!饼还热不热了?"

老宋端过一盘烙饼来道:"放在火边来,还不很冷!"说着很小心地放在小喜跟前。

小喜也不谦让,抓起饼子吃着,连吃带说:"我才从三爷那里回来。三爷托我给他买一张好条几,不知道村里有没有?"

小毛道:"回头打听一下看吧,也许有!"

李如珍道:"三爷那里很忙吗?"

"忙,"小喜嘴里嚼着饼子,连连点头说,"事情实在多!三爷也是不想管,可是大家找得不行!凡是县政府管不了的事,差不多都找到三爷那里去了。"老宋又端着汤来,小喜接过来喝了两口,忽然看见铁锁,就放下碗向铁锁道:"铁锁!你那女人你可得好好管教管教啦!你看那像个什么样子?唧唧喳喳,一点也不识羞!就不怕别人笑话?"

铁锁想:"打了我老婆,还要来教训我,这成什么世界?"可是势头不对,说不得理,也只好不做声。

停了一会,小喜的汤也快喝完了,饼子还没有吃到三分之一。福顺昌掌柜王安福向大家提道:"咱们还是说正事吧!"

小喜站起来道:"你们说吧!我也摸不着,我还要给三爷买条几去!"

小毛道:"吃了再去吧!"

小喜把盘里的饼一卷,捏在手里道:"好,我就拿上!"说罢,拿着饼子,提起他的藤条手杖,匆匆忙忙地走了。

王安福接着道:"铁锁!你说你现在用的那个茅厕是你父亲后来打的,能找下证人不能?"

铁锁道:"怎么不能?你怕俺邻家陈修福老汉记不得啦?"

春喜道:"他不行!一来他跟你都是林县人,再者他是你女人的爷爷,是你的老丈爷,那还不是只替你说话?"

铁锁道:"咱就不找他!找杨三奎吧?那可是本地人!"

春喜道:"那也不行!白狗是你的小舅,定的是杨三奎的闺女,那也有亲戚关系。"

铁锁道:"这你难不住我！咱村的老年人多啦!"随手指老宋道:"老宋也五六十岁了,跟我没有什么亲戚关系吧?"

小毛拦道:"老宋他是个穷看庙的,他知道什么？你叫他说说他敢当证人不敢？老宋！你知道不知道？"

老宋自然记得,可是他若说句公道话,这个庙就住不成了,因此他只好推开:"咱从小是个穷人,一天只顾弄着吃,什么闲事也不留心。"

李如珍道:"有契就凭契！契上写一个不能要人家两个,还要找什么证人？村里老年人虽然多,人家谁也不是给你管家务的！"

小毛道:"是这样吧！我看咱们还是背场谈谈吧！这样子结不住口。"

大家似乎同意,有些人就漫散开来交换意见。小毛跟村长跟春喜互相捏弄了一会手码,王安福也跟间邻长们谈了一谈事情的真相。后来小毛走到王安福跟前道:"这样吧！他们的意思,叫铁锁包赔出这么个钱来！"说着把袖口对住王安福的袖口一捏,接着道:"你看怎么样？"

王安福悄悄道:"说真理,他们卖给人家就是这个茅厕呀！人家用的那一个,真是他爹老张木匠在世时候打的。我想这你也该记得！"

小毛道:"那不论记得不记得,那样顶真,得罪的人就多了。你想:村长、春喜,意思都是叫他包赔几个钱。还有小喜,不说铁锁,我也惹不起人家呀！"

王安福没有答话,只是摇头。间邻长们也不敢作什么主张,都是看看王安福,看看村长,看看小毛,直到天黑也没说个结果,就都回家吃饭去了。

晚上,老宋又到各家叫人,福顺昌掌柜王安福说是病了,没有去。其余的人,也有去的,也有不去的。大家在庙里闷了一会,村长下了断语:茅厕是春喜的,铁锁砍了桑树包出二百块现洋来,吃烙饼和开会的费用都由铁锁担任,叫铁锁讨保出庙。

二

陈修福老汉当保人,保证铁锁一月以后还钱,才算放铁锁出了庙。铁锁气得抬不起头来,修福老汉拉着胳膊把他送到家。他一回去,一头睡在床上放声大哭,二妞问他,他也说不出话来,修福老汉也劝不住。一会,邻家们也都听见了,都跑来问询,铁锁仍哭得说不出话来,修福老汉才把公所处理的结果一件件告诉大家说:"茅厕说成人家的了,还叫包人家二百块钱,再担任开会的花费。"铁锁听老汉又提起来,哭得更喘不过气来,邻家们人人摇头,二妞听了道:"他们说得倒体面!"咕咚一声把孩子放在铁锁跟前道:"给你孩子,这事你不用管!钱给他出不成!茅厕也给他丢不成!事情是我闯的,就是他,就是我!滚到哪里算哪里,反正是不得好活!"一边说,一边跳下床就往外跑,邻家们七八个人才算把她拖住。小孩在炕上直着嗓子号,修福老汉赶紧抱起来。

大家分头解劝,劝得二妞暂息了怒,铁锁也止住了哭。杨三奎向修福老汉道:"太欺人!不只你们外路人,就是本地人也活不了。你看村里一年出多少事,哪一场事不是由着人家捏弄啦?实在没法!"

内中有个叫冷元的小伙子跳起来叫道:"铁锁!到哪个崖头路边等住他,你不敢一镢头把他捣下沟里?"

杨三奎道:"你们年轻人真不识火色①!人家正在气头上啦,说那些冒失话抵什么事?"说得冷元又蹲下去了。年轻人们指着冷元笑道:"冷家伙,冷家伙!"

---

① 不识火色,即不识时机的意思。

闷了一小会,修福老汉道:"我看可以上告他!就是到县里把官司打输了,也要比这样子了场合算。"

杨三奎道:"那倒可以!到县里他总不能只说一面理,至少也要问一问证人。"

冷元道:"这事真气死人!可惜我年纪小记不得,要不我情愿给你当证人!"

杨三奎道:"你年纪小,有大的!"有几个三四十岁的人七嘴八舌接着说:"铁锁他爹打茅厕这才几天呀?三十以上的人差不多都记得!""你状上写谁算谁,谁也可以给你证明。""多写上几个!哪怕咱都去啦!"

二妞向铁锁道:"胖孩爹!咱就到县里再跟他滚一场!任凭把家当花完也不能叫便宜了他们爷们!"又向修福老汉道:"爷爷!你不是常说咱们来的时候都是一筐一担来的吗?败兴到底咱也不过一筐一担担着走,还落个够大!怕什么?"

正说话间,二妞的十来岁的小弟弟白狗,跑进来叫道:"姐姐!妈来了!"二妞正起来去接,她妈已经进来了。她妈悄悄道:"你们正说什么?"冷元抢着大声道:"说告状!"二妞她妈摆手道:"人家春喜媳妇在窗外听啦!"大家都向窗上看。二妞道:"听她听罢,她能堵住我告状?"

大家听说有人听,也就不多说了,都向二妞她妈说:"你好好劝劝她吧。"说着也就慢慢散去。

李如珍叔侄们回去,另是一番气象:春喜、小喜、小毛,都集中在李如珍的大院里,把黑漆大门关起来庆祝胜利。晌午吃过烙饼,肚子都很不饿,因此春喜也就不再备饭,只破费了十块现洋买了一排金丹棒子①作为礼物。

---

① 一排金丹棒子有五十个。

李如珍的太谷烟灯和宜兴磁烟斗,除了小毛打发他过了瘾以后可以吸口烟灰,别人是不能借用的,因此春喜也把他自己的烟家伙拿来。李如珍住的屋子分为里外间,里间的一盏灯下,是小毛给李如珍打泡,外间的一盏灯下,睡的是春喜和小喜弟兄两个。里间不热闹,因为李如珍觉着小毛只配烧烟,小毛也不敢把自己身份估得过高,也还有些拘束,因此就谈不起话来。小毛把金丹棒子往斗上粘一个,李如珍吸一个,一连吸了七八个以后,小毛把斗里烟灰挖出,重新再往上粘。又吸了七八个,小毛又把灰挖出来,把两次的灰合并起来烧着,李如珍便睡着了。等到小毛打好了泡,上在斗上,把烟枪杆向他口边一靠,他才如梦初醒,衔住枪杆吸起来。

外间的一盏灯下虽然也只有小喜和春喜两个人,可是比里间热闹得多,他们谈话的材料很多:起先谈的是三爷怎样阔气,怎样厉害;后来又谈到谁家闺女漂亮,哪个媳妇可以;最后才谈到本天的胜利。他们谈起二姐,春喜说:"你今天那几棍打得真得劲!我正想不出办法来对付她,你一进去就把事情解决了。"小喜道:"什么病要吃什么药!咱们连个草灰媳妇也斗不了,以后还怎么往前闯啦?老哥!你真干不了!我看你也只能教一辈子书。"春喜道:"虽说是个草灰媳妇,倒是个有本领的。很精干!……"小喜摇头道:"嘘……我说你怎么应付不了她,原来是你看到眼里了呀?"说着用烟签指着春喜鼻子道:"叫老嫂听见怕不得跪半夜啦?没出息没出息!没有见过东西!一个小母草灰就把你迷住了!"春喜急得要分辩,也找不着一句适当的话。小喜把头挺在枕头后边哈哈大笑起来,春喜没法,也只好跟着他笑成一团。就在这时,李如珍在里间喊道:"悄悄!听听是谁打门啦?"他两个人听说,都停住了笑,果然又听得门环啪啪地连响了几声。

小毛跑出院里问道:"谁?"外边一个女人声音答道:"我!开开吧!"小喜听出是春喜媳妇的声音,又笑向春喜道:"真是老嫂找来了!"小毛开了门,春喜媳妇进来了。春喜问:"什么事?"春喜媳妇低声道:"你去听听人家二妞在家说什么啦?"一提二妞,小喜又指着春喜大笑起来,春喜也跟着笑。春喜媳妇摸不着头脑,忙问:"笑什么?"小喜道:"这里有个谜儿,你且不用问。你先说说你听见二妞说什么来?"春喜媳妇坐在小喜背后,两肘按着小喜的腰,面对着春喜,把冷元怎样说冒失话,二妞怎样说要破全部家当到县里告状,详详细细谈了一遍。春喜还未答话,小喜用手一推道:"回去吧回去吧!没有事!她告到县里咬得了谁半截?到崖头上等,问问他哪个是有种的?"春喜也叫他媳妇回去,媳妇走了。小毛又去把大门关住,小喜仍然吹他的大话。

李如珍在里间拉长了声音轻轻叫道:"喜!——来!——"小喜进去了。小毛一见小喜,赶紧起来让开铺子叫他躺,自己坐到床边一个凳子上,听他们谈什么事。李如珍看了小毛一眼,随手拈起三四个金丹棒子递给他道:"你且到外边躺一会。"小毛见人家不叫他听,也只好接住棒子往外间来吸。

小毛吸了第一遍,正烧着灰,小喜就出来了。他一见小喜出来,自然又不得不起来再让小喜躺下。小喜向春喜道:"老哥!叔叔说那东西真要想去告状还不能不理。"小毛站在一边接话道:"那咱也得想个办法呀!"小喜见小毛还在旁边,后悔自己不该说了句软话,就赶紧摆足架子答道:"那自然有办法!"春喜道:"扯淡!一个小土包子,到县里有他的便宜呀?"小喜看了小毛一眼道:"你还到里边去吧!"小毛又只得拿上他的金丹灰回里间去。小喜等他去后,低声向春喜道:"自然不是怕官司上吃了他的亏!叔叔说不可叫他开这个端。不论他告得准告不准,旁人说起来,一个林县草灰告过咱一状,那总是一件丢脸的事。"春喜道:"那咱也不能托人去留他呀?"小喜道:"什么东西?还值得跟他那样客气?想个法叫他告不成就完了!"春喜道:"想个什么法?"小喜道:"不怕！有三爷！明天一早我就找三爷去。"

这天晚上，也不知他们吸到什么时候才散。

第二天早上小喜去找三爷去；铁锁忙着借钱准备告状。阴历四月庄稼人一来很忙，二来手头都没有钱，铁锁跑来跑去，直跑到晌午，东一块，西五毛，好容易才凑了四五块钱。二妞在家也忙着磨面蒸窝窝，给铁锁准备进城的干粮。

晌午，铁锁和二妞正在家吃饭，小喜领了一个人进来，拿着绳，把铁锁的碗夺了，捆起来。二妞道："作什么！他又犯下什么罪了？"小喜道："不用问！也跑不了你！"说着把二妞的孩子夺过来丢在地上，把二妞也捆起来。村里人正坐在十字街口吃饭，见小喜和一个陌生的人拿着绳子往铁锁院里去，知道没有好事。杨三奎、修福老汉、冷元……这几个铁锁的近邻，就跟着去看动静。他们看见已经把铁锁两口捆起来，小孩子爬在地上哭，正预备问问为什么，只见小喜又用小棍子指着冷元道："也有他！捆上捆上！"那个陌生人就也把冷元捆住。

两个人牵着三个人往外走，修福老汉抱起小孩和大家都跟了出来。街上的人，有几个胆小的怕连累自己，都走开了；其余的人跟在后面，也都想不出挽救的办法。二妞的爹娘和兄弟、冷元的爹娘也半路追上来跟着走。大家见小喜和他引来的那个人满脸凶气，都搭不上茬，只有修福老汉和冷元的爹绕着小喜，一边走，一边苦苦哀求。

小喜把人带到庙里，向老宋道："请村长去！"老宋奉命去了。

修福老汉央告小喜道："继唐！咱们都是个邻居，我想也没有什么过不去的事。他们年轻人有什么言差语错，还得请你高高手，担待着些。"

小喜道："这事你也清楚！他们一伙人定计，要到崖头路边谋害村长。村长知道了,打发我去找三爷。我跟三爷一说,三爷说:'这是响马举动,先把他们捆来再说!'听说人还多,到那里一审你怕不知道还有谁啦?"

二妞听了道:"我捉了一回贼就捉出事来了,连我自己也成了响马了!看我杀了谁了,抢了谁了?"

小喜道:"你听!硬响马!我看你硬到几时?"

修福老汉道:"这闺女!少说上句吧!"

李如珍来了,小毛也跟在后边。小喜向李如珍道:"三爷说叫先把人捆去再说。你先拨几个保卫团丁送他们走。"

修福老汉看见事情急了,把孩子递给他孙孙白狗,拉了小毛一把道:"我跟你说句话!"小毛跟他走到大门外,他向小毛道:"麻烦你去跟村长跟小喜商量一下,看这事情还能在村里了一了不能?"小毛素日也摸得着小喜的脾气,知道他有钱万事休,再者如能来村里再说一场,不论能到底不能到底,自己也落不了空,至少总能吃些东西,就满口应承道:"可以!我去给你探探口气!自然我也跟大家一样,只愿咱村里没事。"说着就跑到小喜面前道:"继唐!来!我跟你说句话!"小喜道:"说吧!"小毛又点头道:"来!这里!"小喜故意装成很不愿意的样子,跟着小毛走进龙王殿去。

白狗抱着小胖孩站在二妞旁边,小胖孩伸着两只小手向二妞扑。二妞预备去摸他,一动手才想起手被人家反绑着,随着就瞪了瞪眼道:"摔死他!要死死个干净!"口里虽是这么说着,眼里却滚下泪来。二妞她娘看见很伤心,一边哭一边给二妞揩泪。

小喜从龙王殿出来道:"我看说不成!他们这些野草灰不见丧不掉泪,非弄到他们那地方不行!"小毛在后边跟着道:"不要紧,咱慢慢说!山不转路转,没有说不倒的事!村长!走吧,咱们跟继唐到你那里谈一谈!"小喜吩咐他带来的那个人道:"你看着他们,说不好还要带他们走!"说罢同村长先走了。

小毛悄悄向修福老汉道："得先买两排棒子！"修福老汉道："我不知道哪里有卖的。"小毛道："拿二十块现洋就行，我替你买去！"修福老汉和冷元他爹齐声道："可以，托你吧！"小毛随着村长和小喜去了。

小喜说三爷那里每人得花一百五十元现洋，三个人共是四百五十元。一边讨价一边还价，小毛也做巫婆也做鬼，里边跑跑外边走走，直到晚饭时候才结了口——三爷那边，三个人共出一百五十元。给小喜和引来那个人五十元小费。铁锁和冷元两家摆酒席请客赔罪，具保状永保村长的安全。前案不动，还照昨天村公所处理的那样子了结。

定死了数目，小毛说一个不能再少了。修福老汉到庙里去跟铁锁商量，铁锁自己知道翻不过了，也只好自认晦气。二妞起先不服，后来也想不出什么办法，只好不再作主张。冷元也只是为了铁锁的事说了句淡话，钱还得铁锁出，因此也没有什么意见。修福老汉见他们应允了，才去找杨三奎和自己两个人作保，把他们三个人保出。

这一次保出来和上一次不同，春喜的钱能迟一个月，小喜却非带现钱不可。铁锁托修福老汉和杨三奎到福顺昌借钱，王安福老汉说柜上要收茧，没有钱出放，零的可以，上一百元就不行。杨三奎向修福老汉道："福顺昌不行，村里再没有道路，那就只好再找小毛，叫他去跟小喜商量，就借六太爷那钱吧！"修福老汉道："使上二百块那个钱，可就把铁锁那一点家当挑拆了呀！"杨三奎道："那再没办法，反正这一关总得过。"修福老汉又去跟铁锁商量去。

原来这六太爷是三爷的堂叔。他这放债与别家不同：利钱是月三分，三个月期满，本利全归。这种高利，在从前也是平常事，特别与人不同的是他的使钱还钱手续；领着他的钱在外边出放的经手人，就是小喜这一类人，叫做"承还保人"。使别人的钱，到期没钱,不过是照着文书下房下地,他这文书上写的是"到期本利不齐者,由承还保人作主将所质之产业变卖归还",因此他虽没有下过人的地,可是谁也短不下他的钱。小喜这类人往外放钱的时候是八当十,文书上写一百元,实际上只能使八十元,他们从中抽使二十元。"八当十,三分利,三个月一期,到期本利还清,想再使又是八当十,还不了钱由承还保人变卖产业":这就是六太爷放债的规矩。这种钱除了停尸在地或命在旦夕非钱不行时候,差不多没人敢使,铁锁这会就遇了这样个非使不行。

修福老汉跟铁锁一商量,铁锁也再想不出别的办法,只好托小毛去央告小喜,把他爷他爹受了两辈子苦买下的十五亩地写在文书上,使了六太爷二百五十块钱(实二百块),才算把三爷跟小喜这一头顾住。两次吃的面、酒席钱、金丹棒子钱,一共三十元,是在福顺昌借的。

第三天,请过了客,才算把这场事情结束了。

铁锁欠春喜二百元,欠六太爷二百五十元,欠福顺昌三十元,总共是四百八十元外债。

小喜在八当十里抽了五十元,又得了五十元小费,他引来那个捆人的人,是两块钱雇的,除开了那两块,实际上得了九十八元。

李如珍也不落空:小喜说三爷那里少不了一百五十元,实际上只缴三爷一百元,其余五十元归了李如珍。

小毛只跟着吃了两天好饭,过了两天足瘾。

一月之后,蚕也老了,麦也熟了,铁锁包春喜的二百元钱也到期了,欠福顺昌的三十元也该还了,使六太爷的二百五十元铁锁也觉着后怕了。他想:"背利不如早变产,再迟半年,就把产业全卖了也不够六太爷一户的。"主意一定,咬一咬牙关,先把茧给了福顺昌,又粜了两石麦子把福顺昌的三十元找清;又把地卖给李如珍十亩,还了六太爷的二百五十元八当十;把自己住的一院房子给了春喜,又贴了春喜三石麦抵住二百元钱,自己搬到院门外碾道边一座喂过牲口的房子里去住:这样一来,只剩下五亩地和一座喂过牲口的房子。春喜因为弟兄们多,分到的房子不宽绰,如今得了铁锁这座院子,自是满心欢喜,便雇匠人补檐头、扎仰尘①、粉墙壁、添门面,不几天把个院子修理得十分雅致,修理好了便和自己的老婆搬到里边去住。铁锁啦?搬到那座喂过牲口的房子里,光锄头犁耙、缸盆瓦罐、锅匙碗筷、箩头筐子……就把三间房子占去了两间,其余一间,中间一个驴槽,槽前修锅台,槽上搭床铺,挤得连水缸也放不下。

铁锁就住在这种房子里,每天起来看看对面的新漆大门和金字牌匾,如何能不气?不几天他便得了病,一病几个月,吃药也无效。俗语说:"心病还须心药治。"后来三爷上了太原,小喜春喜都跟着去了。有人说:"县里有一百多户联名告了一状。省城把他们捉去了。"有人说:"三爷的哥哥是阎锡山的秘书长,是一人之下万人之上的官,听说他在家闹得不像话,把他叫到省城关起来了。"不论怎么说,都说与三爷不利。铁锁听了这消息,心里觉着痛快了一些,病也就慢慢好起来了。

三

铁锁自从变了产害过病以后,日子过得一天不如一天,幸而他自幼跟着他父亲学过木匠和泥水匠,虽然没有领过工,可是给别人做个帮手,也还是个把式,因此他就只好背了家具到外边和别的匠

---

① 当地群众称顶棚为仰尘,扎仰尘,就是糊顶棚。

人碰个伙,顾个零花销。

到了民国十九年夏天,阎锡山部下有个李师长,在太原修公馆,包工的是跟铁锁在一块打过伙的,打发人来叫铁锁到太原去。铁锁一来听说太原工价大,二来又想打听一下三爷究竟落了个什么下场,三来小胖孩已经不吃奶了,家里五亩地有二姐满可以种得过来,因此也就答应了。不几天,铁锁便准备下干粮盘缠衣服鞋袜,和几个同行相跟着到太原去。

这时正是阎锡山自称国民革命军第三方面军出兵倒蒋打到北平的时候,因为军事上的胜利,李师长准备将来把公馆建设在北平,因此打电报给太原的管事的说叫把太原的工暂时停了。人家暂时停工,铁锁他们就暂时没事做,只得暂时在会馆找了一间房子住下。会馆的房子可以不出房钱,不凑巧的是住了四五天就不能再住了,来了个人在门外钉了"四十八师留守处"一个牌子,通知他们当天找房子搬家。人家要住,他们也只得另在外边赁了一座房子搬出去。

过了几天,下了一场雨,铁锁想起会馆的床下还丢着自己一对旧鞋,就又跑到那里去找。他一进屋门,看见屋子里完全变了样子:地扫得很光,桌椅摆得很齐整,桌上放着半尺长的大墨盒、印色盒和好多很精致的文具,床铺也很干净,上边躺着个穿着细布军服的人在那里抽鸦片烟。那个人一抬头看他,他才看见就是小喜。他又和碰上蛇一样,打了个退步,以为又要出什么事,不知该怎样才好,只见小喜不慌不忙向他微微一笑道:"铁锁?我当是谁?你几时到这里?进来吧!"铁锁见他对自己这样客气还是第一次,虽然不知他真意如何,看样子是马上不发脾气的,况且按过去在村里处的关系,他既然叫进去,不进去又怕出什么事,因此也就只好走近他的床边站下。小喜又用嘴指着烟盘旁边放的纸烟道:"吸烟吧!"铁锁觉着跟这种人打交道,不出事就够好,哪里还有心吸烟,便推辞道:"我才吸过!"只见小喜取起一根递给他道:"吸吧!"这样一来,他觉着不吸又不好,就在烟灯上点着,靠床沿站着吸起来。他一边吸烟,一边考虑小喜为什么对他这样客气,但是也想不出个原因来。小喜虽然还是用上等人对一般人的口气,可也好像是亲亲热热地问长问短——问他跟谁来的,现在做什么,住在哪里,有无盘费……问完以后,知道他现在没有工作,便向他道:"你们这些受苦人,闲住也住不起。论情理,咱们是个乡亲,你遇上了困难我也该照顾你一下,可是又不清楚谁家修工。要不你就来这里给我当个勤务吧?"铁锁觉着自己反正是靠劳力吃饭,做什么都一样,只是见他穿着军人衣服,怕跟上他当了兵,就问道:"当勤务是不是当兵?"小喜见他这样问,已经猜透他的心事,便答道:"兵与兵不同:这个兵一不打仗,二不调动,只是住在这里收拾收拾屋子,有客来倒个茶,跑个街道;论赚钱,一月正饷八块,有个客人打打牌,每次又能弄几块零花钱;这还不是抢也抢不到手的事吗?我这里早有好几个人来运动过,我都还没有答应。叫你来就是因为你没有事,想照顾你一下,你要不愿来也就算了。"

正说着,听见院里自行车扎扎扎皮鞋脱脱脱,车一停下,又进来一个穿军服的,小喜赶快起身让座,铁锁也从床边退到窗下。那人也不谦让,走到床边便与小喜对面躺下。小喜指着铁锁向那人道:"参谋长,我给咱们留守处收了个勤务!我村子里人,很忠厚,很老实!"那人懒洋洋地道:"也好吧!"小喜又向铁锁道:"铁锁!你回去斟酌一下,要来今天晚上就来,要不来也交代我一声,我好用别人!"铁锁一时虽决定不了该干不该干,可也觉着这是去的时候了,就忙答道:"可以,那我就走了!"小喜并不起身相送,只向他道:"好,去吧!"他便走出来了。

参谋长道:"这孩子倒还精干,只是好像没有胆,见人不敢说响话。"小喜道:"那倒也不见得,不过见了我他不敢怎样放肆,因为过去处的关系不同。"参谋长道:"你怎么想起要用个勤务来?"小喜道:"我正预备报告你!"说着先取出一包料面递给参谋长,并且又取一根纸烟,一边往上缠吸料子用的纸条,一边向他报告道:"前不大一会,有正大饭店①一个伙计在街上找四十八师留守处,说是河南一个客人叫他找,最后问这里警察派出所,才找到这里来。我问明了缘由,才推他说今天这里没有负责人,叫他明天来。我正预备吸口烟到你公馆报告去,我村那个人就进来了;还没有说几句话,你就进来了。"

按他两个人的等级来说,小喜是上尉副官,而参谋长是少将。等级相差既然这么远,有什么事小喜应该马上报告,说话也应该更尊敬一些,为什么小喜还能慢腾腾地和他躺在一处,说话也那样随便呢?原来这四十八师是阎锡山准备新成立的队伍,起初只委了一个师长,参谋长还是师长介绍的,并没有一个兵,全靠师长的手段来发展。师长姓霍,当初与豫北一带的土匪们有些交道,他就凭这个资本领了师长的委任。他说:"只要有名义,兵是不成问题的。"小喜也懂这一道。参谋长虽然是日本帝国大学毕业,可是隔行如隔山,和土匪们取联络便不如小喜,况且小喜又是与秘书长那个系统有关系的,因此参谋长便得让他几分。

小喜说明了没有即刻报告他的理由,见他没有说什么,就把手里粘好纸条子的纸烟递给他让他吸料子,然后向他道:"我想这个客人,一定是老霍去了联络好了以后,才来和咱们正式取联系的。他既然来了就住在正大饭店,派头一定很不小,我们也得把我们这留守处弄得像个派头,才不至于被他轻看,因此我才计划找个勤务。"小喜这番话,参谋长听来头头是道,就称赞道:"对! 这个是

---

① 正大饭店是省里省外的高级官员等阔人们来了才住的。

十分必要的。我看不只得个勤务,门上也得有个守卫的。我那里还有几个找事的人,等我回去给你派两个来。下午你就可以训练他们一下,把咱们领来的服装每人给他发一套。"计划已定,参谋长又吸了一会料子,谈了些别的闲话,就回公馆去了。

铁锁从会馆出来,觉着奇怪。他想:"小喜为什么变得那样和气?对自己为什么忽然好起来?说是阴谋吗?看样子也看不出来,况且自己现在是个穷匠人,他谋自己的什么?说是真要顾盼乡亲吗?小喜从来不落无宝之地,与他没有利的事就没有见他干过一件。"最后他想着有两种可能:第一是小喜要用人,一时找不到个可靠的人,就找到自己头上;第二是小喜觉着过去对不起自己,一时良心发现,来照顾自己一下,以补他良心上的亏空。他想要是第一种原因,他用人他赚钱,也是一种公平的交易——虽然是给他当差,可是咱这种草木之人就是伺候人的;要是第二种原因那更好,今生的冤仇今生了了,省得来生冤冤相报——因为铁锁还相信来生报应。他想不论是第一种还是第二种,都与自己无害,可以干一干。他完全以为小喜已经是变好了。回到住的地方跟几个同事一说,同事以为像小喜这种人是一千年也不会变好的,不过现在的事却同意他去干,也就是同意他说的第一种理由。

事情就这样决定了,铁锁便收拾行李搬到会馆去。

铁锁到了会馆,参谋长打发来的两个人也到了,小喜便在院里分别训练:教那两个人怎样站岗,见了官长怎样敬礼,见了老百姓怎样吆喝,见了哪等客人用哪等话应酬,怎样传递名片;又教铁锁打水、倒茶、点烟等种种动作。他好像教戏一样,一会算客人,一会算差人……直领着三个人练习了一下午,然后发了服装和臂章,准备第二天应客。

第二天早上,参谋长没有吃饭就来了。他进来先问准备得如何,然后就在留守处吃饭。吃过饭,他仍和小喜躺在床上,一边吸料子一边准备应酬这位不识面的绿林豪侠。小喜向他说对付这些人,要几分派头、几分客气、几分豪爽、几分自己,参谋长也十分称赞。他们的计议已经一致,就另谈些闲话,等着站岗的送名片来。

外边两个站岗的,因为没有当过兵,新穿起军服扛起枪来,自己都觉着有点新鲜,因此就免不了打打闹闹——起先两个人各自练习敬礼,后来轮流着一个算参谋长往里走,另一个敬礼。有一次,一个敬了礼,当参谋长的那一个没有还礼,两个人便闹起来,当参谋长那个说:"我是参谋长,还礼不还礼自然是由我啦!"另一个说:"连个礼都不知道还,算你妈的什么参谋长?"

就在这时候,一辆洋车拉了个客人,到会馆门外停住,客人跳下车来。两个站岗的见有人来了,赶紧停止了闹,仍然站到岗位上,正待要问客人,只见那客人先问道:"里边有负责人吗?"一个答道:"有!参谋长在!"还没有来得及问客人是哪里来的,那客人也不劳传达也不递名片,挺起胸膛呱哒呱哒就走进去了。

小喜正装了一口料子,用洋火点着去吸,听得外边进来了人,还以为是站岗的,没有理,仍然吸下去。烟正进到喉咙,客人也正揭起帘子。小喜见进来的人,穿着纺绸大衫,留着八字胡,知道有些来历,赶紧顺手连纸烟带料子往烟盘里一扔,心里暗暗埋怨站岗的。参谋长也欠身坐起。客人进着门道:"你们哪一位负责?"小喜见他来得高傲,赶紧指着参谋长用大官衔压他道:"这就是师部参谋长!"哪知那客人丝毫不失威风,用嘴指了一下参谋长问道:"你就是参谋长?"参谋长道:"是的,有事吗?"那客人不等让坐就把桌旁的椅子扭转,面向着参谋长坐了道:"兄弟是从河南来的。老霍跟我们当家的接洽好了,写信派兄弟来领东西!"说着从皮包中取出尺把长一封信来,递给小喜。小喜把信递给参谋长,一边又吩咐铁锁倒茶。

参谋长接住信一看,信是老霍写的,说是已经拉好了一个团,要留守处备文向军需处请领全团官兵服装、臂章、枪械、给养等物,并开一张全团各级军官名单,要留守处填写委状。参谋长看了道:"你老哥就是团长吗?"客人道:"不!团长是我们这一把子一个当家的,兄弟只是跟着我们当家混饭吃的。"参谋长拿着名单问他道:"哪一位是……"客人起身走近参谋长,指着名单上的名字道:"这是我们当家的,这一个就是兄弟我,暂且抵个参谋!"参谋长道:"你贵姓王?"客人道:"是的!兄弟姓王!"参谋长道:"来了住在哪里?"客人道:"住在正大饭店。"参谋长道:"回头搬到这里来住吧!"又向小喜道:"李副官!回头给王参谋准备一间房子!"客人道:"这个不必,兄弟初到太原,想到处观光一番,住在外边随便一点。"参谋长道:"那也好!用着什么东西,尽管到这里来找李副官!"小喜也接着道:"好!用着什么可以跟我要!"客人道:"谢谢你们关心。别的不用什么,只是你们山西的老海很难买。"转向小喜道:"方才见你老兄吸这个,请你帮忙给我买一点!"说着从皮包中取出五百元钞票递给小喜。

小喜接住票子道:"好!这我可以帮忙!"说着就从床上起来让他道:"这里还有一些,你先吸几口!"说了就把烟盘下压着的一个小纸包取出来放在外边。客人倒也很自己,随便谦让了一下,就躺下去吸起来。

小喜接住钱却费了点思索。他想:打发人去买不出来;自己去跑街,又不够派头,怕客人小看。想了一会,最后决定写封信打发铁锁去。他坐在桌旁写完了信,出到屋门口叫道:"张铁锁!到五爷公馆去一趟!"铁锁问道:"在什么地方?"小喜道:"天地坛门牌十号!"说着把信和钱递给他道:"买料子!"买料子当日在太原,名义上说是杀头罪,铁锁说:"我不敢带!"小喜低声道:"傻瓜!你戴着四十八师的臂章,在五爷公馆买料子,难道还有人敢问?"铁锁见他这样说没有危险,也就接住了信和钱。小喜又吩咐道:"你到他小南房里,把信交给张先生,叫他找姨太太的娘,他就知道。"铁锁答应着去了。

铁锁找到天地坛十号,推了推门,里边关着;打了两下门环,里边走出一个人来道:"谁?"随着门开了一道缝,挤出一颗头来问道:"找谁?"铁锁道:"找张先生!"说了就把手里的信递给他。那人道:"你等一等!"把头一缩,返身回去了。铁锁等了不大工夫,那人又出来喊道:"进来吧!"铁锁就跟了进去。

果然被他引到小南房。铁锁见里边有好多人,就问道:"哪位是张先生?"西北墙角桌边坐着一个四十来岁的瘦老汉道:"我!你稍等一等吧!海子老婆①到火车站上去了。"人既不在,铁锁也只得等,他便坐到门后一个小凳子上,闲看这屋里的人。

靠屋的西南角,有一张床,床中间放着一盏灯。床上躺着两个人,一个是小个子,尖嘴猴;一个是塌眼窝。床边坐着一个人,伸着脖子好像个鸭子,一个肘靠着尖嘴猴的腿,眼睛望着塌眼窝。塌眼窝手里拿着一张纸烟盒里的金箔,还拿着个用硬纸卷成的、指头粗的小纸筒。他把料子挑到金箔上一点,爬起来放在灯头上熏,嘴里衔着小纸筒对住熏的那地方吸。他们三个人,这个吸了传递给那个。房子不大,床往东放着一张茶几两个小凳子,就排到东墙根了。茶几上有个铜盘,盘里放着颗切开了的西瓜。靠东的凳子上,坐着个四方脸大胖子,披着件白大衫,衬衣也不扣扣子,露着一颗大肚。靠西的凳子上,坐着个留着分头的年轻人,穿了件阴丹士林布大衫,把腰束得细细的,坐得直挺挺的,像一根柱子。他两个面

---

① 海子是这个老婆家的村名。

对面吃西瓜,胖子吃的是大块子,呼啦呼啦连吃带吸,连下颔带鼻子都钻在西瓜皮里,西瓜子不住从胸前流下去;柱子不是那样吃法,他把大块切成些小月牙子,拿起来弯着脖子从这一角吃到那一角,看去好像老鼠吃落花生。

不论床上的,不论茶几旁边的,他们谈得都很热闹,不过铁锁听起来有许多话听不懂。他们不知什么时候就谈起来了。铁锁坐下以后,第一句便听着那柱子向胖子道:"最要紧的是归班,我直到现在还没得归了班。"胖子道:"也不在乎,只要出身正,有腿,也快。要说归班,我倒归轮委班二年了,直到如今不是还没有出去吗?按次序轮起来,民国五十多年才能轮到我,那抵什么事?"床上那个塌眼窝向鸭脖子道:"你听!人家都说归班啦!咱们啦?"鸭脖子道:"咱们这些不是学生出身的人,不去找那些麻烦!"大家都笑了。胖子向床上人道:"索性像你们可也快,只要到秘书长那里多挂几次号就行了。"尖嘴猴道:"你们虽说慢一点,可是一出去就是县长科长;我们啦,不是这个税局,就是那个监工。"塌眼窝道:"不论那些,只要钱多!"鸭脖子道:"只要秘书长肯照顾,什么都不在乎!五爷没有上过学校,不是民政厅的科长?三爷也是'家庭大学'出身①,不在怀仁县当县长啦?"

铁锁无意中打听着三爷的下落,还恐不是,便问道:"哪个三爷?"鸭脖子看了他一眼,鼻子里一哼道:"哪个三爷!咱县有几个三爷?"铁锁便不再问了。

那柱子的话又说回来了,他还说是归班要紧。胖子向他道:"你老弟有点过迁,现在已经打下了河北,正是用人时候。你还是听上我,咱明天搭车往北平去。到那里只要找上秘书长,个把县长一点都不成问题……"那柱子抢着道:"我不信不归班怎么能得正

---

① "家庭大学"出身,即没有上过学校的意思。

缺?"胖子道:"你归班是归山西的班,到河北有什么用处?况且你归班也只能归个择委班,有什么用处?不找门路还不是照样出不去吗?"

他们正争吵,外边门又开了,乱七八糟进来许多人。当头是一个戴着眼镜的络腮胡大汉,一进门便向茶几上的两个人打招呼。他看见茶几上还有未吃完的西瓜,抓起来一边吃一边又让同来的人。他吃着西瓜问道:"你两位辩论什么?"胖子便把柱子要归班的话说了一遍,那戴眼镜的没有听完,截住便道:"屁!这会正是用人时候,只要找着秘书长,就是扫帚把子戴上顶帽,也照样当县长!什么择委班轮委班,现在咱们先给他凑个抢委班!"——说抢委班,新旧客人同声大笑,都说:"咱们也归了班了!抢委班!"

铁锁虽懂不得什么班,却懂得他们是找事的了,正看他们张牙舞爪大笑,忽然有人在他背后一推道:"这是不是铁锁?"铁锁回头一看,原来是春喜,也是跟着那个戴眼镜的一伙进来的。他一看果然是铁锁,就问道:"你也当了兵?"铁锁正去答话,见他挤到别的人里去,也就算了。春喜挤到床边,向那个鸭脖子道:"让我也坐坐飞机①!"说了从小草帽中取出一个小纸包,挤到床上去。

那戴眼镜的向张先生道:"你去看看五爷给军需处王科长写那封信写成了没有。"张先生去了。那柱子问道:"把你们介绍到军需处了?"戴眼镜的道:"不!秘书长打电报叫我们到北平去,因为客车不好买票,准备明天借军需处往北平的专车坐一坐。"胖子道:"是不是能多坐一两个人?"戴眼镜的道:"怕不行!光我们就二三十个人啦!光添你也还马虎得过,再多了就不行了。"说着张先生已经拿出信来,戴眼镜的接住了信,就和同来的那伙人一道又走了,春喜也包起料子赶出去。胖子赶到门边喊道:"一定借光!"

---

① 在金箔上吸料子就叫坐飞机。

外边答道:"可以！只能一两个人！"

他们去了,张先生问铁锁道:"你怎么认得他?"铁锁道:"他跟我是一个村人。"张先生道:"那人很能干,在大同统税局很能弄个钱。秘书长很看得起,这次打电报要的几十个人也有他,昨天他才坐火车从大同赶回来。"正说着,姨太太的娘从火车站上回来了,铁锁便买上料子回去交了差。

打发河南的客人去了,参谋长立刻备了呈文送往总司令部,又叫小喜代理秘书,填写委状,赶印臂章。

四

不几天,街上传说在山东打了败仗,南京的飞机又来太原下过弹,人心惶惶,山西票子也跌价了。又过几天,总司令部给四十八师留守处下了命令,说是叫暂缓发展,请领的东西自然一件也没有发给。参谋长接到了命令,回复了河南来的客人,又打发小喜下豫北去找老霍回来。从这时起,留守处厨房也撤销了,站岗的也打发了,参谋长也不到那里去了,小喜也走了,叫铁锁每天到参谋长那里领一毛五分钱伙食费,住在留守处看门。起先一毛五分钱还够吃,后来山西票一直往下狂跌,一毛五分钱只能买一斤软米糕,去寻参谋长要求增加,参谋长说:"你找你的事去吧！那里的门也不用看了！"这个留守处就这样结束了。

铁锁当了一个月勤务,没有领过一个钱,小喜走了,参谋长不管,只落了一身单军服,穿不敢穿,卖不敢卖,只好脱下包起来。他想:做别的事自然不能穿军服,包起来暂且放着,以后有人追问衣服,自然可以要他发钱;要是没人追问,军衣也可改造便衣。衣服包好,他仍旧去找同来的匠人们。那些人近来找着了事,自从南京飞机到太原下弹后,各要人公馆抢着打地洞,一天就给一块山西票。铁锁找着他们,也跟着他们到一家周公馆打地洞,晚上仍住在会馆。

一天晚上他下工后走出街上来,见街上的人挤不动,也有军队也有便衣,特别有些太原不常见的衣服和语音,街上也加了岗,好像出了什么事。回到会馆,会馆的人也挤满了,留守处的门也开了,春喜和前几天同去北平的那一伙都住在里边,床上地下都是人,把他的行李给他堆在一个角落上。春喜一见铁锁,便向他道:"你住在这里?今天你再找个地方住吧,我们人太多!"铁锁看那情形,又说不得理,只好去搬自己的行李。春喜又问他道:"继唐住在哪个屋里?"铁锁道:"他下河南去了。"铁锁也想知道他为什么回来,就接着顺便问道:"你们怎么都回来了?"春喜道:"都回来了!阎总司令也回来了!"铁锁听了,仍然不懂他们为什么回来,但也无心再问,就搬了行李仍然去找他的同行。

他的同行人很多,除了和他同来的,和他们新认识的还有几十个,都住在太原新南门外叫做"满洲坟"的一道街。这一带的房子都是些小方块,远处看去和箱子一样;里边又都是土地,下雨漏得湿湿的;有的有炕,有的是就地铺草。房租不贵,论人不论间,每人每月五毛钱。铁锁搬去的这地方,是一个长条院子,一排四座房,靠东的一座是一间,住着两个学生,其余的三座都是三间,住的就是他们这伙匠人。他搬去的时候,正碰上这些匠人们吃饭。这些人,每人端着一碗小米干饭,围着一个青年学生听话。这个学生,大约有二十上下年纪,穿着个红背心,外边披着件蓝制服,粗粗两条红胳膊,厚墩墩的头发,两只眼睛好像打闪,有时朝这边有时朝那边。围着他的人不断向他发问,他一一答复着。从他的话中,知道山西军败了,阎锡山和汪精卫都跑回太原来了。有人问:"他两家争天下,南京的飞机为什么到太原炸死了拉洋车的和卖烧土的?"有的问:"咱们辛辛苦苦赚得些山西票子,如今票不值钱了,咱们该找谁去?"学生说:"所以这种战争,不论谁胜谁败,咱们都要反对,因为不论他们哪方面都是不顾老百姓利益的……"

铁锁听了一会,虽然不全懂,却觉着这个人说话很公平。他把行李安插下,到外边买着吃了一点东西,回来躺在铺上问一个同行道:"吃饭时候讲话的那个人是哪里来的?"这个同行道:"他也是咱这院子里的房客,在三晋高中上学,姓常,也不知道叫什么。他的同学叫他小常,大家也跟着叫小常先生,他也不计较。这人可好啦!跟咱们这些人很亲热,架子一点也不大,认理很真,说出理来跟别的先生们不一样。"铁锁近来有好多事情不明白,早想找个知书识字的先生问问,可是这些糊涂事情又都偏出在那些知书识字的人们身上,因此只好闷着,现在见他说这位小常先生是这样个好人,倒有心向他领个教,便向这个同行道:"要是咱们一个人去问他个什么,他答理不答理?"这个同行道:"行!这人很好谈话,只要你不瞌睡,谈到半夜都行!"铁锁道:"那倒可以,只是我跟人家不熟惯。"这个同行道:"这没关系,他倒不讲究这些,你要去,我可以领你去!"铁锁说:"可以!咱们这会就去。"说罢两个人便往小东房里去见小常。

他们进了小东房,见小常已经点上了灯在桌边坐着,他还有一个同学睡在炕上。这个匠人便向小常介绍道:"小常先生!我这个老乡有些事情想问问你,可以不可以?"小常的眼光向他两人一扫,随后看着铁锁道:"可以!坐下!"铁锁便坐在他的对面。铁锁见小常十分漂亮精干,反觉着自己不配跟人家谈话,一时不知该从哪里谈起。小常见他很拘束,便向他道:"咱们住在一处,就跟一家人一样,有什么话随便谈!"铁锁道:"我有些事情不清楚,想领领教,可是,'从小离娘,到大话长',说起来就得一大会。"小常道:"不要紧!咱们住在一块,今天说不完还有明天!不用拘什么时候,谈到哪里算哪里。"铁锁想了一会道:"还是从头说吧!"他便先介绍自己是哪里人，在家怎样破了产，怎样来到太原，到太原又经过些什么，见到些什么……一直说到当天晚上搬出会馆。他把自己的遭遇说完了，然后问小常道："我有这么些事不明白：李如珍怎么能永远不倒？三爷那样胡行怎么除不办罪还能做官？小喜春喜那些人怎么永远吃得开？别人卖料子要杀头，五爷公馆怎么没关系？土匪头子来了怎么也没人捉还要当上等客人看待？师长怎么能去拉土匪？……"他还没有问完，小常笑嘻嘻走到他身边，在他肩上一拍道："朋友！你真把他们看透了！如今的世界就是这样，一点也不奇怪！"铁锁道："难道上边人也不说理吗？"小常道："对对对！要没有上边人给他们做主，他们怎么敢那样不说理？"铁锁道："世界要就是这样，像我们这些正经老受苦人活着还有什么盼头？"小常道："自然不能一直让它是这样，总得把这伙仗势力不说理的家伙们一齐打倒，由我们正正派派的老百姓们出来当家，世界才能有真理。"铁锁道："谁能打倒人家？"小常道："只要大家齐心，他们这伙不说理人还是少数。"铁锁道："大家怎么就齐心了？"小常道："有个办法。今天太晚了，明天我细细给你讲。"一说天晚了，铁锁听了一听，一院里都睡得静静的了，跟他同来的那个同行不知几时也回去睡了，他便辞了小常也回房睡去。

这晚铁锁回去虽然躺下了，却睡得很晚。他觉着小常是个奇怪人。凡他见过的念过书的人，对自己这种草木之人，总是跟掌柜对伙计一样，一说话就是教训，好的方面是夸奖，坏的方面是责备，从没有见过人家把自己也算成朋友。小常算是第一个把自己当成朋友的人。至于小常说的道理，他也完全懂得，他也觉着不把这些不说理的人一同打倒另换一批说理的人，总不成世界，只是怎样能打倒，他还想不通，只好等第二天再问小常。这天晚上是他近几年来最满意的一天，他觉着世界上有小常这样一个人，总还算像个世界。

第二天,他一边做着工,一边想着小常,好容易熬到天黑,他从地洞里放下家伙钻出来,在街上也顾不得停站,一股劲跑回满洲坟来,没有到自己房子里,就先到小东房找小常去。他一进去,不见小常,只见箱笼书籍乱七八糟扔下一地,小常的同学在屋里整叠他自己的行李。他进去便问道:"小常先生还没有回来?"小常那个同学道:"小常叫人家警备司令部捉去了。"他听了,大瞪眼莫名其妙,怔了一会又问道:"因为什么?"小常那个同学抬头看了看他,含糊答道:"谁知道是什么事?"说着他把他自己的行李搬出去。铁锁也不便再问,跟到外边,见他叫了个洋车拉起来走了。这时候,铁锁的同行也都陆续从街上回来,一听铁锁报告了这个消息,都抢着到小东房去看,静静的桌凳仍立在那里,地上有几片碎纸,一个人也没有。

　　大家都不知道为什么,都觉着奇怪。有个常在太原的老木匠道:"恐怕是共产党。这几年可多捉了共产党了,杀了的也不少!真可惜呀!都是二十来岁精精干干的小伙子。"铁锁问道:"共产党是什么人?"那老木匠道:"咱也不清楚,听说总是跟如今的官家不对,不赞成那些大头儿们!"另外有几个人乱说"恐怕就是","小常跟他们说是两股理","小常是说真理的"……大家研究了半天,最后都说,"唉!可惜小常那个人了!"好多人都替小常忧心,仍和昨天下米一样多,做下的干饭就剩下了半锅。

　　铁锁吃了半碗饭,再也吃不下去。他才觉着世界上只小常是第一个好人,可是只认识了一天就又不在了。他听老木匠说还有什么共产党,又听说这些人被杀了的很多,他想:既然被杀了的很多,可见这种人不只小常一个;又想:既然被杀了的很多,没有被杀的是不是也很多?又想:既然被杀了的很多,小常是不是也会被杀了呢?要是那样年轻、能干、说真理的好人,昨天晚上还高高兴兴说着话,今天就被人家活生生捉住杀了,呵呀!……他想着想着,眼里流下泪来。这天晚上,他一整夜没有睡着,又去问老木匠,老木匠也不知道更多的事情。

从这天晚上起,他觉着活在这种世界上实在没意思,每天虽然还给人家打地洞,可是做什么也没有劲了,有时想到应该回家去,有时又想着回去还不是一样的。

五

就这样拖延着,一个秋天过去了。飞机不断来,打地洞的家也很多,可是山西票子越来越不值钱,铁锁他们一伙人做得也没有劲,慢慢都走了。后来阎锡山下了野往大连走了。徐永昌当了警备司令来维持秩序,南京的飞机也不来了,各大公馆的地洞也都停了工。人家一停工,铁锁和两三个还没有走了的同行也没有事了,便不得不作回家的计划。

这天铁锁和两个同来的同行,商议回家之事。听说路上很不好行动,庞炳勋部驻沁县,孙殿英部驻晋城,到处有些散兵,说是查路,可是查出钱来就拿走了。他们每人都赚下一百多元山西票,虽说一元只能顶五毛,可是就算五十元钱,在一个当匠人的看起来,也是很大一笔款,自然舍不得丢了。好在他们都是木匠,想出个很好的藏钱办法,就是把合缝用的长刨子挖成空的,把票子塞进去再把枣木底板钉上。他们准备第二天起程,这天就先把票子这样藏了。第二天一早,三个人打好行李,就上了路。走到新南门口,铁锁又想起他那双鞋仍然丢在会馆,鞋还有个半新,丢了也很可惜,就和两个同行商议,请他们等一等,自己跑回去取。

这两位同行,给他看着行李,等了差不多一点钟,也不见他来。一辆汽车开出来了,他两人把行李替他往一边搬了一搬。又等了一会,他和另一个人相跟着来了,一边走,一边向他两人道:"等急了吧？真倒霉！鞋也没有找见，又听了一回差！"两个人问他出了什么事，他说，"春喜去大同取行李回来了，和好多人趁秘书长送亲戚的汽车回去，叫我给人家往车上搬箱子！"有个同行也认得春喜，问他道："他在大同做什么来？有什么箱子？"铁锁道："听说在什么统税局。这些人会发财，三四口箱子都很重。"那个同行向他开玩笑道："你跟他是一村人，还不能叫他的汽车捎上你？"铁锁道："一百年也轮不着捎咱呀！"随手指着同来的那个人道："像这位先生，成天在他们公馆里跑，都挤不上啦！"他两个同行看同他来的那个人，长脖子，穿着件黑袍，上面罩着件灰大衫，戴着礼帽，提着个绿绒手提箱。这人就是当日在五爷公馆里的那个鸭脖子，他见铁锁说他挤不上，认为不光荣，便解释道："挤不上，他们人太多了！到路上要个差也一样，不过走慢一点。"他特别说明他可以要差，来保持他的身份。铁锁在太原住了几个月，也学得点世故，便向鸭脖子道："先生，我们也想沾沾你的光！听说路上不好走，一路跟你相跟上许就不要紧了吧？"鸭脖子道："山西的机关部队都有熟人，碰上他们自然可以；要碰上外省的客军，就难说话了，我恐怕只能顾住我。"说着强笑了一笑。

他们就这样相跟着上了路。走了不多远，有个差徭局，鸭脖子要了一头毛驴骑着，他们三个人挑着行李跟在后边。

鸭脖子要的是短差，十里八里就要换一次，走了四五天才到分水岭。一路上虽然是遇到几个查路的，见了鸭脖子果然客气一点，随便看看护照就放过去了。他们三个说是跟鸭脖子一行，也没有怎么被检查。过了分水岭，有一次又遇到两个查路兵，虽然也是山西的，情形和前几次有些不同，把他们三个人的行李抖开，每一件衣服都捏揣过一遍，幸而他们的票子藏得好，没有被寻出来。检查到了铁锁那身军服，铁锁吃了一惊，可是人家也没有追究。后来把鸭脖子的手提箱打开，把二十块现洋给检查走了。

这一次以后，他们发现鸭脖子并不抵事，跟他一道走徒磨工夫；有心前边走，又不好意思，只好仍跟他走在一起。快到一个叫"崔店"的村子，又碰上查路的，远远用手枪指着喊道："站住！"四个人又吓了一跳。站住一看，那个喊"站住"的正是小喜，还有两个穿军服的离得比较远一点。小喜一看鸭脖子，笑道："是你呀！"又向铁锁道："你也回去？"铁锁答应着，只见小喜回头向那两个穿军服的道："自己人自己人！"又向鸭脖子道："天也黑了，咱们住一块吧！"鸭脖子道："住哪里？"小喜道："咱们就住崔店！"又向那两个穿军服的道："路上也没人了，拿咱们的行李，咱们也走吧！"说了他便和那两个人跑到一块大石头后边，每人背出一个大包袱来。七个人相跟着来到崔店，天已大黑了。小喜走在前面，找到一家店门口，叫开门，向掌柜下命令道："找个干净房子！"掌柜看了看他，惹不起；又看了看铁锁他们三个道："你们都是一事吗？"铁锁道："我们三个是当匠人的！"掌柜便点着灯把小喜他们四人引到正房，又把铁锁他们三个另引到一个房子里。

他们四个人，高喊低叫，要吃这个要吃那个，崔店是个小地方，掌柜一时应酬不来，挨了许多骂，最后找了几个鸡蛋，给他们做的是炒鸡蛋拉面。打发他们吃过以后，才给铁锁他们三个坐上锅做米饭。赶他们三个吃罢饭，天已经半夜了。

他们三个人住的房子，和正房相隔不远，睡了之后，可以听到正房屋里谈话。他们听得鸭脖子诉说他今天怎样丢了二十块现洋，小喜说："不要紧，明天可以随便拿些花。"鸭脖子说："不算话，带多少也不行！听说沁县到晋城一带都查得很紧！"小喜说："我也要回去。明天跟我相跟上，就没有人查了。"铁锁一个同行听到这里，悄悄向铁锁道："你听！小喜明天也回去。咱明天跟他相跟上，也许比那个鸭脖子强，因为他穿的军衣，况且又是做那一行的。"铁锁也悄悄道："跟他相跟上，应酬查路的那一伙子倒是有办法,可是他们那些人我实在不想看见!"那个同行道:"咱和他相跟啦吧,又不是和他结亲啦!"铁锁一想,又有点世故气出来了。他想:今天和鸭脖子相跟还不是一样的不舒服,可是到底还相跟了,就随和些也好。况且自己又曾给小喜当过一个月勤务,就以这点关系,说出来他也不至于不应允。这样一想,他也就觉着无可无不可了。

第二天早晨,铁锁他们三个起了一个早,先坐锅做饭,吃着饭,正房里那四个才起来洗脸。一会,听着他们吵起来。小喜说:"有福大家享,你们也不能净得现洋,把山西票一齐推给我!"另一个河南口音的道:"这也没有叫你吃了亏。我不过觉着你是山西人,拿上山西票子总还能成个钱,叫我带回河南去有个鸡巴啥用处?把这些衣服都归了你,还不值几百元吗?"小喜道:"咱们也相处了个把月,也走了几百里路,咱姓李的没有对不起朋友的地方吧?如今你们拿上两千多现货,几十个金戒指,拿一堆破山西票跟几包破衣裳来抵我,你们自己看像话不像话?有福大家享,有事大家当,难道我姓李的不是跟你们一样冒着性命呀?"另一个河南口音道:"老李! 不要讲了! 咱们上场来都是朋友,好合不如好散! 这戒指你随便拿上些! 山西票要你被屈接住! 来! 再拿上二百现的!"正说着,掌柜把炒蒸馍端上去,几个人便不吵了,吃起饭来。吃完了饭,那两个穿军服的扛着沉沉两包东西,很客气地辞了小喜和鸭脖子走了。他两个也不远送,就在正房门口一点头,然后回去收拾他们的行李。

就在这时候,铁锁的两个同行催着铁锁,叫去跟小喜交涉相跟的事,铁锁便去了。他一进到正房,见炕上堆着一大堆山西票子,两包现洋,一大把金戒指,两三大包衣服。小喜正在那里折衣服,见他进去了,便向他道:"你还没有走?"鸭脖子也那样问,铁锁一一答应罢了,便向他道:"听说路上很不好走,想跟你相跟上沾个光,可以不可以?"小喜正在兴头上,笑嘻嘻答道:"行!相跟着吧!没有一点事!"铁锁见他答应了,也没有更多的话跟他说,站在那里看他折衣服。他见铁锁闲着,便指着那些衣服道:"你给我整理一下吧!整理妥包好!"铁锁悔不该不马上出去,只好给他整理。鸭脖子问小喜道:"你从前认得他?"小喜道:"这是我的勤务兵!跟我是一个村子里人。"他已经把衣服推给铁锁整理,自己便去整理炕上的银钱。他把票子整成一叠一叠的,拿起一叠来,大概有一二百元,递给鸭脖子道:"你昨天不是把钱丢了吗?花吧!"鸭脖子还谦让着,小喜道:"给你!这些乱年头,抓到手大家花了就算了。"说着把票子往鸭脖子的怀里一塞,鸭脖子也就接受下了。小喜回头又向铁锁道:"你那身军服还在不在?"铁锁只当他是向自己要那身衣服,便答道:"在!一会我给你去取!不过参谋长却没有给我发过饷。"小喜道:"不是跟你要。你还把它穿上,还算我的勤务兵,这样子到路上更好行动。行李也不用你挑,到差徭局要得差来可以给你捎上。"铁锁说:"我还相跟着两个人啦!"小喜道:"不要紧!就说都是我带的人!"

　　一会,行李都打好了,铁锁出来和两个同行说明,又把那身单军服套在棉衣外边,铁锁给小喜挑着包袱,五个人相跟着出了店,往差徭局来。小喜南腔北调向办差的道:"拨两个牲口三个民伕!"办差的隔窗向外一看道:"怎么木匠也要差?"小喜道:"真他妈的土包子!军队就不带木匠?"铁锁的两个同行在窗外道:"我们自己挑着吧!"小喜向窗外看了他们一眼道:"你们就自己挑着!"又向办差的道:"那就两个牲口一个民伕吧!"办差的拨了差,小喜和鸭脖子上了驴,赶驴的和铁锁两个人跟着,民伕把铁锁的行李和小喜的包袱捆在一处担着,铁锁的两个同行自己担着行李跟着,一大串七个人两个牲口便又从崔店出发了。

　　小喜的包袱很重,民伕一路直发喘。铁锁本来不想把自己的行李给民伕加上,可是既然算小喜的勤务,又没法不听小喜的指挥。后来上了个坡,铁锁见民伕喘得很厉害,便赶到他身边道:"担累了?我给你担一会!"民伕道:"好老总!可不敢叫你担!"铁锁道:"这怕啥?我能担!"说着就去接担子。民伕连说不敢,赶驴的抢着跑过来道:"不敢不敢!我给他担一会!"说着便接住担在自己肩上。民伕叹了口气道:"唉!好老总!像你老总这样好的人可真少!"赶驴的也说:"真少!可有那些人,给你担?不打就够好!"

正说话间,前边又有了查路的——一个兵正搜查两个生意人的包袱,见小喜他们走近了,向那两个生意人说了声"包起吧",便溜开了。小喜在驴上看得清楚,就故意喝道:"站住!哪一部分?"吓得那个兵加快了脚步,头也不回便跑了。民伕问那两个生意人道:"没有拿走什么吧?"生意人说,"没有。"并且又向小喜点头道:"谢谢老总!不是碰上你就坏了!"小喜在驴上摇头道:"没有什么。他妈的,好大胆,青天白日就截路抢人啦!"那个赶驴的只当小喜不知道这种情形,便担着担子抢了几步向他道:"好老总,这不算稀罕!这条路一天还不知道出几回这种事啦!"铁锁在他背后光想笑也不敢笑出来,暗暗想道:"你还要给他讲?你给他担的那些包袱,还不是那样查路查来的!"

铁锁自从又穿上军服,觉着又倒了霉:一路上端水端饭问路换差……又都成了自己的事,小喜和鸭脖子骑着牲口专管指挥。他虽然觉着后悔,却也想不出摆脱办法,又只好这样相跟着走。

过了沁县,路平了,毛驴换成了骡车,走起来比以前痛快了好多。过屯留城的那一天,下了一次雪,有泥水的地方,车不好走。有一次,要过一个土沟,骡子拉不过去,站住了。赶车的请他们下车,小喜和鸭脖子看见下去就要踏着泥走,不愿意,硬叫他赶。他打了骡子两鞭,骡子纵了一下,可是车轮陷得很深,仍拉不动。小喜道:"你们这些支差的干的是什么?连个牲口也赶不了!"赶车的央告道:"老总,实在赶不过去呀!"小喜喝道:"你捣蛋,我揍你!"又向铁锁下命令道:"给我揍他!"铁锁从来没有打过人,况且见赶车的并非捣蛋,除没有揍他,反来帮他推车,可是也推不动。赶车的仍然央告他两人下车,小喜夺出鞭子照耳门打了他一鞭杆。赶车的用手去摸耳朵,第二下又打在他手上。手也破了,耳朵也破了,眼泪直往下流,用手擦擦泪,又抹了一脸血。铁锁和他两个同行看见这种情形,十分伤心,可是也没法挽救。人也打了,车仍是赶不动,结果还是赶车的背着鸭脖子,铁锁背着小喜送过去,然后才回来赶空车。

这天晚上住在鲍店镇,铁锁向他两个同行悄悄说:"明天咱们不跟他相跟吧!咱真看不惯那些事!"他两个同行也十分赞成,都说:"哪怕土匪把咱抢了,咱也不跟他相跟了。"吃过饭以后,铁锁向小喜说他们三个人要走山路回去,小喜向鸭脖子道:"要是那样,你明天就也穿军衣吧!"又向铁锁道:"那也可以,你就把军衣脱下来给他!"铁锁这时只求得能分手就好,因此便把一个月工夫换来的一身单军服脱下交给他们,第二天彼此就分手了。

春喜是一路汽车坐到家了。小喜是一路官差送到家了。铁锁啦?几天山路也跑到家了,虽然还碰到过一次查路的,不过票子藏得好,没有失了。

山西票子越来越跌价,只能顶两毛钱了。小喜存的山西票,跑到晋城军队上贩成土;铁锁不会干这一套,看着票子往下跌,干急没办法。又迟了多长时候,听说阎锡山又回太原当绥靖主任去了,票子又回涨到两毛五。这时正是阴历年关,福顺昌掌柜王安福以为老阎既然又回太原,票子一定还要上涨,因此就放手接票——讨账也是山西票,卖货也是山西票。这时候,铁锁的一百来元山西票本来很容易推出手,不过他见王安福放手接票子,也以为票子还要涨,舍不得往外推,只拿出十几元来在福顺昌买了一点过年用的零碎东西。不料过了年,公事下来了,山西票子二十元抵一元,王安福自然是大晦气,铁锁更是哭笑不得,半年的气力白费了。

后来铁锁的票子,出了一次粮秣借款就出完了。这粮秣借款是在这以前没有过的摊派;不打仗了,外省的军队驻在山西不走,饭总要吃,阎锡山每隔两个月便给他们收一次粮秣借款,每次每一两粮银收七元五。铁锁是外来户,外来户买下的地当然粮银很重,虽然只剩下五亩沙板地,却纳的是上地粮,银数是五钱七分六,每次粮秣借款该出现洋四元三毛二,合成山西票就得出八十六元四。

自从派出粮秣借款以后,不止铁锁出不起,除了李如珍春喜等几家财主以外,差不多都出不起。小毛是闾长,因为过了期收不起款来,偷跑了。不断有散兵到村找闾长,谁也不想当,本地户一捏弄,就把铁锁选成了闾长。铁锁自戴上这顶愁帽子之后,地也顾不得上,匠人也顾不得当,连明带夜忙着给人家收款。在这时,阎锡山发下官土①来,在乡下也由闾长卖。像李如珍那些吸家,可以在小喜那里成总买私土;只有破了产的光杆烟鬼,每次只买一分半分,小喜不愿支应,才找闾长买官土。按当时习惯,买官土要用现钱,不过这在别的闾里可以,铁锁这些外来户,不赊给谁怕得罪谁,赊出去账又难讨,因此除了收粮秣借款以外还要讨官土账。借款也不易收,土账也不易讨,自己要出的款也没来路;上边借款要得紧了,就把卖官土钱缴了借款;官土钱要得紧了,又把收起来的借款顶了官土钱;两样钱都不现成,上边不论要着哪一样,就到福顺昌先借几块钱缴上。这样子差不多有年把工夫,客军走了,地方上又稍稍平静了一点,小毛看见闾长又可以当了,和李如珍商量了一下,把铁锁的闾长换了,仍旧换成小毛。铁锁把闾长一交代,净欠

---

① 官土又叫"戒烟药饼",不过那只是官家那样叫,老百姓都叫"官土"。

下福顺昌四十多元借款,算起来有些在自己身上有些在烟鬼们身上,数目也还能碰个差不多,只是没有一个现钱,结果又托着杨三奎和修福老汉去跟福顺昌掌柜王安福商量了一下,给人家写了一张文书。

六

铁锁自从当了一次闾长以后,日子过得更不如从前了,三四年工夫,竟落得家无隔宿之粮,衣服也都是千补万衲,穿着单衣过冬。他虽然是个匠人,可是用得起匠人的家,都怕他这穷人占小便宜,不愿用他,因此成天找不到事,只好这里求三合,那里借半升,弄一顿吃一顿。

到了民国二十四年这一年,在家里实在活不下去了,叫才长到八岁的小胖孩给人家放牛去,自己又和几个同行往离家远一点的地方去活动——不过这次却因为没有盘缠,不能再去太原,就跟着几个同行到县城里去。在城里找到一家东家,就是当年在五爷公馆吃着西瓜谈"归班"的那个胖子。这人姓卫,这几年在阎锡山的"禁烟考核处"①当购料员,在绥远买土发了财,成了县里数一数二的大绅士,要在城里修造府第,因此就要用匠人。铁锁和同去的几个人,和包工头讲了工价,便上了工。

这一年的上半年,铁锁的家里好过一点,下半年秋收以后,虽然除给福顺昌纳了利钱以后不余几颗粮食,可是铁锁和小胖孩都不在家,光二妞一个人在家也不吃什么。

可惜不几天就发生了意外的事:上边公事下来了,说共产党的军队从陕西过河来了,叫各地加紧"防共",宁错杀一千个老百姓,

---

① "禁烟考核处"是卖官土的总机关。

也不叫放走一个共产党,县长接着这公事,跟疯了一样,撒出防共保卫团和警察到处捉人——凡是身上有一两个铜元、一两条线、小镜子或其他不常见的物件,都说成共产党的暗号,逃荒的、卖姜的、货郎担子……一切外来的生人,一天说不定要捉多少、杀多少,有一天就杀了一百五六十个。警察们每夜都打着手电筒到匠人们住的地方查好几遍,因为搜着身上有铜元还杀了两个匠人。这时候,匠人们固然人人怕捉,胖子东家是听说共产党来了要杀他们这些仗势欺过人的人,因此也怀着鬼胎无心修造了;况且天气也冷了些,泥水也快冻了。这样几头赶趁,工也停住了,铁锁和许多匠人们便都解散回家。回到村,村公所里也忙着办"防共",春喜当了公道团①村团长,小喜当了防共保卫团村团长,所有壮丁一律都得当团丁,由小喜训练。铁锁回去马上就得去受训。

这年冬天,山西军队调动得很忙,中央军也来山西帮忙防共,地方上常有军队来往。老百姓因为经过民国十九年那次混乱,一见过兵自然人人担忧。

杨三奎的闺女巧巧,原来许给二姐的弟弟白狗,这是杨三奎最小的一个闺女,这时已经十八岁了,因为兵荒马乱,杨三奎放心不下,便追着修福老汉给白狗娶亲。修福老汉一来觉着孙孙白狗已十九岁,也是娶亲的时候了;二来自己家业不大,趁这荒乱年间,一切可以简单些,也就马上答应,就在这年阴历腊月三十日给白狗娶亲。修福老汉虽然日子过得不怎样好,又是外来户,可是因他为人正直,朋友也还不少。大家也知道他破费不起,自己也都是些对付能过的小户人家,就凑成份子买了些现成的龙凤喜联给他送一送礼;这地方的风俗,凡是送这种对联的,酬客时候都是有酒无饭,一酒待百客。事过之后,修福老汉备了些酒,在刚过了阴历年的正月

---

① 公道团原来也是阎锡山组织起来的反共团体。

初三日酬客。

　　这天晚上,铁锁也在修福老汉家替他招呼客人。热闹过一番之后,一般的客人都散了,只剩下像冷元他们那些比较亲近一点的邻居们和林县的乡亲们,大家因为才过了年没有什么事,就仍然围着酒桌,喝着剩下来的一壶酒谈闲话。他们谈来谈去,谈到"防共"的事情上,冷元向铁锁道:"小喜成天给咱们讲,说共产党杀人如割草,可是谁也没有真正见过。你是登过大码头走过太原的,你是不是见过啦?"

　　这一问,勾起铁锁的话来了:铁锁自那年从太原回来之后,直到现在,因为一个"忙"一个"穷",从没有跟别人谈过心。他并不是没有心病话,只是没有谈过。他自从碰上小常,四五年来一天也没有忘记,永远以为小常是天下第一个好人;每遇上看不过眼的事,就想起小常向他说的话:"总得把这伙仗势力不说理的家伙们一齐打倒,由我们正正派派的老百姓们出来当家,世界才能有真理。"当年他听老木匠说小常是共产党,又听说自从民国十六年阎锡山就杀起共产党来了,他就以为共产党是小常这类人,可惜以后再不听有人说起,直到五六年后的现在,才又听说起这个名字来。他在城里初听说共产党过了河,他非常高兴,以为这一下就可以把那些仗势欺人的坏家伙们一齐打倒了;后来见县里杀人杀得那么多,军队调动得那么忙,他又以为打倒这些坏家伙们也不是一件容易的事,因为坏家伙们有权,有官府的势力给他撑腰。不过他这时候的想法和五六年前不同了:在五六年前他还以为像小常这种人数目总不多,成不了事;这时候他听说共产党能打过黄河来占好几县,又见那些坏家伙们十分惊慌,他想这势力长得也不小了,纵然一时胜不过官府势力,再长几年一定还会更大,因为他还记得小常说"只要大家齐心,这些坏家伙们还是少数"。他记得小常还说过"有办法能叫大家齐心",可惜他还没有把这办法告自己说,就叫人家把他捉走了。他想现在打过河来的这些人一定是懂得这个办法的,等打到咱这地方,一定会把这办法也告大家说。他既然有这样一套想法,因此在这年冬天,虽然还过的是穷日子,心里却特别高兴,不论听小喜春喜那些人说共产党怎样坏,他听得只是暗笑,心里暗暗道:"共产党来了就要杀你们这些家伙们呀!看你还能逞几天霸?"这些都只是铁锁心上的话,并不曾向人家说过。这天晚上冷元问起他来,他正憋着一肚子话没处说,又是才过了年,又都是些自己人,刚才又多喝了几盅酒,因此说话的兴头就上来了。他说:"我见过一个,不过说起来话长,你们都听不听?"大家叫小喜春喜训了几个月,也没有见过一个共产党,自然都很愿意听,都说:"说吧!反正明天又没有什么事,迟睡一会有什么要紧?"铁锁一纵身蹲在椅子上,又自己斟得喝了一盅酒,把腰一挺头一扬,说起他在太原时代的事情来。铁锁活了二十七岁,从来也没有这天晚上高兴,说的话也干脆有趣,听的人虽然也听过好多先生们演说,都以为谁也不如铁锁,他把他在太原见的那些文武官员,如参谋长、小喜、河南客、尖嘴猴、鸭脖子、塌眼窝、胖子、柱子等那些人物、故事,跟说评书一样,枝枝叶叶说了个详细;说到满洲坟遇小常,把小常这个人和他讲的话说得更细致,叫听的人听了就跟见了小常一样;说到小常被人家捉去,他自己掉下泪来,听的人也个个掉泪。最后他才说出"听一个老木匠说小常是共产党"。

他的话讲完了,听的人都十分满意。大家成天听小喜说共产党见人就杀,见房就烧,早就有些不大信,以为太不近情理,以为世界上哪有这专图杀人的人,现在听铁锁这样一说,才更证明了小喜他们是在那里造谣。冷元又问道:"这么说来,共产党是办好事的呀!为什么还要防共啦?"没有等铁锁开口,就有人替他答道:"你就不看办防共的都是些什么人?像铁锁说的那些参谋长啦,三爷五爷啦,五爷公馆那一伙啦;又像放八当十的六太爷啦,咱村的村长啦,小喜春喜啦……他们自然要防共,因为共产党不来是他们的世界,来了他们就再不得逞威风了,他们怎么能不反对啦?"冷元道:"这么说起来,咱们当防共保卫团,是给人家当了看门狗了吧?"大家齐笑道:"那当然是了!"话谈到这里,夜已深了,大家也就散了。

这几个听了铁锁谈话的人,都以为共产党是好人,虽然人家防范得过严,谁也不敢公开说共产党的好处,可是谁没有个亲近的朋友,一传十,十传百,不几天,村里的好人都知道小喜春喜他们那一套训练是骗人的了。幸而没人跟小喜春喜那些人说,因此他们不知道这些话,只不过觉着防共团的团丁们越来越松罢了。

"共产党专打小喜他们那一类坏家伙,不杀老百姓。"这个消息越传越普遍,传得久了,小喜春喜他们多少听到些风,着实问起来,谁也听的是流言,都不知道是从哪里传来的。可惜后来仍然不免惹出事来,这话又是冷元那个冒失鬼说漏了的。

原来杨三奎的小闺女巧巧长得十分清秀,出嫁以后当了新媳妇,穿得更整齐一点,更觉可爱,都说是一村里头一个好媳妇。小喜是个酒色之徒,自己也不讲个大小,见哪家有好媳妇,就有一搭没一搭到人家家里闲坐;自从巧巧出嫁了,他就常到白狗那里去。白狗这小孩子家,对他也没有办法,修福老汉也惹不起他,他来了,大家也只好一言不发各做各的活,等他坐得没意思了自己走。一天冷元在白狗家,白狗和他谈起小喜怎么轻贱,冷元说:"共产党怎么直到如今还不来?你姐夫不是说来了就要杀小喜他们那些坏家伙吗?"这时候小喜刚刚走到院里,听见这话,就蹑着脚步返回走了。

小喜回去把这话向春喜说了,春喜这几天正因为"防共"没有成绩受了区团长的批评,就马上把这事写成一张报告呈给区团长,算做自己一功。区团报县团,县团转县府,县府便派警察提去了铁锁。

要是早半年的话,铁锁就没有命了,这时已是民国二十五年的夏天,一来共产党又退回陕西,山西"防共"的那股疯狂劲已经过去;再者这位县长太爷在上一年冬天杀人最凶的时候,共产党在他住的房子门上贴过张传单,吓得他几夜睡不着觉,以后对共产党也稍稍客气了一点,因此对铁锁这个案件也放宽了一点。他问过铁锁一堂之后,觉着虽然也与共产党有过点关系,可是关系也实在太小,也杀不得也放不得。因为公道团向各村要"防共"成绩,各村差不多都有胡乱报告的,像铁锁这样案情的人就有一大群。后来县长请示了一下,给他们开了个训导班,叫他们在里边一面做苦工一面受训——训练的课程,仍是铁锁听小喜春喜说过几千遍的那一套。

办这个训导班的人,见这些受训人都是些老老实实的受苦汉,就把他们当成自己的不出钱伙计,叫他们做了一年多的苦工。直到"七七"事变以后,省城早经过好多人要求把政治犯都释放了,他们仍连一个也舍不得放出来。后来还是牺盟会①来了要动员群众抗日,才向县府交涉,把这批人放出去。

七

山西的爱国人士组织的牺牲救国同盟会,在"七七"事变后,派人到县里来发动群众抗日。这时候,八路军已经开到山西打了好多大仗,在平型关消灭了日本的坂垣师团。防共保卫团也已经

---

① 牺盟会是一九三六年至抗日战争初期在山西省成立的一个地方性的群众抗日团体"山西省牺牲救国同盟会"的简称。该团体和共产党密切合作,在山西的抗日战争中曾起了重大的作用。一九三九年十二月阎锡山在山西省西部公开发动摧残牺盟,许多共产党员、牺盟的干部和群众中的进步分子,遭到了残酷的杀害。

解散了,铁锁住的这个训导班再没有理由不结束。结束的时候,牺盟会派了个人去给他们讲了一次话。话讲得很简单明白,无非是"国共已经合作了,这种反共训导班早应结束了,以后谁再反共谁就是死顽固","大家回去要热心参加抗日工作……"这一类抗战初期动员群众的话。可是听话的人差不多都是因为说闲话提了提共产党,就把人家圈起来做了一年多苦工,在这一年多工夫中,连个"共"字也不敢提了,这时听了这话,自然大大松了一口气,觉着世界变了样子。

　　铁锁自己,听话还是其次,他注意的是说话的人。当这人初走上讲台,他看见有点像小常——厚墩墩的头发,眼睛好像打闪,虽然隔了六七年,面貌也没有很改变,说话的神情语调,也和他初搬到满洲坟在院子里听他第一次讲话时一样。在这人讲话时候,他没有顾上听他说的是什么,他只是研究人家怎样开口,怎样抬手,怎样转身……越看越像,越听越像。这场讲话,差不多一点钟工夫就结束了,大家都各自回房收拾行李准备回家,铁锁也顾不得回房里去,挤开众人向这讲话的人赶来。

　　他赶上来,本来想问一声是不是小常,走到跟前,看见人家穿得一身新军服,自己滚得满身灰土,衣裳上边又满是窟窿,觉着丢人。"倘或不是小常,又该说些什么?"他这样想着,怎么也不好意思开口。可是他又觉着,如果真是小常,也不可当面错过,因此也舍不得放松,就跟着走出街上来。一年多不见街上的景致,他也顾不得细看,只是跟着人家走。跟了一段,他想:不问一下总不得知道,就鼓着勇气抢了几步问道:"哎!你是不是小常先生?"那人立刻站住,回过头来用那闪电一样的眼睛向他一闪,愣了一愣返回来握住他的手道:"这么面熟,怎么想不起来?"铁锁道:"在太原满洲坟……"那人笑道:"对对对!就是后来才搬去的那一位吧?晚上提了许多问题,是不是?"铁锁道:"就是!"那人的手握得更紧了,一边又道:"好我的老朋友!走,到我那里坐坐去!"他换了左手拉着铁锁的右手跟他并走着,问铁锁的姓名住址,家庭情形。铁锁自然也问了他些被捕以后的事。

铁锁因为酒后说了几句闲话,被人家关起来做了一年多苦工,这时不止自己出了笼,又听说真正的共产党也不许捉了,又碰上自己认为的天下第一个好人,你想他该是怎样高兴呢?他连连点头暗道:"这就又像个世界了!"他虽跟小常拉着手并肩走着,却时时扭转头看小常,好像怕他跑了一样。街上的热闹,像京广杂货、饭馆酒店、粮食集市、菜摊肉铺……人挤人,人碰人,在他看来毫不在意,好像什么也没有看见,只看见身边有个小常。

不大一会,走到牺盟会,小常请他喝了盅茶以后,就问起他近几年村里的情形来。铁锁自从打太原回来以后,六七年来又满满闷了一肚子气,恨不得找小常这样一个人谈谈,这时见了原人,如何肯不谈?他恐怕事情过长,小常不耐烦听,只从简短处说;小常反要他说得详细一点,听不明的地方还要拦住问个底细,说到人名地名还问他是哪几个字。他一边谈,小常一边用笔记。谈了一会,天晌午了,小常就留他在会里吃饭,吃饭时候又把他介绍给五六个驻会工作的同志们认识。吃过饭,仍然接着谈,把村里谁是村长谁是公道团长谁是防共保卫团长,每天起来都干些什么勾当;自己因什么被关起来做了一年多苦工……详详细细谈了一遍。谈完以后,小常向他道:"我们这里派人到你村去过一次,不过像你说的这些情形,去的人还没有了解。现在你村里也有一点小变动!"说着他又翻出派去的人寄来的报告信看着道:"村长换成外村人了,听说是在太原受过训的。李如珍成了村副。防共保卫团改成抗日自卫队了,不过队长还是小喜,公道团长还是春喜。"

铁锁听了这种变动,叹了一口气道:"难道李如珍小喜春喜这些人的势力是铁钉钉住了吗？为什么换来换去总是他们？你不是说过'非把这些坏家伙们打倒,世界不能有真理'吗？你不是说过'有个办法能叫大家齐心'吗？可惜那时候你没有告我说这个办法就叫人家把你捉走了。如今我可要领领这个教！"小常哈哈大笑道："好我的老朋友！你真是个热心热肠的人！这个办法我今天可以告给你了,这个办法并不奇怪,就是'要把大家组织起来'。这么说也很笼统,以后我们慢慢谈吧！我们牺盟会就是专门来干这事的,不只要对付这些家伙们,最重要的还是抵抗日本帝国主义。不过不对付这些家伙们,大多数的好老百姓被他们压得抬不起头来,如何还有心抗日？这些事马上说不明白,一两天我就要到你们那一区的各村里去,也可以先到你们村子里看看,到那时候咱们再详细谈吧！你一年多了还没有回去啦,可以先回去看一下,等几天我就去了。"铁锁又道："你是不是能先告我说怎样把大家组织起来,我回去先跟几个自己人谈谈。"小常见他这样热心,连声答道："可以可以！你就先参加我们牺盟会吧！"说着就给他拿出一份牺盟会组织章程和入会志愿书,给他讲解了一下,然后问他会写字不会。他说写不好,小常便一项一项问着替他往上填写,写完又递给他看了一下,问他写得对不对。他看完完全同意,又递给小常收起来。小常又告他说："就照这样收会员,以后有什么要作的事,大家开会决定了大家来做,这就叫组织起来了。"又给他拿了几份组织章程道："你回去见了你自己以为真正的好人,就可以问他愿意入会不；他要愿意,你就可以算他的介绍人,介绍他入会。我们派出去那个同志姓王,还在你们那一带工作,谁想入会,可以找他填志愿书,我可以给他写个信。"说着他便写了个信交给铁锁。

太阳快落的时候,铁锁才辞了小常回自己住了一年多的那个圈子里收拾行李。他回去见人已经走完了,灶也停了,只剩自己一条破被几件破衣服,堆在七零八落的铺草堆里。他把这些东西捆好以后,天已黑了,没钱住店,只好仍到牺盟会找着小常住了一夜。第二天早上,小常又留他吃过早饭,他便回家去了。

他在回家的路上,一肚子高兴憋得他要说话,可是只有他一个人,想说也没处说,有时唱几句戏,有时仰天大叫道:"这就又像个世界了!"八十里小跑步,一直跑回村子里去。这时正是收罢秋的时候,村里好多人在打谷场上铡草,太阳虽然落了却还可以做一阵活,见他回来了,就都马上停了工,围着他来问询。孩子们报告了二妞,二妞也到场上来看他。

他第一个消息自然是报告"小常来了"。这个消息刚一出口,一圈子眼睛一下子都睁大了许多,一齐同声问道:"真的?""在哪里啦?"他便把在县里遇小常的一段事情说了一遍。原来这村里知道小常的,也不过只是上年正月初三在修福老汉家听铁锁谈话的那几个人,可是自铁锁被捕以后,知道的人就越来越多了,因为铁锁一被捕,谁也想打听是为什么来,结果就从冷元口中把铁锁那天晚上谈的话原封传出去。后来春喜知道了,又把冷元弄到庙里,叫他当众说了一遍。在春喜是想借冷元的话证明铁锁真与共产党有过关系,以便加重他的罪,可是说了以后,反叫全村人都知道世界上有小常这样一个好人了。大家这会见铁锁说小常不几天要来,都说:"来了可要看看是怎么样一个人啦。"

这天晚上,铁锁又到修福老汉那里问他近来村里办公人的变动,修福老汉说的和小常接到王同志的报告差不多,只是又说这位新来的村长,是春喜一个同学,说是受过训,也不过是嘴上会说几句抗日救国的空话,办起事来还跟李如珍是一股劲,实际上还跟李如珍是村长一样。又谈到牺盟会派来的王同志,修福老汉道:"是一个十六七岁的小孩子,说话很伶俐,字写得也很好,可惜人太年轻,不通世故。他来那几天,正是收秋时候,大家忙得喘不过气来,他偏要在这时候召集大家开会。老宋打了几遍锣,可是人都在地里,只召集了七八个老汉跟几个六七岁的小孩子,他不知道是因为人忙,还说大家不热心。"铁锁又说到小常叫他回来组织牺盟会,修福老汉道:"已经组织起来了,我看那也没有什么用处。"铁锁觉着奇怪,忙问道:"几时组织的?谁来组织的?"修福老汉道:"还是姓王的那个孩子来的时候,叫村长给他找个能热心为大家办事的人,忙时候,正经人都没工夫,村长给他找了个小毛陪他坐了半天。他走后,小毛跟村里人说人家托他组织牺盟会,前天才挨户造名册,可不知道报上去了没有。"铁锁听罢摇着头道:"想不到这些家伙们这样透脱,哪一个缝子也不误钻!"

  他虽然白天跑了八十里路,晚上又谈了一会话,回去仍然没有睡着。自他被捕以后,二妞到城里去探过他三次:第一次人家说还没判决,不让见面;第二次第三次,虽然见了,又只是隔着门说了不几句话,人家就撵她走了,因此也没有看清自己的丈夫累成了什么样子,只是盼望他能早些出来就是了。这时,人是回来了,可是身上糟蹋得变了样子:头发像贴在头上的毡片子,脸像个黄梨,袖子破得像两把破蒲扇,满身脏得像涂过了漆,两肘、两膝、肩膀、屁股都露着皮,大小虱子从衣服的窟窿里爬进去爬出来。二妞见人家把自己的男人糟蹋成这个样子,自然十分伤心,便问起他在县里是怎么过。听铁锁说到怎样喝六十年的老仓米汤,怎样睡在草堆里,抬多么重的抬杆,挨多么粗的鞭子……惹得她抱住铁锁哭起来。铁锁从小就心软,这几年虽说磨炼得硬了一点,可是一年多没有见一个亲人了,这会见有人这样怜惜自己,如何能不心恸,因此也忍不住与她对哭。两口子哭了一会,二妞又说了说近一年来家里的困难,最后铁锁又告她说世界变了,不久就要想法打倒那些坏家伙,说着天就明了。

八

二妞虽然过的是穷日子,却不叫累了身面,虽是补补衲衲的,也要洗得干净一点。铁锁这一身,她以为再也见不得人,马上便要给他洗补。窟窿又多,又没有补丁布,只好盖上被子等。

二妞到河里去洗衣服,家里再没有别人,邻居们来看他,他只好躺着讲话;邻居们走了,他就想他自己的事。他想:"小常说组织起来就是办法,也说的是组织好人,像小毛这些东西,本来就是那些坏家伙的尾巴,组织进去一定不能有什么好处。"小常给他写的信他还带着,在路上还打算一到家就先去找王同志,到这会看起来这王同志也不行,因此就决定暂且不去找他。小毛既然也在村里组织牺盟会,自己就且不去组织,免得跟他混在一起,还是再到县里去一趟,先把这些情形告给小常知道。晌午吃饭时候,冷元们一伙人又端着碗来跟他闲谈,说到组织牺盟会,大家也说:"要想法子不跟小毛这些人碰伙,免得外人认不清咱们是干什么的。"这样一说,越发帮助他打定了先到县里见小常的主意,他便想等这天补好衣裳,第二天就去。

天气冷了,洗出来的衣服不快干,直等到后半晌才干了,二妞便收回来给他补。衣服太破,直补到快吃晚饭,才补完了个上身。就在这时候,看庙的老宋来了,说庙里来了个牺盟会的特派员要找他。他问老宋道:"是不是二十五六岁一个人,头发厚墩墩的,眼睛像打闪,穿着一身灰军服?"老宋道:"就是!"他一下子从被子里坐起来向二妞道:"小常来了!快给我衣裳!"老宋问道:"那就是小常?"他说:"是!"老宋见他还没有穿衣裳,便向他道:"你后边来吧!我先回去招呼人家。"说了便先走了。二妞把补好了的夹袄给他,又拿起裤来看着上面的窟窿道:"这太见不得人了,你等一等我给你去借白狗一条裤子去!"说着她便跑出去了。修福老汉住的院子,虽说离不多远,走起来也得一小会,要找白狗的裤,巧巧自然也得翻一会箱,铁锁去见小常的心切,等了一下等得不耐烦了,就仍然穿起自己的窟窿裤来往庙里去,等到二妞借裤回来,铁锁已经走到庙里了。

裤子虽没有趁上用,"小常来了"的消息却传出去了——巧巧传白狗,白狗传冷元。什么事情只要叫冷元知道了,传起来比电话还快,不大一会就传遍全村,在月光下只听得满街男女都互相问询:"来了?""来了?"

铁锁到了庙里,见村公所已经点上灯,早有村长、春喜、小毛他们招呼着小常吃过饭,倒上茶。铁锁一进去见他们这些人坐在一块,还跟往日一样,站在门边。村长他们三个人自然没有动,小常却站起来让座,铁锁很拘束地凑到小毛坐着的板凳尖上。小毛向铁锁道:"这是牺盟会的县特派员,见了面也不知道行个礼?"小常微笑着道:"我们是老朋友!"说着和铁锁握了一下手,让他坐下。铁锁在这种场面上,谈不出话来,村长他们见桌面上插进铁锁这么一个气味全不相投的老土,自然也没有什么要谈的话,全场静了一会,只听得窗外有好多人哼哼唧唧,村长向着窗喊道:"干什么?"窗外的人们哗啦啦啦都跑出庙门外去了。

小常看见这里不是老百姓活动的地方,就站起来向铁锁道:"我上你家里看看去!"铁锁正觉着坐在这里没意思,自是十分愿意,便领着小常走出来。到了庙门口,被村长喊跑了的那伙人还在庙门口围着,见他两人出来了,就让出一条路来,等他两人走过去,跟正月天看红火一样,便一拥跟上来。到了铁锁门口,铁锁让小常往家里去,小常见人很多,便道:"就在外边坐吧!"说着就坐在门口的碾盘上。看的人挤了一碾道,妇女、小孩、老汉、老婆……什么人都有。有个孩子挤到碾盘上,悄悄在小常背后摸了摸他的皮带。

冷元看见小毛也挤在人缝里,便故意向大家喊道:"都来吧!这里的衙门浅!"大家都轰的一声笑起来。小常听了,暗暗佩服这个人的说话本领。铁锁悄悄向小常道:"这说话的就是冷元,就是我跟你说的那个好说冒失话的。"又见大家推着冷元低声道:"去吧去吧!"大家一手接一手把他推到碾盘边,冷元向铁锁道:"大家从前听你说,这位常先生很能讲话,都想叫你请常先生给我们讲讲话!"铁锁顺便向小常道:"这就是冷元。"小常便向冷元握手相认。冷元又直接向小常道:"常先生给我们讲讲话吧?"小常看见有这么多的人,也是个讲话的机会,只是他估量这些人都还没有吃过晚饭,若叫他们吃了饭再来,又怕打断他们听话的兴头,因此就决定只向他们讲一刻钟。主意已定,便回答冷元道:"可以!咱们就谈一谈!"他看见旁边有个簸米台,便算成讲台站上去。听话的人还没有鼓掌的习惯,见他站上去,彼此都小声说:"悄悄!不要乱!听!"马上人都静下来,只听他讲道:

"老乡们!我到这里来是第一次,只认得这位铁锁,我们是前六七年的老朋友。不过我到这里,可也不觉得很生,咱们见一面就都是朋友——比方我跟铁锁,不是见了一面就成朋友了吗?朋友们既然要我讲话,我得先说明我是来做什么的。我是本县牺盟会的特派员,来这里组织牺盟会。这个会叫'牺牲救国同盟会',因为嫌这么叫起麻烦,才叫成'牺盟会'。大家知道不知道为什么要救国啦?"

有些说:"知道!因为日本打进来了。"

小常接着道:"好几个月了,我想大家也该知道一点,这里我就不多说了。这'打日本救中国'是我们大家的事,应该大家一齐动起来,有钱的出钱,大家出力。从前是有钱的不肯拿出钱来,只在没钱人的骨头里榨油,这个不对,因为救国是大家的事,日本人来了有钱人受的损失更大,不应该叫大家管看门,有钱人光管睡觉——力是大家出,可是有钱人一定得拿出钱来。"

有人悄悄道:"人家认这个理就是对!"

小常接着道:"至于大家出力,要组织起来才有力量。这个'组织起来'很不容易。要听空名吧,山西早就组织起来了:总动员委员会、自卫队、运输队、救护队、妇女缝纫队、少年除奸团、老人祈祷会,村村都有,名册能装几汽车,可是我问大家,这些组织究竟干过一点实事没有?"

大家都笑了,因为他们早就觉着这些都没有抵什么事。

小常仍接着一气说下去:"这种空头组织一点也没有用处,总得叫大家都干起实事来,才能算有力量的组织。为什么大家都不干实事啦?这有两个原因,就是大多数人,没有钱,没有权。没有钱,吃穿还顾不住,哪里还能救国?像铁锁吧:你们看他那裤子上的窟窿!抗日要紧,可是也不能说穿裤就不要紧,想动员他去抗日,总得先想法叫他有裤穿。没有权,看见国家大事不是自己的事,哪里还有心思救国?我对别人不熟悉,还说铁锁吧:他因为说了几句闲话,公家就关起他来做了一年多苦工。这个国家对他是这样,怎么能叫他爱这个国家呢?本来一个国家,跟合伙开店一样,人人都是主人,要是有几个人把这座店把持了,不承认大家是主人,大家还有什么心思爱护这座店啦?没钱的人,不是因为懒,他们一年到头不得闲,可是辛辛苦苦一年,弄下的钱都给人家进了贡——完粮、出款、缴租、纳利、被人讹诈,项目很多,剩下的就不够穿裤了。没权的人,不是因为没出息,是因为被那些专权的人打、罚、杀、捉、圈起来做苦工,压得大家都抬不起头来了。想要动员大家抗日,就得叫大家都有钱,都有权。想叫大家都有钱,就要减租减息,执行合理负担,清理旧债,改善群众生活。想叫大家都有权,就要取消少数人的特别权利,保障人民自由,实行民主。这些就是我们牺盟会的主张,我们组织牺盟会就是要做这些事。至于怎样组织,怎样行动,马上也谈不到底,好在我明天还不走,只要大家愿意听,咱们明天还可以细谈。"

十五分钟的讲话结束了,大家特别听得清楚的就是有了裤子才能抗日,有了权才愿救国,至于怎样减租减息,执行合理负担,实行民主……还只好等第二天再听。不过就听了这一点大家也很满意,散了以后,彼此都说"人家认理就是很真","就是跟从前衙门派出那些人来说话不同"。

二妞只顾听话,一小锅菜汤滚得只剩下半锅。铁锁见小常讲完了话,就把他招呼到自己家里,一边吃饭,一边向他谈近来村里的情形。白狗冷元们几个特别热心时事的人,不回去吃饭就先凑到铁锁家里来问长问短。当铁锁把王同志来了以后,小毛在村里组织牺盟会的事说出来,小常道:"王同志一来人年轻,二来不了解村里的情形,因此错把小毛当成好人,这我可以给他写个信,提醒他一下。以后他来了,你们也可以再把村里的情形向他细谈一下。小毛造的那个名册,我们不承认它。我们这牺盟会的组织章程,是要叫入会的人,先了解我们的主张,然后每个人自愿地找上介绍人填上志愿书,才能算我们的会员。"铁锁道:"他造的名册我们可以不承认;可是他自己入会是王同志介绍的,怎么才能把他去了呢?"小常笑道:"这个我想可以不用吧!他从前为人虽说不好,现在只要他不反对我们的主张,我们能不叫人家救国吗?"冷元抢着道:"不行不行!他跟我们是两股劲,怎么能不反对我们的主张?像你说那'有钱的出钱',我先知道他就不会实行。他虽是个有钱的,可是进得出不得,跟着李如珍讹人可以!"小常道:"这也不怕他,只要他入了会,就得叫他实行会里的主张;什么时候不实行我们的主张,我们大家就开除他出会。"冷元笑向铁锁道:"这也可以!以后有了出钱的事,就叫他出钱;他不出钱,就撵他出会。"白狗跟另外几个青年都向冷元笑道:"对!这么着管保开除得了他!"小常笑向他们道:"不许人家变好了?"冷元道:"还变什么啦?骨头已经僵硬了!"小常道:"不过咱们既然收下他,还是盼他变好;实在变不过来,那也只好不再要他。"要不要小毛的问题,就谈到这里算了。冷元他们几个人又问了些别的事,也都回家吃饭去。小常写了一封信,交给铁锁,叫他第二天早晨到区上去叫王同志,铁锁便送他回庙里睡去。

当小常在铁锁门口讲话的时候,小毛也在那里听;后来小常讲完了话到铁锁家里去了,小毛赶紧跑到庙里向村长春喜他们报告,说小常说了些什么什么。春喜说:"这样看来,他们跟我们是反对的。不过这牺盟会现在的势力很大,要好好抓住这机会,把它抓到咱们手里。你既然跟那个姓王的孩子接过头,又造了名册,你自然是这村里第一个会员了,那你今天晚上就向这特派员报告工作。要跟他表示亲近一点!"小毛又跟他计划了一会对付小常的话,小毛就回去了。他一见小常,就站起来低声下气道:"回来了,特派员?我正说去接你啦!老宋!倒茶!"老宋倒上茶来,小毛又接着道:"累了吧,特派员?你讲的话真好,真对!非大家组织起来不能救国!我自从听说日本打进咱中国来,早就急得不行了,可惜有力也使不上,不知道该怎样才能救国。那天咱会里的王工作员来了,要找个能热心给大家办事的人,村长就找到我名下。我也办不了什么事,只是好为大家的事跑个腿帮帮忙,村长既然找到我名下,我就来了。一见了王工作员,我们两人就说对了,王工作员就托我在村里组织牺盟会。如今也组织好了,昨天晚上才造好名册,正预备往上报,特派员就来了。"他说到这里,就到村长的桌上取过他新造的名册来递给小常道:"特派员,你看,人还不少!"小常听见他一个"特派员"两个"特派员",话也说得顺溜溜的,想道:"怨不得王同志上他的当,这家伙嘴上还有两下子!"后来他取出名册,小常接住没有翻开就放在桌上道:"明天再看吧,今天实在累了!"他见小常不愿意再谈下去,也就顺着小常道:"对,特派员跑了路了,就早点歇吧!老宋!给特派员打铺!"说着他便走出来了。

那一边,冷元们从铁锁家里回去吃了饭,又聚到修福老汉家里去谈组织起来的事。他们一致都觉着铁锁说得对,小常就是他们见过的人里边第一个好人。白狗说:"这回可不要错过,赶紧请人家组织咱们一下!"只有小常说的不能不叫小毛入会,他们不赞成。有一个说:"到组织的时候,只要小毛说话,咱们就碰他。冷元哥!你会说扔砖头话,多多给咱碰小毛几家伙!"又有个说:"是平常时候不敢说吧,会说扔砖头话的人多啦!白狗还不是冷元的大徒弟?"还有几个青年说:"我是二徒弟!""我是三徒弟!""……"修福老汉说:"要看势,也不要太过火了!"冷元说:"不怕!你不听小常说以后大家都要有权啦吗?只要说到理上,他能把咱们怎么样?我看这世界已经变了些了,要不小常这些人怎么能大摇大摆来组织咱们来?"有的说:"对,胆子放大些吧!"七嘴八舌吵了一会,都主张痛痛快快碰小毛一顿。

第二天早晨,铁锁到区上叫王工作员去了,小常在庙里等着。他坐着没事,就在庙里来回游玩。这庙院,上半院仍是神像占着,下半院东西两座大房子,一边是公道团,一边是村公所,正南戏台下边是厨房,东南是大门,西南角房是自卫队队部。左看右看,也没有一个房子能叫牺盟会占。他见大门内还有坐东朝西一间小屋子,开门一看老宋住在里边。老宋问他要什么,他说:"没有事,我是闲玩。"说着随手又给他把门闭住。这时候,大门忽然开了个缝,一个很精干的青年伸进一颗头来。这个青年看见有人,正把脖子往回一缩,忽然认得是小常,便笑道:"我当是村长来!"他又把门缝开大了一点进来了,原来是白狗。小常虽然不知道他的名字,却见过他——头天晚上在碾道讲完了话,他也到铁锁家里去,还问长问短。小常笑向他道:"是村长你就不敢进来了?"白狗嘻嘻地笑了。小常问他道:"你找谁?"白狗道:"就找你!"小常道:"找我做什么?"白狗道:"问问你几时还给我们讲话啦。"小常道:"大家这几天还忙不忙?"白狗道:"不很忙了,都杀地啦。大家都想听你讲话。只要你说定几时讲,谈一晌也不要紧!"小常道:"晌午再决定吧!决定了我通知你们。"白狗答应着去了,小常就仍回公所的房子里来。

  他叫村长给牺盟会找个办事的地方,村长说庙里没有房子了,村里还有一座公房,从前是打更的住的地方,这会空着,可以用。村长不愿意叫牺盟会到庙里来,怕他们来了以后,自己跟李如珍、春喜、小喜这些人谈起什么来不方便;小常觉着庙里既然有村公所、公道团,平常的老百姓就不愿意进来,这种成见马上还打不破,况且谈起村里的坏家伙们来也不方便,因此也不愿意把地点弄到庙里来。这样两方的心事一凑合,就决定用庙外的地方了。

  早饭时候,铁锁也回来了,王工作员也来了,大家先去看过那座更坊,决定就在这里。铁锁马上去叫了十几个人来,扫地的扫地,糊窗的糊窗,垒火炉,借桌凳……不多一会就把个房子收拾得像个样子。小毛虽然也在里边手忙脚乱卖弄他的热心,可是大家都不答理他,又故意笑笑闹闹叫他看。

  小常跟王工作员谈了一会村情,又叫他以后对哪些人哪些事不明白时候多问铁锁。他们又决定就在当天午饭以后,再开一个群众大会,重新给大家谈一谈牺盟会的行动纲领和组织纲领,然后叫大家自动入会。

  晌午白狗又来问小常几时讲话,小常就顺便告他说吃过午饭要开个群众会。他问过以后,端着碗满村跑,一会全村就都知道了。小常吃过饭,向村长说要在下午召开个群众会,村长答应着,正盼咐老宋去打锣,白狗就跑进来向小常道:"特派员,请你到更坊门口去讲话啦!"小常道:"知道了,正说着去打锣集合啦!"白狗道:"不用打了,人都到齐了!"说着小毛也跑进来请小常去讲话,并且又把那个名册从桌上拿起来道:"拿上咱的名册点点名!"小常正准备处理这个名册的事,见他拿上了,也不禁止。

到了更坊门口,男男女女早已坐下一大群,跟坐在戏台下等开戏一样。不知道是哪几个人懂得鼓掌,当小常走近的时候,有两三个人拍起手来,有些孩子们跟着拍,慢慢全场上也就跟着拍起来了。早有人在更坊阶台上放了一张桌,大家都面朝着那里,小常知道那就是讲台,便走上去,王工作员跟上去,小毛也跟上去把名册恭恭敬敬递给小常。

鼓掌声停了,人都静下来,小常翻开名册。这时小毛看见用起他的名册来了,十分得意。冷元、铁锁他们几个人却都摇头,暗想道:"昨天晚上不是说不承认他那个名册吗?为什么还要用它!"只见小常看着最后一个名字叫道:"崔黑小!"一个三十来岁的人站起来答道:"在!"这人是河南滑县来的一个逃荒的,穿的衣裳,粗看好像挂了几片破布。他好像不敢见人,站起来答了一声就又把头低下。小常问他道:"你因为什么入会?"崔黑小用他那豫北话答道:"咱不知道!"小常又问道:"谁介绍你?"他抬起头来反问道:"啥呀?"小常又说了一遍,他仍用他那豫北话道:"咱不懂!"冷元他们那些扔砖头话早就预备好了,这个说"谁也不懂",那个说"只有小毛一个人懂得",小毛急了,便向崔黑小发话道:"不是我介绍的你?"崔黑小道:"你问我多大岁数,写了我个名,我也不知道是弄啥啦呀?"扔砖头话跟着又都出来了:"查户口啦!""挑壮丁啦!""练习字啦!"……小常便正正经经向小毛道:"同志!这样子

121

发展会员是不对的！你想他们连会里的行动纲领组织纲领都不懂，哪里会有作用啦？"小毛分辩道："他是个外路人，不懂话。我不过把他浮记在后边，本来就没有算他。"小常道："噢，原是这样，那就再问问本地人吧！"小常又翻开名册，从头一名李如珍问起。李如珍答了几句笼统话，也说不出具体要做些什么来。小常挨着一个一个往下问，有的老老实实说"不知道"，有的故意说些风凉话——比方说"为了敬老爷"，"为了娶老婆"……小常问了两张以后，便停住了问，又正正经经向小毛道："不行！咱们事前的宣传工作不够！"又向大家道："我也不用再往下问了，看样子是谁也不了解。我们这个会，特别要讲究自愿，总得宣传的人先把会的纲领讲明白，谁赞成我们的纲领，自己找两个会员来介绍，再经过当地的分会组织委员准许，然后填了志愿书，才能算本会会员。现在这个名册作为无效，咱们再重新宣传重新组织。"冷元他们几个人齐喊道："对！"冷元道："又可惜把好几张纸糟踢了！"小常接着道："现在我先把牺盟会的行动纲领给大家谈谈。"接着就本着牺盟会行动纲领的精神，用老百姓的话演绎了一番，说得全村男男女女都知道牺盟会是干甚的了。

他讲完了行动纲领以后，又说道："现在大家既然知道牺盟会是干什么的了，谁想干这些，就可以自动报名。这个名册上的人，都没有按入会的章程入会，按章程入会的，在你们村子里只有两个人：一个是铁锁同志，我介绍的；一个是小毛同志，王同志介绍的……"才提出小毛的名字，大家轰隆轰隆嚷嚷起来："不要小毛！""不要狗尾巴！"……白狗故意挤到前边大声道："为什么不要？特派员说过'有钱的出钱'，人家很有钱，有了人家，会里花钱不困难！"又有人说："会里不用什么钱！不要他！"又有人说："怎么不用钱？花钱路多啦！打日本能不用枪？教人家老叔给咱买几条枪！"又有人说："你怕他不给你买啦？跟着龙王吃贺雨可以，叫他出钱呀?"冷元说:"那可不能由他!你不听特派员说'会员得照着纲领办事'吗?'有钱的出钱'是'纲领',只要他是个会员!"小毛听到要他出钱,已经有点后悔,却也不好推辞,正在踌躇,又听有个人说"出钱也不要他",他便就着这句话道:"大家实在跟我过不去,我不算好了!"又向小常道:"特派员,入了会还能退出不能?"小常道:"在咱们的组织章程上看,出入都是自由的,不过能不退出还是不退出好,多一个人多一份力量。"小毛低声道:"不!大家跟我心事不投,不要因为我一个人弄得会里不和气!"他满以为小常不知道他的为人,才找了几句大公无私的话来卖弄,好像真能为大家牺牲自己。小常早已猜着他是被大家叫他出钱的话吓住了才要退出,可是也不揭破他的底,也很和气地低声答道:"那你看吧!完全由你!"他见准他退出,除不以为耻,反而赶紧向大家声明道:"大家不用说了,我已经请准特派员退出了!"全场鼓掌大笑。

小常怕小毛面子上不好看,本不想在当场宣布,这会见他自己宣布了,也就宣布道:"小毛同志既然一再要退出,我们以后也只好请他在会外帮忙吧!这么一来,你们村子里现在只剩铁锁一个人是会员了。自今天晚上起,我跟王同志就都住在这新房子里,谁想入会就可以到这里报名。我,王同志,还有铁锁,我们三个都可以当介绍人。我还要到别的村里走走,王同志可以多住几天,帮你们成立村分会。"谈到这里,会就结束了。

当晚,冷元、白狗等六七个热心的人,到村里一转,报名的就有三十多个。小常见事情这样顺利,次日也没有走,当下就开了成立大会,选出负责人——铁锁是秘书,杨三奎老汉的组织委员,冷元的宣传委员。负责人选出后,小常和王工作员又指导着他们分了小组,选了小组长,定下会议制度,这个会就算成立了。

九

　　下午开过了村牺盟分会的成立大会,晚上,小常、王工作员,正跟铁锁他们几个热心的青年人们谈话,忽然来了个穿长衣服的中年人,拿着个名片递给小常,说道:"特派员!我爹叫我来请你跟王同志到我们铺里坐一坐!"小常接住片子一看,上边有个名字是"王安福",便问铁锁道:"这是哪一位?怎么没有听你提过?"冷元在旁抢着道:"是村里福顺昌的老掌柜,年轻时候走过天津,是个很开通的老人家。自从听说日本打进来,他每逢县里区里有人来了,总要打听一下仗打得怎么样。"别的人也都说:"去吧!你给老汉说些打胜仗的消息,老汉可高兴啦,逢人就往外传!"小常说了声"好吧",便同王工作员,跟着王安福的儿子到福顺昌来。

　　他们走近铺门,一个苍白胡须的高鼻梁老汉迎出来,规规矩矩摘了他的老花眼镜向他们点过头,又把眼镜戴上,然后把他们让到柜房。柜房的桌子上早摆好了茶盘——一壶酒,几碟子菜——虽不过是些鸡子豆腐常用之物,却也弄得鲜明干净。小常一见这样子,好像是有甚要求——前些时候,城里有几个士绅,因为想逃避合理负担,就弄过几次这种场面——可是既然来了,也只好坐下。他想如果他提出什么不合理的要求,根据在城里的经验,就是吃了酒饭,仍旧可以推开。

　　小常这一回可没有猜对。王安福跟那些人不一样,完全没有那个意思。他对别的从县里区里来的人,也没有这样铺张过,这时对小常,完全是诚心诚意地另眼看待。"七七"事变后,两三个月工夫日本就打进山西的雁门关来,这完全出他意料之外。他每听到一次日本进侵的消息,都要焦急地搔着他的苍白头发说:"这这这中国的军队都到哪里去了?"他不明白这仗究竟是怎样打的,问受过训的村长,村长也说不出道理来;问县里区里来的人,那些人有的只能告诉他些失败的消息,有的连这消息也没有他自己知道的多,道理更说不上;虽然也有人来组织这个"团"那个"会",又都是小喜、春喜一类人主持的,也不过只造些名册,看样子屁也不抵;他正不知照这样下去将来要弄成个什么局面,忽然听说小常来了,他觉着这一下就可以问个底细了。小常这人,他也是从铁锁被捕以后才听到的。当时是反共时期,他不敢公开赞成,只是暗暗称赞,因为他也早觉着"非把那些仗势欺人的坏家伙一齐打倒,世界不会有真理",只是听说小常是共产党,这点他不满意。春喜他们说共产党杀人放火他是不信的,他对于共产党,只是从字面上解释,以为共产党一来,产业就不分你的我的,一齐成了大家的。他自己在脑子里制造了这么个共产党影子,他就根据这个想道:"要是那样,大家都想坐着吃,谁还来生产?"他听人说过小常这个人以后,他常想:"那样一个好人,可惜是个共产党!"这次小常来了,他也跟大家一样,黑天半夜拄着棍子到铁锁门口听小常讲话,第二天晌午在更坊门口开群众大会,他也是早早就到,一直瞪着眼睛听到底。听过这两次话以后,他更觉着小常这个人果然名不虚传,认理真,见识远,看得深,说得透。他还特别留心想听听关于共产党的事,可是小常两次都没有提。这次他请小常,除了想问问抗战将来要弄个什么结果,还想问问小常究竟是不是共产党。

  他陪着小常和王工作员吃过酒,伙计端上饭来。他们原是吃过饭的,又随便少吃了一点就算了。酒饭过后,王安福老汉便问起抗战的局面来。小常见他问的是这个,觉着这老汉果是热心国事的人,就先把近几个月来敌人的军事部署和各战场的作战情形,很有系统地报告了一番;又把中共毛主席答记者问时说的持久战的道理讲了一下——那时《论持久战》一书还没有出版。王安福老汉是走过大码头的,很愿意知道全面的事,可惜别的从区里县里来的人,只能谈些零星消息,弄得他越听越发急,这会听着小常的话,觉着眉目清醒,也用不着插嘴问长问短。他每听到一个段落,都像醒了一场梦,都要把脖子一弯,用头绕一个圈子道:"唔——是!"他对于打仗,也想得很简单,以为敌人来了最好是挡住,挡不住就退,半路得了手再返回来攻,得不了手就守住现有的原地,现有的原地守不住就还得退;退到个角上再要守不住,那恐怕就算完了。这时他见小常说像自己住的这块地方也可能丢,但就是丢了以后,四面八方都成了日本人,也还能在这圈里圈外抗战,而且中间还不定要跟敌人反复争夺多少次,一直要熬到了相当的时候,才能最后把敌人熬败。这种局面他真没有想到过。他听小常说完,觉着还可能过这种苦日子,实在有些心不甘。他呆了一大会没有说什么,最后皱着眉头道:"照这样看来,熬头长啦呀?"小常见他这样说,就反问他道:"你不信吗?"王安福道:"信信信!你说得有凭有据,事实也是这样,我怎能不信?我不过觉着这真是件苦事,可是不熬又有什么办法呢?好在最后还能熬败日本,虽吃点苦总还值得。"他又捏着他的苍白胡须道:"我已经六十了,熬得出熬不出也就算了,可是只要后代人落不到鬼子手也好呀!自从日本进攻以来,我一直闷了几个月,这一下子我才算蹬着底了。"

接着他又道:"常先生,我老汉再跟你领个教:牺盟会是不是共产党啦?"小常觉着他问得有点奇怪,但既然是这样问,也只好照着问题回答道:"这当然不是了!牺盟会是抗日救国的团体;共产党是政党,原来是两回事。"王安福道:"常听说先生你就是共产党,怎么现在又成了牺盟会特派员呢?"小常道:"这也没有什么奇怪,因为只要愿意牺牲救国,不论是什么党不是什么党都可以参加牺盟会。"王安福道:"这我也清楚了,不过我对你先生有个劝告,不知道敢说不敢说?"小常还当是他发现了自己的什么错处,马上便很虚心地向他道:"这自然很好,我们是很欢迎人批评的。"安福老汉道："恕我直爽,像你先生这样的大才大德,为什么参加了共产党呢?我觉着这真是点美中不足。"小常觉着更奇怪,便笑道:"王掌柜一定没有见过共产党人吧?"王安福道:"没有!不过我觉着共产党总是不好的,都吃起现成来谁生产啦?"小常见他对共产党是这样理解,觉着非给他解释不行了,便给他讲了一会什么是社会主义,什么是共产主义,最后告他说共产也不是共现在这几亩地几间房子,非到了一切生产都使用机器的时候才能实行共产主义。告他说共产主义是共产党最后才要建设的社会制度。又把社会主义苏联的情形讲了一些。说了好久,才算打破他自己脑子里制造的那个共产党影子。他想了一会,自言自语道:"我常想,像你先生这样一个人,该不至于还有糊涂的地方啦呀?看来还是我糊涂,我只当把产业打乱了不分你我就是共产。照你说像在苏联那社会上当个工人,比我老汉当这个掌柜要舒服得多。"他又想了一下道:"不过建设那样个社会不是件容易事,我老汉见不上了,咱们且谈眼前的吧,眼看鬼子就打到这里来了,第一要紧的自然是救国。我老汉也是个中国人,自然也该尽一分力。不过我老汉是主张干实事的,前些时候也见些宣传救国的人,不论他说得怎么漂亮,我一看人不对,就不愿去理他,知道他不过说说算了。你先生一来,我觉着跟他们不同,听了你的话,觉着没有一句不是干实事的话。要是不嫌我老汉老病无能,我也想加入你们的牺盟会尽一点力量,虽然不济大事,总也许比没有强一点,可不知道行不行?"小常和王工作员齐声道:"这自然欢迎!"小常道:"像你老先生这样热心的人实在难得!"王安福见他两人对自己忽然更亲热了,振了振精神站起来道:"我老汉主张干实事,虽说不是个十分有钱的户,可是不像那些财主们一听说出钱就吓跑了。会里人真要有用钱的地方,尽我老汉的力量能捐多少捐多少!就破上我这个小铺叫捐款!日本鬼子眼看就快来抄家来了,哪还说这点东西?眼睛珠都快丢了,哪还说这几根眼睫毛啦?"小常和王工作员,听了他这几句话,更非常佩服他的真诚,连连称赞。后来小常又说捐款还不十分必要,当前第一要紧的事是减租减息动员群众抗日,能动员得大多数人有了抗日的心情,再组织起来,和敌人进行持久战。问他有没有出租放债的事,是不是可以先给大家做个模范。他说:"这更容易!不过咱是生意人家,没有出租的地;放债也不多,总共以现洋算不过放有四五千元,恐怕也起不了多大模范作用!"小常说:"做模范也不在数目多少,况且四五千元现洋已经不是个小数目,至少也可以影响一个区!"王安福答应道:"这我可以马上就做,回头我叫柜上整理一下,到腊月齐账时候就实行!不说照法令减去五分之一,有些收过几年利的连本都可以让了!"

两下里话已投机,一直谈到半夜。临去时小常握着王安福的手道:"老同志!以后我们成自己人了,早晚到城就住到咱们会里!"王安福也说:"你们走到附近,也一定到这里来!"这样便分手了。

六十岁的王安福参加牺盟会自动减息这件事,小常回到县里把它登在县里动员委员会的小报上,村里有铁锁他们在牺盟会宣传,王安福老汉自己见了人也说。不几天村里村外,租人地的,欠人钱的,都知道减租减息成了政府的法令,并且已经有人执行了,也就有好多向自己的地主债主提出要求,各村的牺盟会又从中帮助,很快就成了一种风气。

李如珍是靠收租收利过活的;小喜、春喜自从民国十九年发财回来,这几年也成了小放债户;小毛也鬼鬼祟祟放得些零债。他们见到处都是办减租减息,本村的王安福不止自动减了息,还常常劝别人也那样做。他们自己的佃户债户们大多数又都参加了牺盟会,成天在更坊开会,要团结起来向自己提出要求。他们觉着这事不妙,赶紧得想法抵挡。李如珍叫春喜到县里去找县公道团长。春喜去到县里住了一天,第二天回来就去向李如珍报告。

这天晚上,李如珍叫来了小喜、小毛,集合在他自己的烟灯下听春喜的报告。夜静了,大门关上了,春喜取出一个纪要的纸片子来报告道:"这一次我到县团部,把叔叔提出的问题给县团长看了,县团长特别高兴,觉着我们这里特别关心大局,因此不嫌麻烦把这些问题一项一项都详细回答了一下。他说最要紧的是防共问题。他说咱这公道团原来就是为防共才成立的,现在根本还不变,只是做法要更巧妙一点。他说防共与容共并不冲突。他说阎司令长官说过:'我只要孝子不要忠臣!'就是说谁能给阎司令长官办事,阎司令长官才用谁。对共产党自然也是这样,要能利用了共产党又不被共产党利用。既然容纳了共产党,又留着我们公道团,就是一方面利用他们办事,一方面叫我们来监视他们,看他们是不是真心为着阎司令长官办事,见哪个共产党员作起事来仍然为的是共产党,并不是为阎司令长官,我们就可以去密电报告,阎司令长官就可以撤他的职。第二个问题:'牺盟会是不是共产党?'他说牺盟会有许多负责人是共产党员,因为他们能团结住许多青年,阎司令长官就利用他们给自己团结青年。他们自然也有些人想利用牺盟会来发展共产党,可是阎司令长官不怕,阎司令长官自任牺盟总会长,谁要那样做,就可以用总会长的身份惩办他。"

李如珍插嘴问道:"他就没有说叫我们怎样对付牺盟会?"

春喜道:"说来!他说最好是能把村里的牺盟会领导权抓到我们自己人手里,要是抓不到,就从各方面想法破坏它的威信,务必要弄得它起不了什么作用。"

李如珍翻了小毛一眼道:"我说什么来?已经好好抓在手了,人家说了个'出钱'就把你吓退了!其实抓在你手出钱不出钱是由你啦,你一放手,人家抓住了,不是越要叫你出钱吗?现在人家不是就要逼咱执行减租减息法令吗?"说到这里他回头问春喜道:"阎司令长官为什么把减租减息定成法令啦?"

春喜道:"接下来就该谈到这个。县团长说:这'减租减息'原来是共产党人提出来的。他们要求阎司令长官定为法令,阎司令长官因为想叫他们相信自己是革命的,就接受了。不过这是句空话,全看怎样做啦:权在我们手里,我们拣那些已经讨不起来的欠租欠利舍去一部分,开出一张单子来公布一下,名也有了,实际上也不受损失;权弄到人家手里,人家组织起佃户债户来跟我们清算,实际上受了损失,还落个被迫不得不减的顽固名字。"

李如珍又看了小毛一眼,小毛后悔道:"究竟人家的眼圈子大,可惜我那时没有想到这一点。"小喜笑道:"一说出钱就毛了,还顾得想这个!"说得大家齐声大笑。

春喜接着道:"这几个问题问完了,我就把小常到村成立牺盟会的经过情形向他报告了一下。他说别的地方也差不多都有这样报告,好像小常是借着牺盟会的名字发展共产党。他说他正通知各地搜集这种材料,搜集得有点线索,就到司令长官那里告他,只要有材料,不愁撤换不了他。这次去见县团长,就谈了谈这些。"

小喜道:"报告听完了,我们就根据这些想我们的办法吧!马上有两件事要办:一件是怎样抵抗减租减息,一件是怎样教铁锁他们这牺盟会不起作用。"

小毛抢着道:"抵抗减租减息,我想县团长说的那个就好,我们就把那些讨不起来的东西舍了它。"

李如珍道:"我觉得不妥当,县团长既然这样说,可见这法子有人用过了。空城计只可一两次,你也空城计我也空城计,一定要叫人家识破。我想咱村虽然有铁锁他们那个牺盟会,可是大权还在我们手,村长是我们的人,公道团是春喜,开起总动员委员会来,虽然是三股头——公道团、牺盟会、村政权——有两股头是我们的,怎么也好办事。"

春喜抢着道:"你这么一说我想起办法来了,我们可以想法子跟他们拖。总动委会开会时候,我们就先把这问题提出来——先跟村长商量一下,就说我们要组织个租息调查委员会,来调查一下全村的租息关系,准备全村一律减租减息。铁锁他们都拿不起笔来,我们就故意弄上很详细整齐的表册慢慢来填,填完了就说还要往上报——这样磨来磨去,半年就过去了。"

小毛插嘴道:"过了半年不是还得减吗?"

小喜抢着道:"我看用不了两个月日本就打来了,你怕什么?况且这只是个说法,不过是叫挡一挡牺盟会的嘴,只要能想法把牺盟会弄得不起作用,这事搁起来也没人追了。"

李如珍道:"对!只要把牺盟会挑散了就没人管这些闲事了。我看还是先想想怎样挑散牺盟会吧!"

小喜道:"这我可有好办法。咱李继唐是个成事不足坏事有余的人,还坏不了这点小事?"

春喜道:"你且不要吹!你说说你的做法我看行不行!现在多少跟从前有点不同,不完全是咱的世界了——自那姓常的来了,似乎把铁锁他们那伙土包子们怂恿起来了,你从前那满脑一把抓的办法恐怕不能用了。"

小喜道:"这也要看风驶船啦吧,我该认不得这个啦?一把抓也不要紧,只要抓得妙就抓住了!"

春喜道:"这不还是吹啦吗?说实在的,怎么办?"

小喜道:"办法现成!说出来管保你也觉着妙!铁锁他们那伙子,不都是青壮年吗?我不是自卫队长吗?我就说现在情况紧急,上边有公事叫加紧训练队员。早上叫他们出操,晚上叫他们集中起来睡觉,随时准备行动,弄得他们日夜不安根本没有开会的时间,他们就都不生事了,上边知道了又觉着我是很负责的,谁也驳不住我！"

还没等春喜开口，李如珍哈哈大笑道："小喜这孩子果然有两下子！"春喜、小毛也跟着称赞。

事情计划得十全十美，四个人都很满意。李如珍因为特别高兴，破例叫他们用自己的宜兴磁烟斗和太谷烟灯过了一顿好瘾。

铁锁他们果然没有识破人家的诡计，叫人家捉弄了——村总动委会开会，通过了调查租息与训练自卫队。自从自卫队开训以后，果然把村里的青壮年弄得日夜不安，再没有工夫弄别的。王工作员虽然也来过几次，可惜人年轻，识不透人家葫芦里卖的是什么药，见人家表格细致，训练忙碌，反以为人家工作认真，大大称赞。

只有王安福老汉不赞成这两件事。他倒不是识破人家的计划，他是主张干实事的，见他们那样作抵不了什么事，因此就反对。一日他又进城去，小常问起他村里的工作，他连连摇头告诉小常道："不论什么好事，只要有小喜、春喜那一伙子搅在里边，一千年也不会弄出好结果来。像减租减息，照我那样自己来宣布一下就减了，人家偏不干实事，偏要提到总动委会上慢慢造调查表，我看不等他们把表造成，日本人就打得来了。自你走后，牺盟会一次会也没有开成，人家小喜要训练自卫队，领得一伙人，白天在地里跑圈子，拔慢步，晚上集合在庙里睡觉，把全村的年轻人弄得连觉也不得睡，再没有工夫干别的事。我看那连屁也不抵！不论圈子跑得多么圆，慢步拔得多么稳，有什么用处？"

小常是多经过事的人，自听王安福这么一说就觉着里边有鬼。问了一下县自卫队长，队长说："谁叫他这样训？"后来队长又派了个人去替小喜当队长，调小喜到县受训去。

这样一来，小喜他们的计划被打破了。恰巧那时阎锡山觉着决死队学了八路军的作风，恐怕他掌握不住，又到处派些旧军官另成立队伍。这些队伍也名"游击队"，在本县派的是个姓田的旧连长来当队长,叫田支队。小喜被调之后,也无心入城受训,就参加到这田支队去。

十

新从县里派来的自卫队长也是牺盟会会员,来到村里,除不妨碍牺盟会开会,自己又参加在里边,每天晚上要跟大家在一处谈谈——有别的事,就谈别的事;没别的事,就谈打游击,既不误会里的事,对训练自卫队也有帮助。牺盟会的工作更顺利了。王安福实行减息以后,大家要求李如珍跟王安福看齐,不要只造表不干实事,弄得李如珍无话可说,只盼望敌人早些来把这事耽搁一下。

果然不几天消息更吃紧了,平汉、正太两路已被敌人打通,牺盟会只顾动员大家空室清野,把减租减息的事暂且搁起来。租虽说暂且可以不减,李如珍也没有沾了光,从平汉、正太两路退下来的五十三军、九十一师、骑四师、孙殿英的冀察游击队、张仁杰的什么天下第一军……数不清有多少番号的部队都退到山西上党一带的乡间来。这些部队,不知道是谁跟谁学的,差不多都是一进村就打枪,把老百姓惊跑了他们抢东西,碰上人就要东西,没有就打。受过"孝子"训的村长偷跑了,区长也偷跑了,李如珍平素的厉害对这些老总们一点也用不上,结果被孙殿英的侯大队绑了票。

把李如珍绑走了,家里情愿花钱去赎,可是找不上个说票的人——村里的好人只恨他死不了,谁还管他这些闲事;坏人又找不上个胆大的,春喜不敢去,小毛更是怕死鬼,别的烟鬼赌棍,平常虽好跟来跟去吸口烟灰,遇上这事,谁也躲得不见面了。家里人跟春喜、小毛商量了半天,都说非小喜不行,才打发人到田支队把小喜找回来。小喜巴不得碰上这些事,便满口应承去找侯大队。他去了三天没有回来,家里人正在发急,也找不上个探信的。第四天,小毛、春喜仍到李如珍家计划觅人探信,到了晌午李如珍跟小喜都回来了。大家问起怎样回来的,小喜洋洋得意道:"我一去了,他们打发了个参谋跟我打官腔,说'部队里生活困难,请你叔父来没有别的意思,只是想请他捐几个"救国捐款"'。我说:'这个容易,我管保能想出办法来给部队里补充些东西。我叔父虽有几顷地,可是没有现钱,这些年头卖地又没人要,不要在他身上打主意。'这个参谋见我是个内行人,就排开烟灯让我过瘾,两个人在灯下说了一会实底话。他说先叫我帮他们弄些东西来再放人,我也答应了。破了两三天工夫,黑夜也下了点劲,花布油酒,帮着他们弄了几十驮子,他们高兴了,请我跟叔叔吃了几顿酒饭,就打发我们回来了。"李如珍家里人听说没有花一个钱,自然十分高兴,春喜、小毛听了,也都佩服了小喜的本领。小毛还要问在哪里弄的那几十驮东西,小喜说:"这你不用问!'黄河岸上打平和,几时不是吃鳖啦?'"

阴历年节到了,因为时候不对,谁也无心过年,差不多都连个馍也没有蒸。亲戚们也不送节了,见了面不说拜年,先问"你村住的是什么队伍","抢得要紧不要紧"。将就过了正月十五,日本飞机到县里下过了弹,不几天敌人就通通噌噌从长治打过来了。这村子离汽车路虽然只有十来里,敌人的大部队却没有来,只有护路的骑兵,三三五五隔几天来绕一趟。凡是有个头目的队伍,抢人时候虽然很凶,这时一听炮响,却都钻了大山,只剩下三五成群的无头散兵比从前抢得更凶些。

村里的自卫队一来没有打过仗,二来没有家伙,只有一条步枪两个手榴弹,不能打,只能在村外放个哨,见有敌人来了,土匪来了,跟村里送个信,叫大家躲一躲。

李如珍是输过胆的,听说有个什么动静就往地洞里钻。春喜因为家里没有地洞,成天在李如珍家借他的地洞藏身。一天,太阳快落的时候,小毛跑来跟李如珍、春喜说:"那个王工作员又来了,听说他当了咱这一区的区长。"李如珍道:"区长不区长那抵什么事?多少军队还跑得没影子啦!"才说了几句话,外边有人说来了十来个溃兵,吓得李如珍、春喜、小毛把大门关起来躲进地洞里。停了一会没动静,李如珍打发小毛到楼上的窗窿窿去瞭望。小毛才上去,就见有一个兵朝着大门走来。吓了他一跳,正预备去报告李如珍去,忽然又看见是小喜,便轻轻喊道:"继唐!"小喜听出是小毛的声音,便答道:"是你呀?快开门!"小毛道:"听说有十来个散兵?"小喜道:"没有事!你放心开开吧!"小毛开了门放他进来,又到洞里去把李如珍、春喜都叫出来。

　　李如珍问小喜道:"喜!你跟哪里来的?田支队驻在哪里?"小喜道:"我在侯大队住了几天,日军就来了,田支队也不知道到什么地方去了。侯大队开到陵川大山里去了,我就留在附近,后来碰到个熟人,是豫北人,姓王,从前在太原会过面。"又望着春喜道:"这人你也许知道:民国十九年,老阎要成立四十八师,他们手下有一把子人想投老阎,那时候他在太原住过几天,我在四十八师留守处当副官,和他谈过几次,后来老阎失败了,没有弄成。这次他们跟着孙殿英的冀察游击队到咱们这边来。近几天孙军往东山去了,他拉出几十个人来住在白龙庙,又收了些散兵,自称王司令,我在他那里算参谋长,就在附近活动。"李如珍道:"我这几天闷在家里哪里也不敢去,究竟咱们这地方是个什么局势?你可以给我谈谈!"小喜道:"大势是这样:汽车路和县城是日军占了。城里有了维持会,会长姓卫。"又望着春喜道:"这人你也许知道,是个大胖子,在太原时候常到五爷公馆去,后来在禁烟考核处当过购料员。"春喜道:"认得。"小喜接着道:"城里秩序就靠他来维持。一出城,汽车路上每隔十里八里就有个日军的哨棚,多则一两班人,少则三五个人,巡逻的骑兵常常来往不断,有时候也到附近各村去走一走。汽车路旁的村子也都有了维持会,日军过来也招呼一下。"李如珍道:"你们跟日军跟维持会取什么关系?"小喜道:"还没有关系,白龙庙在山上,离汽车路二三十里,我们不到汽车路上去,他们也不到山上去,见不了面!"李如珍道:"家里实在不好住呀!光散兵一天不知道就要来几次……"小喜道:"散兵没关系!别的部队都走了,附近三二十里,凡是三个五个十个八个零兵,都是我们的人,见了他们,只要一说你认得我,管保没事。"李如珍道:"虽是那样说,心里总不安,城里要是有个秩序,还不如搬到城里去住。你能不能给那姓卫的写个信介绍一下?"春喜抢着道:"要是他,我认得,我可以替叔叔去打听一下,要合适的话,我跟叔叔同去,说不定还能找点事干!"

　　正说着,听见外边好多人乱吵吵的,小毛跑到门边去听了一下,回来说:"街上人说捉住十个逃兵,缴了六条枪。"小喜跳起来问道:"谁捉的?"小毛道:"听说是自卫队捉住的。"小喜道:"糟了!我走了!"说着就往外走,又摸了一下腰里的手枪。小毛追着问道:"什么事?"小喜头也不回,只把手伸回背后来摆了一摆,开开门跑出去了。李如珍看春喜,春喜看李如珍,小毛跑回来问他们两个人,谁也弄不清是什么事。大家闷了一小会,听见好多脚步声咕咚咕咚越来越近,小毛赶紧去关门,已经来不及了。李如珍跟春喜只当是土匪,赶紧钻地洞。进来的不是土匪,原是王工作员跟自卫队长带着一二十个自卫队员——队员们背着新缴到的步枪,觉着很神气。冷元背着一条枪领着头,一进门就一把抓住小毛问道:"小喜来这里没有?"小毛吓得说不出话来,结结巴巴说:"没,没,没有来!"后边有好多村里人也挤进来,有人说:"来了!我还碰见来!"冷元端起枪来逼住小毛道:"说实话!来了没有?"小毛缩成一团道:"来是来过,又走了。"王工作员道:"搜一搜!不要叫漏了!"大家就在李如珍家搜起来。搜到地洞里,搜出李如珍和春喜,只是没有小喜,问了他们两个人一下,都跟小毛说得一样,知道已经跑了,也就算了。

自卫队长、王工作员、自卫队员和村里的人们一大伙人从李如珍家里出来回到更坊门口。这更坊门口,早已有两个队员拿着枪站岗,把捉住的十个散兵关在更坊里。冷元指着更坊门问王工作员道:"这十个人怎么处理?"王工作员道:"我看趁这会人多,还不如先开会,这十个人留在会后处理。你们可以再分头到各家去召集一下人,最好是全村人都来。"这时敌人离得不很远,开会也不便再打锣,冷元铁锁们一大伙热心的人就跑到各家叫人去,好在这时候捉住了散兵,谁也想来看看,因此人来得反比平常时候更多。人齐了,村长早半月就跑了,李如珍和春喜,一个是村副一个是公道团长,又因为有小喜的事没有敢来。铁锁见村公所没有一个人来,想起自己是牺盟会村秘书,应该来主持会场,就走到更坊的阶台上向大家道:"王同志现在成了咱区的区长了,今天来咱村里工作,先跟大家开个会。现在就先请王同志讲话。"

王工作员走上去讲道:"老乡们!同志们!现在敌人已经到我们这里来了,我们的县城和交通大道已经被敌人占领了,正像常特派员上次和你们谈的,我们这里已经成了敌后抗战的形势了。敌人虽然占领了我们的城市和交通要道,可是广大的乡村还在我们手里。我们以后就要凭着这广大的乡村来和敌人长期斗争,熬着打,打着熬,最后把敌人熬得没了劲,才能收复失地。大家不要因为看见许许多多中国军队都走开了,就灰心丧气。现在我给大家报告些好消息:大家都知道大战平型关的八路军吧?现在别的军队往南撤退,这八路军反向北开,收复了宁武、广灵、灵丘、唐县、繁峙、左云、右玉、宁晋、朔县。这些地方,现在都成了敌人的后方,八路军就要在这些地方建立抗日根据地来长期抵抗敌人。现在这军队已经从洪洞赵县到咱们这里来,要和咱们老乡们共同建立抗日根据地,抵抗敌人。可惜旧日的行政人员不争气,平常时候跟老百姓逞威风倒可以,遇上这非常时期就没了本事了。前半个月,消息一吃紧,各路军队一往这里退,县长吓病了,各区区长、各村村长吓跑了,扔下各地的老百姓,任敌人欺负,任溃兵糟蹋,没人管。打电给阎司令长官,阎司令长官才从临汾退出来,连自己也顾不住,他手下的'孝子'们都紧紧跟着他只怕掉了队,派谁谁不敢来,后来才由咱们牺盟会举荐了个县长。这新县长上任才三天,敌人就打来了。县政府转移出来以后,地方上毫无秩序,区村长没有一个,没办法才由咱们的常特派员举荐了几个牺盟会的工作员当区长,咱这一区就派的是我。咱这一区也和别的区一样,受过训的'孝子'村长们,跑得一个也没有了。我这次到各村来,先要作这两件事:第一是补选抗日干部,第二是布置眼前工作。这村里,各种救国会还没有成立起来,只好以后再说。现在最重要的是村干部,先得有村长,大家可以马上补选一个,现在就选!"大家有的提王安福,有的提杨三奎,冷元跳起来道:"我有个意见:我觉着这会是兵荒马乱的世界,当村长不只要热心为大家办事,还要年轻少壮能踢能跳才行!我提张铁锁!"大家不等主席说表决,都一致喊道:"赞成!"后来王区长又叫举了一下手,仍然是全体通过铁锁当村长。村副虽然不缺,可是大家都说李如珍包庇小喜,不叫他再当村副,非改选不行,结果改选了王安福。提到自卫队长,大家一致都说队长好,可不敢调换了。干部选定以后,就布置工作,不过这里离敌人太近,除叫大家宣誓不当汉奸以外,其余的抗日戒严等工作,只能留在干部会上讲。王区长把他的事情宣布完了以后,大家要求报告一下怎么捉住那十个逃兵,并且要求区长处理,区长就让自卫队长先报告经过。

自卫队长报告道:"今天才吃过午饭的时候,王区长来了。王区长召集牺盟会的同志们在福顺昌开会,村外有自卫队站岗。到了半后响,一个队员来报告,说村西头山上的小路上来了十来个散兵,到村西头的土窑里刨福顺昌埋的东西,我就集合了几个队员去看。我和队员们在远处看见只有一个站岗的,冷元说这土窑只有一个门,只要把站岗的捉住,就能把其余的人困在窑里。他说他可以去试试看捉得住哨兵捉不住。他慢慢走到哨兵背后的地堰上,猛一下跳下去拦腰把那哨兵抱住就推着跑,别的队员上去把哨兵的枪夺了。那哨兵虽然喊了一声,窑里的人可没有听见。那时我带着队里的两颗手榴弹上到窑顶上,先扔下一颗,响了,里边出来一个头,身子还没出来就叫我喝回去了。我捏着手榴弹上的火线说:'回去!谁动炸死谁!'他们不动了。我又喊:'把枪架到门口!不缴枪我把土窑炸塌了,把你们一齐埋在里边!'他们不说话了,一会,一个人出来把五支枪架在门外。我当他们还有,我说:'为什么不缴完?'他们一个人说:'我们只有六条枪,放哨的拿走一条。'在村外站岗的一个队员说他们就只是六条枪,也就算了。冷元下去把枪收了,才叫他们出来。我问他们是哪一部分。他们说原来不是一部分,后来叫侯大队一个王连长收编了,驻在白龙庙,这村的李继唐——就是小喜——就是他们的参谋长。这次来刨窑洞,就是小喜领他们来的。小喜怕本地人认得他,把窑洞指给他们就躲开了。完了……这十个人就是这样捉住的。"自卫队牺盟会的人早就都知道了,后来的人不知道,听了队长的报告,都问小喜躲到哪里去了,知道的人告他们说躲在李如珍家,后来又跑了。

大家又讨论了一会怎样处理这十个人,最后都同意把这十个人交给区长发落,可是以后捉住了小喜,非当着村里人的面枪毙不可。后来这十个人由区长把他们带回县政府,经过了教育又补充了队伍。

小喜领得十个人出来抢东西,把人也丢了枪也丢了,不好回白龙庙去见姓王的,就跑到城里找着了卫胖子,在维持会当黑狗去了。他自从当了黑狗,领着巡路的日本骑兵回村子里去扰了好几次,把村里人撵得满山跑,把福顺昌的房子也烧了,把春喜叫到城里去给敌人办事,又在村里组织起维持会,叫李如珍当会长,小毛当跑腿的。从这时起,村里的自卫队不能在家里住,年轻妇女不能在家里住,每月要给城里的敌人送猪送羊送白面,敌人汉奸来到村里,饭要点着名吃,女人要点着名要。

十一

　　王安福年纪大了,不能跟着大家在野地里跑,就躲到二十多里外一个山庄上的亲戚家里。这山庄叫"岭后",敌人还没有去过,汽车路附近抗日的人们被敌人搜得太紧了,也好到这里躲一半天。一天,铁锁冷元们来了,王安福问起村里的情形,冷元说:"不要提了!村里又成了人家李如珍和小毛的世界了!有些自卫队员们,家里已经出了维持款,他们的老人们把他们叫回家里去住,只有咱牺盟会有十几个硬骨头死不维持,背着自卫队的七条枪满天飞。如今是谷雨时候,这里的秋苗都种上了,咱们那里除了几块麦地,剩下还是满地玉茭茬——敌人三天两头来,牲口叫敌人杀吃完了,不只我们不能种地,出过维持款的,也是三天两头给敌人当民夫送东西,哪里还轮得着干自己的活?……"

　　王安福听他这样一说,觉着很灰心。他想这种局面到几时才能算了呢?他虽听小常和王区长都说过要慢慢熬,可是只看见敌人猖狂,看不见自己有什么动作,能熬出个什么头尾来呢?他问铁锁近来小常和王区长来过没有,铁锁说:"王区长来过一次,他说咱们过去的动员工作没有做好,现在势力单薄,能保住这几条枪这几个人,慢慢跟敌人汉奸斗争着,就从这斗争中间慢慢发展自己的力量。"

他们走了以后,王安福独自寻思了一夜。他不论怎么想,总以为没有什么发展的希望,总以为这种局面将来得不到什么好结局。他是急性子人,想起什么来就放不下,第二天早晨起来,他便决定去找小常。

小常和他们牺盟县分会的几个同志们,跟县政府住在一个村子里,离岭后还有四五十里。王安福一来路很生,二来究竟是六十岁的老汉了,四五十里路直走了一天。太阳快落了,他走到一个小山庄上,看见前边几个村子都冒着很大的烟,看来好像是烧着了房子,问了问庄上的人,说是来了队伍,是队伍烧火做饭,他们庄上人才去送柴回来。问他们是什么队伍,他们也不知道,只说是很多,好几村都驻满了,县政府叫附近的山庄上都去送柴。王安福问了一会也问不清楚,他想既是县政府叫送柴,一定是中国兵,又问了一下县政府住的村子,经庄上人指给他,他就往前去了。

走到村里,天就黑了,只见各家各院都有住的兵,好容易才找着牺盟会住的院子,找见了小常。这时小常正和几个队伍上的人谈民夫担架问题,黑影里也没有看见他是谁。他也不便打断小常跟人家的谈话,就坐在院里等着。一会小常把那些人都送出去了,回头来看见院里还有个人,向他走来,走近了看见胡须眼镜和手杖,才发现是他,不由得很惊奇地握住他的手道:"呀!老同志!你怎么也能走到这里来?"才说了一句话,又有队伍上的人来找,他便叫别的同志招呼王安福到房子里洗脸吃饭,自己又和这新来的人谈起别的事来。这些人没有打发走,县政府又请他去开会,别的同志又都各忙各的工作。王安福吃过饭以后,只好躺在床上等小常。差不多快半夜了小常才回来。王安福听见他一开门,就从床上坐起来道:"回来了?真忙呀!"小常道:"你还没有睡,老同志? 不累吗?"王安福一边答应着,便从床上下来坐在桌边。小常把灯拨亮了,也坐下来问道:"找我有事吗? 村里近来怎么样?"王安福道:"就是为这事情:村里成了维持会的世界了,李如珍的会长,小毛是狗腿……"小常道:"这个我知道,下边有报告。新近还有什么变化吗?"王安福道:"变化倒没有什么变化,可是就这个,村里就难过呀! 眼看就是四月天了,地里连一颗籽也没有下……"小常道:"不要愁,老同志! 我告你一个好消息:敌人的第一百零八师团九路围攻晋东南想彻底消灭我们抗日力量,被八路军打得落花流水。今天来的这些八路军,就是来收复咱们这地方来了,现在已经有一路要到你们那地方去打仗,你们那一带马上就要收复……"王安福听到这里忽然大声问道:"真的?"小常道:"可不是真的嘛! 明天一早我也要去,去帮他们动员民夫抬担架。"王安福道:"那? 那我也跟你相跟回村里招呼去!"小常道:"老同志,你不要急! 你老了,跑一天路,明天不用回去,等一两天那里打罢了仗,把敌人打走了你再回去。村里的事,有铁锁他们在家可以招呼了。"劝了他一会,他仍坚决要回去,小常也只好由他。

　　这天晚上,小常睡得倒很好,王安福高兴得睡不着。他想把日本一打跑了,第二步一定是捉汉奸——城里一定要捉小喜、春喜,村里也一定要捉李如珍和小毛。他想到得意处,连连暗道:"李如珍! 我看你叔侄们还威风不威风? 看你们结个什么茧?"越想越睡不着,越睡不着越想得细——想到战场上怎样打、日本人怎样跑、李如珍被捉住以后是个什么可怜相、小毛怎样磕头祷告、村里人怎样骂他们……想了一遍又一遍,直到鸡叫才睡着了。当他睡着了的时候,正是军队吃饭的时候。小常就在这时,起来吃过饭,天不明就随军队出发了。王安福起来,太阳就快出来了,别的同志跟他说小常同志随军出发了,叫他住一两天再回去。他心里急得很,暗暗埋怨小常不叫他,马上就要随后赶去。别的同志告他说赶不上了,就是要走也得吃过饭,路上没有吃饭的地方。说话间已经是吃早饭的时候了,他胡乱吃了点饭,仍是非赶回去不行,就辞了会里的同志们,也不再往岭后去,一直往回家的路上赶来。六七十里山路,年轻人也得走一天,这老汉总算有点强劲儿,走到晌午就赶上了部队,不过部队的行列太长了,再往前赶还是,再往前赶还是,也没有找见小常在哪里。快到家了,方圆三五里几个村庄都住下兵;摸了十几里黑赶到了家,庙里也是兵,更坊也是兵,自己的房子被敌人烧得只剩一座,老婆、孩子、儿媳、孙孙全家都挤在里间,外间里也住的是兵。他先不找自己的去处,先到铁锁那里去。这一下找对了,铁锁的三间喂过牲口的房子,也没有被敌人烧了,也没有住着兵,地下还铺着草,小常住在里边,王区长也来了,也住在里边。小常见他回来了,很佩服他的热情,就先让他在铺上休息。他问敌情,铁锁告他说:"听说城里敌人退出来了,今天晚上前边汽车路上的两三个村子也住满了,恐怕天不明就会有战事,村里的担架也准备好了。"王安福道:"敌人不知道咱的军队来了吗?"铁锁道:"不知道!大队还没有到的时候,半后晌就有几十个人先来把前边的路封了,不论什么人都不准走过去。"谈了一会,王安福的儿子就来叫王安福吃饭,王安福道:"你把饭端来吧!我还想问询问询别的事!"饭端来了,铁锁说:"要不你就叫老掌柜在这里睡吧,你家也住得满满的了!"王安福的儿子说:"也可以!"回去又送来一条被子。

大家忙乱了一会,正说要睡,听见外边跑来几个人,有个人问道:"村长在这里吗?"铁锁道:"在!"那人道:"你来看这是不是个好人,半夜三更绕着路往前边跑!"铁锁出去一看是小毛,便向那个兵道:"汉奸!汉奸!维持会的狗腿!"那个兵道:"那就送旅部吧!"小毛急着哀求道:"铁锁,铁锁!我,我,我是躲出去的!我……"那个兵说:"走吧走吧!"就拉着他走了。王安福听见是小毛说话,正要出来看,听见已经送走了,就自言自语道:"小毛!你跑得欢呀?我看你还跑不跑了!"小常、王区长也都已经知道这小毛是什么人,都知道不是冤枉他,也就不问这事,都去睡了。王安福见把小毛捉住了,顺便想起李如珍来,问了问铁锁,说是已经看守起来了,也就放心睡去。

　　王安福一连跑了两天路,一连两夜又都没有睡好,这天晚上,他连衣服也没有脱,一躺下去便呼呼地睡着了,直到第二天五更打第一颗炮弹才把他惊醒。他醒来,天还不明,屋里早已点着灯。小常、王区长、铁锁都不知几时就走了;才过谷雨,五更头还觉凉一点,他们把草铺上不知谁的被子又给他盖了一条。二妞不知什么时候就起来了,坐在床上。小胖孩睡在她前边也被炮弹惊醒了。二妞向王安福道:"睡不着了,王掌柜?你听!炮已经响开了,他们打仗去了。"小胖孩问道:"娘!你说谁?打什么?"二妞道:"就是说晚上住的那些兵,到汽车路上打日本鬼子去了!"接着又听见两声炮,王安福站起来道:"到外边听听去!"说着就走出去了。小胖孩向二妞道:"娘,咱们也到外边听听!"说着便穿起衣裳,跟二妞走出来。青壮年抬担架的抬担架,引路的引路,早就和军队相跟着走了。街上虽有些妇女儿童老汉们出来听炮声,可也还安静。炮声越来越密,王安福和几个好事的人跑到村外的山头上去看,因为隔着山,看不见发火的地方,只能看见天空一亮一亮的,机枪步枪的声音也能听见。起先只听见在南边一个地方响,后来好像越响地面越宽,从正南展到西南。天明的时候,越响越热闹了,枪声炮声连成一片。不大一会,正西也响开了,和西南正南的响声都连起来,差不多有二三十里长。这时候天已大明,村里的人,凡是没有跟队伍到前边去的,都到村边的各个山头上去听,直到快吃早饭的时候响声才慢慢停下来。这时候,有的回去做饭,有的仍留在山头上胡猜测。忽然西南的山沟里进来一股兵,也弄不清是敌人还是自己人,大家一时慌了,各找各的藏身地方。回去做饭的人听了这消息又都跑出来了,旅部留守的同志们告他们说是自己的队伍回来了,才把大家都叫回去。

队伍、民夫、自卫队都陆续回来了。敌人全退了,打死好几百,还打坏四个汽车。胜利品很多:洋马、钢盔、枪械、军服、汽车上的轮子、铁柱子……彩号没有下担架,吃过饭就转送到别处去,其余的队伍就住在这一带各村休息。

旅部把李如珍和小毛交给王区长处理,村里人一致要求枪毙,吓得他俩的家属磕头如捣蒜。后来大家又主张不杀也可以,要叫他们把全村维持敌人的损失一同包赔起来。他们两个的意见是只要不枪毙,扫地出门都可以。政府方面的意见是除赔偿损失以外,还得彻底反省,保证以后永远不再当汉奸,大家一致拥护。这样决定了以后,仍由王区长派人送到县政府处理。

县城收复了,县政府又回了城。把李如珍和小毛解到县政府以后,小毛因为怕死,反省得很彻底,把他十几年来在村里和李如珍、小喜、春喜一类人鬼鬼祟祟做的那些亏心事,拣大的都说出来了。

可惜敌人从城里退出来的时候,小喜、春喜两个人跟着卫胖子一伙人,从城里跑出来就躲到田支队去。县政府派人去要,田支队不放人,回了个公函庇护他们说:这些人是他们派到城里维持会里作内线工作的。县政府这边,早有小毛把小喜领着土匪回村刨窨洞,又领着敌人到村烧房子、捉人、组织维持会,把春喜叫到城里当汉奸……根根底底说得明明白白的了,可是田支队死不放,交涉了几次都空回来了。田支队凭着枪杆不让步,县政府凭着真凭实据不让步。后来各做各的——田支队包庇了这些人,县政府没收了他们的家产。

145

李如珍和小毛在县里反省了两个月，承认了赔偿群众损失，县政府派了个科长同王区长把他两人押解回村同群众清算。按李如珍在县里算的，共给敌人送过四口猪、十头牛，不足一千斤白面，只要跟小毛两家折变一些活物就够了，还不至于大变产业，可是一回来情形就变了。县府派来的科长同王区长，叫他两个人照着在县里反省的记录再在群众大会上向群众反省一遍。小毛就仍从十几年前说起，把他们从前打伙讹人的事一同都说出来了：内中像春喜讹铁锁一样，因为一点小事弄得人家倾家败产的事就有十几件，借着村长的招牌多收多派的空头钱更不知用过多少。一提起这些旧事，更引起群众的火来，大家握着拳头瞪着眼睛非跟李如珍算老账不行。李如珍怕打，也只好应承。结果算得李如珍扫地出门还不够，还是科长替他向群众求情，才给他留了一座房子。小毛平常只是跟着他们吃吃喝喝，没有使过多少钱，并且反省得也很彻底，大家议决罚他几石小米叫自卫队受训吃。小喜、春喜的家产一律查封，等要回原人来再处理。

十二

敌人走了，李如珍倒了，春喜、小喜走了，小毛吃过亏再也不敢多事了，村里的工作就轰轰烈烈搞起来——成立了工农妇青各救国会、民众夜校、剧团，自卫队又重新受过训，新买了些子弹、手榴弹……

大家也敢说话了。小喜春喜的产业有许多是霸占人家的，自被查封以后一个多月了也没有处理，有些人就要求把霸占的那一部分先发还原主，其余的候政府处理。铁锁是村长，他把大家的意见转报给王区长，区长报到县政府。

一天，王区长又到县里追这事，县长说："这事情弄糟了，人家不知道什么时候在阎司令长官那里告上状,说县政府借故没收了他们的产业,阎司令长官来电申斥了我一顿,还叫把人家两个人的产业如数发还。"说着就取出电报来叫他看。王区长看了电报道:"这两个人在村里的行为谁都知道,并且有小毛反省的供词完全可以证明,他们怎么能抵赖得过?我看可以把那些材料一齐送上司令部去,看他们还有什么话说。"县长道:"我也想到这个,不过他们都是阎锡山的孝子,阎锡山是偏向他们那一面的,送上去恐怕也抵不了事。虽是这么说,还是送上去对,县政府不能跟着他们包庇汉奸,把已经有真凭实据的汉奸案翻过来。"

王区长回来把这事告给铁锁,铁锁回到村里一说,全村大乱,都嚷着说不行,也没有人召集,更坊门口的人越聚越多就开起会来。在这个会上通过由工农青妇各干部领导,到县政府请愿。第二天,果然组织起二百多人的请愿队带着干粮盘缠到县政府去。县长本来是知道实情的,见他们大家把县政府围得水泄不通,一边向他们解释,一边给阎锡山发电报。隔了两天,阎锡山回电说叫等候派员调查。

大家回来以后把材料准备现成,只等调查的人来,可是等来等去没有消息。一个多月又过去了,倒也派来一个人,这人就是本县的卖土委员①。这位委员来到村公所,大家也知道他是个干什么的,知道跟他说了也跟不说一样,就没心跟他去打麻烦,可是他偏要做做这个假过场,要叫村长给他召集群众谈谈话。铁锁便给他召集了个大会。会开了,他先讲话。他给小喜、春喜两个人扯谎,说大家不懂军事上的内线工作,说这两个人是田支队派他们到敌人窝里调查敌人情形的。他才说到这里,白狗说:"经济委员!我

---

① 那时候每县住着一个卖官土的,官衔是"经济委员",老百姓都叫他是"卖土委员"。

可知道这回事！"经济委员只当他知道什么是内线工作，也想借他的话证明自己的话是对的，就向他道："你也知道？"又向大家道："你们叫他说说！"白狗道："人家小喜做内线工作是老行家！"委员插嘴道："对嘛！"有些人只怕他不明白委员是替小喜他们扯谎再顺着委员说下去，暗暗埋怨他多嘴，只见他接着道："真是老行家！起先在白龙山土匪里作内线工作，领着十个人回咱村来刨窑洞，一下就把福顺昌的窑洞找着了；后来到城里敌人那里作内线工作，领着敌人到咱村烧房子，一下就把福顺昌烧了个黑胡同。不是老行家，谁能做这么干净利落？"他的话没有说完，大家都笑成一片，都说："说得真对！"委员本来早想拦住他的话，可是自己叫人家说话，马上也找不到个适当的理由再不叫说，想着想着就叫他说了那么多。白狗的话才落音，冷元就插嘴道："那你才说了现在，还没有说从前啦，从前人家小喜……"委员道："慢着慢着！听话！我的话还没有讲完啦！"别的人乱抢着说："你没有说完白狗怎么就说起来了？""你是来调查来了呀，是来训话来了？""说卖土你比我知道得多，说小喜、春喜你没有我清楚！""你比我们还清楚，还调查什么？"……后来不知道是谁喊道："咱们都走吧，叫他一个人训吧！"这样一喊，大家轰隆隆就散了。铁锁见委员太下不了台，就走到台前喊道："委员的话还没说完啦，大家都不要走！"台下的人喊道："没说完叫他慢慢说吧！我们没有工夫听！"喊着喊着就走远了。只有十来个人远远站住，还想看看委员怎样收场，铁锁叫他们站近一点再来听话，委员看见已经不像个样子了，便道："算了算了！这地方的工作真是一塌糊涂，老百姓连个开会的规矩都不懂！"铁锁本来是怕他下不了台，不想他反说是村里的工作不好，铁锁就捎带着回敬他道："山野地方的老百姓，说话都是这直来直去的，只会说个老直理，委员还得包涵着些！"

委员一肚子闷气没处使，吃过晚饭便到李如珍家里去。李如珍虽然没有地了,大烟却还没有断,知道委员也有瘾,就点起灯来让委员吸烟。委员问起小喜、春喜的事是谁向县里报告的,并且说:"县政府凭的是小毛的口供,这小毛究竟是怎样一个人?"李如珍说:"小毛原来也是咱手下的人。"接着就把小毛的来历谈了一谈。委员叫他打发人去叫小毛,他便打发自己的儿子去叫。

小毛觉着因为自己在县里说的话太多了才弄得李如珍倾家荡产,本来早就想到李如珍那里赔个情,可是又怕村里人说他去跟李如珍捣什么鬼,因此没有敢去。白天开会的时候,他听出委员是照顾小喜、春喜的,也有心去跟委员谈谈,可是一来觉着自己的身份低,不敢高攀委员,再则村里人当面还敢给委员玩丢人,自己当然更惹不起,因此也没有敢展翅。这时委员忽然打发人来叫他,他觉着这正是个一举两得的机会,一来能给李如珍赔个人情,二来能高攀一下委员,自然十分高兴,跟屁股底下上着弹簧一样,蹦起来就跟着来人去了。

他一进到李如珍家,见委员跟李如珍躺在一个铺上过瘾,知道是自己人了,胆子就更大了一点。李如珍向委员道:"这就是小毛!"委员看了他一眼道:"你就是小毛?坐下!"说着把腿往回一缩,给他让了一块炕沿,小毛凑到跟前就坐下了。委员道:"小毛!李先生说你很会办事,可是为什么一出了门就顾不住自己了呢?"小毛懂不得委员的意思,看了看委员道:"我好长时候了就没有出门呀?"委员笑道:"不是说近几天,是说你在县里。你在县里,给人家瞎说了些什么?"小毛见是说这个,便诉起苦来。他说:"好我的委员!那是什么时候?顾命啦呀!不说由咱啦?"委员道:"你也太没有骨头了,那边顾命这边不顾命?牺盟会人都是共产党,县长区长都是牺盟会,自然也都是共产党。他们吃着司令长官的饭不给司令长官办事,司令长官将来要收拾他们。李继唐、李耀唐连这里的李先生都是司令长官的人。你听上共产党的话来害司令长官的人,将来司令长官收拾共产党的时候,不连你捎带了?"小毛来时本来很高兴,这会听委员这么一说,又有点怕起来,便哀求道:"委员在明处啦,我们老百姓在黑处啦!反正已经错了,那就得求委员照顾照顾啦!不是我愿跟他们跑呀,真是被他们逼得没办法!"说着就流出泪来。委员道:"你不要怕!错了就依错处来!我看你可以写个申明状,我给你带回去转送到司令长官那里,将来就没有你的事了。不只连累不了你,只要你跟李先生、继唐、耀唐都真正一心,将来他们得了势,还愁给你找点事干?"小毛道:"委员这样照顾我,我自然感谢不尽,不过这申明状怎么写,我是个粗人,不懂这个,还得请委员指点一下。"委员道:"这个很容易,你就说他们是共产党,要实行共产,借故没收老财们的家产,才硬逼着你在人家捏造现成的口供上画了字。只要写上这么一张申明状,对你也好,对继唐他们也好。"又向李如珍道:"虚堂(李如珍的字)!我看这张申明状你给他写一写吧!"李如珍道:"可以!"小毛道:"这我真该摆酒席谢谢!委员明天不要走,让我尽尽我的孝心!"委员道:"这可不必!你们村里共产党的耳目甚多,不要让他们说闲话。以后咱们遇事的时候多啦,这不算什么!"

这次调查就这样收场了,李如珍替小毛写的申明状,委员第二天带回去就转到阎锡山那里。村里人也知道这卖土委员回去不会给自己添什么好话,可是既然有这么一回事,也就得再等等上边的公事。

委员回去又做了一封调查报告,连李如珍替小毛写的申明状一同呈到阎锡山那里去。调查报告的大意说:这个案件完全是共产党造成的,因为小喜、春喜都是从前反共时候的干部——小喜是防共保卫团团长,春喜是公道团团长,因此村里县里的共党分子借着政权和群众团体的力量给他们造成汉奸的罪名,把他们的产共了。

这时候正是八路军在山西到处打败日军收复失地建立抗日根据地的时候,阎锡山的晋绥军退到晋西南黄河边一个角落上,不敢到敌后方来,阎锡山着了急,生怕他自己派出来的干部真正跟八路军合作。决死队学八路军的游击战术和政治领导,他以为是共产化了。在阎锡山看来,山西是他自己的天下,谁来了都应该当他的"孝子",眼看好多地方,孝子们没有守住,被日本人夺去;孝子们又不会收复,又被八路军收复了,他如何不着急?偏在这个时候,各地都有些受了处分的汉奸们,像春喜们那一类人,不说自己当了汉奸,硬说是人家要共他的产;被敌人吓跑了的行政人员公道团长们,不说自己怕死,硬说牺盟会勾结八路军夺取了他们的权力,都到阎那里告状。阎锡山接到这一批状子之后,觉着这些人跟共产党是生死对头,就拣那些能干一点的,打电报叫去了一批,准备训练一下作为他的新孝子,小喜、春喜两个人也在内。又打发田树梅到晋东南来把田支队这一类队伍编成独八旅,作为以后反对八路军的本钱。

小喜、春喜两家的家产被查封以后,因为没有处理,地也荒了。村里人问了县政府几回,县政府说已经又给上边去公事要小喜、春喜归案。等来等去,夏天过了,上边除没有叫他两人归案,又打电报把他两个要走了。又等来等去,敌人二次又来了,大家忙着参加战争,又把这事搁起了。不过这次李如珍、小毛那些人没有敢出头组织维持会。敌人的巡逻部队来过几次,被自卫队的冷枪打死两个人,没有走到村里就返回去了,村里没有受什么损失。后来八路军三四四旅又把敌人打跑了,村里又提起处理小喜、春喜财产的事,又到县政府去问,县政府说上边来了公事,说这两个人都是忠实干部,说小毛的口供是屈打成招,并且把小毛的申明状也附抄在公文里转回来了。

这一下更引起村里人的脾气来,马上召开了个大会,把小毛捆在会场上。有几个青年把镢头举在小毛的头上道:"仍是我们落了屈打成招的名,这会咱就屈打成招吧!你说吧!你从前的口供上哪一行是假的?"小毛只看见镢头也不敢看人,吓得半句话也说不出来。全会场的人都喊道:"叫他说!"小毛怕不说更要挨打,就磕着头道:"都,都,都是真的!"有个人问道:"谁叫你写申明状?"小毛道:"委,委,委员!"又一个人道:"谁替你写的?"小毛不敢说。有个青年在他的屁股上触了一镢把,他叫了一声。大家逼住道:"快说!谁给你写的?"小毛见不说马上就活不成了,就战战兢兢道:"李,李,李……"头上的镢头又动了一下,他才说出李如珍来。冷元道:"委员怎么叫写申明状?他是怎么跟你说的?为什么你就愿意写?"小毛道:"不写不行!委员说那边也要顾命啦!"接着就把那天晚上见委员的事又说了一遍。冷元跳上台去喊道:"都听见了吧:口供上都是真的,委员叫他写申明状,老汉奸李如珍管给他写!这里边都是些什么鬼把戏?依我说,咱们自己把小喜春喜的两份产业处理了,原来是讹人家谁的各归原主,其余的作为村里的公产!不论他什么政府,什么委员,什么长官,谁来咱们跟他谁讲理,天王爷来了也不怕他!除非他一分理也不说,派兵把咱这村子洗了!"大家一致举起拳头喊叫赞成。铁锁道:"这样处理,在咱村上看来是十二分公平的了,可是怎么往上级报啦?县里自然也知道这件事的真情,可惜一个卖土委员的调查,一个小毛的申明,把事情弄得黑白不分了,又教县里怎样往上报啦?"杨三奎老汉道:"卖土委员来了开了个会也没有叫村里人说话,在李如珍那里住了一夜,跟小毛他们鬼捣了个申明状就走了,他调查了个什么?依我说,他当委员的既然能胡捣鬼,咱们老百姓也敢告他,就说他调查得不实,叫上边再派人来重查,非把实情弄明白了不可。"大家也都赞成。白狗道:"我有个意见,小毛能给委员写假申明,就能给我们写真申明,就叫他把他那天晚上见委员那事实实在在给咱们写出来。咱们也能给阎司令长官呈上去,呈上去看他们还有什么话说?"大家拍手道:"对!马上叫他写!"大家问小毛,小毛说他自己不会写,叫找一个人替他写。大家就举王安福。王安福这时也觉着气不平,便向大家道:"要是平常时候,写个字谁不能啦?可是这会我偏不写!一来我是村副不便写,二来他们太欺人了!办那些鬼鬼祟祟的事,有人出主意,也有人写,能写那个就不能写这个?"这句话把白狗又提醒了。白狗道:"对!咱们把李如珍抓出来叫他再替他写!叫小毛说一句他写一句,他不写咱就把他送县政府,问问他跟委员跟小毛捣些什么鬼?问问他这汉奸反省了些什么?为什么还替汉奸捏状诬赖好人?"大家又是一番赞成。年轻人已跑去把李如珍抓来了。李如珍见是叫写委员住在他家那天晚上的事,明明是自己写状告自己,哪里肯写?结果被大家拖倒打了一顿,连小毛一同送县政府去了。至于怎样处理那两家的产业,铁锁说:"完全不等上边的公事也不好,不如先把他讹人家的地先退给原主种,其余的东西仍然封存起来,等把官司打到底再处理吧!"年轻人们仍主张马上处理,修福老汉道:"先把地退回原主,其余就再等一次公事吧,看这官司三次两次是到不了底的。"后来大家也都同意,就这样处理了。

以后一直等到过了年公事还没有来,仔细一打听,才有人说阎锡山逃过了黄河到陕西去了,后来就再没有消息。

十三

春天种地的时候,村里等不来上边的公事,李如珍、小喜、春喜他们讹人家的既然经村公所发还各原主,各原主也就种上了。这一年,秋景还不很坏,被李如珍叔侄们讹得破了产的户口,又都收了一季好秋,吃的穿的也都像个人样了。铁锁也打了二十多石粮食,小胖孩也不给人放牛了,回村里来上了学。

　　大家不放心的就是上边仍然没有公事,李如珍押在县里也不长不短,催了几次案,县里说:"就照你们村里那样处理吧。大概也没有什么不妥当。"最后那一次是铁锁去的,小常告铁锁说:"阎锡山最近正在秋林召集反动势力开会,准备反对咱们牺盟会和决死队这些进步势力,恐怕对你们村里小喜叔侄们要庇护到底。县里对这事不便做主,由你们村里处理了,县里不追究也就算了。"

　　到了阴历十一月,忽然有些中央军来村号房子,向村公所要柴要草,弄得铁锁应酬不了。第二天,队伍开来了,又是叫垫街道,又是叫修马路,全村人忙得一塌糊涂。晚上又进来一批人:头一伙里有春喜,和当日在五爷公馆那些尖嘴猴鸭脖子一类人是一伙,说是什么"精建委员"①;第二伙里就又看见有小喜,领着一把子带手枪的人,又叫什么"突击队"②。冷元铁锁他们一看见这伙子人,知道要出事了,背地跟牺盟会几个常出头的人商量对付他们的办法。王安福老汉说:"我看你们大家一面派人到县里问一问,一面还是先躲开不见他们,把公所的差事暂且交给我来应酬。我这么大个老汉,跟他们装聋作哑,他们也不能把我怎么样。"大家说:"明知他们来意不善,要躲大家都躲开,你何必去吃他们的亏啦?"王安福不赞成,他说:"他们真要跟我不过,死就死了吧,我还能活多大啦?"他执意不走,大家也只好由他。铁锁冷元他们十来个前头些的人,带着自卫队的枪械都躲开了,只有白狗因为秋天敌人来了,配合军队打仗带了彩,无法走开,只好在家听势。

　　走出去的人,逃到了王安福当日住过的岭后,打发冷元到县里问主意。冷元去了半天就回来报告道:"大事坏了!小常同志叫

---

① "精建委员"即阎锡山的一个特务团体——"精神建设委员会"的委员。
② "突击队"是阎锡山的另一个武装特务团体。

人家活埋了！"说着就哭起来。大家一听这句话,比响了一颗炸弹还惊人,忙问是怎么一回事。冷元哭了一会止住泪道："前天晚上,中央军跟突击队把县政府牺盟会都包围了。里边的人,冲出去一部分,打死了一部分,叫人家捉住杀了一部分,现在还正捉啦。县长生死不明,小常同志叫人家活埋了！"说得大家也都跟着哭起来。问他是谁说的,他说是牺盟会逃出来的一个交通员说的。得到了这个消息,都知道家是回不得了,附近各村,也都有了中央军、精建会、突击队,大家带的干粮盘缠又不多,只好在山里转来转去。山里人问他们是哪部分,他们只说是游击队。

他们转了四五天,转到一个山庄上,碰着二妞领着十一岁的小胖孩在那里讨饭,他们便把她叫到向阳坡上问起村里的情形。二妞摆摆手道："不讲了！没世界了！捉了一百多人,说都是共产党,剁手的剁手,剜眼的剜眼,要钱的要钱……龙王庙院里满地血,走路也在血里走。"随着就把被杀了的人数了一遍。大家听了只是摇头。冷元道："咱们只说除咱们这十几个人别的人就不相干了,谁想像崔黑小那些连句话也不会说的人,也都叫人家害了。真是活阎王呀！"

铁锁见二妞念的那些名字里边没有王安福,就问起王安福的下落。二妞道："他们把人家老汉捉到庙里,硬叫人家老汉说自己办过些什么坏事。老汉说：'你们既然会杀,干脆把我杀了就算了！我办过什么坏事？我不该救济穷人！我不该不当汉奸！别的我想不起来！你们说有什么罪就算有什么罪吧！'李如珍又回来当了村长,小毛成了村副,依他们的意思是非杀不行。后来还是他们李家户下几个老长辈跪在他们面前说：'求你们少作些孽吧！人家是六十多岁的人了！'后来叫人家花五百块现洋,才算留了个活命。"

大家又问起白狗,二妞哭了。她说："把白狗刻薄得不像人了,还不知活得了活不了啦!就是捉人那一天,小喜亲自去捉白狗。他叫白狗走,白狗的腿叫日兵打的伤还没有好,动也不能动,他就又在人家那条好腿上穿了两刺刀,裤上、袜上、床上、地上,哪里都成血涂出来的了。后来他打发两个人,把白狗血淋淋抬到庙里,把我爷爷、我爹,都捆起来。第二天,人家小喜一面杀别人,一面打发人跟巧巧说,只要她能陪人家睡一月,就可以饶他们一家人的性命。巧巧藏不住,到底被人家抢走了。他烧灰骨①强跟人家孩睡了一夜,后来幸亏他老婆出来跟他闹了一场——他老婆不是李如珍老婆娘家的侄女吗?他惹不起,才算不再到巧巧那里去。"

　　铁锁又问:"你娘儿们为什么也逃出来?是不是人家也要杀你们?把咱家闹成什么样了?"二妞道:"再不用说什么家了!咱哪里还有家啦?人家说你是咱村的共产头,队伍围着村子搜了你一天,没有搜着你,人家把我娘儿们撵出来,就把咱们的门封了。衣裳、粮食,不论什么东西一点也没有拿出来。我说:'你们叫我娘儿们往哪里去啊?'人家小喜说:'谁管你?想死就不用走,想活啦滚得远远的!'我爷爷、我爹、我娘跟村里人背地都劝我说:'领上孩子出去逃个活命吧!不要在村里住了!他们是敢杀人的!'后来我娘儿们就跑出来了。"铁锁听了,咬了咬牙说:"也算!这倒也干净!"

　　别的人各人问各人家里的情形,二妞都给他们说了说,有查封了家产的,有捉去了人的;有些已经花钱了事,有些直到她出来时候还没有了结。

　　正说着,山头上有人喊道:"喂!你们是哪一部分?"大家抬头一看,上面站着许多兵,心里都暗惊道:"这回可糟了!"人家既问,也不得不答话,冷元便答道:"游击队!"上面又喊道:"上来一个

---

① 妇女口头骂人的话。

人!"离得很近,躲又躲不开,冷元什么事也好在前头,便道:"我去!"说了把枪递给另一个人,自己就上去了。大家在下边等着,听见说话,却听不清说的是什么。停了一会,只听冷元喊道:"都上来吧!是八路军!"大家听说是八路军,都高兴得跳起来,一拥就上去了,二妞跟小胖孩也随后跟上去。这部分队伍,是八路军一个游击支队,不过二三百人,从前也在李家庄一带住过,也还有认得的人。铁锁向他们的队长说明来历后,要求加入他们的队伍,他们自然很欢迎,从此这伙人就参了军。

铁锁又要求队长把二妞跟小胖孩带到个安全地方,队长说:"白晋路以西、临屯路以南这一带,现在没有咱们的队伍,只有我们这几百人,还是奉命开往路东平顺县一带去的。晋城一带驻的是中央军,专门想找着消灭我们这些小部分,因此我们还不能从晋城走,还得从高平北部日军的封锁线上打过去,女人小孩恐怕不好过。"二妞向铁锁道:"你顾你吧,不用管我!我就跟我胖孩在这一带瞎混吧!胖孩到过年还可以给人家放牛,我也慢慢找着给人家做点活,饿不死!中央军跟李如珍叔侄们又不是铁钉钉住,不动了!一旦世界再有点变动我还要回去!"

队伍休息了一会就开动了,铁锁和二妞母子们就这样分了手——二妞跟小胖孩一直看着队伍下了山。

十四

过了年,二妞到一个一家庄上去讨饭,就找到了个落脚处。这家的主人,老两口子都有五十多岁,只有十二岁个小孩,种着顷把地,雇了两个长工,养三条牛两头驴子。二妞见人家的牲口多,问人家雇放牛孩子不雇,老汉就问起她的来历。二妞不敢以实说,只说是家里被敌人抄了,丈夫也死了,没法子才逃出来。这老汉家里也没有人做杂活,就把小胖孩留下放牲口,把二妞留下做做饭,照顾一下碾磨。

山野地方,只要敌人不来,也不打听什么时局变化,二妞母子们就这样住下来。住了一年半,到了来年夏天,因为时局变化太大了,这庄上也出了事。一天,来了一股土匪,抢了个一塌糊涂——东西就不用说,把老汉也打死了,把牲口也赶走了。出了这么大事,二妞母子们自然跟这里住不下去,就不得不另找去处。她领着小胖孩仍旧去讨饭,走到别的村子上一打听,打听着中条山的中央军七个军,完全被敌人打散了,自己的家乡又成了维持敌人的村子,敌人在离村五里的地方修下炮楼,附近一百里以内的山地,哪里也是散兵,到处抢东西绑票,哪里也没有一块平静的地方。

这时候二妞就另打下主意:她想既然哪里也是一样危险,就不如回家去看看。回去一来可以看看娘家的人,二来没有中央军了,家里或者还有些破烂家具也可以卖一卖。这样一想,她就领着小胖孩往家里走。走到离家十几里的地方,看见山路上有两个人——一男一女。小胖孩眼明,早早看清是白狗和巧巧,便向二妞道:"娘!那不是我舅舅来?"二妞仔细一看,也有些像;冒叫了一声,真是白狗跟巧巧,两个人便走过来了。白狗先问二妞近一年多在哪里,怎样过。二妞同他说了一说,并把铁锁跟冷元他们十来个人参加了八路军的消息也告他说了。白狗说:"人家这些人这回倒跑对了,我们在家的人这一年多可真苦死了!"二妞看见他穿了一对白鞋,便先问道:"你给谁穿孝?"白狗道:"说那些做甚啦?这一年多,村里人还有命啦?要差、要款、要粮、要草、要柴、要壮丁……没有一天不要!一时迟慢些就说你是暗八路,故意抵抗!去年冬天派下款来,爹弄不上钱,挨了一顿打,限两天缴齐,逼得爹跳了崖……"二妞听到这里,忍不住就哭起来。白狗说着也哭起来。姐弟们哭了一会,白狗接着说:"爹死了,爷爷气得病倒了,我怕人家抓壮丁,成天装腿疼,拐着走。去年打几石粮食不够人家要,一家四口人过着年就没有吃的,吃树叶把爷爷的脸都吃肿了!"二妞又问道:"你两人这会往哪里去啦?"白狗道:"唉!事情多着啦!小喜这东西,成个长生不老精了,你走时候人家不是阎锡山的突击队长吗?后来县里区里都成了中央军派来的人了,他们看见阎锡山的招牌不行了,春喜他们那一伙又跑回阎锡山那里去;小喜就入了中央军的不知道什么工作团,每天领着些无赖混鬼们捉暗八路,到处讹钱——谁有钱谁就是暗八路,花上钱就又不是了。这次中央军叫日军打散了,人家小喜又变了——又成了日军什么报导社的人了,仍然领着人家那一伙人,到处捉暗八路、讹钱,回到村里仍要到家去麻烦。爷爷说:'你给她找个地方躲一躲吧!实在跟这些东西败兴也败不到底!'福顺昌老掌柜还在岭后住,我请他给找个地方,他说:'你送来吧!'我就是去送她去!"二妞又问道:"李如珍老烧灰骨还没有死吗?"白狗道:"那也成了长生不老精了!你走时候他就又当了村长,如今又是维持会长!"二妞又问起村里没了中央军以后,自己家里是不是还留着些零星东西。白狗道:"什么都没有了!连你住的那座房子都叫人家春喜喂上骡子了!"二妞听罢道:"这我还回去做什么啦?不过既然走到这里了,我回去看看娘和爷爷!"又向小胖孩道:"胖孩,你跟你舅舅到岭后等我吧!我回去看一下就出来领你。反正家也没有了,省得叫日本人碰见了跑起来不方便!"小胖孩答应着跟白狗和巧巧去了,二妞一个人回村里去。

　　她一路走着,看见跟山里的情形不同了:一块一块平展展的好地,没有种着庄稼,青蒿长得一人多高;大路上也碰不上一个人走,满长的是草;远处只有几个女人小孩提着篮子拔野菜。到了村里,街上也长满了草,各家的房子塌的塌,倒的倒,门窗差不多都没有了。回到自己住过的家,说春喜喂过骡子也是以前的事,这时槽后的粪也成干的了;地上已经有人刨过几遍。残灰烂草砖头石块满地都是。走到娘家,院里也长满了青蒿乱草,只有人在草上走得灰灰的一股小道。娘在院里烧着火煮了一锅槐叶,一见二妞,一句话也没说出来就哭起来。哭了一会,母女们回到家里见了修福老汉,彼此都哭诉了一会一年多的苦处,天就黑了。家里再没有别的,关起门来吃了一顿槐叶。

槐叶吃罢了碗还没有洗,就听见外边有人凶狠狠地叫道:"开门!"二妞她娘吓了一跳道:"小喜小喜!"又推了二妞一把道:"快钻床底!"二妞也只好钻起来。小喜在外边催道:"怎么还不开?"二妞她娘道:"就去了!我睡了才又起来。"说着给他开了门。小喜进来捏着个手电棒一晃一晃,直闯闯就往巧巧住的房子里走。二妞她娘道:"他们今天晚上不在家,往他姑姑那里去了!"小喜用电棒向门上一照,见门锁着,便怒气冲冲发话道:"不在?哄谁呀?"他拾起一块砖头砸开锁子进去搜了一下,然后就转过修福老汉这边来。他仍然用电棒满屋里照,一下照到床底,看见二妞,以为是巧巧,便嘻皮笑脸道:"出来吧出来吧!给你拿得好衣裳来了!"说着伸手把二妞拉出来。他一见是二妞,便道:"好!这可抓住暗八路了!管你是七路八路,既然是个女的,巧巧不在你就抵她这一角吧!你也是俺春喜哥看起来的美人,可惜老了一点!洗洗脸换上个衣裳我看怎么样?"说着把他带来的一个小包袱向二妞一扔。

就在这时候,外面远远地响了一声枪,接着机枪就响起来。小喜一听到机枪,就跑到门外来听。起先是一挺,后来越响越多,又添上手榴弹响,小喜撑不住气便跑出去。二妞趁他出去的机会,赶紧跑出院里来藏到蒿里。停了一会,小喜也没有回来,机枪手榴弹仍然响着。二妞慢慢从蒿里站起来,望着远处山上看,见敌人的炮楼上一闪一闪的火光,到后来机枪手榴弹停了,炮楼上着起一片大火。这时二姐悄悄跑回去叫她娘出来看,她们猜着总是八路又来了。看罢了火,娘儿们又悄悄关起大门回去跟修福老汉悄悄议论着,谁也没有敢瞌睡,只怕再出什么事。

天快明了,二姐她娘向二姐道:"快趁这时候悄悄走吧!不要叫天明了小喜那东西再来找你麻烦!"二姐也怕这个,在锅里握了一把冷槐叶算干粮,悄悄开了门溜出来跑了。她出了村,天还不明,听着后边有几个人赶来,吓得她又躲进路旁的蒿地里去。她听见三个人说着话走过来,清清楚楚可以听出是李如珍、小喜和小毛。小毛问:"有多少?"小喜说:"老八路!人很多,好几村都住满了!"李如珍道:"咱怎么不打?"小喜道:"城里的日军不上二百人,警备队不抵事……"说着就走远了,听不清楚了。二姐得了底,知道晚上猜得还不差,她恨不得把他们三个捉住交给八路军,可惜自己是一个人,也只好让他们走开。他们走过之后,二姐且不往岭后,先回到村里去传这个消息。炮楼着火是大家都看见的事,见二姐传来这个消息,有些人到小毛和李如珍家里去看,果然见这两个人不在家了,就证明是真的。这时候,青年人们又都活动起来了,有的到炮楼上去打探,有的去邻近村子里找八路,不到早饭时候就都打听清楚了——炮楼平了,里边的日军死的死了跑的跑了,八路军把汽车路边的几个村子都住满了。村里人又都松了一口气,常关着的大门又都开了,久不见太阳的青年女人和孩子们又都到街上来了,街上长的乱草又都快被人们踏平了。

二姐吃过了槐叶,仍旧要到岭后去叫小胖孩,就起程往岭后去。路上的人也多起来了,见面都传着敌人被打跑了的消息。八路军出差的事务人员,也三三两两在路上来往。二姐走到半路,就碰上白狗、巧巧、小胖孩和王安福老汉都回来了——他们已经得到了消息。二姐也跟着返回来。白狗跑得最快,把他们三个都掉在后面。路上碰上熟人,都问白狗的腿怎么忽然不拐了,白狗说八路来了自然就不拐了。

赶二妞他们三人进到村里,白狗返回来迎住他们笑道:"来了两个熟八路!你们来看是谁?"说着已快走到更坊背后,早听着更坊门口的人乱糟糟的。小胖孩先跑到拐角一看,回头喊道:"娘!我爹跟冷元叔叔都回来了!"二妞跟王安福老汉听说,也都加快了脚步绕过墙角。大家见他们来了,全场大笑道:"二妞也回来了!王掌柜也回来了!"青年人们叫的叫跳的跳,跟装足了气的皮球一样,一动就蹦起来;老年人彼此都说:"像这样,就是光吃树叶也心轻一点。"

大家让开路,二妞、小胖孩、王安福和白狗四个人从人群中穿过,挤到冷元跟铁锁旁边。他两人都握了握王安福的手,拍了拍白狗的肩膀,摸了摸小胖孩的头。铁锁和二妞见了面,因为这地方还没有夫妻们对着外人握手的习惯,只好彼此笑了笑,互相道:"你也回来了?"冷元又补了一句道:"你跟铁锁哥商量过到今天一齐回来啦?"这句话逗了个全场大笑。

王安福和白狗先问跟他两人同时出去的十几个人,别的人怎么没有回来。那十来个的家属也有些人凑来问。铁锁道:"我们参加的那一部分没有来。他们在那边都很好,有好几个都成了干部,回头我到他们各人家里去细细谈一谈。我们两个人是上级从部队里调出来回来作地方工作的——上级说我们了解这地方的情况,作起来容易一点。我们两个就分配在咱们本区工作。"王安福道:"这就好了,就又可以活两天了。"有几个青年,要求他们两个讲讲话,铁锁道:"可以!你们去召集人吧!"杨三奎老汉道:"还召集什么人啦?村里就剩这几个人了!"他两个看了一下男女老少不过百把人,连从前的一半也不够。冷元问道:"就这几个人了吗?"杨三奎道:"可不是嘛!跟你们走了一伙,中央军跟阎锡山那队伍杀了一伙,中央军又捉走一伙,日军杀了一伙,抓走一伙。逃出去多少？被人家逼死了多少？你想还能有多少？"铁锁叹了一口气道："留下多少算多少吧！咱们就谈谈吧：前年十二月政变，国民政府给八路军下命令，叫八路军退出中条山，退出晋东南，他们派中央军把这地方接收了。他们在这地方杀了许多抗日的人，庇护了许多汉奸，逼死了许多老百姓，后来自己又保护不了自己，被日本人打垮了，把这地方又丢给日本人来糟蹋了个不成样子。现在八路军又来了。八路军这次来跟上一次不同——不走了！要在这地方着根！就是要把这地方变成抗日根据地。我两人出去原来参加的是部队，如今被上级调到这里来做地方工作，过来以后，就分配到咱们这一区——叫我当区长，叫冷元组织农会。眼前要紧的工作是恢复政权、组织民众、解决眼前的实际问题。这些事自然不是说句话能做好了的，咱们现在先提出些实际问题吧！"

有个青年站起来道："我先问一句话：你说那什么国民政府再有一道命令来了，八路军还走不走了？"

铁锁道："再有一千道命令也不走了！我们不能把自己的人再交给他们去杀！"

那青年道："那我们就敢提问题了：李如珍他们那些汉奸可该着处理了吧？可不用再等阎锡山的公事了吧？"好多人都叫道："对！数这个问题要紧！"自这个问题提出来，大家都注意起这事来了。有的说："他们已经跑了还怎么处理？"有的说："跑了和尚跑不了寺院。"也有些老汉们说："稳一稳看吧，还不知道以后怎么样啦？"有些明白人就反驳他们道："不怕他！怕抵什么事？从前谁不怕人家，人家不是一样杀吗？"铁锁道："这算一个问题了，还有些什么问题？"虽然也还有人提出些灾荒问题、牲口问题、土匪问题，可是似乎都没有人十分注意，好像一个处理汉奸问题把别的问题都压了。铁锁、冷元看这情况，觉着就从这件事上作起，也可以动员起人来，便向大家宣布道："大家既然说处理汉奸要紧，咱们明天就先处理汉奸。今天天也不早了,大家就散了吧!"

宣布了散会,铁锁向冷元道:"你也该回家去看看了!"又向二妞道:"咱们也回去看看吧!"二妞半哭半笑道:"咱们还回哪里去?"王安福道:"可不是!铁锁连个家也没有了!不过如今村里的闲房子很多,有些院子连一个人也没有,随便借住他谁一座都可以!"有个青年道:"依我说,把春喜媳妇撵回她的老院里,铁锁叔就可以回他自己的院里去住!"铁锁道:"这还得等把他们的案件处理了以后再说!"又向二妞道:"我看今天晚上咱们就住在龙王庙吧!那里很宽大,一定没有人住。"别的人也说那是个好地方,里边只有老宋一个人。说到吃饭问题,王安福道:"到我那里吃吧!我孩子们吃的是树叶,可还给我老汉留着些米。"冷元、铁锁都指着自己身上的干粮袋道:"我们带着米。"大家道:"那你们就算财主了!我们都是吃树叶!"二妞道:"我连树叶也没有!"大家让了一会就走开了。

夜里,好多人都到庙里找铁锁说:"李如珍叔侄们家里,小毛家里,今天都埋藏东西。要是没收他们的财产,就要赶紧动手,迟了他们就藏完了。"铁锁说:"只要他们不倒出去,埋了还不是一样没收?"他们说:"可也是!那咱们就得下点功夫看着他们,不要让他们往外面倒。"冷元说:"那你们就组织组织吧!"他们马上组织起二三十个人来轮班站岗,一家门上给他们站了两个守卫的。

这一晚上,二妞只顾向铁锁谈她这一年多的经过,直到半夜才睡。才睡了一小会,就听得外面有人打门,起来一看,站岗的把小毛捉住了。前半夜才组织起来的二三十个人,差不多全来了,都主张先吊起来打一顿。铁锁向小毛道:"你实说吧!你们跑到什么地方去了?你半夜三更回来做什么?说了省得他们打你!"小毛看见人多势众,料想不说不行,就说道:"我们出去一直跑到天黑,没有跟日军联上,走到李如珍一个熟朋友家,李如珍住下了,叫小喜去找日军,叫我回来打听这边的情形。我摸了半夜才跑到村,到门口连门也没有赶上叫,就叫他两个人把我捉住了!"铁锁道:"李如珍确实在那里住着吗?"小毛道:"在!"别的人说:"叫他领咱们去找,找不着跟他要!"有的说:"叫他领去不妥当! 有人看见捉住了他,要给李如珍透了信,不就惊跑了吗? 不如叫他把地方说清楚,派个路熟的人领着咱们自己去找。先把他扣起来,找不着李如珍就在他一个人身上算账!"大家都赞成这个办法。铁锁道:"依我说这些事可以请军队帮个忙。那地方还没有工作,光去几个老百姓怕捉不回人来!"大家说:"那样更稳当些!"这事就这样决定了。铁锁跟军队一交涉,军队上拨了一班人。村里人一听说去捉李如珍,自然是人人起劲。第二天早上王安福老汉捐出一斗米来给去的人吃了一顿饱饭。等军队上的人来了,就一同起程,不到半夜,果然把李如珍捉回来了。

十五

捉回李如珍来,事情就大了,村里人要求的是枪毙,铁锁是个区长,不便做主。县长也是随军来的,还住在部队里。县政府区公所都还没有成立起来,送也没处送,押也没处押。铁锁和村里人商量,叫把李如珍和小毛暂且由村里人看守,他去找县长。到部队上见了县长,说明捉住这两个汉奸以后群众对政府的要求。县长觉着才来到这里,先处理一个案件也好,能叫群众知道又有抗日政权了。这样一想,他便答应就到村里去对着全村老百姓公审这两个人。

龙王庙的拜亭上设起公堂,县长坐了正位,村里公举了十个代表陪审。公举了白狗和王安福老汉代表全村做控告人,村里的全体民众站在庙院里旁听。李如珍一看这个形势,也知道没有什么便宜,便撑住气来装好汉。县长叫控告人发言,诉说李如珍的罪行。群众中有个人向白狗叫道:"白狗!不用说他以前那些讹人的事,就从中央军来了那时候算起,算到如今,看他杀了多少人,打过多少人,逼死过多少人,讹穷了多少人,逼走了多少人……"白狗道:"可以,先数杀的人吧!"接着就指名数了一遍,别人又把说漏了的补充了一些,一共是四十二个。县长问李如珍,李如珍说:"这些人杀是杀了,有的是中央军杀的,有的是突击队杀的,有的是日本人杀的,我没有亲手杀过一个。"王安福道:"你开名单,你出主意,说叫谁死谁就不得活,如今还能推到谁账上去?"有个青年喊道:"照你那么说,县政府要枪毙你,还非县长亲自动手不行?"又有人说:"怕他嘴巧啦?咱村里会说话的人都是他的证人。"李如珍料也推不过,就装好汉道:"就说成杀了你们两个人,我一条命来抵也不赔本!杀了你们四十二个,利不小了!说别的吧!这些人都是我杀的!不差!"他既然痛快承认,以下的事情就不麻烦了。控告人说一宗,他承认一宗,一会也就说完了。审罢李如珍又审小毛。小毛打的人最多,控告人一时给他数不清,就向群众道:"打跑了的且不说,现在在场的,谁挨过小毛的打都站过东边,没有挨过的留在西边!"这样一过,西边只留下几个小孩子和年轻媳妇们,差不多完全都到了东边了,数了一下,共六十八人,陪审的十个代表、当控告代表的白狗还不在数。白狗道:"连陪审的人带我自己一共七十九个!叫他本人看看有冒数没有?"小毛也不细看,他说:"我知道打得不少。反正是错了,也不用细数他吧!不过我可连一个人也没有害死过,叫我去捉人都是他们的主意!他们讹人家的东西我也没有分过赃,只是跟着他们吃过些东西吸过些大烟!"群众里有人喊:"跟着龙王吃贺雨就是帮凶!""光喝一口泔水还那么威风啦,能分上东西来,你还认得你是谁啦?"

审完以后,全村人要求马上枪毙;可是这位县长不想那么办。

县长是在老根据地做政权工作的。老根据地对付坏人是只要能改过就不杀。他按这个道理向大家道:"按他们的罪行,早够枪毙的资格了……"群众中有人喊道:"够了就毙,再没有别的话说!"县长道:"不过只要他能悔过……"群众乱喊起来:"可不要再说那个!他悔过也不止一次了!""再不毙他我就不活了!""马上毙!""立刻毙!"县长道:"那也不能那样急呀?马上就连个枪也没有!"又有人喊:"就用县长腰里那支手枪!"县长说没有子弹,又有人喊:"只要说他该死不该,该死没有枪还弄不死他?"县长道:"该死吧是早就该着了……"还没有等县长往下说,又有人喊:"该死拖下来打不死他?"大家喊:"拖下来!"说着一轰上去把李如珍拖下当院里来。县长和堂上的人见这情形都离了座到拜亭前边来看。只见已把李如珍拖倒,人挤成一团,也看不清怎么处理。听有的说"拉住那条腿",有的说"脚蹬住胸口"。县长、铁锁、冷元,都说"这样不好这样不好"。说着挤到当院里拦住众人,看了看地上已经把李如珍一条胳膊连衣服袖子撕下来,把脸扭得朝了脊背后,腿虽没有撕掉,裤裆子已撕破了。县长说:"这弄得叫个啥?这样子真不好!"有人说:"好不好吧,反正他不得活了!"冷元道:"唉!咱们为什么不听县长的话?"有人说:"怎么不听?县长说他早就该死了!"县长道:"算了!这些人死了也没有什么可惜,不过这样不好,把个院子弄得血淋淋的!"白狗说:"这还算血淋淋的?人家杀我们那时候,庙里的血都跟水道流出去了!"县长又返到拜亭上,还没有坐下,又听见有人说:"小毛啦?"大家看了看,不见小毛,连县长也不知道他往哪里去了。有人进龙王殿去找,小毛见藏不住了,跟殿里跑出来抱住县长的腿死不放。他说:"县长县长你叫我上吊好不好?"青年人们说不行,有个愣小伙子故意把李如珍那条胳膊拿过来伸到小毛脸上道:"你看这是什么?"小毛看了一眼,浑身哆嗦,连连磕头道:"县长!我,我,我上吊!我跳崖!"冷元看见他也实在有点可怜,便向他道:"你光难为县长有什么用呀,你就没有看看大家的脸色?"小毛听说,丢开县长的腿回头向大家磕头道:"大家爷们呀!你们不要动手!我死!我死!"大家看见他这种样子,也都没心再打他了,只说:"你知道你该死还算明白!"县长道:"大家都还下去!"又向陪审的人道:"咱们都还坐好!"庙里又像才开审时候那个样子了。县长道:"你们再不要亲自动手了!本来这两个人都够判死罪了,你们许他们悔过,才能叫他们悔;实在要要求枪毙,我也只好执行,大家千万不要亲自动手。现在的法律,再大的罪也只是个枪决;那样活活打死,就太,太不文明了。"王安福道:"县长!他们当日在庙里杀人时候,比这残忍得多,——有剜眼的,有剁手的,有剥皮的……我都差一点叫人家这样杀了!"县长道:"那是他们,我们不学他们那样子!好了,现在还有个小毛,据他说的,他虽然也很凶,可是没有杀过人,大家允许他悔过不允许?"大家正喊叫"不行",白狗站起来喊道:"让我提个意见,我觉着留下他,他也起不了什么反!只要他能包赔咱们些损失,好好向大家赔罪,咱们就留他悔过也可以!"还没有等大家说赞成不赞成,小毛脸向外趴下一边磕头一边说:"只要大家能容我不死,叫我做什么也行!实在不能容我,也请容我寻个自尽。俗话常说'死不记仇',只求大家叫我落个囫囵尸首,我就感恩不尽了!"说罢呜呜地哭起来。县长道:"这样吧,李如珍就算死了,小毛还让我把他带走,等成立起县政府来再处理他吧!大家看这样好不好?"青年人们似乎还不十分满意,可也没有再说什么。白狗说:"就叫县长把他带走吧!只要他还有一点改过的心,咱们何必要多杀他这一个人啦?他要没有真心改过,咱的江山咱的世界,几时还杀不了个他?"这样一说,大家也就没有什么不同意了。审判又继续下去,控告人又诉说了小喜春喜的罪行,要求通缉;又要求没收他们四家的财产,除了赔偿群众损失,救济灾难民外,其余归公。县长在堂上立刻宣布接受大家的意见。审讯以后,写了判决书,贴出布告,这案件就算完结。

村里由冷元、铁锁帮忙,组织起处理逆产委员会来处理这些汉奸财产——除把小毛的财产暂且查封等定了案再斟酌处理外,李如珍叔侄们的财产,马上就动手没收处理。他们讹人家的不动产,前二年已经处理过一次,这次仍照上次的决定各归原主。动产也都作了价,按各家损失的轻重作为赔偿费。最大的一宗,是李如珍家里存着三百来石谷子和一百二十石麦子,把这一批粮食拿出来救济了村里的赤贫户,全村人马上就都不吃槐叶了。

不几天,县政府、区公所都成立了,各地的土匪也被解决了。各村里当过汉奸的,听说打死李如珍的事,怕群众找他们算账,都赶紧跑到县政府自首了。

在李家庄,被李如珍他们逼得逃出去的人,被中央军和日本人抓走的人,都慢慢回来了;街上的草被大家踏平了;地里的蒿也被大家拔了种成晚庄稼了。修福老汉的病也好了。二妞跟小胖孩又回到十余年前被春喜讹去的院子里去住。村政权、各救会、武委会也都成立起来,不过跟冷元、铁锁他们年纪差不多的中年人损失得太多了,村干部除了二妞是妇救会主席,白狗是武委会主任外,其余都是些青年。没收的汉奸财产余了一部分钱作为村公产,开了个合作社,大家请王安福老汉当经理。民兵帮着正规军打了几次土匪,分到了十来支枪。龙王庙有五亩地拨给了老宋。这时候的李家庄,虽然比不上老根据地,可也像个根据地的样子了。

小毛这次悔了过,果然比前一次好得多:自动请村干部领着他到他欺负过的人们家里去赔情,自动把他作过的可是别人不知道的坏事也都讲出来。说到处理他的财产,他只要求少给他除出一点来,饿不死就好。

只有小喜、春喜两个人归不了案,春喜跟着孙楚回阎锡山那里去了就再没有回来;小喜跟着日军跑到长治去了。

十六

李家庄自从这次成了根据地,再没有垮了,敌人"扫荡"了好几次,李家庄有了好民兵,空室清野也作得好,没有垮了。三年大旱,李家庄互助大队开渠浇地,没有垮了。蝗虫来了,李家庄组织起剿蝗队,和区里县里配合着剿灭了蝗虫,又没有垮了。不只没有垮了,家家产粮都超过原来计划,出了许多劳动模范;合作社发展得京广杂货俱全,日用东西不用出村买;又成立了小学,成立了民众夜校,成立了剧团,龙王庙和更坊门口,每天晚上都很热闹。

日本宣布投降的消息传到李家庄之后,李家庄全村人高兴得跟疯了一样——青年人比平常跳得高多少就不用说,像王安福、陈修福、老宋、杨三奎那么大的老汉们,也都拈着自己的白胡须说:"哈哈!咱们还没有死,就把鬼子熬败了!"

垒小了的大门又都拆开了,埋藏着的东西也都刨出来了。砖瓦窑又动了工,被敌人烧坏了的门楼屋顶都动手修理着。各家又都挂起中堂字画,摆上方桌、太师椅、箱笼、橱、柜、蜡台、镜屏……当媳妇的也都穿起才从地窖里刨出来的衣服到娘家去走走。

村里人准备趁旧历八月十五,开个庆祝胜利大会。这个会布置得很热闹,请了一台大戏,本村的剧团也要配合着演。满街悬灯结彩,展览抗战以来本村得到的胜利品。预定的程序:是十四日白天的节目是民兵技术表演——打靶、投弹、刺枪、劈刀、自由表演。十五日正式开庆祝会。十六日公祭抗战以来全村死难人员。三个晚上都演戏、看戏。

十四这天早上,胜利品就陈列起来了,十七条日本三八式步枪、三支手枪、几十个手榴弹、一把战刀、八顶钢盔、十来件大衣;还有些皮靴、皮带、皮包、钢笔、望远镜、画片、地图……七铜八铁摆了几桌子。

早饭后,步枪打靶开始,每人打三发。打完后,算了一下成绩,全体平均是二十三环,有两个神枪手,三枪都打着红心,其中一个就是武委会主任白狗。第二项是投弹,也不错,平均二十米达;小胖孩从小放牛时候扔石头练下功夫,扔了三十二米达,占了第一名,都夸他是"老子英雄儿好汉"。其余劈刀、刺枪、自由表演,也都各有英雄。表演完了,大家都欢天喜地受奖散会。

下午戏也来了,晚上街上庙里都点起了灯,当啷当啷开了戏。年轻人们都说:"自从记事以来还数今年这八月十五过得热闹。"王安福老汉说:"你们都记不得,我在十二岁时候——就是光绪二十七年,咱村补修龙王庙,八月十五唱了一回开光①戏,那时候也是满街挂灯,不过还没有这次过得痛快,因为那时候是李如珍他爹掌权,大家进到庙里都连句响话也不敢说。"

第二天是十五日,是正式开庆祝会的一天。早上,大家一边布置会场,一边派人到区上请铁锁、冷元回来参加。早饭以后,一切都准备好了,只是铁锁跟冷元没有来。大家又等了一会,只有冷元来了。冷元说:"铁锁哥到县里去了,今天赶晌午才能回来,我给他留下了个信,叫他回来就来。"村长说:"那咱们就先开吧!"

会开了,第一个讲话的就是村长。他报告了开会意义之后,接着就讲道:"我现在先笼统谈一谈抗战以来咱们村里的工作成绩。要说把八年来村里的工作从头至尾叙说一下,恐怕多得很,三朝五日也说不完,现在咱们只要把村里的情形笼统跟以前比一比,就可

---

① 开光就是给神像开眼睛。

以看出咱们的总成绩来了。先说政权吧：抗战以前，老百姓谁敢问一问村公所的事？大小事，哪一件不是人家李如珍说怎样就怎样？谁进得龙王庙不捏一把把汗？如今啦？哪件事不经过大家同意？哪个人到龙王庙来不是欢天喜地的？再说村里人的生活吧：从前全村有八十多户没饭吃的赤贫户，如今一户也没有了；从前每年腊月，小户人家都是债主围门，东挪西借过不了年，如今每年腊月，都能安心到冬学里上课，到剧团里排戏，哪还有一家过不了年的？平常过日子，从前吃是甚穿是甚，如今比从前好了多少？咱们也不用自己夸，各人心里都有个数。再说坏人的转变吧：从前村里有多少烟鬼？多少赌棍？多少二流子、懒汉、小偷、破鞋？咱们也不是自己夸，这一类人，现在谁还能在咱们李家庄找出一个来？从前东家丢了东西了，西家捉住孤老了，如今啦？在地里做活，锹镢犁耙也不想往回拿，晚上睡觉，连大门也不想关，也没有奸情，也没有盗案。大家都是这样过惯了，也不觉得这算个什么事，不过你们细细一想，在抗战以前这样子行不行？说到全村人的进步，大家都是过来人，更不用多讲：论文，不论男女都认得自己个名字；论武，不论长幼都会打几颗子弹。这样在现在看来也都是些平常事，可是在抗战以前也不行呀！我想现在单单把李如珍叔侄们那些人弄得几个来放到咱们村里，他们就活不了：讹人讹不了，哄人哄不了，打人打不了，放债没人使，卖土没人吸，放赌没人赌，串门没人要，说话没人理，他们怎么能活下去？打总说一句：这里的世界不是他们的世界了！这里的世界完全成了我们的了！可惜近几年来敌人每年还要来扰乱咱们几回，如今敌人一投降，我们更是彻底胜利了！我们八年来，把那样一个李家庄变成了这样一个李家庄，这就是我们的总成绩！"

村长讲罢了总成绩之后，武委会主任、合作社经理、各救会主席、义校教员，也都各把本部门的成绩讲了一番。冷元又讲了一讲,以下便是自由讲话。自由讲话这一项最热闹,因为谁也是被一肚子胜利憋得吃不住,会说不会说,总要上去叫几声,一直到晌午以后还没有讲完。

就在这时候,铁锁来了,大家就让他先上台去讲。他开头第一句就说道:"我来的任务,是报告大家个坏消息!"台下大部分人都觉着奇怪了,暗想胜利了为什么还有坏消息。铁锁接着说:"日本已经投降了,为什么还有坏消息呢?"人们低声说:"你可说呀?"铁锁仍接着道:"因为日本虽然宣布了投降,蒋介石却下命令不叫日本人把枪缴给我们,又下命令叫中央军渡过黄河来打八路军。阎锡山跟驻在山西的日军成了一气,又回到太原,把小喜他们那些伪军又编成他自己的军队,叫他们换一换臂章,仍驻在原地来消灭八路军。八路军第二次来的时候,不是跟大家说过永远不走了吗?可是现在人家中央军要来,阎锡山军也要来,又不叫日军缴枪,你看这……"台下的人乱叫起来了:"说得他妈的倒排场,前几年他们钻在哪里来?"有人问:"上边准备怎么办?"铁锁道:"怎么办?日军的枪还要缴!谁敢来进攻咱们,咱们只有一句话:'跟他拼!'"白狗跳上台去向铁锁道:"你不用往下讲了!要是他们想来占这地方,我管保咱村的人都是他们的死对头!"台下大喊道:"对!有他没咱,有咱没他!"白狗已经把铁锁挤到一边,自己站在正台上道:"他们来吧!咱这几年又攒了几颗粮食了,他们再来抢来吧!这里的人还没有杀绝啦,他们再来杀吧!叫他们来做什么?叫他们给李如珍撑腰吗?叫春喜再回来讹人吗?叫小喜再到我家胡闹吗?他们来了,三爷还可以回来捆人押人打人,六太爷还可以放他的八当十,你怕他们不愿意来啦?他们来了,又得血涂龙王庙,咱们还能缩着脖子叫他们杀呀?他们也算瞎了眼了!他们只当咱们还是前几年那个样子,只会缩着脖子挨刀。不同了!老实说,咱们也不那么好惹了!反了几年'扫荡',跟着八路军也攻过些城镇码头,哪个人也会放几枪了,三八式步枪也有几支了,日本手榴弹也有几颗了,咱们就再跟上八路军跑几趟,再去缴几支日本枪,再去会一会这些攻我们的中央军,再去请一请小喜,看这些孙子们有什么三头六臂!"台下又喊:"谁愿意去先报起名来!"又有个青年喊:"不用报名了!我看不如咱们站起队来教武委会主任挑,把不能用的挑出来,余下咱们一通去!"白狗道:"还是报一下!大家同意马上报,咱们就报起来!"

院里、台上、拜亭上,分三组写名单。写完了,三组集合起来,报名的共是五十三个。白狗看了一下,也有四十岁以上的,也有十五六岁的,也有女的——二妞、巧巧都在数。铁锁道:"这样不好领导,还得有个限制。"挑了一挑,把老的小的女的除去,还有三十七个,村干部差不多都在数。铁锁把这结果一宣布,二妞、巧巧,还有几个女的都说了话,她们说她们一定要到潞安府捉小喜。铁锁告她们说没法编制,她们说可以当看护。麻烦了一大会,大家劝她们在家领导生产照顾参战人们的家庭。

村干部都参了战,马上都补选起来了——二妞代理村长,妇救会主席换成巧巧。王安福老汉说:"这么多的参战的,应该有个人负总责来照顾他们的家庭。我除了办合作社,可以代办这件事。"

大家在这天晚上,戏也无心看了,参战的人准备行李,不参战的人帮着他们准备。

第二天,公祭死难人员的大会,还照原来的计划举行,可是又增加了个欢送参战人员大会。

就庙里的拜亭算灵棚,灵棚下设起三个灵牌:村里人时时忘不了小常同志,因此虽是公祭本村死难的人,却把小常同志供在中间。左边一个是反"扫荡"时候牺牲了的三个民兵;右边一个是被反动家伙们杀了的逼死的那几十个人。前面排了一排桌子,摆着各色祭礼,两旁挂起好多挽联。

开祭的时候,奏过了哀乐,巧巧领着两个妇女献上花圈,然后是死者家属致祭,区干部致祭,村干部领导全村民众致祭,最后是参战人员致祭。

欢送参战人员的大会会场就布置在戏台下,那边祭毕,马上一个向后转,就开起这个会来。在这个会上,自然大家都又讲了许多话,差不多都是说"现在的李家庄是拿血肉换来的,不能再被别人糟蹋了","我们纵不为死人报仇,也要替活人保命"。讲完了话,参战人员把胜利品里边的枪械子弹手榴弹都背挂起来,向拜亭上的灵牌敬礼作别,然后就走出龙王庙来。

村里一大群人,锣鼓喧天把他们这一小群人送到三里以外。临别的时候,各人对自己的亲属朋友都有送的话。王安福向他的子侄们说:"务必把那些坏蛋们打回去,不要叫人家来了剐了我这个干老汉!"二妞向小胖孩说:"胖孩!老子英雄儿好汉,不要丢了你爹的人!见了这些坏东西们多扔几颗手榴弹!"巧巧向白狗说:"要是见了小喜,一定替我多多戳他几刺刀!"白狗说:"那忘不了,看见我腿上的伤疤,就想起他来了!"

1945 年

孟祥英翻身

（现实故事）

一　老规矩加上新条件

涉县的东南角上，清漳河边，有个西峧口村，姓牛的多。离西峧口三里，有个丁岩村，姓孟的多。牛孟两家都是大族，婚姻关系世代不断。像从前女人不许提名字的时候，你想在这两村问询一个牛孟两姓的女人，很不容易问得准，因为这里的"牛门孟氏"或"孟门牛氏"太多了。孟祥英的娘家在丁岩，婆家在西峧口，也是个牛门孟氏。

不过你却不要以为他们既是世代婚姻，对对夫妻一定是很美满的，其实糟糕的也非常多。这地方是个山野地方，从前人们说："山高皇帝远"，现在也可以说是"山高政府远"吧，离区公所还有四五十里。为这个原因，这里的风俗还和前清光绪年间差不多；婆媳们的老规矩是当媳妇时候挨打受骂，一当了婆婆就得会打骂媳妇，不然的话，就不像个婆婆派头；男人对付女人的老规矩是"娶到的媳妇买到的马，由人骑来由人打"，谁没有打过老婆就证明谁怕老婆。

孟祥英的婆婆,除了遵照那套老规矩外,还有个特别出色的地方,就是个好嘴。年轻时候外边朋友们多一点,老汉虽然不赞成,可是也惹不起她——说也说不过她,骂更骂不过她。老汉还惹不起,媳妇如何惹得起她呢?

有村里的老规矩,再加上婆婆的好嘴,本来就够孟祥英倒霉了,可是孟祥英本身还有些倒霉的条件:第一是娘家没有人做主。孟祥英九岁时候就死了爹娘,那时只有十三岁一个姐姐和怀抱里一个小弟弟。后来姐姐也嫁到西峧口。因为姐姐的婆家跟自己的婆家不对劲,自己出嫁时候,姐姐也没得来,结果还是自己打发自己上的轿。像这样的娘家,自己挨了打谁能给争口气呢?第二是娘家穷,买不起嫁妆。第三是离娘早,针线活学得不大好。第四是脚大。这地方见了脚大女人,跟大地方人看小脚女人一样奇怪。第五是从小当过家,遇了事好说理,不愿意马马虎虎吃婆婆的亏:这些在婆婆看来,都是些该打骂的条件。

二　哭不得

满肚冤枉的人,没有伸冤的机会,常免不了要哭,可是孟祥英连哭的机会也不多:要是娘家有个爹娘,到娘家可以哭一哭,可是孟祥英娘家只有十来岁一个小弟弟,不说不便向他哭,他哭了还得照顾他。要是两口子感情好,受了婆婆的气,晚上可以向丈夫哭一哭,可是孟祥英挨打的时候,常常是婆婆下命令丈夫执行,向他哭还不是找他再打一顿吗?

不过孟祥英也不是绝没有个哭处:姐姐跟自己是紧邻,见了姐姐可以哭;邻家有个小媳妇名叫常贞,跟自己一样挨她婆婆的打骂,见了常贞可以互相对哭;此外,家里造纸、晒纸时候独自一个人站在纸墙下,可以一边贴纸一边哭。在纸墙下哭得最多,常把个布衫衿擦得湿湿的。

有一次，另外遇了个哭的机会，就哭出事来了。一天，她一个人架着驴到碾上碾米，簸着米就哭起来，被她丈夫一个本家叔父碰见了。这个本家叔父问明了原因，随便批评了她婆婆几句，不料恰被她婆婆碰上。这位本家叔父见自己说的话已被她婆婆听见，索性借着叔嫂关系当面批评起来。婆婆怕暴露自己年轻时候的毛病，当面不敢反驳，只好用别的话岔开。

婆婆老早就怕孟祥英跟外人谈话，特别是跟年轻媳妇们谈。据她的经验，年轻媳妇们到一处，无非是互相谈论自己婆婆的短处，因此一见孟祥英跟邻家的媳妇们谈过话，总要寻个差错打骂一番。这次见她虽是跟一个男人谈，却亲自听见又偏是批评自己，因此她想："这东西一定是每天在外边败坏我的声名，非教训她一顿不可！"按旧习惯，婆婆找媳妇的事，好像碾磨道上寻驴蹄印，步步不缺。恰巧这天孟祥英一不小心，被碾滚子碾坏了个笤帚把，婆婆借着这事骂起孟祥英的爹娘来。因为骂得太不像话了，孟祥英忍不住便答了话：

"娘！不用骂了，我给你用布补一补！"

婆婆说："补你娘的×！"

"我跟我姐姐借个新的赔你！"

"赔你娘的×！"

补也不行，赔也不行，一直要骂"娘"，孟祥英气极了，便大胆向她说："我娘死了多年了，现在你就是我的娘！你骂你自己吧！娘！"

"你娘的×！"

"娘！"

"你娘的×！"

"娘！娘！娘！"

婆婆不骂了。她以为媳妇顶了她,没得骂个痛快。她想:"这东西比我的嘴还硬!须得另想办法来治她!"后来果然又换了一套办法。

三　死不了

一天,孟祥英给丈夫补衣服,向婆婆要布,婆婆叫她向公公要。就按"老规矩",补衣服的布也不应向公公要。孟祥英和她讲道理,说得她无言答对,她便骂起来。孟祥英理由充足,当然要和她争辩,她看这情势不能取胜,就跑到地里叫她的孩子去:

"梅妮①!你快回来呀!我管不了你那个小奶奶,你那小奶奶要把我活吃了呀!"

娘既然管不了小奶奶,梅妮就得回来摆一摆小爷爷的威风。他一回来,按"老规矩"自然用不着问什么理由,拉了一根棍子便向孟祥英打来。不过梅妮的威风却也有限——十六七岁个小孩子,比孟祥英还小一岁——孟祥英便把棍子夺过来。这一下可夺出祸来了:按"老规矩",丈夫打老婆,老婆只能挨几下躲开,再经别人一拉,作为了事。孟祥英不只不挨、不躲,又缴了他的械,他认为这是天大一件丢人事。他气极了,拿了一把镰刀,劈头一下,把孟祥英的眉上打了个血窟窿,经人拉开以后还是血流不止。

拉架的人似乎也说梅妮不对,差不多都说:"要打打别处,为什么要打头哩?"这不过只是说打的地方不对罢了,至于究竟为什么打,却没人问,按"老规矩",丈夫打老婆是用不着问理由的。

这一架打过之后,别人都成了没事人,各自漫散了,只有孟祥英一个人不能那么清闲。她想:满理的事,头上顶个血窟窿,也没

---

① 　孟祥英丈夫的名字。

人给说句公道话,以后人家不是想打就可以打吗?这样下去,日子长着哩,什么时候才能了结?想来想去,没有个头尾,最后想到寻死这条路上,就吞了鸦片烟。

弄来的鸦片烟太少了,喝了以后死不了,反而大吐起来。家里人发现了,灌了些洗木梳的脏水,才救过来。

婆婆说:"你爱喝鸦片多得很!我还有一罐哩!只要你能喝!"孟祥英觉着那倒也痛快,可是婆婆以后也没有拿出来。

又一次,孟祥英在地里做活,回来天黑了,婆婆不让她吃饭,丈夫不让回家。院门关了,婆婆的屋门关了,丈夫把自己的屋门也关了,孟祥英独自站在院里。邻家媳妇常贞来看她,姐姐也来看她,在院门外说了几句悄悄话,她也不敢开门。常贞和姐姐在门外低声哭,她在门里低声哭,后来她坐在屋檐下,哭着哭着就瞌睡了,一觉醒来,婆婆睡得呼啦啦的,丈夫睡得呼啦呼啦的,院里静静的,一天星斗明明的,衣服潮得湿湿的。

第二天早上没有吃饭,午上还没有吃饭,孟祥英又觉着活不下去了,趁着丈夫在婆婆屋里睡午觉,她便回房里上了吊。

邻家媳妇常贞又去看她,听见她公婆丈夫睡得稳稳的,以为这会总可以好好谈谈,谁知一进门见她直挺挺吊在梁上,吓得常贞大喊一声跳出来。一阵喊叫,许多人都来抢救。祥英的姐姐也来了,把尸首抱在怀里放声大哭。

救了好久,祥英又睁开了眼,见姐姐抱着自己,已经哭成个泪人了。

两次寻死,都没得死了,仍得受下去。

四　怎样当上了村干部

一九四二年,第五专署有个工作员去西峧口协助工作,要选个妇救会主任,村里人提出孟祥英能当,都说:"人家能说话!说话把得住理。"可是谁也不敢去向她婆婆商量。工作员说:"我亲自去!"他一去就碰了个软钉子。孟祥英的婆婆说:"她不行!她是个半吊子,干不了!"左说左不应,右说右不应,一个"干不了"顶到底。这位老太婆为什么这样抵死不让媳妇干呢?这与村里的牛差差①有些关系。

当摩擦专家朱怀冰部队驻在这一带时候,牛差差在村里也是个了不起的人,后来朱怀冰垮了台,保长投了敌,他又到敌人那边跟保长接过两次头;四十军驻林县时,他也去跟人家拉过关系:真是个骑门两不绝的人物。他和孟祥英婆家关系很深。当年孟祥英的公公牛明师,因为造纸赔了钱,把地押出去了,没有地种,种了他五亩半地。他的老婆,当年轻时候,结交下的贵客也不比孟祥英的婆婆交得少,因为互相介绍朋友,两个女人也老早就成了朋友。牛差差既是桌面上的人物,又是牛明师的地主,两个人的老婆又是多年的老朋友,因此两家往来极密切,虽然每年打下粮食是三分归牛明师七分归牛差差,可是在牛明师老两口看来,能跟人家桌面上的人物交好,总还算件很体面的事。

自从朱怀冰垮了台,这地方的政权,名义上虽然属于咱们晋冀鲁豫边区,实际上因为"山高政府远",老百姓的心,大部分还是跟着牛差差那伙人们的舌头转。牛差差隔几天说日本兵快来了,隔几天说四十军快来了,不论说谁来,总是要说八路军不行了。这话在孟祥英的公公牛明师听来,早就有点半信半疑:因为牛明师家里造纸,抗战以来纸卖不出去,八路军来了才又提倡恢复纸业,并且由公家来收买,大家才又造起来。牛明师自己造纸赚了许多钱,不上二年把押出去的地又都赎回来了。他见这二年来收买纸的都是

---

① 牛差差不是真名,是个已经回头的特务,因为他转变得还差,才叫他"差差"。

八路军的人，以为八路军还不是真"不行"，可是一听到牛差差的谣言，他的念头就又转了，他想人家这"桌面上人"，说话一定是有根据的。孟祥英的公公对牛差差的话，虽然半信，却还有"半疑"，可是孟祥英的婆婆，便成了牛差差老婆的忠实信徒了。她不管纸卖给谁了，也不管地是怎样赎回来的。她的军师只有一个，就是牛差差老婆。牛差差老婆说"四十军快来了"，她以为不是明天是后天。牛差差老婆说"四十军来了要枪毙现在的村干部"，她想最好是先通知干部家里预备棺材。你想这样一个婆婆，怎么会赞成孟祥英当妇救会主任呢？

工作员说了半天，见人家左说左不应，右说右不应，一个"干不了"顶到底，年轻人沉不住气，便大声说："她干不了你就干！"这一手不想用对了：孟祥英的婆婆本来认为当村干部是件危险的事，早晚是要被四十军枪毙的。她不愿叫孟祥英干，要说是爱护媳妇，还不如说是怕连坐，所以才推三阻四，一听到工作员叫她自己干，她急了。她想媳妇干就算要连坐，也比自己亲身干了轻得多，轻重一比较，她的话就活套得多了："我不管，我不管！她干得了叫她干吧！"

工作员胜利了，孟祥英从此才当了妇救会主任。

五　管不住了

当了村干部，免不了要开会。孟祥英告婆婆说："娘！我去开会！"说了就走了。婆婆想："这成什么话？小媳妇家开什么会？"可是不叫去又不行，怕工作员叫自己干。她虽觉着八路军"不行了"，可是估量一下自己的能力，比八路更不行，要是公然反抗起来，明天早晨四十军不来救驾，到响午就保不定要被工作员带往区公所。光棍不吃眼前亏，由她去吧！

妇女也要开会,在孟祥英的婆婆脑子里是个"糊涂观念",有心跟在后面去看看,又怕四十军来了说自己也参加过"八路派"人的会,只好不去。第二天,心不死,总得去侦察侦察一伙媳妇们开会说了些什么。她出去一调查,"娘呀!这还了得?"妇女要求解放,要反对婆婆打骂,反对丈夫打骂,要提倡放脚,要提倡妇女打柴、担水、上地,和男人吃一样饭干一样活,要上冬学……她想:这不反了?媳妇家,婆婆不许打,丈夫不许打,该叫谁来打?难道就能不打吗?二媳妇①两只脚,打着骂着还缠不小,怎么还敢再放?女人们要打起柴来担起水来还像个什么女人?不识字还管不住啦,识了字越要上天啦!……这还成个什么世界?

婆婆虽然担心,孟祥英却不十分在意,有工作员做主,工作倒也很顺利,会也开了许多次,冬学也上了许多次。这家媳妇挨了婆婆的打,告诉孟祥英,那家媳妇受了丈夫的气,告诉孟祥英。她们告诉孟祥英,孟祥英告诉工作员,开会、批评、斗争。

孟祥英工作越积极,婆婆调查来的材料也越多,打不得骂不得,跟梅妮说:"那东西管不住了!什么事她也要告诉工作员,可该怎么办呀?"梅妮没法,吸一吸嘴唇;婆婆也吸一吸嘴唇。

孟祥英打回柴来了,婆婆嘴一歪,悄悄说:"圪仰圪仰,什么样子!"孟祥英担回水来了,婆婆嘴一歪,悄悄说:"圪仰圪仰,什么样子!"

要提倡放脚,工作员叫孟祥英先放,孟祥英放了。婆婆噘着嘴,两只眼睛跟着孟祥英两只脚。

村里的年轻女人们,却不和孟祥英的婆婆一样;见孟祥英打柴,有些人也跟着打起来;见孟祥英担水,有些人也跟着担起来;见孟祥英放脚,有些人也跟着放了脚。男人们也不都像梅妮,也有许

---

① 就是指孟祥英,她的大孩子跟大媳妇在襄垣种地。

多进步的：牛××说："女人们放了脚真能抵住个男人做！"牛××说："女人们打柴担水，男人少误多少闲工！"牛××说："牛差差常说人家八路不好，我看人家提倡的事情都很有好处！"

不论大家怎样想，孟祥英的婆婆总觉着孟祥英越来越不顺眼，打不得骂不得，一肚子气没处发作，就想找牛差差老婆开个座谈会。一天，她上地去，见牛差差老婆在前边走。她喊了一声"等等"，人家却不等她，还走得很快。她跑了几步赶上去，牛差差老婆说："咱两家以后少来往，你不要以为你老二媳妇放了脚很时行！以后四十军来了，一定要说她是八路军的太太！你们家里跟八路有了关系了，咱可跟你们受不起那个连累！"这几句话，把孟祥英的婆婆说得从头麻到脚底。她这几天虽是憋了一肚子气，可还没有考虑到这个天大的危险，座谈会也不开了，赶紧找梅妮想办法。可是梅妮有什么办法呢？还不是母子两个坐到一块各人吸各人的嘴唇？

六　卖也卖不了

有一次，村里的群众要去太仓村斗争特务任二孩。牛差差们说："去吧！任二孩是人家四十军的得劲人，谁去参加斗争，谁就得防备丢脑袋，四十军来了马上就跟他算账！"孟祥英的公公婆婆丈夫听到这话，全家着了急，虽不敢当面来劝孟祥英，可是一个个脸色都变白了。娘看看孩子，低声说："这回可要闯大祸！"孩子看看娘，低声说："这回可要闯大祸！"

这些怪眉怪眼，孟祥英看了也觉着有点可怕，问问别的媳妇们，也有些人说："不去好。"孟祥英这时也拿不定主意，问工作员"不去行不行"，工作员说："这又不强迫，不过群众还去啦，干部为什么不去？"孟祥英说不出道理来，她想：去就去吧，咱不会不说话？

她一到太仓村，见群众满满挤了一会场，比看戏时候的人还多，发言的人抢还抢不上空子，任二孩低着头，连谁的脸也不敢看。这会她的想法变了，她想：这么多的人难道都不怕枪毙，可见闯不下什么大祸。不多一会，她就领导着西峧口人喊起反对任二孩的口号来了。

开过了这次斗争会，孟祥英胆子大起来，再也不信特务们"变天"的谣言了，工作更积极起来，可是她的婆婆却和她正相反：自从孟祥英开会回来，牛差差们就跟她婆婆说："早晚免不了吃亏。"婆婆听见这话越觉着胆寒，费了千辛万苦，才算想了个对付孟祥英的妙法。

一天，婆婆跟梅妮的姑姑说："这二年收成不好，家里也没有吃的，叫梅妮领上他媳妇去襄垣寻他哥哥去吧！"家里没吃的是事实，离开婆婆，孟祥英也很高兴，只是村里的工作搞起来了放不下手。晚上，孟祥英到妇女识字班去了，婆婆又跟梅妮的姑姑谈起话来。识字班用的油放在孟祥英家，孟祥英回去取油，听见她两人的半截话。婆婆说："领到襄垣卖了她吧，咱梅妮年轻轻的，还怕订不下个媳妇？"姑姑说："不怕人家告诉那里的八路军？"婆婆说："不怕！那里是老日本子占着哩！"孟祥英听了这话，才知道婆婆的高计，赶紧告诉工作员。工作员说："她没有跟你说明，你也不必追问她，你只要说这里工作放不下，不去就算了。"

孟祥英不去，婆婆也无法，白做了一番计划。

七　英雄出了头

夏天，庞炳勋孙殿英领着四十军和新五军投了敌人，八路军又在林县把他们打垮了。牛差差们一天听说四十军新五军有几千人过了漳河往北开,正预备宣传宣传,又打听得是被八路军在日军的据点上俘虏过来的,因此才不敢声张。事实摆在眼前,他虽不声张,也封锁不住胜利的消息。村干部们一听到这个消息,马上都高兴起来,大大宣传了一番,从此人心大变,就是素日信服牛差差"变天"说法的人,也都知道牛差差的"天"塌了。孟祥英在这环境好转之后,工作当然更顺利了许多。

不巧的是连年有灾荒,这个秋天更糟糕一点:一夏天不见雨,庄稼干得差不多能点着火。到秋来谷穗像打锣槌,头上还有寸把长一条蜡捻子;玉茭不够一腿高,三亩地也收不够一箩头。秋天又一连下了几十天连阴雨,三颗粮食收割不回来,草比庄稼还长得高。

政府号召采野菜度荒,村干部们一讨论,孟祥英管组织妇女。因为秋景太坏,村里人都泄了气,有些人说:"连年没收成,反正活不了,哪有心事弄那一把树叶?"孟祥英挨门挨户劝她们,说"死不了还得吃",说"过了秋天想采野菜也没有了",说"野菜和糠总比吃纯糠好"……她一边说,一边领着几个积极的妇女先动起手来。没粮之家,说"情愿等死",只能算是发脾气,后来见孟祥英领的几个人满院里是野菜,也就跟着去采。孟祥英把她们组成四个组,每日分头上山。不几天,附近山上,凡是能吃的树叶都光了,都晒在这伙妇女们的院里了。本村完了到外村去,河西没了到河东去,直采到秋风扫落叶时候,算了一下总账,二十多个妇女,一共采了六万多斤。

野菜采完了,听说白草能卖一块钱一斤,孟祥英又领导妇女割白草。这一次更容易领导,家家野菜堆积如山,谁也不再准备饿死,一看见野菜就都想起孟祥英,因此孟祥英一说领导妇女割白草,这些妇女们的家里人都说:"快跟人家去割吧!这小女是很有些办法的!"后来大家竟割了两万多斤,卖了两万多块钱。

从此西峧口附近各村,都佩服孟祥英能干。

八 分 家

有人说,因为孟祥英能生产度荒,婆婆丈夫都跟她好起来了;仔细一打听,完全不确。

孟祥英采来的野菜,婆婆吃起来倒也不反对,可是不赞成她去采,说她是"勾引上一伙年轻人去放风"。"放风"这个说法,原有两个出处:从前有一种开煤窑的恶霸,花钱买死了工人①关在窑底,五天或十天放出来见一次太阳,名叫"放风";放罢了收回去,名叫"收风"。监狱里对犯人也是这样——从屋子里放到院子里叫"放风",从院子里锁到屋子里叫"收风"。孟祥英的婆婆也不是绝不赞成放媳妇的风——只要看孟祥英初嫁的时候也到地里收割、拔苗就是个证据。不过她想"就是放风,也得由我放由我收"。按"老规矩",媳妇出门,要是婆婆的命令,总得按照期限回来;要是自己的请求,请得准请不准只能由婆婆决定,就是准出去,也得叫媳妇看几次脸色;要是回来得迟了,可以打、可以骂、可以不给饭吃。孟祥英要领导全村妇女,按这一套"老规矩"如何做得通?因此婆婆便觉着"此风万万放不得"了。

这种思想,不只孟祥英的婆婆有,恐怕还有几个当婆婆的也同意。牛差差老婆趁此机会造出谣言,说野菜吃了不抵事。有些婆婆就不叫媳妇去了。孟祥英为了这件事,特别召集妇女开会检查了一次,才算把这股谣言压下去。

采罢了野菜,割罢了白草,孟祥英自己总结成绩的时候,婆婆也在一边给她作另一种总结。她的总结,不是算一算孟祥英采了

---

① 被买的人有了错,可以随便打死。

多少菜,割了多少草,她的总结是"媳妇越来越不像个媳妇样子了"。她的脑筋里,有个"媳妇样子",是这样:头上梳个笞帚把,下边两只粽子脚,沏茶做饭、碾米磨面、端汤捧水、扫地抹桌……从早起倒尿壶到晚上铺被子,时刻不离,唤着就到;见个生人,马上躲开,要自己不宣传,外人一辈子也不知道自己还有个媳妇。她自己年轻时候虽然也不全是这样,可是她觉着媳妇总该是这样。她觉着孟祥英越来越离这个"媳妇样子"越远:头上盘了个圆盘子,两只脚一天比一天大,到外边爬山过岭一天不落地,一个峧口村不够飞,还要飞到十里外,不跟自己商量着有事瞒哄工作员,反把什么事都告工作员说……她作着这个总结发了愁:"怎么办呀!打不得,骂不得,管又管不住,卖又卖不了。眼看不是家里的人了!工作员成人家的亲爹了!"好几夜没有睡觉,才算想了个好办法——分家。

婆婆请牛差差作证,跟孟祥英分了家。家分的倒还公道(不公道怕孟祥英不愿分),孟祥英夫妇分得四亩平地四亩坡地,只是没有分粮食。据婆婆说:"打得少,吃完了。"可是分开以后,丈夫又回婆婆家吃饭、睡觉,让孟祥英一个人走了个便宜。

九　孟祥英的影响出了村

分开家以后,除分了二斤萝卜条以外,只凭野菜度时光,过年时候没有一颗粮,借了合作社二斤米、五斤麦子、一斤盐。

区公所离这地方四五十里,工作上照顾不过来,得一个地方干部很不容易。像孟祥英这样一个自己能劳动又能推动别人的度荒能手,反落得被家里赶出来饿肚子,区妇救会觉着这一来太不近人情,二来也影响这地方的工作,因此向上级请准拨一点粮食帮助她,叫她在当地担任一部分区妇救会工作。

孟祥英在今年①确实也有个区干部的作用大：

正月，大家选她为劳动英雄，来参加专署召开的劳动英雄大会。会后她回去路过太仓村，太仓妇救会主任要她讲领导妇女的经验。她说："遇事要讲明道理，亲自动手领着干，自己先来做模范。"接着就把她领导妇女们放脚、打柴、担水、采野菜、割白草等经验谈了许多。太仓妇救主任学上她的办法，领导着村里妇女修了三里多水渠，开了十五亩荒地。二月十五，白芟村（离西岐口四十里）有个庙会，她在会上作宣传，许多村的妇女都称赞她的办法好。今年涉县七区妇女生产很积极，女劳动英雄特别多，有许多是受到孟祥英的影响才起来的。

说起她亲自做出来的成绩更出色：春天领导妇女锄麦子二百九十三亩，刨平地十二亩，坡地四十六亩。夏天打蝗虫，光割烧蝗虫的草，妇女们就割了一万八千斤。其余割麦子、串地、捞柴、剥楮条、打野菜……成绩多得很，不过这都在报上登过，我这里就不多谈了。

十　有人问

有人问：直到现在，孟祥英的丈夫和婆婆还跟孟祥英不对劲，究竟是为什么？怕她脚大了走路太稳当吗？怕她做活太多了他们没有做的吗？怕她把地刨虚了吗？怕她把蝗虫打断了种吗？怕她把树叶采光了吗？……

答：这些还没有见他母子们宣布。

有人问：你对牛差差和孟祥英的婆婆、丈夫，都写得好像有点不恭敬，难道不许人家以后再转变吗？

---

① 就是一九四四年。

答:孟祥英今年才二十三岁,以后每年开劳动英雄会都要续写一回,谁变好谁变坏,你怕明年续写不上去吗?

福　贵

福贵这个人,在村里比狗屎还臭。村里人说他第一个大毛病是手不稳;比方他走到谁院里,院里的人总要眼巴巴看着他走出大门才放心,他打谁地里走过,地里的人就得注意一下地头堰边放的烟袋衣服;谁家丢了东西,总要到他家里闲转一趟;谁家丢了牲口,总要先看看他在家不在……不过有些事大家又觉着非福贵不行:谁家死了人,要叫他去穿穿衣裳;死了小孩,也得叫他给送送,遇上埋殡死人,抬棺打墓也离不了他。

说到庄稼活,福贵也是各路精通,一个人能抵一个半,只是没人能用得住他——身上有两毛钱就要去赌博,有时候谁家的地堰塌了大豁,任凭出双工钱,也要请他去领几天工——经他补过的豁,很不容易再塌了。可是就在用他的时候,也常常留心怕他顺便偷了什么家具。

后来因为他当了吹鼓手,他的老家长王老万要活埋他,他就偷跑了,直到去年敌人投降以后,八路军开到他村一个多月他才回来。

我们的区干部初到他村里,见他很穷,想叫他找一找穷根子,可是一打听村里人,都一致说他是个招惹不得的坏家伙,直到好多的受苦受难的正派人翻身以后,区干部才慢慢打听出他的详细来历。

一

　　福贵长到十二岁,他爹就死了,他娘是个把家成人的人,纺花织布来养活福贵。福贵是好孩子,精干、漂亮,十二三岁就学得锄苗,十六七岁做手头活就能抵住一个大人,只是担挑上还差一点。就在这时候,他娘又给他订了个九岁的媳妇。这闺女叫银花,娘家也很穷,爹娘早就死了,哥嫂养活不了她,一订好便送过来作童养媳。不过银花进门以后却没有受折磨——福贵娘是个明白人,又没有生过闺女,因此把媳妇当闺女看待。

　　村里有自乐班,福贵也学会了唱戏——从小当小军①,长大了唱正生,唱得很好。银花来了第二年正月十五去看戏,看到福贵出来,别的孩子们就围住她说:"银花!看!你女婿出来了!"说得她怪不好意思,后来惯了,也就不说那个了。

　　银花头几年看戏,只是小孩子看热闹;后来大了几岁,慢慢看出点意思来——倒不是懂得戏,是看见自己的男人打扮起来比谁都漂亮——每逢庙里唱自己村里的自乐班,不论怎样忙,总想去看看,嫌怕娘说,只看到福贵下了台就回来了。有一次福贵一直唱到末一场,她回来误了做饭,娘骂了一顿,她背地里只是笑。别人不留意,福贵在台上却看出她的心事来,因此误了饭也不怪她,只悄悄地笑着跟她说一句:"不能早些回来?"

二

　　福贵长到二十三,他娘得了病,吃上东西光吐。她自己也知道

---

① 小军:跑龙套。

好不了。东屋婶也说该早点准备,福贵也请万应堂药店的医生给看了几次,吃了几服药也不见效。

一天,福贵娘跟东屋婶说:"我看我这病也算现成了。人常说'吃秋不吃夏,吃夏不吃秋',如今是七月天,秋快吃得了,恐怕今年冬天就过不去。"东屋婶截住她的话道:"嫂!不要胡思乱想吧!哪个人吃了五谷能不生灾?"福贵娘说:"我自己的病自己明白。死我倒不怕!活了五六十岁了还死不得啦?我就只有一件心事不了:给福贵童养了个媳妇在半坡上滚,不成一家人。这闺女也十五了,我想趁我还睁着眼给她上上头,不论好坏也就算把我这点心尽到了。只是咱这小家人,少人没手的,麻烦你到那时候给我招呼招呼!"东屋婶满口称赞,又问了日期,答应给她尽量帮办。

七月二十六是福贵与银花结婚的日子,银花娘家哥哥也来送女。银花借东屋婶家里梳妆上轿,抬在村里转了一圈,又抬回本院,下了轿往西屋去,堂屋里坐着送女客,请老家长王老万来陪。福贵娘嫌豆腐粉条不好,特别杀了一只鸡,做了个火锅四碗。

不论好坏吧,事情总算办过了。福贵和银花是从小就混熟了的,两个人很合得来,福贵娘觉着蛮高兴。

不过仍不出福贵娘所料,收过了秋,天气一凉病就重起来——九月里穿起棉袄,还是顶不住寒气,肚子里一吃东西就痛,一痛就吐,眼窝也成黑的了,颧骨也露出来了。

东屋婶跟福贵说:"看你娘那病恐怕不中了,你也该准备一下了。"福贵也早看出来,就去寻王老万。

王老万说:"什么都现成。"王老万的"万应堂"是药铺带杂货,还存着几口听缺的杨木棺材。可是不论你用什么,等到积成一个数目,就得给他写文书。王老万常教训他自己的孩子说:"光生意一年能见几个钱?全要靠放债,钱赚钱比人赚钱快得多。"

将就收罢秋,穰草还没有铡,福贵娘就死了。银花是小孩子,没有经过事,光会哭。福贵也才二十三岁,比银花稍强一点,可是只顾央人抬棺木,请阴阳,顾不得照顾家里。幸亏有个东屋婶,帮着银花缝缝孝帽,挂挂白鞋,坐坐锅,赶赶面,才算把一场丧事忙乱过去。

连娶媳妇带出丧,布匹杂货钱短下王老万十几块,连棺木一共算了三十块钱,给王老万写了一张文书。

三

小家人一共四亩地,没有别的指望,怕还不了老万的钱,来年就给老万住了半个长工。银花从两条小胳膊探不着纺花车时候就学纺花,如今虽然不过十六岁,却已学成了纺织好手。小两口子每天早上起来,谁也不用催谁,就各干各的去了。

老万一共雇了四个种地伙计,老领工伙计说还数福贵,什么活一说就通。老领工前十来年是好把式,如今老了,做起吃力活来抵不住福贵,不过人家可真是通家,福贵跟人家学了好多本领。

不幸因为上一年福贵办了婚丧大事,把家里的粮食用完了,这一年一上工就借粮,一直借到割麦。十月下工的时候,老万按春天的粮价一算,工钱就完了,净欠那三十块钱的利钱十块零八毛。三十块钱的文书倒成四十块,老万念其一来是本家,二来是东家伙计,让了八毛利。

福贵从此好像两腿插进沙窝里,越圪弹越深,第四年便滚到九十多块钱了。十月里算账,连工钱带自己四亩地余下的粮食一同抵给老万还不够。

这年正月初十,银花生了头一个孩子。银花娘家只有个嫂,正月天要在家招呼客人,不能来,福贵只好在家给她熬米汤。

粮食已经给老万顶了利,过了年就没吃的。银花才生了孩子,一顿米汤只用一把米,福贵自己不能跟她吃一锅饭,又不敢把熬米汤的升把米做稠饭吃,只好把银花米汤锅里剩下的米渣子喝两口算一顿。银花见他两天没吃饭,只喝一点米渣子,心疼得很,拉住他的胳膊直哭。

四

十四那一天,自乐班要在庙里唱戏,打发人来叫福贵。福贵这时候正饿得心慌,只好推辞道:"小孩子才三四天,家里离不了人照应。"

白天对付过去了,晚上非他不行,打发人叫了几次没有叫来,叫别人顶他的角台底下不要。有些人说:"本村唱个戏他就拿这么大的架子!抬也得把他抬来!"

东屋婶在厢房楼上听见这话,连忙喊道:"你们都不知道!不是人家孩子的架子大!人家家里没吃的。三四天没有吃饭,只喝人家媳妇点米渣渣,哪能给咱们唱?"东屋婶这么一喊叫,台上台下都乱说:"他早不说?正月天谁还不能给他拿个馍?"东屋婶说:"这孩子脸皮薄,该不是不想说那丢人话啦?我给人家送个馍人家还嫌不好意思啦!"老万在社房里说:"再去叫吧!跟他说明,来了叫他到饭棚底吃几个油糕,社里出钱!"

问题算是解决了,社里也出几个钱,唱戏的朋友们也给他送几个馍,才供着他唱了这三天戏。

社里还有个规矩:每正月唱过戏,还给唱戏的人一些小费,不过也不多,一个人不过分上一两毛钱,福贵是个大把式,分给他三毛。

那时候还是旧社会,正月天村里断不了赌博。十七这一天前晌,他才从庙里分了三毛钱出来,一伙爱赌博的青年孩子们把他拦住,要跟他耍耍钱。他心里不净,急着要回去招呼银花,这些年轻人偏偏要留住他,有的说他撇不下老婆,有的说他舍不得三毛钱——话都说得不好听:"三毛钱是你命?""不能给人家老婆攒体己?"说得他也不好意思走开,就跟大家跌起钱来。他是个巧人,忖得住手劲,当小孩子时候,到正月天也常跟别的孩子们耍,这几年日子过得不称心才不耍了。他跟这些年轻人跌了一会,就把他们赢干了,数了数赢够一块多钱。

五

回到家,银花说:"老领工刚才来找你上工。他说正月十五也过了,今年春浅,掌柜说叫早些上工啦!"福贵说:"住不住吧不是白受啦!咱给人家住半个,一月赚人家一块半;咱欠人家九十块,人家一月赚咱三块六,除给人家受了苦,见一月还得贴两块多。几时能贴到头?"银花说:"不住不是贴得越多吗?"福贵说:"省下些工担担挑挑还能寻个活钱。"银花说:"寻来活钱不还是给人家寻吗?这日子真不能过了呀?"福贵说:"早就不能过了,你才知道?"

他想住也是不能过,不住也是不能过,一样不能过,为什么一个活人叫他拴住?"且不给他住,先去籴二斗米再说!"主意一定,向银花说明。背了个口袋便往集上去。

打村头起一个光棍家门口过,听见有人跌钱,拐进去一看,还是昨天那些青年。有一人跑来拦住他道:"你这人赌博真不老实!昨天为什么赢了就走,真不算人!"福贵说:"你输干了,叫我跟你赌嘴?"说着就回头要走,这青年死不放,一手拉着他,一手拍着自己口袋里的铜元道:"骗不了你!只要你有本事,还是你赢的!"

福贵走不了,就又跟他们跌了一会,也没有什么大输赢。这时候,外边来了个大光棍。挤到场上下了一块现洋的注,小青年谁也不敢叫他这一注,慢慢都抽了腿,只剩下四五个人。福贵正预备抽身走,刚才拉他那个青年又在他背后道:"福贵!你只能捉弄我,碰上一个大把式就把你的戏煞了!"福贵最怕人说他做什么不如人,怄着气跌了一把,恰恰跌红了,杀过一块现洋来。那人又从大兜肚里掏出两块来下在注上叫他复。他又不好意思说注太大,硬着头皮复了一把,又杀了。那人起了火,又下了五块,他战战兢兢又跌了一把,跌了两个红一个皮,码钱转到别人手里。这时候,老领工又寻他上工,他说:"迟迟再说吧!我还不定住不住啦!"那个青年站在福贵背后向老领工道:"你不看这是什么时候?赢一把抵住受几个月,输一把抵住歇几个月,哪里还能看起那一月一块半工钱来?"老领工没有说什么走了。

隔了不大一会,一个小孩从门外跑进来叫道:"快!老村长来抓赌来了!"一句话说得全场的人,不论赌的看的,五零四散跑了个光,赶老万走到院里,一个人也不见了。

晚上,福贵买米回来,老万打发领工叫他到家,好好教训了他一番,仍叫他给自己住。他说:"住也可以,只要能借一年粮。"老万合算了一下:"四亩地打下的粮不够给自己上利,再借下粮指什么还?不合算,不如另雇个人。"这样一算,便说:"那就算了,不过去年的利还短七块,要不住就得拿出来!"福贵说:"四亩地干脆缴你吧!我种反正也打得不够给你!"

就这么简单。迟了一两天,老万便叫伙计往这地里担粪。

福贵这几年才把地堰叠得齐齐整整的,如今给人家种上了,不看见不生气,再也不愿到地里去。可是地很近,一出门总要看见,因此常钻在赌场不出来,赌不赌总要去散散心。这样一来二去,赌场也离不了福贵,手不够就要来叫他配一配。

六

　　福贵从此以后，在外多在家少，起先还只在村子里混，后来别的光棍也常叫上他到外村去，有时候走得远了，三月两月不回来。东屋婶跟银花说："他再回来劝一劝他吧！人漂流的时候长了，就不能受苦了！"银花有一回真来劝他，他说："受不受都一样，反正是个光！"

　　他有了钱也常买些好东西给银花跟孩子吃，输了钱任凭饿几天也不回来剥削银花。他常说他干的不是正事，不愿叫老婆孩子跟他受累。银花也知道他心上不痛快，见他回来常是顺着他；也知道靠他养活靠不住，只能靠自己的两只手养活自己和小孩。自己纺织没钱买棉花，只好给别人做，赚个手工钱。

　　有一年冬天，银花快要生第二个小孩，给人家纺织赚了一匹布。自己舍不得用，省下叫换米熬米汤，恰巧这时候福贵回来了。他在外边输了钱，把棉衣也输了，十冬腊月穿件破衣衫，银花实在过意不去，把布给他穿了。

　　腊月二十银花又生了个孩子，还跟第一次一样，家里没有一颗粮，自己没米熬米汤，大孩子四岁了，一直叫肚饿，福贵也饿得肚里呱呱叫。银花说："你拿上个升，到前院堂屋支他一升米，就说我迟两天给他纺花！"福贵去了，因为这几年混得招牌不正，人家怕他是捣鬼，推说没有碾出来。听着西屋的媳妇哭，她婆婆揭起帘低低叫道："福贵！来！"福贵走到跟前，那老婆婆说："有点小事叫你办办吧，可不知道你愿意不愿意？"福贵问她是什么事，她才说是她的小孙女死了，叫福贵去送送。福贵可还没有干过这一手，猛一听了觉着这老婆太欺负人，"这些事怎么也敢叫我干？"他想这么顶回去，可是又没说出口。那老婆见他迟疑就又追道："去不去？

去吧!这怕甚啦?不比你去借米强?"他又想想倒也对:自己混得连一升米也不值了,还说什么面子?他没有答话,走进西屋里,一会就挟了个破席片卷子出去了。他找着背道走,生怕碰上人。在村里没有碰着谁,走出村来,偷偷往回看了一下,村边有几个人一边望着他一边咭咭呱呱谈论着。他没有看清楚是谁,也没有听清楚是说什么,只听着福贵长福贵短。这时候,他躲也没处躲,席卷也没处藏,半路又不能扔了,只有快快跑。

这次赚了二升米,可是自这次也做成了门市,谁家死了孩子也去叫他,青年们互相骂着玩,也好说:"你不行了,叫福贵挟出去吧!"

来年正月里唱戏,人家也不要他了,都嫌跟他在一块丢人,另换了个新把式。

七

人混得没了脸,遇事也就不很讲究了:秋头夏季饿得没了法,偷谁个南瓜找谁个萝卜,有人碰上了,骂几句板着脸受,打几下抱着头挨,不管脸不脸,能吃上就算。

有一年秋后,老万的亲家来了,说福贵偷了他村里人的胡萝卜,罚了二十块钱,扣在他村村公所。消息传到银花耳朵里,银花去求老万说情。其实老万的亲家就是来打听福贵家里还有产业没有,有就叫老万给他答应住这笔账,没有就准备把他送到县里去。老万觉着他的四亩地虽交给了自己,究竟还没有倒成死契,况且还有两座房,二十块钱还不成问题,这闲事还可以管管,便对银花说:"你回去吧!家倒累家,户倒累户,逢上这些子弟,有什么办法?"钱也答应住了,人也放回来了,四亩地和三间堂房,死契写给了老万。

写过了契,老万和本家一商量,要教训这个败家子。晚上王家户下来了二十多个人,把福贵绑在门外的槐树上,老万发命令:"打!"水蘸麻绳打了福贵满身红龙。福贵像杀猪一样干叫喊,银花跪在老万面前死祷告。

福贵挨了这顿打,养了一月伤,把银花半年来省下的二斗多米也吃完了。

八

伤养好了,银花说:"以后不要到外边跑吧!你看怕不怕?"他说:"不跑吃什么!"银花也想不出办法,没说的,只能流两眼泪。

这年冬天他又出去了。这次不论比哪一次也强,不上一个月工夫,回来衣裳也换了,又给银花送回五块钱来。银花问他怎样弄来的,他说:"这你不用问!"银花也就不问了,把这几块钱,买了些米,又给孩子换换季。

村里的人见福贵的孩子换了新衣裳,见银花一向不到别人家里支米,断定福贵一定是做了大案。丢了银钱的,失了牲口的,都猜疑是他。

来年正月,城里一位大士绅出殡,给王老万发了一张讣闻。老万去城里吊丧,听吹鼓手们唱侍宴戏,声音好像福贵。酒席快完,两个吹鼓手来谢宾,老万看见有一个是福贵。福贵也看见席上有老万。赶紧把脸扭过一边。

丧事完了,老万和福贵各自回家。福贵除分了几块钱,并不觉得自己做了什么坏事,老万觉着这福贵却非除去不可。

这天晚上,老万召集起王家户下有点面子的人来道:"福贵这东西真是活够了!竟敢在城里当起吹鼓手来!叫人家知道了,咱王家户下的人哪还有脸见人呀?一坟一祖的,这堆狗屎涂到咱姓王的头上,谁也洗不清!你们大家想想这这这叫怎么办啦?"这地方人,最讲究门第清,叫吹鼓手是"王八"、"龟孙子",因此一听这句话,都起了火,有的喊"打死",有的喊"活埋"。

人多了做事不密,东屋婶不知道怎么打听着了,悄悄告诉了银花,银花跟福贵一说,福贵连夜偷跑了。

自那次走后,七八年没音信,银花只守着两个孩子过。大孩子十五了,给邻家放牛,别的孩子们常骂他是小王八羔子。

福贵走后不到一年日本人就把这地方占了。有人劝银花说:"不如再找个主吧!盼福贵还有什么盼头?"银花不肯。有人说:"世界上再没有人了,你一定要守个王八贼汉赌博光棍啦?"银花说:"是你们不摸内情,俺那个汉不是坏人!"

区干部打听清楚福贵的来历,便同村农会主席和他去谈话。农会主席说:"老万的账已经算过了,凡是霸占人家的东西都给人家退了,可是你也是个受剥削的,没有翻了身。我们村干部昨天跟区上的同志商量了一下,打算把咱村里庙产给你拨几亩叫你种,你看好不好?"福贵跳起来道:"那些都是小事!我不要求别的,只要求跟我老万家长对着大众表诉表诉,出出这一肚子王八气!"区干部和农会主席都答应了。

晚上,借冬学的时间,农会主席报告了开会的意义,有些古脑筋的人们很不高兴,不愿意跟王八在一个会上开会。福贵不管这些人愿意不愿意,就发起言来:

"众位老爷们:我回来半个月了,很想找个人谈谈话,可是大家都怕沾上我这王八气——只要我跟哪里一站,别的人就都躲开了。对不住!今天晚上我要跟我老万家长领领教,请大家从旁听一听。不用怕!解放区早就没有王八制度了,咱这里虽是新解放区,将来也一样。老万爷!我仍要叫你'爷'!逢着这种王八子弟你就得受点累!咱爷们这账很清楚:我欠你的是三十块钱,两石多谷;我给你的,是三间房、四亩地,还给你住过五年长工。不过你不要怕!我不是跟你算这个!我是想叫你说说我究竟是好人呀是坏人?"

老万闷了一会,看看大家,又看看福贵道:"这都是气话,你跟我有什么过不去可以直说!我从前剥削过人家的都包赔过了,只剩你这一户了,还不能清理清理?你不要看我没地了,大家还给我留着个铺子啦!"

福贵道:"老家长!我不是说气话!我不要你包赔我什么,只要你说,我是什么人!你不说我自己说:我从小不能算坏孩子!一直长到二十八岁,没有干过一点胡事!"许多老人都说:"对!实话!"福贵接着说:"后来坏了!赌博、偷人、当王八……什么丢人事我都干!我知道我的错,这不是什么光荣事!我已经在别处反省过了。可是照你当日说的那种好人我实在不能当!照你给我作的计划:每年给你住上半个长工,再种上我的四亩地,到年头算账,把我的工钱和地里打的粮食都给你顶了利,叫我的老婆孩子饿肚。一年又一年,到死为止。你想想我为什么要当这样好人啦?我赌博因为饿肚,我做贼也是因为饿肚,我当王八还是因为饿肚!我饿肚是为什么啦?因为我娘使了你一口棺材,十来块钱杂货,怕还不了你,给你住了五年长工,没有抵得了这笔账,结果把四亩地缴给你,我才饿起肚来!我从二十九岁坏起,坏了六年,挨的打、受的气、流的泪、饿的肚,谁数得清呀?直到今年,大家还说我是坏人,躲着我走,叫我的孩子是'王八羔子',这都是你老人家的恩典呀!幸而没有叫你把我活埋了,我跑到辽县去讨饭,在那里仍是赌博、偷人,只是因为日本人打进来了,大家顾不上取乐,才算没有再当王八!后来那地方成了八路军的抗日根据地,抗日政府在那里改造流氓、懒汉、小偷,把我组织到难民组里到山里去开地。从这时起,我又有地种了、有房住了、有饭吃了,只是不敢回来看我那受苦受难的孩子老婆！这七八年来，虽然也没有攒下什么家当，也买了一头牛，攒下一窑谷，一大窑子山药蛋。我这次回来，原是来搬我的孩子老婆，本没有心事来和你算账，可是回来以后，看见大家也不知道怕我偷他们，也不知道是怕沾上我这个王八气，总是不敢跟我说句话。我想就这样不明不白走了，我这个坏蛋名字，还不知道要传流到几时，因此我想请你老人家向大家解释解释，看我究竟算一种什么人！看这个坏蛋责任应该谁负？"

1946 年 8 月 31 日

催 粮 差

抗战以前，还没有咱们解放区这统一累进税制度，征收田赋，还是用前清的粮银制，俗话叫"完粮"，也叫"点粮"。每年两次，夏秋各一半。

每次开了征以后不几天，县政府就把未来完粮的户口，随便挑一些，写成一张单子，并且出一张拘人的票，把单子粘在后边，派个差人出来走一趟，俗话叫催粮。要从票上看起来，有些很厉害的话，什么"……拖延不缴，殊属玩忽，着即拘究……"好像是犯了什么了不起的大罪，不过除了一年只进两回城的乡下人，谁也知道这不过是个样子，有势头的先生们根本不理；大村大镇的人们要是没有多走过衙门的，面生一点也不过管一顿饭或者送一顿饭钱，只有荒僻山庄，才能有一点油水。可是这种名单上写的都是前几辈子的死人名字，又查不出有没有山庄上的户口（在县政府的粮册上改个名字，要写推收帖子，还要花些小费，因此除了买卖田地外，上世人死了也不去改名字）。

县政府的司法警察，不欢迎这催粮的差使，因为比起人命、盗窃、烟赌……等刑事案件来，弄钱又不多，跑路又太多。别的票子发下来，你争我夺抢不到手；这催粮票子发了来，写到谁名下谁也推不出。

崔九孩当了一辈差(司法警察),在那年虽是五十多了可还能说能跑。有一次南乡的催粮差使派到他头上,他不想去——虽然能说能跑,可总得有点油水跑得才有劲——差使多了跑不过来,本来可以临时雇人;他虽不是跑不过来,可是不想去,好在有这雇人的例子,就雇个人吧!

他雇了煎饼铺里一个伙计。这人是从镇上来的,才到城里没有几天,虽说没有催过粮,可是见过别的差人到他家去催粮。他觉着这事也没有什么不好办——按单找户口、吃饭、要盘费。这有什么难办?他答应了。九孩就把票子、铁绳、锁子和自己的藤条手杖都交给他。

走路比卖煎饼还轻快,不慌不忙走了十五里,取出票来看看,眼前村子里有一户叫张天锡。他走进了村,到村公所一打听,村警说:"催粮啦?张天锡是张局长的老爷爷,早就不在了。"他又问村警说:"他住在哪一院?"村警说:"在南头槐树底那黑漆大门里。去不去吧……"

听这口气,好像说"去也扯淡"。他又问:"他家没有人?"村警说:"二先生在家啦!"他听说有人,也就不再往下问。他想:不管几先生吧,票上有他的名字,他还能叫我空着走?主意一定,出了村公所,往二先生家里来。

到了村南头,找着了槐树,又找着黑漆大门,一进去就有个大白花狗叫起来。有个人正担着水在院里浇花,见他进去,便挡住狗问他是哪里来的。他说从城里来。那人又问:"送信吗?"他说:"不是!有个事啦!"

二先生在家里听见了,隔着窗问:"什么事?"说着就到门边,揭开竹帘用手一点说:"过来,我问问你!"他便走到门边。二先生问:"说吧!什么事?是不是财政局打发你来的?"他说:"不是!我是催粮的!"二先生问:"催粮的?给我捎着信啦?"他说:"没有!"二先生说:"那你来做什么?"他说:"票上有你的名字。"二先生看了看他,又问:"你是新来的吧?"他说:"是!"二先生摇了一下头,似乎笑了一笑说:"去吧!我已经打发人点粮去了!"

他觉得奇怪了。他想:这先生怎么这样不讲面子?不给钱吧也不管顿饭?不管饭吧连屋子里也不叫进去坐坐?他还没有想完,二先生追他道:"走吧!"说了就放下帘子把头缩回去。他生了气,就向着门里喊道:"这是拘票啊!"二先生也生了气,隔着门叹气道:"哪这么不通窍的差人来!"又揭开帘道:"你叫什么名?"他更气极了:"我拿着票找你找错了?"浇花那个人也赶上阶台,推了他一把道:"你这人真不识高低!跟二先生说话还敢那么喊叫?"白花狗也夹搀在中间叫起来。

二先生这会可真生了气:"我没有见过票,拿出来我看!"他在这种局面下,一时拿不定主意,也不知是拿票好还是不拿好。浇花的劝他赶紧走开算了,可是二先生认真要他取出票来,他也只好取出来。

二先生不是没有见过票,他是要看看这差人叫什么名字。二先生一看见崔九孩这个名字便问道:"你就是崔九孩?"他拿着票,也只好顶住这个名,便答道:"是!"才说出个"是"字来,就挨了二先生一耳光。二先生说:"回去吧!叫崔九孩亲自来拿票来!"

看样子是不便再商量了,只好返回城里去。来回跑了三十里,吃了一个耳光,满肚冤枉向崔九孩去诉苦。崔九孩问明了原因,便叹气道:"谁叫你到他那里去?算了算了!这是我的路途债,非自己去跑一趟不行!你挨了打还不算到底,我还得给人家说好话赔情去,要不,连票也拿不出来了!"

他满以为回来见了崔九孩可以给自己拿个主意,谁知崔九孩也这么稀松?他便问道:"这家有多大势头?"崔九孩道:"势头也不大,只是咱惹不起:他哥哥就是现在咱县财政局的张局长,咱得伺候人家；他从前不记得在哪县当过秘书，这几年在地方上当土绅，给别人包揽官司，常到城里来，来了住在财政局，咱还不是伺候人家？算了！你回去歇歇吧！还是得我去！"他听了这番话，也只好忍气回去卖他的煎饼，把铁绳、锁子、手杖等原物交还。崔九孩吃了午饭，仍然取上他出门的那一套便来找二先生赔情要票。

二先生家是他常去的——送信、捎东西，虽不是法警分内的事，可是局长说出来就得去——路是熟的，不用打听，一直跑到二先生院子里。

爬到玻璃窗子上一看，二先生跟他老婆躺在烟灯旁边摇扇子。他嬉皮笑脸揭开帘子道："二爷！我来给你老人家赔情来了！"说了就嘻嘻笑着，走进来蹲到窗下，二先生看见是他，冷冷道："九孩！我当你的腿折了！"九孩道："可不敢叫折了！折了还怎么给你老人家赔情来啦！嘻嘻……"二先生老婆也憋着笑了，只有二先生没有笑。二先生似乎要说什么，可是没有开口，先提起瓷壶倒了半杯冷茶喝了。

"二爷，我给你冲去！"崔九孩一躬身站起来，提起瓷壶到厨房冲了壶茶。

当他冲茶回来，看见二先生跟他老婆都笑着，他觉着事情已经解决了。他知道二先生也不把这事情当成一回事跟自己生气，只要一高兴就不跟他们这些人计较了。他恭恭敬敬给二先生夫妇一人倒了一杯茶，然后仍蹲到自己的原地方看风色。

二先生老婆笑着说："老九孩！你怎么弄了那么个替死鬼？差一点把你二爷拴上走！"

九孩说："不用说他了，太太！都只怨我！我不该偷懒！二爷知道，催粮是苦差！我老了，不想多跑，才雇了那么一个人。"

二先生也开了口："雇人也看是什么人啦！像那样一个土包子，一点礼体也没有，要对上个外面来的客人，那像个什么样子？"

207

崔九孩自然是一溜"是"字答应下去。答应完了，又道："二爷！不要计较他！都是我的过！你骂我两句好了！"他停了一下，见二先生没有说什么，就请求道："我走吧二爷？"二先生道："走吧！票在桌上那书夹子里！"

他从书夹子里翻出票来看一看问道："二爷！这村里有一户叫孙二则的住在哪里？"二先生道："那是个种山地的，住在红沙岭！你到外边打听路吧！那可能给你赶个盘费！你们这些人还不是一进了山，就为了王了？"九孩笑道："对对对！二爷是明白人！——二爷！再把你老人家的烟灰给我寻些喝吧？"二爷说："迟早讨要不够！"说着拆开个大纸包给他抓了一把。

崔九孩辞了二先生，在村里问过了到红沙岭的路，喝一点烟灰，便望着红沙岭走。快到上山的地方，他拿出一副红玻璃眼镜戴上。这眼镜戴上不如不戴，玻璃也不平、颜色又红得刺眼，直直一棵树能看成一条曲曲弯弯的红蛇，齐齐一座房能看成一堵高高的红墙。他到大村镇不敢戴，戴上怕人说笑话；一进了山一定要戴，戴上了能吓住人。一根藤手杖，再配上这副眼镜，他觉着够味了。五六里山路他一点也不觉着累——一来喝上了大烟灰，二来有钱可取——越走越有劲，太阳不落就赶到红沙岭。

红沙岭这个山庄，只有七家人——三家姓孙的，四家姓刘的，都是前两辈子从河南来的开荒地的。老邻长六十多了，姓刘，念过《百家姓》和四言杂字，其余的人除了写借约时候画个十字，就再不动笔。

他一到庄上，有三只狗一齐向他扑来，他用一条手杖四面招架，差一点吃了亏。孩子们出来给他挡住狗，他便问一个十二三岁的女孩道："邻长住在哪里？"女孩说："在这里，我领你去！"他就跟着这女孩找着了邻长。

他问："你就是邻长？"刘老汉点点头，问他是从哪里来的。

他说:"从城里来的。你这庄上有个孙二则?"

"早就去世了!"

"他没有后代?"

"有!有个孙孙名叫甲午。"

"在哪里住?"

"上地了!"又向那个小女道:"黑女!去叫你爹!"黑女答应了一声跑出去。

刘老汉把崔九孩让到家里喝水,问是什么事。九孩喝了一碗水,冷冷答道:"有点闲事!"刘老汉也无法再问,崔九孩也撑住气不说,只是吸烟喝水。

一会,黑女跑来,领着一个人,赤着脊背,肩上背着件破小布衫,手里提着一顶草帽,一进门就问刘老汉道:"大伯!有人找我?"

九孩问刘老汉道:"这就是孙甲午?"

刘老汉答道:"就是!"

九孩再不往下问,掏出小铁绳来套在甲午的脖子上,用小铁锁嘣的一声锁住。甲午和刘老汉都吃了一惊。黑女看了几眼,虽说不认得是什么事,可也觉着不对,扭头跑了。

刘老汉问道:"老头!究竟是什么事?"

九孩道:"不忙!有票!"说着用脚踩住铁绳头,掏出票来,花啦花啦念道:"查本年度下完粮银业已开征多日,乃有单列各户,迁延不缴,殊属顽忽之至,着即拘案讯究,以儆效尤。切切此票。"又从单上指出孙二则的名字道:"这是你爷爷的名字吧?"甲午不识字,刘老汉看了半天道:"是倒是!……"

才念了票,甲午老婆和黑女都哭着跑来。甲午老婆看了看甲午,向张老汉哭道:"大伯!这这叫怎么过呀!黑女她爹闯下什么祸了?"刘老汉道:"没有什么祸,粮缴得迟了。"甲午老婆也不懂粮

209

缴得迟了犯什么罪,只歪着头看甲午脖子上那把铁锁。

九孩把票折好包起来,就牵住铁绳向刘老汉道:"老邻长,你在吧!我把他带走了!"又把绳一拉向甲午道:"走吧!"说着就向门外走。

甲午老婆和黑女都急了,哇一声一齐哭出来。

刘老汉总还算有点经验,便抢了几步到门外拦住道:"老头不要急!天也黑了!就住这里吧!人我保住,要说到一点什么小意思啦,也不要紧,总要打发你喜喜欢欢的起身啦!"又向甲午老婆道:"不要哭了!回去给人家老头做些饭!"九孩道:"倒不是说那个!今年不比往年,粮太紧!"虽是这么说,却又返回去坐下了。甲午老婆见暂且不走了,就向刘老汉道:"大伯!这事可全凭你啦呀!我回去做饭去。"说了就拉着黑女回去了。

刘老汉又向九孩道:"老头!我保住,你暂且把他放开吧?他是一手人,借个钱跑个路都得他亲自去。"

九孩见这老汉还能说几句,要是叫他保住,他随便给弄个块二八毛钱,又把原人弄个不见面,难道真能把他这保人带走?他想这人放不得,便道:"人是不能放呀!住一夜倒可以。"刘老汉道:"不放也不要紧。你也累了,到炕上来随便歇歇,咱们慢慢商量!"九孩便把甲午拴到桌腿上,躺到炕上去休息。刘老汉见他躺下了便问他道:"你且躺一下,我给你看饭去!"

刘老汉到了甲午家,天也黑了,庄上人也都回来了,都挤在甲午家里话弄这件事。刘老汉一进去,大家都围着来问情形。

刘老汉说:"不怕!他不过想吃几个钱,祭送祭送①就没事了。"甲午老婆问:"不知道得几个钱?"刘老汉道:"要在村里给一顿饭钱就能打发走;到咱这山庄上还不是尽力撑啦吗?你们不要

---

① 乡下人迷信鬼神,得了病送鬼叫"祭送"。

多到他跟前哭闹,只要三两个人来回跑跑路,里外商量商量,要叫他看见咱不十分着急,才能省个钱。"大家又选了两个会说话的人跟刘老汉一同去,都向刘老汉说:"大伯的见识高,这会全凭你啦!"

饭成了,做了一大锅,准备请大家都吃一些,可是有好多人不吃,都说"小家人吃不住这样破费"。

九孩吃过饭,刘老汉他们背地咬着甲午的耳朵给他出了些主意。又问了他一个数目,有个青年去借了一块现洋递给刘老汉。刘老汉拿着钱向九孩道:"本来想给老头多借几个盘费,不过甲午这小家人,手头实在不宽裕,送老头这一块茶钱吧!"

一块钱那时候可以买二斗米,数目也不算小,可是住衙门的这些人,到了山庄上,就看不起这个来了。他说:"小家人叫他省个钱吧!不用!我也不在乎这块二八毛。带他到县里也没有多大要紧,不过多住几天。"

庄稼人最怕叫他在忙时候误几天工,不说甲午,别人也替他着急了。那个青年又跟甲午咬着耳朵说了一会话,又去借了两块钱,九孩还不愿意。一直熬到半夜多,钱已经借来五块了,九孩仍不接,甲午看见五块钱摆在桌上,有点眼红了,便说:"大伯!你们大家也不要作难了,借人家那么些钱我指什么还人家啦?我的事还是只苦我吧!不要叫大家跟着我受罪。把钱都还了人家吧!明天我去就算了!"

九孩接着道:"对!人家甲午有种!不怕事!你们大家管人家做甚?"说了又躺下自言自语道:"怕你小伙子硬笨啦?罪也是难受着啦!一进去还不是先揍一顿板子?"

甲午道:"那有什么法?没钱人还不是由人家摆弄啦?"

刘老汉也趁势推道:"实在不行也只好由你们的事在!"把桌上的几块钱一收拾,捏在自己手里向那个借钱的青年一伸。青年伸手去接，刘老汉可没有立刻递给他，顺便扭头轻轻问九孩道："老头！真不行吗？"

九孩看见再要不答应，五块现银洋当啷一声就掉在那个青年手里跑了，就赶紧改口道："要不是看在你老邻长面子上的话，可真是不行！"刘老汉见他改了口，又把钱转递到他手里道："要你被屈！"九孩接住钱又笑回道："这我可爱财了！"

九孩把手往衣袋里一塞，装进了大洋，掏出钥匙来，开了锁，解了铁绳，把甲午放出。

第二天早上，崔九孩又到别处催粮，孙甲午到集上去籴米。

1946 年

小 经 理

小经理叫三喜,是村里合作社的经理。说他"小",有三个原因,第一是他的年纪小,才二十三岁;第二是小村子的小合作社,只有一个经理和一个掌柜;第三是掌柜王忠瞧不起他——有人找掌柜谈什么生意里边的问题,掌柜常好说:"不很清楚就回来问一问俺那小经理。"说了就吐一吐舌头做个鬼脸。

这三喜从小就是个伶俐孩子,爱做个巧活:过年过节,搭个彩棚,糊个花灯,比别人玩得高;说个话,编个歌,都是出口成章,非常得劲;什么活一看就懂,木匠、石匠、铁匠缺了人他都能配手:村里人都说他是"百家子弟"。因为家穷,从小没有念过书,不识字,长大了不甘心,逢人便好问个字,也认了好多。不过字太多了,学起来跟学别的不一样,他东问西问,数起数来也认了好几百,可是一翻开书,自己认得的那些字都不集中,一张上碰不到几个;这是他最不满意的一件事。

三喜入共产党,只比他当经理早三天。这村是个自然村,只有四个党员,算是一小组,附在行政村的村支部。八月间,村里开斗争会,斗争合作社的旧经理张太,三喜出力不小,支部就把他收为党员。

原来这张太是个放高利贷起家的,抗战以前在村里开了个小杂货铺。说"杂货铺"只是个名,常是要啥没啥。卖的东西比集市上贵一半,没人买。张太根本不凭卖货赚钱,就凭的是放债。村里的穷人们,一到秋夏季和年关,都得到他铺里去送利,穷人们谈起家常话来,都说:"穷就穷到那小铺里,把咱们的家当慢慢都给人家送进去了。"一到抗战时期,张太看见风头不对,把门一关,光收不放,几个月的功夫就把收得动的债都收回去。一九四二年实行减租减息,张太就只剩了一些收不起来的账尾巴,送了个空头人情,说"本利全让",有些人还以为人家很开明,叫人家当本村合作社经理。人家当了经理以后,光人家一家的股本比一村人的股还多,生意好像又成了人家的,人家拣赚钱的买卖干,村里人仍是要啥没啥,村里人对这事不满意了好几年,直到去年八月才又翻起来。翻起这事来以后,三喜连觉也睡不着,又是找干部,又是找群众,发动东家,发动西家;搜材料,找证据,讲道理,喊口号;天天有他,场场有他。赶斗倒了张太,共产党的小组长把三喜的积极活动情形报告了支部,支部就派这小组长去和他谈入党的话。这小组长才跟他一谈,他说:"不是早就入了吗?"小组长还只当是别人已经介绍了他,就问他:"是谁跟你谈的?"他说:"我不是已经斗过张太了吗?"小组长说:"斗张太怎么就算入了党?"他说:"搅翻身不是共产党的主张吗?照着共产党的主张做事,怎么还不算共产党?"小组长听他这么一说,知道他了解错了,才给他解释怎样才能算入党。解释完了问他入不入,他说:"入入入,斗争了这么一回,连个共产党员也不算还行吗?"

"众人是圣人"。三喜自参加了这次斗争,共产党看起他来了,群众也看起他来了。张太一倒,合作社就得补选经理。头一天晚上提起选经理这事,每个人差不多都想到三喜身上,第二天一开会,还没有讨论,就跟决定了一样,三喜一看这风色,一颗头好像涨有柳斗大,摆着两只手说:"不行,"可是也抵抗不住大家的"拥护"。他说:"我不识字。"大家说:"都不识字。"他说:"我两口人过个日子,实在没工夫。"大家说:"大家帮你生产。"他再没有说的。

说"不识字",说"没工夫",都只是表面上一个说法,实际上是他怕使用不了王忠这个掌柜。王忠这个人跟张太是一伙,伺候了张太半辈子(从张太开放债铺到后来当合作社经理,都是王忠当掌柜),村里人说张太是严嵩,王忠是赵文华。这次斗张太,也捎带了王忠一下,不过生意是张太的,没有他的股本,他也只是穿黑衣保黑主,跟着张太得罪了许多人,自己也没有落下个什么,因此大家只叫他反省了一下,没有动他的产业,还叫他当合作社掌柜。大家虽是这样决定了,三喜的思想上一时转不过弯来,总不想跟这"赵文华"共事。再者三喜自己也不懂生意,又要向王忠领教,又怕受王忠的捉弄,因此不敢领这个盘。

大家选起他来以后,他去向支部提出困难,支部说:"群众既要你当,你就该克服困难,起模范作用。"他说:"我干不了。"支部说:"你看谁比你强些?"他想想,没有。他说:"恐怕跟王忠合不来。"支部说:"你看换上谁合适就可以聘请谁。当经理有这个权。"他想想,也没有——村里识字的太少,没有担任别的工作的,还只有一个王忠。说了半天,还得自己跟王忠干。

三喜一上了任,王忠果然跟他捣蛋,在王忠的思想上也转不过弯来:第一、他虽作过了反省,可是只作了个样子,没有想到张太得利他惹人是件不合算的事——没有想到他是给张太当了半辈子狗,只是觉着张太是他的老主人,张太倒了他再干下去对不住张太,可是又怕群众说他仍然跟张太是一伙,又不敢不干。干着却实在是一肚子不满。第二、他觉着他自己要比三喜强一万倍,如今叫三喜当经理他当掌柜,实在有点不服劲,总想看三喜的笑话。三喜上任这一天,叫把他以前那一段结算结算,交代一下。这在他本来是极容易的事,可是他偏不按平常结算的办法来结算,事事叫三喜出主意。三喜说点什么货,他就点什么货,三喜说算哪宗账,他就算哪宗账。三喜总算是聪明人,应想到的项目差不多也都想到了,结算得也还差不多,只是手续上不熟练,磨了好几倍的洋工。

他觉着王忠这人果不好对付,跟支部说了几回,支部叫他慢慢说服教育。可是天呀!王忠哪能把他的话放在心里呢?他为这个着实发了几天愁,后来想着只有把合作社这一套弄熟了,才能叫王忠老实一点,从此便事事留心,有个把月工夫,却也摸着了好多,只可惜自己识字太少,账本上还得完全靠王忠。

要学账,就得跟王忠学,他想要跟王忠说这话,王忠越发要拿一拿架子;因此他决定不在王忠面前丢这人,等王忠不在的时候,自己翻开账本偷偷地学。王忠晚上在家里睡,每天晚上过了账点了钱,就把门一锁回去了。他觉着这是个好机会,就跟王忠说合作社晚上不可没人,自己要到里边看门,王忠就把钥匙交了他。他当王忠每天晚上回去之后,就关起门来翻开账本研究,因为白天留过心,晚上还能慢慢看出点道理来。比方说白天入了一百二十五斤盐,晚上找着了一百二十五斤这个码,就能慢慢找出哪一个是"盐"字来。起先只是认字和了解账理,后来又慢慢学着写——把账本上的字写到水牌上,写满了就擦,擦了又写,常是半夜半夜不睡觉。

有一晚上,他正在水牌上练习一个"酱"字,写了半水牌"酱",有人在外面打门,开开门跑进个女人来,是他老婆。他问:"你半夜三更来做什么?"老婆说:"来找你!你怎么白天白天不回去,晚上晚上不回去?家里就没有事了吗?"他说:"有什么事?家里少你的什么?"老婆说:"什么也不少,就是少你!"他说:"不要闹,快回去吧!我还有事啦!"老婆是个年轻娃娃,不听他的,只是跟他嚷:"不,今天晚上你不回去我就不走!"说着就去夺他手里的笔。

他把笔举得高高的笑着脸："我是顾不上回去,你不走不会也住下?"他本来是说玩话,老婆可不客气地跟他说："你说我不敢?住下就住下,里边又没别人!"说着就躺到他床上,赌气说："不走了!"他没法,只好关住门;可是"酱"字还没学好,又坐上写起来,直写到和王忠写得差不多才睡。

半年工夫,账本上用的那几个字他学了个差不多。心有了这底,说话就硬一点,对王忠迁就得就少一点。王忠有点不高兴,就装起病来,一连三天没到合作社。到了第四天,他去看王忠,明知道病是装的,却也安慰了一番,说："你慢慢养着吧,不要着急,合作社的事情我暂且招呼几天!"王忠见他不发急,也莫名其妙,心想："我且装上半个月,看你怎么办?"可是真正装了半月,也不见三喜发急,自己反而沉不住气,摇摇摆摆到合作社去看。

王忠一进合作社,三喜装得很正经地说："好些了吗?这几天忙得也没顾上去看你!"他也客气了几句就坐下了。他一坐下就想看看三喜这半月来在账上闹了些什么笑话,顺手翻开了流水账,三喜还说："你歇歇吧,不要着急!才好了些,防备劳着了!"他一看这本账先吃了一惊。他看见这账上不止没有多少错字,连那些粮食换货物,现钱和赊欠……一切很复杂的账理,一项也没有弄错,又翻了翻另外几本,也都一样,要说跟自己有差别的话,只是字写得没有功夫些。这一下他觉着以后再不敢讲价钱了,再要捣蛋就得滚蛋,滚出去便再没有个干的了(这合作社的经理是义务职,掌柜却是薪水制),他踌躇了半天,才搭讪着说："我这一病就累你半月,心里急得很,只是病到身上由不得人。这会才算好了,我明天搬来吧!"三喜仍然很正经地跟他说："你看吧!不敢勉强,身体要紧!"

自此以后,王忠果然老实了:三喜吩咐他干啥,他跟从前张太吩咐下来一样,没有什么价钱可讲,每到一个月头上,不等三喜说话就先把应结算的算出来……三喜见他转变了,对他反而又客气好多,他也觉着比在张太手下还痛快。

三喜把改造王忠这事报告支部,是支部搞立功运动的时候,就给他记了一大功。

1947 年

邪不压正

一 "太欺人呀!"

一九四三年旧历中秋节,下河村王聚财的闺女软英,跟本村刘锡元的儿子刘忠订了婚,刘家就在这一天给聚财家送礼。聚财在头一天,就从上河村请他的连襟来给媒人做酒席,忙了一天,才准备了个差不多。

十五这天,聚财因为心里有些不痛快,起得晚一点。他还没有起来,就听得院里有人说:"恭喜恭喜!我来帮忙!"他一听就听出是本村的穷人老拐。

这老拐虽是个穷人,人可不差,不偷人不讹诈,谁家有了红白大事(娶亲、出丧),合得来就帮个忙,吃顿饭,要些剩余馍菜;合不来就是饿着肚子也不去。像聚财的亲家刘锡元,是方圆二十里内有名大财主,他偏不到他那里去;聚财不过是个普通庄户人家,他偏要到他这里来。他来了,说了几句吉利话,就扫院子、担水,踏踏实实做起活来了。

聚财又睡了一小会,又听他老婆在院里说:"安发!你早早就过来了?他妗母也来了?——金生!快接住你妗母的篮子!——

安发！姐姐又不是旁人！你也是悓悓惶惶的,贵巴巴买那些做甚？——狗狗！来,大姑看你吃胖了没有？这两天怎么不来大姑家里吃枣？——你姐夫身上有点不得劲,这时候了还没有起来！金生媳妇！且领你妗母到东屋里坐吧！——金生爹！快起来吧！客人都来了！"聚财听见是自己的小舅子两口,平常熟惯了,也没有立刻起来,只叫了声:"安发！来里边坐来吧！"安发老婆跟金生媳妇进了东房,安发就到聚财的北房里来。

这地方的风俗,姐夫小舅子见了面,总好说句打趣的话。安发一进门就对着聚财说:"这时候还不起！才跟刘家结了亲,刘锡元那股舒服劲,你倒学会了？"聚财坐起来,一面披衣服,一面说:"伙计！再不要提这门亲事！我看我的命终究要送到这上头！"安发见他这么说,也就正经起来,坐到床边慢慢劝他说:"以前的事不提他吧！好歹已经成了亲戚了！"聚财说:"太欺人呀！你是没有见人家小旦那股劲——把那脸一注:'怎么？你还要跟家里商量？不要三心二意了吧！东西可以多要一点,别的没有商量头！老实跟你说:人家愿意跟你这种人家结婚,总算看得起你来了！为人要不识抬举,以后出了什么事,你可不要后悔！'你也活了三四十岁,你见过这样厉害的媒人？"安发说:"说他做甚？谁还不知道小旦那狗仗人势？"聚财说:"就说刘家吧,咱还想受他那抬举？我从民国二年跟着我爹到下河来开荒,那时候我才二十,进财才十八,人家刘家大小人见了我弟兄们,都说'哪来这两个讨吃孩子？'我娶你姐那一年,使了人家十来块钱,年年上利上不足,本钱一年比一年滚得大,直到你姐生了金生,金生长到十二,又给人家放了几年牛,才算把这笔账还清。他家的脸色咱还没有看够？还指望他抬举抬举？"安发说:"你那还算不错！你不记得我使人家那二十块钱,后来利上滚利还不起,末了不是找死给人家五亩地？要不我这日子能过得这么紧？唉！还提那些做甚？如今人家还是那么厉害,找到谁头上还不是该谁晦气?事情已经弄成这样,只好听天由命,生那些闲气有什么用?"……

金生媳妇领着安发老婆和狗狗进了东房,见软英脸朝着墙躺着。金生媳妇说:"妹妹!不要哭了!你看谁来了?"软英早就听得是她妗子,只是擦不干眼泪,见他妗子走进去了,她只得一面擦着泪一面起来说:"妗妗!你快坐下!妗妗!你看我长了十七岁了,落了个甚么结果?"安发老婆说:"小小孩子说得叫甚?八字还没有见一撇,怎么就叫个'结果'?该是姻缘由天定,哪里还有错了的?再说啦,人没有前后眼,眼前觉着不如意,将来还许是福,一辈子日子长着哩,谁能早早断定谁将来要得个什么结果?"聚财老婆也跟到东房里来,她说:"他妗妗!你好好给我劝一劝软英!这几天愁死我了:自从初三那天小旦来提亲,人家就哭哭哭,一直哭到如今!难道当爹娘的还有心害闺女?难道我跟你姐夫愿意攀人家刘家的高门?老天爷!人家刘锡元一张开嘴,再加上小旦那么个媒人,你想!咱说不愿意能行?"……狗狗见他们只谈正经话,就跑到外边去玩。

东房里、北房里,正说着热闹,忽听得金生在院里说:"二姨来了?走着来的?没有骑驴?"二姨低低地说:"这里有鬼子,谁敢骑驴?"听说二姨来了,除了软英还没有止住哭,其余东房里北房里的人都迎出来。他们有的叫二姨,有的叫二姐,有的叫二妹;大家乱叫了一阵,一同到北房里说话。狗狗见二姨来了,跑回来问:"二姑!给我拿着落花生没有?"二姨说:"看我狗狗多么记事?二年了你还记着啦?花生还没有刨,等刨了再给你拿!"狗狗听说没花生,又跑出去了。安发说:"二姐二年了还没有来过啦!"聚财老婆说:"可不是?自从前年金生娶媳妇来了一回,以后就还没有来!"二姨:"上河下河只隔十五里,来一遭真不容易!一来没有工夫,二来,"她忽然把嗓音放低,"二来这里还有鬼子,运气不对

221

了谁知道要出什么事情?"安发老婆说:"那也是'山走一时空'吧(狼多的地方好说这句迷信话,意思就是说不怕狼多,只要你不碰上就行)!这里有日本鬼,你们上河不是有八路军?那还不一样?"二姨说:"那可不同!八路又不胡来。在上河,喂个牲口,该着支差才支差,哪像你们这里在路上拉差?"安发老婆说:"这我可不清楚了!听说八路军不是到处杀人,到处乱斗争?怎么又说他不胡来?"金生说:"那都是刘锡元那伙人放的屁!你没听二姨夫说过?斗争斗的是恶霸、汉奸、地主,那些人都跟咱村的刘锡元一样!"二姨说:"对了对了!上河斗了五家,第一家叫马元正,就是刘锡元的表弟,还有那四户也都跟马元正差不多,从前在村里都是吃人咬人的。七月里区上来发动斗争,叫村里人跟他们算老账,差不多把他们的家产算光了!斗争就是斗那些人。依我说也应该!谁叫他们从前那么霸气?"金生媳妇说:"八路军就不能来把咱下河的鬼子杀了,把刘锡元拉住斗争斗争?"二姨问:"刘锡元如今还是那么霸气?"聚财说:"不是那么霸气,就能硬逼住咱闺女许给人家?"二姨说:"我早就想问又不好开口。我左思右想,大姐为什么给软英找下刘忠那么个男人?人家前房的孩子已经十二三了,可该叫咱软英个什么?难道光攀好家就不论人?听大姐夫这么一说,原来是强逼成的,那还说甚么?"聚财老婆说:"你看二妹!这还用问?要不是强逼,我还能故意把闺女往他刘家送?"说着说着就哭起来。二姨说:"大姐!心放宽点吧!话已经跟大家展直了,后悔还有什么用处?只怨咱软英长得太俊,要像高楼院疤莲,后崖底瞎秀,管保也没有这些事情。"安发老婆说:"人没前后眼。早知道有这些麻烦,咱不会早给咱闺女找个家打发出去?"聚财老婆说:"生是你姐夫三心二意把事情耽搁了,去年人家槐树院小宝他娘,央着元孩来提,你姐夫嫌人家里没甚……"聚财一听他老婆说起这个就要生气。他说:"再不要说这个吧?这个事算坏到我一个人身上行不行?"大家见他生了气,都劝了他几句,他仍然赌气到套间里去睡。安发跟着他走进去,跟他拉着闲话,给他平气。外间里,金生媳妇早忙着去院里烧火,只留下三个老婆。聚财老婆悄悄说:"看你姐夫那脾气!明明是他耽误了事,还不愿意叫人说着!我看嫁给人家槐树院小宝也不错!"安发老婆说:"孩子倒是个好孩子,又精干又漂亮,不过也不怨大姐夫挑眼儿,家里也就是没甚。"聚财老婆说:"咱金生在刘家放牛那几年,人家小宝也在刘家打杂,两个孩子很合得来。人家小宝比我金生有出息,前年才十八,就能给刘家赶两个驮骡。人家跟咱金生是朋友。闲了常好到咱家里来,碰着活也做,碰着好饭也吃,踏踏实实,跟咱自己孩子一样。"她说到这里,更把嗓子捏住些说:"这话只能咱姐妹们说,咱软英从十来岁就跟小宝在一块打打闹闹很熟惯,小心事早就在小宝身上。去年元孩来提媒,小东西有说有笑给人家做了顿拉面,后来一听你姐夫说人家没甚,马上就噘了噘嘴嘟噜着说:'没甚就没甚吧!我爷爷不是逃荒来的?'"……

聚财的兄弟进财、金生、老拐,踢踢踏踏都到北屋里来,把三个老婆的闲话打断。进财看了看桌子说:"还短一张。金生!你跟老拐去后院西房抬我那张桌子来!"他们抬桌子的抬桌子,借家具的借家具,还没有十分准备妥当,小狗就跑回来报信,说刘家的送礼食盒,已经抬出来了。老拐、进财、金生都出去接食盒,安发穿起他的蓝布大夹袄去迎媒人。

媒人原来只是小旦一个人,刘家因为想合乎三媒六证那句古话,又拼凑了两个人。一个叫刘锡恩,一个叫刘小四,是刘锡元两个远门本家。刘锡元的大长工元孩,挑着一担礼物盒子;二长工小昌和赶驮骡的小宝抬着一架大食盒。元孩走在前边,小宝、小昌、锡恩、小四,最后是小旦,六个人排成一行,走出刘家的大门往聚财家里来。安发的孩子狗狗,和另外一群连裤子也不穿的孩子们,早就在刘家的大门口跑来跑去等着看,见他们六个人一出来,就乱喊着"出来了出来了",一边喊一边跑,跑到聚财家里喊:"来了!来了!"金生他们这才迎出去。

不知道他们行的算什么礼,到门口先站齐,戴着礼帽作揖。进财和金生接住食盒,老拐接住担子,安发领着三个媒人,仍然排成一长串子走进去。

客人分了班:安发陪着媒人到北房,金生陪着元孩、小昌、小宝到西房,女人们到东房,软英一听说送礼的来了,早躲到后院里进财的西房里去。

安发是个老实人,只会说几句庄稼话,跟小旦应酬不来,只好跟锡恩小四两个人谈谈哪块谷子打了多少,哪块地里准备种麦子。小旦觉着这些话听来没趣味,想找个地方先过一过烟瘾。他走进套间里去,见聚财搭着个被子躺在床上。聚财见他进去,坐起来掩了掩怀,很客气地向他说:"老弟!我今天实在对不起,有点小病,身上冷得不行,不能陪你们坐坐……"小旦看见不是个抽大烟地方,说了句"没关系,你躺着吧",就出来了。他好像下命令一样跟安发说:"安发!先给我找个过瘾地方!"安发说:"饭快了!先吃饭吧?"小旦说:"我这吃饭很扯淡,饭成了给我端一碗就行,还是先过过瘾!"安发见他这么说,就答应他说:"可以!"随着走到门边喊:"进财!"进财来了,他向进财说:"叫小旦哥到你后院里过瘾吧?"进财也只得答应着,领着小旦往后院走。这时候,忽然又听得聚财老婆在东房里喊:"进财你来!"进财又跑到东房门边。聚财老婆对住他的耳朵说:"就叫他到你北房里吧!可不要领到西房里去,咱软英躲在你西房里。"进财点了点头,领着小旦去了。

小旦走了,说话方便得多。你不要看锡恩和小四两个人是刘锡元的本家,说起刘锡元的横行霸道来他们也常好骂几句,不过这回是来给刘家当媒人,虽然也知道这门亲事是逼成的,表面上也不能戳破底,因此谁也不骂刘锡元,只把小旦当成刘锡元个替死鬼来骂。小旦一出门,小四对着他的脊背指了两下,安发和锡元摇了摇头,随后你一言我一语,小声小气骂起来——这个说:"坏透了",那个说:"一大害"……各人又都说了些小旦讹人骗人的奇怪故事,一直谈到开饭。

东房里都是几个女人,谈得很热闹,可没有什么正经话——说起谁家闺女好、谁家媳妇坏,就嘻嘻哈哈地;说起上河八路军长、下河鬼子短,就悄悄密密地。

西房谈的另是一套。金生问:"元孩叔!你这几年在刘家住得怎么样?顾住顾不住(就是说能顾了家不能)?"元孩说:"还不跟你在那里那时候一样?那二十块现洋的本钱永远还不起,不论哪一年,算一算工钱,除还了借粮只够纳利。——嗳!你看我糊涂不糊涂?你两家已经成了亲戚……"金生说:"他妈那×!你还不知道这亲戚是怎么结成的?"小宝说:"没关系!金生哥还不是自己人?"小昌说:"谁给他住长工还讨得了他的便宜?反正账是由人家算啦!金生你记得吧,那年我给他赶骡,骡子吃了三块钱药,不是还硬扣了我三块工钱?说什么理?势力就是理!"……

各个房里的人都喝着水谈了一会闲散话,就要开饭了。这地方的风俗,遇了红白大事,客人都吃两顿饭——第一顿是汤饭,第二顿是酒席。第一顿饭,待生客和待熟客不同,待粗客和待细客不同——生客细客吃挂面,熟客粗客吃河落。① 三个媒人虽然都是本村人,办的可是新亲戚的事,只能算生客,上的是挂面。元孩小昌小宝虽然跟媒人办的是一件事,可是这三个人早已跟金生声明不要按生客待,情愿吃河落。其余的客人,自然都是河落了。小旦在后院北屋里吸大烟,老拐给他送了一碗挂面。

---

① 即饸饹,北方一种杂粮面食。

吃过第一顿饭以后就该开食盒。这地方的风俗,送礼的食盒,不只光装能吃的东西,什么礼物都可以装——按习惯:第一层是装首饰冠戴,第二层是粗细衣服,第三层是龙凤喜饼,第四层是酒、肉、大米。要是门当户对的地主豪绅们送礼,东西多了,可以用两架三架最多到八架食盒。要是贫寒人家送礼,也有不用食盒只挑一对二尺见方尺把高的木头盒子的,也有只用两个篮子的。刘家虽是家地主,一来女家是个庄稼户,二来还是个续婚,就有点轻看,可是要太平常了又觉有点不像刘家的气派,因此抬了一架食盒,又挑了一担木头盒子,弄了个不上不下。开食盒先得把媒人请到跟前。聚财老婆打发老拐去请小旦,老拐回来说:"请不动!他说有两个人在场就行!"锡恩和小四说:"那就开吧!"按习惯,开食盒得先烧香。金生代表主人烧过了香,就开了。开了食盒,差不多总要吵架。这地方的风俗,礼物都是女家开着单子要的。男家接到女家的单子,差不多都嫌要得多,给送的时候,要打些折扣。比方要两对耳环只送一对,要五两重手镯,只给三两重的,送来了自然要争吵一会。两家亲家要有点心事不对头,争吵得就更会凶一点。女家在送礼这一天请来了些姑姑姨姨妗妗一类女人们,就是叫她们来跟媒人吵一会。做媒人的,推得过就推,推不过就说"回去叫你亲家给补",做好做歹,拖一拖就过去了。

聚财家因为对这门亲事不情愿,要的东西自然多一点。刘家就是一件东西也不送,自然也不怕聚财改口,可是他也不愿意故意闹这些气——东西自己都有,送得去将来把媳妇娶到手,一件一件又都原封带回来了,不是个赔钱事,因此也送得很像个样子。像要了两对金耳环两对金戒指,每样都给了一对金的一对银的,只有金手镯没有给,给了一对镀金的。绸缎衣服一件也不少,不过都是刘忠前一个老婆的,要给软英穿,都窄小一点。不论好歹吧,女家既然有气,就要发作发作:聚财老婆看罢了首饰和衣服,就向锡恩和小四说："亲家送给的这些衣服，咱也没见过大市面，不敢说不好，可惜咱闺女长得粗胖一些，穿不上。首饰的件数也不够，样子也都是前二十年的老样，没有一件时行货。麻烦你们拿回去叫亲家给换换！"话虽然很和软，可是里边有骨头，不是三言五句能说了的事。锡恩岁数大一点，还能说几句，就从远处开了口。他说："聚财嫂！亲戚已经成亲戚了，不要叫那一头亲戚太作难。你想：如今兵荒马乱的，上哪里买那么多新东西？自然是有甚算甚。这不过是摆一摆排场吧，咱闺女以后过了门，穿戴着什么你怕没有啦？哪件不合适，咱家的闺女就是他家的媳妇，他能叫咱闺女穿戴出去丢他的人？……"他还没有说完二姨就接上话。二姨说："你推得可到不近！他刘家也是方圆几十里数得着的大财主，娶得起媳妇就做不起衣裳、买不起首饰？就凭以前那死鬼媳妇穿戴过的东西顶数啦？"安发老婆也接着说："不行！我外甥女儿一辈子头一场事，不能穿戴他那破旧东西！"进财老婆拿着镀金镯子说："旧东西也只挑坏的送！谁不知道刘忠前一个老婆带着六两重的金镯子？为什么偏送这镀金的？"金生媳妇也说："这真是捉土包子啦！他觉着我们这些土包子没有认得金银的！"其实这几个女人们还只有她们两个见过金首饰，不过也没有用过，也不见得真认得，只是见这对镯子不是刘忠前一个老婆胳膊上那一对，并且也旧了，有些地方似乎白白的露出银来，因此才断定是镀货。

　　锡恩和小四看见事情不好下台，就往小旦身上推。锡恩说："原来开单子要东西，都是小旦一手办的，要了多少，应承了多少，我两人都也摸不清楚。"安发说："单是我开的，那倒没有错！"小四说："还是请人家小旦来吧！"聚财老婆说："请他就请他！就是他说多要点东西，不答应就不行！许亲不许亲已经不由我了，要东西还不叫我，那样只有他刘锡元活的了！老拐你再到后院里请小旦来！"老拐说："咱请不动！"小四说："小宝！你去一下吧！"小宝就去了。

　　小宝不知道小旦在北房,进财一向就在西房住,因此他就一直跑到西房里来。他正去叫"小旦叔",忽然看见是软英。软英脸朝墙躺着,听见有人走得响,一翻身正要往起爬,看见是小宝,就又躺下去,说了声:"你?我当是谁来!"小宝低声说:"婶婶叫我找小旦!"软英用嘴指着说:"在北房里!"小宝扭转头正往外走,软英又叫住他说:"一会你来,我跟你说句话!"小宝点了点头就去北房叫小旦。这时候,小旦的大烟已经抽足了,见小宝说外头有事,非要他不行,他就嘟嘟念念说:"女人们真能麻烦!再吵一会还不是那么回事?"说着就走出来了。女人们见他出来了,又把刚才说衣服首饰不合适那番话对着他吵了一遍,他倒答应得很简单。他说:"算了!你们都说的是没用话!哪家送礼能不吵?哪家送礼能吵得把东西抬回去?说什么都不抵事,闺女已经是嫁给人家了!"聚财老婆说:"你说哪个天生不行!照那样说……"小旦已经不耐烦了,再不往下听,把眼一翻说:"不行你随便!我就只管到这里!"聚财老婆说:"老天爷呀!世上哪有这么厉害的媒人?你拿把刀来把我杀了吧!"小旦说:"我杀你做什么?行不行你亲自去跟刘家交涉!管不了不许我不管?不管了!"说着推开大家就往外走,急得安发跑到前边伸开两条胳膊拦住,别的男人们也都凑过来说好话,连聚财也披起衣服一摇一晃出来探问是什么事。

　　大家好歹把小旦劝住,天已经晌午了。金生他姨夫催开席,老拐就往各桌上摆碟子。不多一会,都准备妥当,客人都坐齐,点了点人,只短小宝,金生跑来跑去喊叫,小宝才从后院里跑出来。

　　原来小宝把小旦叫出来以后,就又到后院西房去看软英。小宝问软英要说什么,软英说:"你等等!我先想想!"随后就用指头数起来。她数一数想一想,想一想又数一数。小宝急着问:"你尽管数什么?"她说:"不要乱!"她又数了一回说:"还有二十七天!"

小宝说:"二十七天做什么?"她说:"你不知道?九月十三!"小宝猛然想起来刘家决定在九月十三娶她,就答应她说:"我知道!八月十五到九月十三,还有二十九天!"软英说:"今天快完了,不能算一天。八月是小建,再除了一天……"小宝说:"不论几天吧,你说怎么样?"软英说:"我说怎么样!你说怎么样?"小宝没法答应。两个人脸对脸看了一大会,谁也不说什么。忽然软英跟唱歌一样低低唱道:"宝哥呀!还有二十七天呀!"唱着唱着,眼泪骨碌碌就流下来了!小宝一直劝,软英只是哭。就在这时候,金生在外边喊叫"小宝!小宝!"小宝这时才觉着自己脸上也有热热的两道泪,赶紧擦,赶紧擦,可是越擦越流,擦了很大一会,也不知擦干了没有,因为外边叫得紧,也只得往外跑。

吃过酒席稍停了一会,客人就要回去。临去的时候,小旦一边走一边训话:"刘家的场面还有什么说的?以后再不要不知足……"安发一边送着客,一边替聚财受训,送到大门外作了揖才算完结。

小宝抬着食盒低着头,一路上只是胡猜想二十七天以后的事。

二 "看看再说!"

二姨回到上河,一直丢不下软英的事,准备到九月十三软英出嫁的时候再到下河看看,不料就在九月初头,八路军就把下河解放了,后来听说实行减租清债,把刘家也清算了,刘锡元也死了,打发自己的丈夫去看了一次,知道安发也分了刘家一座房子,软英在九月十三没有出嫁,不过也没得退了婚。过了年,旧历正月初二,正是走娘家的时候,二姨想亲自到下河看看,就骑上驴,跟自己的丈夫往下河来。

他们走到刘锡元的后院门口,二姨下了驴,她丈夫牵着驴领着她往安发分下的新房子里走。狗狗在院里看见了,叫了声"妈!二姑来了!"安发两口、金生两口,都从南房里迎出来。

二姨笑着说:"安发!搬到这里来,下雨可不发愁了吧?——金生!你两口子都来给你舅舅拜年来了?……"安发老婆和金生两口答应着,说说笑笑进了南房。二姨的丈夫说:"安发!把牲口拴哪里?"安发接住缰绳说:"没处拴!就拴这柱子上吧!"二姨的丈夫说:"你就没有分个圈驴的地方?"安发说:"咱连根驴毛也没有,要那有什么用?不用想那么周全吧!这比我那座透天窟窿房就强多了。"说着拴住了驴,拿下毛褡和捎褡①,也都回到房里。

一进门,狗狗就问:"二姑夫!给我拿着花生啦没有?"二姨说:"看我狗狗多么记事?拿着哩!"她丈夫解开毛褡口,给狗狗取花生,二姨还说:"去年花生收成坏,明年多给孩子拿些!"安发老婆说:"这还少?狗狗!装上两把到外边玩吧!"

二姨说:"这房子可真不错:那顶棚是布的呀纸的?"安发老婆说:"纸的!"二姨说:"看人家那纸多么好?跟布一样!咱不说住,连见也没见过!"安发说:"咱庄稼人不是住这个的,顶棚上也不能钉钉子,也不能拴绳子,谷种也没处挂,只能放在窗台上!……"二姨的丈夫说:"那你还不搬回你那窟窿房子里去?"大家都哈哈哈笑起来。

二姨说:"我这三个多月没有来,下河变成个什么样子了?"大家都说"好多了"。安发说:"总不受鬼子的气了!"金生说:"刘锡元也再不得厉害了!"二姨的丈夫接着说:"你舅舅也不住窟窿房子了!"二姨问:"刘锡元是怎么死的?是不是大家把他打死了?"金生说:"打倒没人打他,区上高工作员不叫打,倒是气死了的!"安发说:"那老家伙真有两下子!要不是元孩跟小昌,我看谁也说

---

① 盛物和钱的布袋。

不住他。"二姨问:"元孩还有那本事?"金生说:"你把元孩错看了,一两千人的大会,人家元孩是主席。刘锡元那老家伙,谁也说不过他,有五六个先发言的,都叫他说得没有话说。后来元孩急了,就说:'说我的吧?'刘锡元说:'说你的就说你的,我只凭良心说话!你是我二十年的老伙计,你使钱我让利,你借粮我让价,年年的工钱只有长支没有短欠!翻开账叫大家看,看看是谁沾谁的光?我跟你有什么问题?……'元孩说:'我也不懂良心,我也认不得账本,我是个雇汉,只会说个老直理:这二十年我没有下过工,我每天做是甚?你每天做是甚?我吃是甚?你吃是甚?我落了些甚?你落些甚?我给你打下粮食叫你吃,叫你吃上算我的账,年年把我算光!这就是我沾你的光!凭你的良心!我给你当这二十年老牛,就该落一笔祖祖辈辈还不起的账?呸!把你的良心收起!照你那样说我还得补你……'他这么一说,才给大家点开路,这个说'……反正我年年打下粮食给你送',那个说'……反正我的产业后来归了你'……那老家伙发了急,说'不凭账本就是不说理!'一个'不说理'把大家顶火了,不知道谁说了声打,大家一轰就把老家伙拖倒。小昌给他抹了一嘴屎,高工作员上去抱住他不让打,大家才算拉倒。会场又稳下来,小昌指着老家伙的鼻子说:'刘锡元!这理非叫你说清不可!你逼着人家大家卖了房、卖了地、讨了饭、饿死了人、卖了孩子……如今跟你算算账,你还说大家不说理。到底是谁不说理?'这一问,问得老家伙再没有说的。后来组织起清债委员会,正预备好好跟他算几天,没想到开了斗争会以后,第三天他就死了!有人说是气死的,有人说是喝土死的。"安发说:"不论是怎么死的吧,反正是死了,再不得厉害了!"二姨问:"他死了,那账还怎么算?"安发说:"后来自然只能跟刘忠算。不过他一死,大家的火性就没有那么大,算起来就有好多让步。本村外村,共算了他五千多石米,两万多块钱现洋。他除拿出些粮食牲口以外,又拿出三顷多地和三处房子。如今人家还有四十来亩出租地、十几亩自种地和这前院的一院房子。"二姨说:"那么外边说斗光了?"安发说:"没甚了没甚了,像我这么十个户也还抵不住人家!"……

安发老婆正去切菜,听得小昌的孩子小贵在院里说:"狗狗!谁叫你把花生皮弄下一院?扫了!"狗狗说:"我不!""你是扫不扫?""不!""啪!"小贵打了狗狗一下,狗狗哭了。安发老婆揭开帘子说:"小贵!你怎么打起狗狗来了!"小贵说:"他怎么把花生皮弄下一院?"安发老婆说:"不要紧,弄下一院我给你扫!"小昌老婆在北屋里嘟噜着说:"扫过几回?"安发老婆听见也只装没听见,仍然跟小贵说:"不要打狗狗!狗狗小啦你大了!"小昌老婆又嘟噜着说:"小啦就该上天啦!"安发老婆忍不住了,就接上了话:"我那孩子就叫上天啦!你十二岁孩子打我八岁的孩子,还有你这当妈的给他仗胆,我那孩子还有命啦?""打着了?打伤了?""嫌他打得不重你不会也出来打两下?""谁可养过个孩子?""我那孩子还有娘?""没娘来还惯不成那样啦!看那院里能干净一响不能?人糟踏,牲口屙!""屙了叫你扫啦?可知道你分了个驴圈!""你不分一个?还不是你的'问题'小?""你有多大'问题',还不是凭你男人是干部?"安发见她们越吵话越多,就向他老婆:"算了算了!少说句不行?"安发老婆不说了,小昌老婆还在北房里不知嘟咕些什么。二姨问:"北房里住是谁?"安发说:"说起来瞎生气啦,这一院,除了咱分这一座房子,其余都归了小昌。"二姨说:"他就该得着那么多?"安发说:"光这个?还有二十多亩地啦!人家的'问题'又多,又是农会主任,该不是得的多啦?你听人家那气多粗?咱住到这个院里,一座孤房,前院都是刘忠的,后院都是小昌的——碾是人家的,磨是人家的,打谷场是人家的,饭厦和茅厕是跟人家伙着的,动脚动手离不了人家。在咱那窟窿房里,这些东西,虽然也是沾邻家的光,不过那是老邻居,就比这个人贴多了!"

不大一会,饭好了,大家吃着饭,仍然谈着斗刘家的事。二姨仍是问谁都提些什么问题,谁都分的东西多。

老拐来了,背着个麻包,进门就喊:"拜年拜年!"他跟大家打过招呼,安发老婆给他拿了两个黄蒸,他丢到麻袋里。安发老婆指着前院说:"你到人家前院,管保能要两个白面蒸馍!"老拐说:"咱就好吃个黄蒸,偏不去吃他刘家那白面馍!"二姨笑着说:"老拐!你就没有翻翻身?"老拐也笑了笑说:"咱跟人家没'问题'!"说着就走了。

安发说:"你叫我说这回这果实分得就不好,上边既然叫穷人翻身啦,为什么没'问题'的就不能翻?就按'问题'说也不公道——能说会道的就算得多。像小旦!给刘家当了半辈子狗腿,他有什么'问题'?胡捏造了个'问题'竟能分一个骡子几石粮食!"二姨说:"怎么呀?小旦也分果实?在上河,连狗腿都斗了,你们这里怎么还给那些人分东西?"金生说:"人家这会又成了积极分子!"安发说:"那人就算治不了!人家把头捏得尖尖的,哪里有空就跟哪里钻!八路军一来刘锡元父子们就跑到一个荒山上躲起来,有什么风声小旦管给人家送信。高工作员来发动群众去找刘锡元,有人说:'只要捉住小旦一审就知道了。'这话传到人家小旦耳朵里,人家亲自找着高工作员说人家也要参加斗争,说'只要叫我参加我管保领上人去把刘家父子捉回来'。高工作员跟大家说:'只要他能这么做,就叫他参加了吧?'大家说:'参加就参加吧,反正谁也知道他是什么人,上不了他的当。'第二天人家果然领着人去把刘家父子捉回来。在斗争那一天,人家看见刘家的势力倒下去,也在大会上发言,把别人不知道光人家知道的刘家欺人的事,讲了好几宗,就有人把人家也算成了积极分子。清债委员会组织起来以后,他说刘锡元他爹修房子的地基是讹他家的。大家也知道他是想沾点光,就认起这笔账来了。后来看见元孩、小昌他们当了干部,他就往他们家里去献好;看见刘忠的产业留得还不少,就又悄悄去给刘忠他娘赔情。不用提他了,那是个八面玲珑的脑袋,几时也跌不倒!"

提起刘忠跟小旦,二姨自然又想起软英的事,问了问金生,金生说:"这事真难说,一家人为着这件事成天生闲气。我看恐怕就怨我爹。二姨这会要没有别的事,就到我家坐坐,叫我妈给你细细谈谈!"二姨答应了,就同她丈夫跟金生两口子辞别过安发两口走出来。金生说:"把驴也牵到我那里喂吧!"说着解下缰绳牵上,四个人一同往聚财家里来。

聚财老婆一见二姨,就先诉了一顿自己的苦:"……她爹死扭劲,闺女也不听话,咱两头受气,哪头也惹不起!"二姨听不出个头尾来,要叫她细细谈,她才从送礼那次说起。她说:"送过礼以后,我跟软英说:'事情仍是那样了,日子也近了,他送的那些衣裳有的窄小得穿不得,有的穿得也不时行,你趁这两天,挑那能穿的改几件叫穿。'人家起头就不理,说了四五天,才算哭着做着做一点;我也帮着人家做。一件一件拆开改好了还没有缝,就打开仗了。赶到日本人走了,刘家也跑了,九月十三也过了,软英忽然有说有笑了。我跟她爹说:'咱跟刘家这门亲事可算能拉倒了吧?'她爹说:'看看再说吧!这会还不能解决!'又迟了几天,区上高工作员来发动群众斗争刘家,把刘家父子都捉住了,小宝来跟金生、软英说:'明天到大会上一定把强迫婚姻问题提出来,看他刘家有什么说的?'她爹强按住不叫提。她爹说:'事情还不知道怎么变化啦!你叫他犯到别人手!咱不要先出头得罪人。'后来偏是刘锡元死了刘忠没有死;人家别人的大小问题都提了,咱这问题没有提,不长不短放下了。赶到斗争也过了,清算刘家的事到底了,我问她爹说:'咱跟刘忠这亲事到底算不算数了?'他爹又说:'看看再说吧!

这会还不能决定！'我说：'还看什么？要不是刘忠给刘锡元守孝的话，人家快又择日子娶了！'他说：'一守孝就是三年！你急什么啦？'后来听小宝说他问过高工作员，高工作员说只要男女本人有一个不情愿，就能提出理由来，到区上请求退亲。我问他送过礼还能不能退，他说他听高工作员说只要把东西退还了也行。我把这话跟她爹学了一遍，她爹骂人家小宝不该挑拨。软英听说她爹不答应了，又怄了几天气，他爹心里也有点活动了。这时候偏还有个该死的小旦又坏了点事：他是媒人，退东西脱不过他的手。听安发说刘忠又给他拿了几两土，他就又向着刘忠那一头说话。他知道我把衣服改了，就故意说：'行是行！只要能把人家送的东西原封原样送回来！少了一件，坏了一件，照原样给人家买！'安发把这话跟他爹一说，他爹又埋怨起我来：又是'明知道弄不断，开这口有什么好处'，又是'人没前后眼，你知以后是谁的天下'，说得我也答应不上来。去年腊月初五，她爹当面说人家小宝：'你来我这里有什么正事？再不要来这里说淡话！'又说软英：'小小孩子嘻嘻哈哈，像个什么规矩？'说得人家小宝红着脸走了，软英就跟她爹闹起来。她爹说：'再敢跟那些年轻人嘻嘻哈哈我捶死你！'软英说：'捶死就捶死吧！反正总要死一回啦！捶死也比嫁给刘忠强！'从那以后，爹也气病了，闺女也气得哭了几天，我两头说好话，哪头也劝不下，直到如今，父女们说不上三句就要顶起来。二妹你今天不要走，住上一两天，两头都替我劝一劝！"二姨见她姐姐哭哭啼啼很作难，就答应下来。

二姨先去探聚财的口气："大姐夫！听说你身上不爽快？"聚财说："也不要紧！冬天里，受了点凉！""听大姐说，软英不听你的话，惹得你动了点气？孩子们说话，你理他做甚啦？哪个还能当一回事？""当老的瞎操心啦吧！瞎惹你们笑话啦！""自己人笑话什么？我说孩子大了，咱一辈不管两辈事，她自己的事，你就由她一点算了！"她又故意说："软英对刘家这门亲事实在不满意，听说只要你愿意就能弄断了……""唉！年轻人光看得见眼睫毛上那点事！一来就不容易弄断，二来弄断了还不知道是福是害！日本才退走四个月，还没有退够二十里，谁能保不再来？你这会惹了刘忠，到那时候刘忠还饶你？还有小旦，一面是积极分子，一面又是刘忠的人，那种人咱惹得起？他们年轻人，遇事不前后想，找出麻烦来就没戏唱了！还有，去年你大姐也跟你说过了，软英的心事在小宝身上，这我不能赞成——一则不成个规矩，再则跟上小宝，我断定她受一辈子穷。小宝那孩子，家里有甚没甚且不讲，自己没有出息，不知道为自己打算。去年人家斗刘家，他也是积极分子，东串连人，西串连人，喊口号一个顶几个，可是到算账时候，自己可提不出大'问题'，只说是短几个工钱，得了五斗谷子。人家小旦胡捏了个问题还弄了一个骡子几石粮食，他好歹还给刘家住过几年，难道连小旦都不如？你看他傻瓜不傻瓜？只从这件事上看，就知道他非受穷不可！要跟上小宝，哪如得还嫁给人家刘忠！你不要看人家挨了斗争。在本村说起来还仍然是个小财主！如今刘锡元也死了，骂名也没了，三四口人，有几十亩出租地，还不是清净日月？"二姨说："不过岁数大一点！"聚财说："男人大个十四五岁吧，也是世界有的事！"二姨问："那样说起来，你的主意还是嫁给刘忠？"聚财说："不！我的主意是看看再说！刘忠守服就得三年，在这三年中间看怎么变化——嫁刘忠合适就嫁刘忠，嫁刘忠不合适再说，反正不能嫁给小宝！"聚财说这番话，二姨觉着"还是大姨夫见识高！应该拿这些话去劝劝软英"。

二姨劝软英："软英！姨姨问你一件事，听说你年头腊月顶了你爹几句，惹得你爹不高兴？"软英说："二姨！我也不怕你笑话！我不是故意惹我爹生气，可是家里有个我，我爹就不能不生气。我有什么办法？""这话怎么讲？难道你爹多嫌个你？""也不是我爹多嫌我！还是因为那件龌龊亲事！如今我爹已经嚷出来了，我也不说那丑不丑了！因为我要嫁小宝，不愿意嫁给刘忠！""这闺女倒说得痛快！年轻人，遇事要前后想想！""哪天不想？哪时不想？不知道想过几千遍了！""你觉着惹得起刘忠吗？""斗争会上那几千人都惹得起他，恰是咱家惹不起他？""年轻人光看那眼睫毛上那点事！你爹说日本人退出不够二十里，你敢保不再来？你得罪了刘忠，刘忠那时候还饶你？""我爹就是那样'前怕狼后怕虎'！我爷爷不是逃荒来的？日本再来了不能再逃荒走？都要像他那么想，刘锡元再迟十年也死不了！""你爹说小宝那孩子没出息，不会为自己打算，当了一回积极分子没得翻了身。从这件事上看，将来恐怕过不了日子！""小旦有出息，会给自己打算，没'问题'也会捏造'问题'分骡子。照他那么说我就该嫁给小旦？""你爹说刘家虽说挨了斗，在下河还是个小财主！""他财主不财主，我又不是缺个爹！""你爹说男人大个十四五岁，也是世界有的事！""做小老婆当使女都是世界有的事，听高工作员说自己找男人越发是世界上有的事！难道世界上有的如意事没有我，倒霉事就都该我做一遍？"最后二姨问："照你这样说来，你的主意是不论你爹愿意不愿意，你马上就要跟刘忠说断了嫁给小宝？"软英说："要以我的本意，该不是数那痛快啦？可是我那么办，那真要把我爹气坏了。爹总是爹，我也不愿意叫他再生气。我的主意是看看再说。刘锡元才死了，刘忠他妈是老顽固，一定要叫他守三年孝。去年八月十五到九月十三，二十七天还能变了卦，三年工夫长着啦，刘家还能不再出点什么事？他死了跑了就不说了，不死不跑我再想我的办法，反正我死也不嫁给他，不死总要嫁给小宝！"软英说完了，二姨觉着这话越发句句有理。

两个人各有各的道理，两套道理放到一处是对头。也有两点相同——都想看看再说，都愿意等三年。二姨就把这谈话的结果向聚财老婆谈了一下,两个人都觉着没法调解。不过聚财老婆却放了心,她觉着闺女很懂事,知道顾惜她爹。她觉着两套道理虽是对头,在这三年中间,也许慢慢能取得同意,到底谁该同意谁,她以为还是闺女说得对。

三　想再"看看"也不能

聚财和软英父女两个都猜得不错,这三年中间果然有些大变化——几次查减且不讲,第一个大变化是第二年秋天日本投降了;第二个大变化是第三年冬天又来了一次土地改革运动,要实行填平补齐。第一个大变化,因为聚财听说蒋介石要打八路,还想"看看再说",软英的事还没有动;第二个大变化,因为有些别的原因,弄得聚财想再"看看"也不能了。

第二个大变化在一九四六年。这年十月里,有一天,区上召集干部和积极分子联合会,元孩、小昌、小旦、小宝……一共有四十多个人参加,要开七天。他们到区上以后,村里人摸不着底,有些人听别的区里人说是因为穷人翻身不彻底,还要发动一次斗争。这话传到刘忠耳朵里,刘忠回去埋藏东西;传到软英耳朵里,软英回去准备意见。

七天过了,干部积极分子都从区上回来了。晚饭后,还是这四十来个人,开了布置斗争会。元孩是政治主任,大家推他当了主席。元孩说:"区上的会大家都参加过了。那个会决定叫咱们回来挤封建,帮助没有翻透身的人继续翻身。咱们怎么样完成这个任务,要大家讨论,讨论一下谁还是封建?谁还没有翻身?谁还没有翻透?"他说完了,小昌就发言。小昌说:"我看咱村还有几户封建,第一个就是刘忠!"有人截住他的话说:"刘忠父子们这几年都学会种地,参加了生产,我看不能算封建了!"小昌说:"他哪种地?

家里留二十来亩自耕地,一年就雇半年短工,全凭外边那四十来亩出租地过活。这还不是地主?还不是剥削人的封建势力?"这意见大多数都同意,就把刘忠算做一户封建尾巴。接着,别人又提了四五户,都有些剥削人的事实,大家也都同意,其余马上就再提不出什么户来,会场冷静了一大会。元孩说:"想起来再补充吧!现在咱们再算算咱村还有多少没翻身或者翻也没有翻透的户!"大家都说:"那多啦!""还有老拐!""还有安发!""还有小宝!"……七嘴八舌提了一大串。元孩说:"慢着!咱们一片一片沿着数一数!"大家就按街道数起来,数了四十七个户。元孩曲着指头计算了一下说:"上级说这次斗争,是叫填平补齐,也就是割了封建尾巴填窟窿。现在数了一下:封建尾巴共总五六个,又差不多都是清算过几次的,可是窟窿就有四五十个,那怎么能填起来?"小宝说:"平是平不了,不过也不算很少!这五六户一共也有三顷多地啦!五七三百五,一户还可以分七亩地!没听区分委说'不能绝对平,叫大家都有地种就是了'!"又有人说:"光补地啦?不补房子?不补浮财?"又有人说:"光补窟窿啦?咱们就不用再分点?"元孩说:"区分委讲话不是说过了吗?不是说已经翻透身的就不要再照顾了吗?"小旦说:"什么叫个透?当干部当积极分子的管得罪人,斗出来的果实光叫填窟窿,自己一摸光不用得?那只好叫他们那四十七个窟窿户自己干吧!谁有本事他翻身,没有本事他不用翻!咱不给他当那个驴!"元孩说:"小旦!你说那不对!在区上不是说过……"元孩才要批评这自私自利的说法,偏有好多人打断了他的话,七嘴八舌说:"小旦说得对!""一摸光我先不干!""我也不干!""谁得果实谁去斗!"元孩摆着两只手好久好久才止住了大家的嚷吵。元孩说:"咱们应该先公后私。要是果实多了的话,除填了窟窿,大家自然也可以分一点;现在人多饭少,填窟窿还填不住,为什么先要把咱们说到前头?咱们已经翻得不少了,现在就应该先帮助咱的穷弟兄。"小昌说:"还是公私兼顾吧!我看叫这伙人不分也行不通,因为这任务要在两个月内完成,非靠这一伙人不行。要是怕果实少分不过来,咱们大家想想还能不能再找出封建尾巴来?"这意见又有许多人赞成。小旦说:"有的是封建尾巴!刘锡恩还不是封建尾巴?他爹在世时候不是当过几十年总社头?还不跟后来的刘锡元一样?"元孩说:"照你那么提起来可多啦!"跟小旦一样的那些人说:"多啦就提吧!还不是越多越能解决问题?"元孩说:"不过那都是三四十年前的事,从我记得事,他家就不行了……"有人说:"不行了现在还能抵你那两户?"元孩说:"那是人家后来劳动生产置来的?"又有人说:"置来的就不给他爹还一还老账?"元孩听见他们这些话,跟在区上开会那精神完全不对头,就又提出在区开会时候,区分委说那不动中农的话来纠正他们。小旦他们又七嘴八舌说:"那叫区上亲自做吧!"元孩说:"不要抬杠!有什么好意见正正经经提出来大家商量!"那些人又都一齐说:"没意见了!"以后就谁也不开口,元孩一个一个问着也不说,只说"没意见"。会场又冷静了好大一会。有些人就交头接耳三三两两开小会,差不多都是嘟噜着说:"像锡恩那些户要不算,哪里还有户啦?""要不动个几十户,哪里还轮得上咱分果实?"……元孩听了听风,着实作了难:上级不叫动中农,如今不动中农,一方面没有东西填窟窿,一方面积极分子分不到果实不干,任务就完不成。他又在会场上走了一圈,又听得不止积极分子,有些干部也说分不到果实不干,这更叫他着急。他背着手转来转去想不出办法。小昌说:"我看还是叫大家提户吧!提出来大家再讨论,该动就动,不该动就不动。"元孩一时拿不定主意,小昌就替他向大家说:"大家不要开小会了,还是提户吧!"一说提户,会场又热闹起来,哗啦哗啦就提出二十多户,连聚财进财也都提在里边。一提户,元孩越觉着不对头,他觉着尽是些中农。他说:"我一个人也扭不过大家,不过我觉着这些户都不像是封建尾巴。咱们一户一户讨论吧!要说哪一户应该斗,总得说出个条件来!"小昌说:"可以!咱们就一户一户说!"元孩叫记录的人把大家提出来的户一户一户念出来,每念一户,就叫大家说这一户应斗的条件。像小旦那些积极分子,专会找条件,又是说这家放过一笔账,又是说那家出租过二亩地;连谁家爷爷打过人,谁家奶奶骂过媳妇都算成封建条件。元孩和小宝他们几个说公理的人,虽然十分不赞成,无奈大风倒在"户越多越好"那一边,几个人也扭不过来。

讨论到聚财那一户,小宝先提出反对的意见。小宝说:"我觉着那一户真不应该斗!人家是开荒起家,没有剥削过谁一个钱东西,两三辈子受刘家的剥削,这几年才站住步,为什么就把人家算成封建?……"他还没有说完,就有人喊叫"反对包庇!"有个年轻人在小宝背后嘟噜着跟小宝说:"还有什么想头啦?记不得人家把你撵出来?"元孩说:"不要说笑话了!这一户可真不能斗!别人的条件,算不算封建吧,总还有个影子,这一户连封建影子也没有,受封建的剥削比我元孩还多,要是连他也斗了,恐怕连咱们这些人都得斗!人家有什么条件?"他这么一说,大家也觉着真不容易找出条件来,会场好像又要冷静一会。小旦怕冷了场,就赶紧说:"有有有!他跟地主家结亲还不是一个大条件?"小宝说:"谁不知道那是刘家强迫的?你是媒人,我是抬食盒的,小昌叔和元孩叔也都去来!谁不清楚那是怎么一回事?"小旦说:"三媒六证,亲口许婚,那怎么能算强迫?是强迫他在斗刘锡元时候为什么不提意见?这二三年了为什么又舍不得退婚?"元孩觉着他这样颠倒是非太不像话,就正正经经问他说:"小旦你这是说笑话还是说正经话?要是别人办的,还许你摸不清;你亲自办的事,你还该不知道那是见得人见不得?"事实谁都知道,元孩这样一碰,小旦也就再不提这事了。可是聚财这户,地也多,也都做好了,在近几年又积余了好多粮食,有些人很眼热,觉着放过去可惜,就又找出个条件。元孩才把小旦的话碰回去,就又有人说:"他有变天思想!那总是个条件吧?"另有几个人说:"对!"有一个说:"他从前说日本人还要来,日本投降以后又说蒋军要来!"还有个作证的说:"对!有一次他在场里跟安发说过,我跟好几个人都听见来!"还有个追根的说:"他听谁说的?这都是特务造的谣言,问他在哪里听到的!他跟哪一个有联系?"……元孩说:"够了够了!再猜下去就比刘锡元还厉害了!大家一定要斗人家,也只能叫他献些地献些东西,要跟别的封建尾巴一样弄得扫地出门,咱实在觉着过意不去。"又有人说:"刘家给他送那好东西多着啦!人家别人都跟地主分家啦,也叫他跟刘家解除婚约,把好东西退出来归了群众!"小昌说:"明天刘家就扫地出门了,那你怕他不愿意啦?"又有人说:"那可是一批大果实,还有金镯子啦!"小宝说:"镀金的!"那个人说:"真金的,我见人家前一个老婆戴过!"小宝说:"那一对没有归了他!"……元孩见他们这些人只注意东西不讲道理,早就不耐烦了,就又批评他们说:"那他是甚么就是甚么吧,争吵那有什么用?这一户算过去了吧?时候不早了,讨论别人!"接着又讨论到进财。这一户,就是小旦那个找家,也没有找出什么条件来,只好去掉。总共提出二十七八户,讨论中间,元孩、小宝他们几个正经人,虽然争着往下去,结果还剩下二十一户再也去不下来了。元孩见这二十一户中间,大多数是中农,仍觉着不妥当,就跟桌子旁边的几个主要干部说:"动这么多的中农可是不妥当呀!要不等几天高工作员来了再搞吧?"小昌说:"户已经决定了,明天要不搞,说不定谁走了风,人家就都把东西倒出去了。我看不用等!羊毛出在羊身上,下河的窟窿只能下河填,高工作员也给咱带不来一亩地!"小昌是农会主任,说话有力量。他这么一说,另外几个干部都同意他的话,就算决定了。这时候已经半夜了,事情也讨论完了,就散了会。临走时候,小昌说:"今天夜里大家都得保守秘密,谁走了风明天查出来可不行呀!"大家都说:"那自然!"说着就都往外走。小昌又叫住小旦说:"旦哥!到我那里我跟你说句话!"小旦就跟着他同大家一同走出来。

小宝想到聚财家通个信,又觉着不遵守会上的纪律不好,回到家睡下了又睡不着,觉着不通个信总对不住,才又穿上衣裳往聚财家来。他在门外叫了叫金生,金生给他开了门,领他到自己屋里谈话。他把会上讨论聚财的事一五一十告诉了金生,叫他们作个准备。金生问他还决定了些谁,他说:"光给你送个信就算犯纪律了。别的就再不能说了!"金生注意了自己家里的事,也无心再问别人,就把小宝送出来。最不妙的是小宝一出门,正遇上小旦从小昌那里出来往回走,谁也能看见对面是谁,可是谁也没有跟谁说话就过去了。

第二天开了群众大会,是小昌的主席。开会以后,先讲了一遍挤封建和填平补齐的话,接着就叫大家提户。村里群众早有经验,知道已经是布置好了的,来大会上提出不过是个样子,因此都等着积极分子提,自己都不说话。有个积极分子先提出刘忠,说出他是封建尾巴的条件,别的积极分子们喊了些打倒的口号,然后就说"该怎么办?"又有个积极分子提出"扫地出门",照样又有人喊了些"赞成",就举手表决。因为刘家从前逼得叫人家扫地出门的人太多了,这次叫他扫地出门,大家也觉着应该,举拳头的就特别多。通过了刘忠,接着就提出哪几户真有条件。这时候,干部积极分子自然还是那股劲,别的群众,也有赞成的,也有连拳头也懒得举的,反正举起手来又没人来数,多多少少都能通过。这几户过去以后,就提出刘锡恩。一提出这个户,会场上就有点不大平静:从人们的头上看去,跟高粱地里刮过风来一样,你跟我碰头我跟你对脸;大家也不知说些什么,只听得好像一伙小学生低声念书。头里提出叫刘忠扫地出门,锡恩还举过手;这会提到他头上,真是他想不到的事。小四和他很近,悄悄问他:"怎么还有你?"他说:"不清楚!"小四又问:"不知道有我没有?"他又说:"不清楚!"他又听得积极分子提出他的封建条件是他爹当过总社头,他大声说:"那是三四十年前的事!从我爹死了我娘当家时候,就穷得连饭也吃不上了……"积极分子们不听他说完,就乱喊"父债子要还","反对封建尾巴巧辩","不用听他那一套,表决吧"……表决的时候,在五六百人的大会上,只有四十来个干部和积极分子东一只西一只稀稀举了几个拳头,群众因为谁也弄不清会不会提到自己头上,不止没人去数,连看也没心看,也就算通过了。锡恩以下,又提了几户中农,也有决定没收的,也有叫献地献东西的;起先提出条件来,本人还辩白几句,后几户本人不等提完条件,就都说:"不用提那些了,光说是没收呀还是献吧!"

提到聚财名下,聚财因为早有准备,应付得很顺当,没有费劲就过去了,决定叫他闺女和刘忠解除婚约,把受下的礼物一律退出来算成没收刘忠的东西,再献出沟里的十几亩好地和二十石麦子。

这时候,小旦跑到小昌跟前低低说:"提吧?"小昌点了点头。小旦大声说:"聚财的问题算是过去了,聚财还有个走狗我提议也斗一斗?"别的积极分子都问是谁,小旦说:"你看聚财今天应酬得多么顺当?人家早有准备了。昨天夜里,我们在区上开会回来的人,又开了个会谈今天的工作,散会以后,小宝就跑到聚财家里去透气,直到半夜多了,我亲自见他从聚财家里出来。这回斗聚财,我也该捎带他一下!"别的积极分子一听这话,差不多都说小宝办这事见不得人,有人喊叫:"叫他坦白!"小宝说:"坦白什么?谁能不到别人家走走?他要不到别人家去,怎么在半夜以后碰上我?"小昌说:"小宝!你不要胡扯!小旦哥是我把人家叫去谈话,又不是到哪个斗争对象家里去来!"又有人说:"胡扯不行!你说你的!"小宝说:"那还说什么?你们说该斗就斗吧!"这一下可把他们顶得没说的。因为小宝家里只有三四亩坡地也没工夫做,荒一半熟一半,一年不打几颗粮食,凭自己的工钱养活他娘。从前给刘家赶骡子,这几年刘家倒了,就又给合作社赶骡子,反正只凭个光杆子人过日子,要说斗他,实在也斗不出什么果实来。隔了一会,有人说:"再不能叫他算积极分子!"小宝说:"不算就不算!""这次不分给他果实!""不分给算拉倒!这几年没果实没有过日子?""不叫他给合作社赶骡子!""不赶就不赶!我再找东家!"小旦那些人,不论怎么会讹人,碰上这没油水的人也再没有什么办法。有人说:"算算算!不要误这闲工!再提别的户!"别人也再不说什么,小宝这一户也就算过去了。会从早饭以后开到晌午多,把二十一户都过完了,就散了。吃过午饭,干部和积极分子们分开组到决定没收的各户去登记东西,不过没有叫小宝去。

聚财回到家,午饭也没有吃,一直跟做梦一样想不着为什么能叫人家当封建斗了。晚饭时候,一家人坐在一处发愁:地叫人家把筋抽了,剩下些坡地养不住一家;粮食除给人家二十石麦子,虽然还有些粗粮,也是死水窝窝,吃一斗少一斗;想不到父子们开了多年荒地,才算弄得站住步就又倒下来。老婆说怨他不早跟刘家退婚,他说退了也不算,人家还会找别的毛病;老婆又说进财就没有事,可见退了也许没事……两个人正争吵不清,安发领着小旦又来了。聚财觉着小旦到哪里,总没有吉利事,忙问安发"什么事"。安发说:"什么事?愁人事!"小旦说:"安发!这又不能多耽搁时候,你跟你姐夫直说吧!"安发就把聚财叫到一边说:"他又来给咱软英说媒来了!小昌托他当媒人,叫把咱软英许给他小贵。他说要愿意的话,还能要求回几亩好地来;要不愿意的话,他捉着咱从前给刘家开那礼物单,就要说咱受过刘家的真金镯子,叫群众跟咱要……"聚财从大会上回来就闷着一肚子气没处发作,这会子就是碰上老虎也想拔几根毛儿,因此不等安发往下说,就跳起来说:"放他妈的狗屁!我有个闺女就成了我的罪了!我的闺女不嫁人了!刘家还有给我送的金山银山啦!谁有本事叫他来要来吧!"他老婆跟金生、软英,听见他大喊大叫,恐怕他闯下祸,赶紧跑过来劝他。他老婆说:"我的爹!什么事你这样发急?"又指着小旦悄悄说:"那东西是好惹的?"聚财说:"他就把我杀了吧,我还活得岁数少啦?就弄得我扫地出门吧,我还不会学我爹去逃荒?他哪一个逗起我的火来我跟他哪一个拼!人一辈总要死一回,怕什么?"他们三个人见他在气头上说不出个头尾来,就问安发,安发才把小旦又来说媒的事又说给他们。小旦平常似乎很厉害,不过真要有人愿意跟他拼命,他也不是个有种的。聚财发作罢了,握住拳头蹲在炕上等他接话,他却一声不响坐在火边吸起纸烟来。

软英这时候,已经是二十岁的大闺女,遇事已经有点拿得稳了。她听她舅舅说明小旦的来意之后,就翻来覆去研究。她想:"说气话是说气话,干实事是干实事。如今小昌是农会主任,也是主要干部,决定村里的事他也当好多家,惹不起。自己家里的好地叫人家要走了,要能顺着些小昌,也许能要求回一些来。只是小昌要自己嫁给小贵那自然是马虎不得的事,反正除了小宝谁也不能嫁给他。"又想顺着些小昌,又不能嫁给小贵,这事就难了,她想来想去,一下想到小贵才十四岁,她马上得了个主意。她想:"听小宝说男人十七岁以上才能订婚(晋冀鲁豫当时的规定)。小昌是干部,一定不敢叫他那十四岁孩子到区上登记去,今天打发小旦来说,也只是个私事,从下了也不过跟别家那些父母主婚一样,写个帖儿。我就许下了他,等斗争过后,到他要娶的时候,我说没有那事,他见不得官,就是见了官,我说那是他强迫我爹许的,我自己不愿意,他也没有办法。"她把主意拿好,就到火炉边给小旦倒了一盅水,跟小旦说:"叔叔你喝水吧!我爹在气头上啦!你千万不要在意！说到我本身的事啦，我也大了，如今自己做主，跟我说就可以，我爹要不愿意我慢慢劝他，他也主不了我的事。"小旦见有人理他了，本来还想说几句厉害话转一转脸色，又觉着这么一个漂亮的大姑娘给自己端茶捧水，要再发作几句，还不如跟他胡拉扯几句舒服，因此就跟软英谈起来。小旦说："说媒三家好，过后两家亲，成不成与我没什么关系！要是从前，这些事不能直接跟你们孩子们说，如今既然兴自己做主了，叔叔就跟你说个没大小话：你觉着人家小昌那家怎么样？"软英说："不赖！人家是翻身户，又是大干部，房有房、地有地，还赖啦？不论哪家吧，还不比刘忠强？"小旦觉着她有点愿意的样子，就故意说："就是孩子小一点！是不是？"软英故意笑了笑说："小慢慢就长大了吧！大的不能跟小处缩，小的还不能往大处长？"小旦见这个口气越来越近，就叫过安发来，聚财老婆也跟着过来了。小旦把软英愿意的话跟他两人一说，聚财老婆跟软英说："如今行这个新规矩了，你自己看着吧！"软英说："我已经这么大了！胡占住个家算了！有什么要紧？"……就这样三言五句把个事情解决了。小旦临走说："好！回头择个好日子过个帖子吧！"

小旦走后，安发问软英说："你真愿意呀，还是怕他跟你爹闹气？"软英说："就那吧！有个什么愿意不愿意！"安发也只当她愿意，就走了。

安发走后，聚财和他老婆又问软英说："你真愿意呀还是受着屈？"软英说："过了一步说一步吧！"他们也只当她是怕她爹过不去，受着屈从下了。

第二天小宝听说了，悄悄跟软英说："你可算找了个好主儿！"软英说："想干了他的脑袋！他那庙院还想放下我这神仙啦？"接着把自己那套主意细细告给小宝，并且告他说："你到外面，要故意骂我丧良心才好！"

四 "这真是个说理地方！"

聚财本来从刘家强要娶软英那一年就气下了病，三天两天不断肚疼，被斗以后这年把工夫，因为又生了点气，伙食也不好，犯的次数更多一点。到了这年（一九四七）十一月，政府公布了土地法，村里来了工作团，他摸不着底，只说是又要斗争他，就又加了病——除肚疼以外，常半夜半夜睡不着觉，十来天就没有起床，赶到划过阶级，把他划成中农，整党时候干部们又明明白白说是斗错了他，他的病又一天一天好起来。赶到腊月实行抽补时候又赔补了他十亩好地，他就又好得和平常差不多了。

他还有一宗不了的心事，就是软英的婚姻问题。从工作团才来时候，小宝就常来找软英，说非把这件事弄个明白不行。他哩，还是他那老思想，不想太得罪人。他想：斗错了咱，人家认了错，赔补了地，虽说没有补够自己原有的数目，却也够自己种了，何必再去多事？小旦、小昌那些人都不是好惹的，这会就算能说倒他们，以后他们要报复起来仍是麻烦。他常用这些话劝软英，软英不听他的。有一次，他翻来覆去跟软英讲了半夜这个道理，软英说："谁不怕得罪我，我就不怕得罪谁！我看在斗刘家那时候得罪小旦一回，也许后来少些麻烦！"

腊月二十四这天，早饭以后，村支部打发人来找软英，说有个事非她去证不明白。一说有事，聚财和软英两个人都知道是什么事，不过软英是早就想去弄个明白，聚财是只怕她去得罪人，因此当软英去了以后，聚财不放心，随后也溜着去看风色。

自从整党以来，村支部就在上年没收刘家那座前院里东房开会。这座院子，南房里住的是工作团，东房里是支部开整党会的地方，西房是农会办公的地方。到了叫软英这一天，整党抽补都快到结束时候,西房里是农会委员会开会计划调剂房子,东房里是支部开会研究党员与群众几个不一致的意见。

聚财一不是农会委员,二不是党员,三则支部里、农会里也没有人叫过他,因此他不到前院来,只到后院找安发,准备叫安发替他去打听打听。他一进门,安发见他连棍子也不拄了,就向他说:"伙计!这会可算把你那讨吃棍丢了?"聚财笑着说:"只要不把咱算成'封建',咱就没有病了!"安发说:"还要把你算成'封建'的话,我阁外那五亩好地轮得上你种?"聚财说:"你也是个农会委员啦,斗了咱十五亩地只补了十亩,你也不给咱争一争?既然说是错斗了我,为什么不把我原来的地退回来?"安发说:"算了算了!提起补地这事情,你还不知道大家作的什么难!工作团和农代会、农会委员会整整研究了十几天,才研究出这个办法来!你想:斗地主的地,有好多是干部和积极分子们多占了,错斗中农的地又都是贫雇农分了。如今把干部积极分子多占的退出来,补给中农和安置扫地出门的地主富农,全村连抽带补只动五十多户;要是叫贫雇农把分了中农的地退出来,再来分干部积极分子退出来的多占土地,就得动一百五十多户。一共二百来家人一个村子,要动一百五十多户,不是要弄个全村大乱吗?我觉着这回做得还算不错,只是大家的土地转了个圈子。像去年斗你那十五亩地,还分给了我三亩,今年小昌退出阁外边我那五亩又补了你。那地是刘锡元从我手讹诈去的,斗罢刘锡元归了小昌,小昌退出来又补了你,你的可是分给了我;这不是转了个大圈子吗?"聚财说:"小昌他要不多占,把你阁外那地早早分给你,这个圈子就可以不转,也省得叫我当这一年'封建'?"安发说:"这个他们都已经检讨过了。就是因为他们多占了。窟窿多没有补丁,才去中农身上打主意,连累得你也当了一年'封建'。这次比哪次也公道:除了没动过的中农以外,每口人按亩数该着二亩七,按产量该着五石一,多十分之一不抽,少十分之一不补；太好太坏的也换了一换，差不多的也就算了。你不是嫌补的你亩数少吗？照原产量，给你换二十亩也行，只要你不嫌坏！"聚财说："我是跟你说笑！这回补我那个觉着很满意！咱又不是想当地主啦，不论吃亏便宜，能过日子就好！——伙计！你不是委员吗？你怎么不去开会？"安发说："今天讨论调剂房子，去村里登记农会房子的人还没有回来。"聚财说："人家支部里打发人把咱软英叫去了。这孩子，我怕她说话不知轻重，再得罪了人家谁。咱才没有了事，不要再找出事来！你要去前院西房里开会，给我留心听一听她说些什么妨碍话没有！"安发说："不用管她吧！我看人家孩子们都比咱们强。咱们一辈子光怕得罪人，也光好出些事，因为咱越怕得罪人，人家就越不怕得罪咱！"聚财觉着他这话也有道理。

正说着，老拐进来了。他和聚财打过招呼，就坐下跟安发说："你是咱贫农组组长，这次调剂房子，可得替我提个意见调剂个住处。"安发说："上次你不是在小组会上提过了吗？已经给你转到农会了。"聚财说："老拐！今年可以吧？"老拐说："可以！有几亩地，吃穿就都有了，就是缺个住处，打几颗粮食也漏上水了。"……

小旦也来找安发。他说："安发！抽补也快完了，我这入贫农团算是通过了没有？"安发说："上级又来了指示，说像咱这些贫农不多的地方，只在农会下边成立贫农小组，不成立贫农团了。"小旦说："就说贫农小组吧，也不管是贫农什么吧，反正我是个贫农，为什么不要我？工作团才来的时候，串连贫农我先串连，给干部提意见我先提，为什么组织贫农时候就不要我了？"安发说："抽补也快结束了，这会你还争那有什么用途？"小旦说："嘻！叫我说这抽补还差得多啦，工作团都不摸底，干部、党员们多得的浮财跟没有退一样，只靠各人的反省退了点鸡毛蒜皮就能算了事吗？听工作团说，就只抽这一回了，咱们这贫农要再不追一追，就凭现在农会存的那点浮财,除照顾了扫地出门的户口,哪里还分得到咱们名下?"安发说:"咱也不想发那洋财。那天开群众大会你没有听工作团的组长讲,'平又不是说一针一线都要平,只是叫大家都能生产都能过日子就行了。'我看把土地抽补了把房子调剂了,还不能过日子的就是那些扫地出门的户,农会存的东西补了人家也就正对,咱又不是真不能过日子的家,以后慢慢生产着过吧!"小旦听着话头不对,就抽身往外走,临走还说:"不管怎样吧,反正我也还愿意入组,遇着你们组里开会也可以再给我提提!"说着连回话也不听就走出去,看样子入组的劲头也不大了。他走远了,聚财低低地说:"他妈的!他又想来出好主意!"安发说:"工作团一来,人家又跑去当积极分子,还给干部提了好多意见,后来工作团打听清楚他是个什么人,才没有叫他参加贫农小组。照他给干部们提那些意见,把干部们说得比刘锡元还坏啦!"聚财低低地说:"像小昌那些干部吧,也就跟刘锡元差不多,只是小旦说不起人家,他比人家坏得多,不加上他,小昌还许没有那么坏!"安发说:"像小昌那样,干部里边还没有几个。不过就小昌也跟刘锡元不一样。刘锡元那天生是穷人的对头,小昌却也给穷人们办些好事,像打倒刘锡元,像填平补齐,他都是实实在在出过力的,只是权大了就又蛮干起来。小旦提那意见还不只是说谁好谁坏,他说:'……一个好的也没有,都是一窝子坏蛋,谁也贪污得不少,不一齐扣起来让群众一个一个追,他们是不会吐出来的!'"老拐说:"他还要追人家别人啦!他就没有说他回回分头等果实,回回是窟窿,分得那些骡子、粮食、衣裳,吃的吃了,卖的卖了,比别人多占好几倍,都还吐不吐?"聚财说:"说干部没有好的那也太冤枉,好的就是好的。我看像人家元孩那些人就不错!"安发说:"那自然!要不群众就选人家当新农会主席啦?"

他们正说着闲话,狗狗在院里喊叫:"妈!二姑来了!"安发老婆听说二姨来了,从套间里跑出来,安发他们也都迎出来。老拐没有别的事,在门边随便跟客人应酬了两句话就走了。狗狗一边领着二姨进门,一边问:"二姑!你怎么没有骑驴?"二姨说:"驴叫你姑夫卖了,还骑上狗屁?"狗狗又笑着说:"二姑!你记得我前几年见了你就跟你要甚来呀?"二姨也笑着说:"狗狗到底大了些,懂事多了!要什么?还不是要花生?今年要也不行,你姑夫因为怕斗争,春天把花生种子也吃了,把驴也卖了!——大姐夫,听说你病了几天,我也没有来看看你!这几天好些?"聚财说:"这几天好多了!——你们家里后来没有什么事吧?"二姨说:"倒也没事,就是心慌得不行。听说你们这里来了工作团,有的说是来搞斗争,有的说是来整干部,到底不知道还要弄个甚。我说到这年边了,不得个实信,过着年也心不安,不如来打听打听!"聚财说:"这一回工作做得好!不用怕!……"接着他和安发两个人,就预备把划阶级、赔补中农、安插地主富农、整党……各项工作,都给二姨介绍了一下。正介绍到半当腰里,忽听得前院争吵起来。聚财听了听说:"这是小宝说话!安发你给咱去看看是不是吵软英的事?"安发说:"咱们都去看看吧!"聚财说:"我也能去?"安发说:"可以!这几天开整党会,去看的人多啦!"说着,他们三个人就到前院里来。

这天的整党会挪在院里开,北房门关着,正中间挂着共产党党旗和毛主席像,下面放着一张桌子和一些椅子凳子。工作团的同志们坐在阶台上,区长和高工作员也在内,元孩站在桌子后当主席,阶台下前面坐的是十七个党员,软英和小宝虽不是党员,因为是支部叫来的,也坐在前面,后面便是参观的群众。当聚财他们进去的时候,正遇上小昌站着讲话,前边不知道已经讲了些什么,正讲到:"……我跟你什么仇恨也没有!我是个共产党员,不能看着一个同志去跟个有变天思想的人接近!不能看着一个同志去给斗争对象送情报!不能看着一个同志去勾引人家的青年妇女!我们党内不要这种人！况且开除你也不是我一个人做的主：我提议的，支部通过的，支部书记元孩报上去的，区分委批准的，如今怎么能都算到我账上？"聚财听了这么个半截话，似乎也懂得是说小宝，也懂得"有变天思想"和"斗争对象"是指自己，也懂得"勾引青年妇女"是指小宝跟软英的关系，只是不懂"开除"是什么意思。小昌说了坐下，小宝站起来说："我说！"软英跟着也站起来说："我说！"元孩说："小宝先说！"小宝说："党开除我我没话说，因为不论错斗不错斗，那时候软英她爹总算是斗争对象，大会决定不许说，我说了是我犯了纪律，应该开除。可是我要问：他既然是共产党员，又是支部委员，又是农会主任，为什么白天斗了人家，晚上就打发小旦去强逼人家的闺女跟他孩子订婚？那就也不是'斗争对象'了？也没有'变天思想'了？说我不该'勾引青年妇女'，'强逼'就比'勾引'好一点？我这个党员该开除，他这个党员就还该当支委？"小宝还没有坐下，小昌就又站起来抢着说："明明是'自愿'，怎么能说我是'强迫'？"元孩指着小昌说："你怎么一直不守规矩？该你说啦？等软英说了你再说！坐下！"小昌又坐下了。聚财悄悄跟安发说："这个会倒有点规矩！"安发点了点头。软英站起来说："高工作员在这里常给我们讲'妇女婚姻要自主'，我跟小宝接近，连我爹我娘都不瞒，主任怎么说人家是'勾引'我？要是连接近接近也成了犯法的事，那还自主什么？主任又说我自愿嫁给他孩子，我哪有那么傻瓜？我也是二十多的人了，放着年纪相当的人我不嫁，偏看中了他十四五岁个毛孩子？要不是强逼，为什么跟我爹要金镯子？"软英说完了，小昌又站起来说："我说吧？我看这事情非叫小旦来不行！你们捏通了，硬说我要金镯子！我叫小旦来说说，看谁跟他提过金镯子？"后边参观的群众有人说："还用叫小旦？聚财、安发都在这里，不能叫他两个人说说？"聚财远远地说："不跟我要金镯子的话我还许少害几天病！还是找小旦来吧！省得人家又说我们是捏通了！"元孩说："我看还是去找小旦吧！要金镯子这事也不止谈了一次了,不证明一下恐怕再谈也没结果！"别的党员们也都主张叫小旦来证明一下,元孩就打发村里的通讯员去找。

这时候,登记农会房子的人也回来了,安发和别的农会委员们都回西房里议论调剂房子的事。元孩是新农会主席,可是因为在整党会上当着主席,只好把西房里的事托给副主席去管。

不多一会,把小旦找来了,整党会又接着开起来。小昌说："小旦哥！你究竟说说你给我说媒那事是自愿呀是强迫？"小旦想把自己洗个干净,因此就说："我是有甚说甚,不偏谁不害谁！主任有错,我也提过意见,不过这件事可不是人家主任强迫她。如今行自主,主任托我去的时候,我是亲自跟软英说的。那时候,她给我倒了一盅水,跟我说……"接着就把软英给他倒上水以后的那些话,详详细细实实在在说了一遍,然后说："我说这没有半句瞎话,大家不信可以问安发。"软英说："不用问我舅舅了,这话半句也不差,可惜没有从头说起,让我补一补吧：就是斗争了我爹那天晚上,小旦叔,不,小旦！我再不叫他叔叔了！小旦叫上我舅舅到了我家,先叫我舅舅跟我爹说人家主任要叫你软英嫁给人家孩子。说是要从下还可以要求回几亩地,不从的话,就要说我爹受了人家刘家的金镯子。没收了刘家的金镯子主任拿回去了——后来卖到银行谁不知道？那时候跟我爹要起来,我爹给人家什么？我怕我爹吃亏,才给小旦倒了一盅水,跟他说了那么一大堆诡话,大家说这算不算自愿？他小旦天天哄人啦,也上我一回当吧！"小旦早就想打断她的话,可惜找不住个空子,一听到她说了自己个"天天哄人",马上跳起来指着软英喊："把你的嘴收拾干净点！谁天天哄人啦？"高工作员喝住他说："小旦你捣什么乱？屈说了你？我还不知道你是个什么人？"小旦这才算又坐下了。参观的群众有人小声说:"还辩什么?除了小旦谁会办这事?"没有等小昌答话,别的党员们你一句我一句都质问起来:"小昌!你这个党员体面呀?""小昌!你向支部汇报过这事没有?""小昌!你这几天反省个甚?"……元孩气得指着问他说:"有你这种党员,咱这党还怎么见人啦?"小昌眼里含着泪哀求小旦说:"小旦哥!你凭良心说句话,我托你去说媒,还叫你问人家要过金镯子?"小旦说:"要说实的咱就彻底说实的,在斗争会的头一天晚上,你把我叫到你家,托我给你去办这事。你说:'明天斗争完了,趁这个热盘儿容易办。'我说人家早就要'自由'给小宝,你说:'不能想个办法先把小宝撑过一边?'恰巧我那天晚上回去就碰见小宝跟聚财家出来,第二天早上我又跟你商量先斗小宝,你说可以,那天就把小宝也斗了。到了晚上我去叫安发,顺路到你那里问主意。我说:'不答应怎么办?'你说:'你看着吧!对付小宝你还能想出办法来,还怕对付不了个聚财?'你还不知道我是个什么人?你叫我看着办,我要不出点坏主意怎么能吓唬住人?要金镯子的主意是我出的,东家可是你当的!"听小旦这一说,聚财在后边也说了话。他说:"我活了五十四岁了,才算见小旦说过这么一回老实话!这真是个说理的地方!"他说了这么两句话,一肚子闷气都散了,就舒舒服服坐下去休息,也再没有想到怕他们报复。小宝又站起来说:"主席!这总能证明斗争我是谁布置的吧?这总能证明要过金镯子没有吧?这总能证明是强迫呀还是自愿吧?"另一个党员说:"主席!只这一件事我也提议开除小昌!"另有好几个党员都说:"我也附议","我也附议"……

元孩向大家说:"我看这件事就算说明了,今天前晌的会就开到这里吧!处分问题,我看还是以后再说,因为小昌的事情还多,不能单以这件事来决定他的处分。以下请组长讲讲话!"

工作团的组长站起来说:"这件事从工作团来到这里,小宝就反映上来了,我们好久不追究,为的是叫小昌自己反省。从今天追究出来的实际情形看,小昌那反省尽是胡扯淡啦!小昌!你想想这是件什么事?为了给自己的孩子订婚,在党内党外布置斗争,打击自己的同志,又利用流氓威胁人家女方,抢了自己同志的恋爱对象。这完全学的是地主的套子,哪里像个党员办的事?最不能原谅的,是你在党内反省了一个多月,一字也没有提着这事的真相,别人一提你就辩护,这哪里像个愿意改过的人?给你个机会叫你反省你还不知道自爱,别人谁还能挽救你?你这种行为应该受到党的处分!此外我还得说说小旦!小旦!我们今天开的是整党会,你不是党员,这个会上自然不好处分你。不过我可以给你先捎个信:你不要以为你能永远当积极分子!在下河村谁也认得你那骨头!土改以后,群众起来了!再不能叫你像以前那样张牙舞爪了,从前得罪过谁,老老实实去找人家赔情认错!人家容了你,是你的便宜;人家不容你,你就跟人家到人民法庭上去,该着什么处分,就什么处分!那是你自作自受,怨不着别人!"

组长讲完了,元孩就宣布散会。大家正站起来要走,软英说:"慢点!我这婚姻问题究竟算能自主不能?"区长说:"整党会上管不着这事!我代表政权答复你:你跟小宝的关系是合法的。你们什么时候想定婚,到区上登记一下就对了,别人都干涉不着。"

散会以后,二姨挤到工作团的组长跟前说:"组长!我是上河人!你们这工作团不能请到我们上河工作工作?"组长说:"明年正月就要去!"

1948 年 10 月 18 日

传 家 宝

一

有个区干部叫李成,全家一共三口人——一个娘,一个老婆,一个他自己。他到区上做工作去,家里只剩下婆媳两个,可是就只这两个人,也有些合不来。

在乡下,到了阴历正月初二,照例是女人走娘家的时候,在本年(一九四九年)这一天早饭时,李成娘又和媳妇吵起来:

李成娘叫着媳妇的名字说:"金桂!准备准备走吧!早点去早点回来!"她这么说了,觉着一定能叫媳妇以为自己很开明,会替媳妇打算。其实她这次的开明,还是为她自己打算:她有个女儿叫小娥,嫁到离村五里的王家寨,因为女婿也是区干部,成天不在家,一冬天也没顾上到娘家来。她想小娥在这一天一定要来,来了母女们还能不谈谈心病话?她的心病话,除了评论媳妇的短处好像再没有什么别的,因此便想把媳妇早早催走,免得一会小娥回来了说话不方便。

金桂是个女劳动英雄,一冬天赶集卖煤,成天打娘家门过来过去,几时想进去看看就进去看看,根本不把走娘家当件稀罕事。这天要是村里没有事,她自然也可以去娘家走走,偏是年头腊月二十九,区上有通知,要在正月初二这一天派人来村里开干部会,布置结束土改工作,她是个妇联会主席,就不能走开。她听见婆婆说叫她走走娘家,本来可以回答一句"我还要参加开会",可是她也不想这样回答,因为她知道婆婆对她当干部这个事早就有一大堆不满意,这样一答话,保不定就会吵起来,因此就另找了个理由回答说:"我暂且不去吧!来了客人不招待?"

婆婆说:"有什么客人?也不过是小娥吧?她来了还不会自己做顿饭吃?"

金桂说:"姐姐来了也是客人呀?况且还有姐夫啦?"

婆婆不说什么了,金桂就要切白菜,准备待客用。她切了一棵大白菜,又往水桶里舀了两大瓢水,提到案板跟前,把案板上的菜撮到桶里去洗。

李成娘一看见金桂这些举动就觉着不顺眼:第一、她觉着不像个女人家的举动。她自己两只手提起个空水桶来,走一步路还得叉开腿,金桂提满桶水的时候也才只用一只手;她一辈子常是用碗往锅里舀水,金桂用的大瓢一瓢就可以添满她的小锅:这怎么像个女人?第二、她洗一棵白菜,只用一碗水,金桂差不多就用半桶,她觉着这也太浪费。既然不顺眼了,不说两句她觉得不痛快,可是该说什么呢?说个"不像女人吧",她知道金桂一定不吃她的,因此也只好以"反对浪费"为理由,来挑一下金桂的毛病:"洗一棵白菜就用半桶水?我做一顿饭也用不了那么多!"

"两瓢水吧,什么值钱东西?到河里多担一担就都有了!"金桂也提出自己的理由。

"你有理!你有理!我说的都是错的!"李成娘说了这两句话,气色有点不好。

金桂见婆婆咕嘟了嘴,知道自己再说句话,两个人就会吵起来,因此也就不再还口,沉住气洗自己的菜。

李成娘对金桂的意见差不多见面就有:嫌她洗菜用的水多、炸豆腐用的油多、通火有些手重、泼水泼得太响……不说好像不够个婆婆派头,说得她太多了还好顶一两句,反正总觉着不能算个好媳妇。金桂倒很大方,不论婆婆说什么,自己只是按原来的计划做自己的事,虽然有时候顶一两句嘴,也不很认真。她把待客用的菜蔬都准备好,洗了占不着的家具,泼了水,扫了地上的菜根葱皮,算是忙了一个段落。

把这段事情作完了,正想向婆婆说一声她要去开会,忽然觉得房子里总还有点不整齐,仔细一打量,还是婆婆床头多一口破黑箱子。这口破箱子,年头腊月大扫除她就提议放到床下,后来婆婆不同意,就仍放在床头上,可是现在看来,还是搬下去好——新毯子新被褥头上放个龇牙咧嘴的破箱子,像个什么摆设?她看了一会,跟婆婆商量说:"娘!咱们还是把这箱子搬下去吧?"

婆婆说:"那碍你的什么事?"

婆婆虽然说得带气,金桂却偏不认真,仍然笑着说:"那破破烂烂像个什么样子?你不怕我姐夫来了笑话?来,咱们搬了吧!"

婆婆仍然没好气,冷冰冰地说:"你有气力你搬吧!我跟你搬不动!"

她满以为不怕金桂有点气力,一个人总搬不下去,不想金桂仍是笑嘻嘻地答应了一声"可以",就动手把箱子一拖拖出床沿,用胸口把一头压低了,然后双手抱住箱腰抱下地去,站起一脚又蹬得那箱子溜到床底。

金桂费了一阵气力,才喘了两口气,谁知道这一下就引起婆婆的老火来。婆婆用操场上喊口令的口气说:"再给我搬上来!我那箱子在那里摆了一辈子了!你怕丢人你走开!我不怕丢我的人!"金桂见婆婆真生了气,弄得摸不着头脑,只怪自己不该多事。

婆婆仍是坚持"非搬上来不可"。

其实也不奇怪。李成娘跟这口箱子的关系很深,只是金桂不知道罢了。李成娘原是个很能做活的女人,不论春夏秋冬,手里没做的就觉着不舒服。她有三件宝:一架纺车,一个针线筐和这口黑箱子。这箱子里放的东西也很丰富,不过样数很简单——除了那个针线筐以外,就只有些破布。针线筐是柳条编的,红漆漆过的,可惜旧了一点——原是她娘出嫁时候的陪嫁,到她出嫁时候,她娘又给她作了陪嫁,不记得哪一年磨掉了底,她用破布糊裱起来,以后破了就糊,破了就糊,各色破布不知道糊了多少层,现在不只弄不清是什么颜色,就连柳条也看不出来了,里边除了针、线、尺、剪、顶针、钳子之类,也没有什么别的东西。破布也不少,恐怕就有二三十斤,都一捆一捆捆起来的。这东西,在不懂得的人看来一捆一捆都一样,不过都是些破布片,可是在李成娘看来却不那样简单——没有洗过的,按块子大小卷;洗过的,按用处卷——那一捆叫补衣服、那一捆叫打褙①、那一捆叫垫鞋底:各有各的特点,各有各的记号——有用布条捆的,有用红头绳捆的,有用各种颜色线捆的,跟机关里的卷宗②上编得有号码一样。装这些东西的黑箱子,原来就是李家的,可不知道是哪一辈子留下来的——枸卯③完全坏了,角角落落都钻上窟窿用麻绳穿着,底上棱上被老鼠咬得跟锯齿一样,漆也快脱落完了,只剩下巴掌大小一片一片的黑片。这一箱里表都在数,再加上一架纺车,就是李成娘的全部家当。她守着这份家当活了一辈子,补补衲衲,那一天离了也不行。当李成爹在的时候,她本想早给李成娶上个媳妇,把这份事业一字一板传下去,可惜李成爹在时,家里只有二亩山坡地,父子两个都在外边当

---

① 打褙:就是用面糊把破布糊裱起来叫做鞋用。
② 卷宗:就是公事。
③ 枸卯:官名叫"榫子"。

雇汉,人越穷定媳妇越贵,根本打不起这主意。李成爹死后,共产党来了,自己也分得了地,不多几年定媳妇也不要钱了,李成没有花钱就和金桂结了婚,李成娘在这时候,高兴得面朝西给毛主席磕过好几个头①。一九里②,为了考试媳妇的针工,叫媳妇给她缝过一条裤子,她认为很满意,比她自己做得细致,可是过了几个月,发现媳妇爱跟孩子到地里做活,不爱坐在家里补补衲衲,就觉得有点担心。她先跟李成说:"男人有男人的活,女人有女人的活……"李成说:"我看还是地里活要紧!我自己是村里的农会主席,要多误些工,地里有个人帮忙更好。"半年之后,金桂被村里选成劳动英雄,又选成妇联会主席,李成又被上级提拔到区上工作,地里的活完全交给金桂做,家事也交给金桂管,从这以后,金桂差不多半年就没有拈过针,做什么事又都是不问婆婆自己就作了主,这才叫李成娘着实悲观起来。孩子在家的时候,娘对媳妇有意见可以先跟孩子说,不用直接打冲锋;孩子走了只留下婆媳两个,问题就慢慢出来了——婆婆只想拿她的三件宝贝往下传,媳妇觉着那里边没大出息,接受下来也过不成日子,因此两个人从此意见不合,谁也说不服谁。只要明白了这段历史,你就会知道金桂搬了搬箱子,李成娘为什么就会发那么大脾气。

　　金桂见婆婆的气越来越大,不愿意把事情扩大了,就想了个开解的办法,仍然笑了笑说:"娘!你不要生气了!你不愿意叫搬下来,我还给你搬上去!"说着低下头去又把箱子从床底拖出来。她正准备往上搬,忽然听得院里有个小女孩叫着:"金桂嫂!公所叫你去开会啦!区干部已经来了!"

---

① 那时候毛主席在延安。
② 一九里:就是结婚后的九天里。

二

这小女孩叫玉凤,和金桂很好,她在院里叫着"金桂嫂"就跑进来。李成娘一听说叫金桂去开会,觉着又有点不对头,嘴里嘟噜着说:"天天开会!以后就叫你们把'开会'吃上!"

玉凤虽说才十三岁,心眼儿很多,说话又伶俐。她沉住气向李成娘说:"大娘!你还不知道今天开会干什么吗?"

"我倒管它哩?"李成娘才教训过金桂,气色还没有转过来。

玉凤说:"听说就是讨论你家的地!"

"那有什么说头?"

"听说你们分的地是李成哥自己挑的,村里人都不赞成。"

"谁说的?四五十个评议员在大会上给我分的地,村里谁不知道?挑的!……"玉凤本来是逗李成娘,李成娘却当了真。

李成娘认了真,玉凤却笑了。她说:"大娘!你不是说开会不抵事吗?哈哈哈……"

李成娘这时才知道玉凤是逗她,自己也忍不住一边笑,一边指着玉凤说:"你这小捣乱鬼!"

金桂把箱子从床下拖出来正预备往床上搬,玉凤就叫着进来了。她只顾听玉凤跟自己的婆婆捣蛋,也就停住了手站起来,等到自己的婆婆跟玉凤都笑了,自己也忍不住陪着她们笑了一声,笑罢了仍旧弯下腰去搬箱子。

李成娘这一会气已经消下去,回头看见床头上没有那口破箱子,的确比放上那口破箱子宽大得多,也排场得多,因此当金桂正弯腰去搬箱子的时候,她又变了主意:"不用往上搬了,你去开你的会吧!"

金桂见婆婆的气已经消了,自然也不愿意再把那东西搬起来,就答应了一声"也好",仍然把它推回床下去,然后又把床上放箱子的地方的灰尘扫了一下。她一边扫,一边问玉凤:"区上谁来了?"

玉凤说:"你还不知道?李成哥回来了。"

"你又说瞎话!"

"真的!他没有回家来吗?"

正说着,李成的姐姐小娥就走进来,大家说了几句见面话以后,金桂问:"我姐夫没有来?"

小娥说:"来了!到村公所开会去了!——你怎么没有去开会?"

金桂抓住玉凤一条胳膊又用一个拳头在她头上虚张声势地问她:"你不是说是你李成哥回来了?"

玉凤缩住脖子笑着说:"一提他你去得不快点?"

"你这个小捣乱鬼!"金桂轻轻在玉凤脊背上用拳头按了一下放了手,回头跟小娥说:"姐姐!我要去开会,顾不上招呼你!你歇一歇跟娘两个人自己做饭吃吧!"小娥也说:"好!你快去吧!"李成娘为了跟小娥说起心病话来方便,本来就想把金桂推走,因此也说:"你去吧!你姐姐又不是什么生客!"金桂便跟玉凤走了,这时家里只留下她们母女两个。

小娥说:"娘!我一冬天也顾不上来看你一眼!你还好吧?"

"好什么?活受啦吧!"

"我看比去年好得多,床上也有新褥新被了!衣裳也整齐干净了!也有了媳妇了……"

李成娘的心病话早就闷不住了,小娥这一下就给她引开了口。她把嘴唇伸得长长地哼了一声说:"不提媳妇不生气:古话说:'娶个媳妇过继出个儿'①。媳妇也有本事孩子也有本事,谁还把娘当

---

① 这是当地流行的一句俗话。

个人啦?"说着还落了几点老泪。她擦过泪又接着说:"人家一手遮天了:里里外外都由人家管,遇了大事人家会跑到区上去找人家的汉。人家两个人商量成什么是什么,大小事不跟咱通个风。人家办成什么都对!咱还没有问一句,人家就说'你摸不着'!外边人来,谁也是光找人家!谁还记得有个咱?唉,小娥!你看娘还活得像个什么人啦?——说起心病来没个完。你还是先做饭吧!做着饭娘再慢慢告诉你!"

小娥说:"一会再做吧,我还不饿哩!"

"先做着吧!一会他姐夫回来也要吃!"

小娥也不再推,一边动手做饭,一边仍跟娘谈话。她说:"他姐夫给我们镇上的妇女讲话,常常表扬人家金桂,说她是劳动模范,要大家向她学习,就没有提到她的缺点,照娘这么说起来,虽说她劳动很好,可也不该不尊重老人啊?"

李成娘又把她那下嘴唇伸得长长地哼了一声说:"什么好劳动?男人有男人的活,女人有女人的活,她那劳动呀,叫我看来是狗捉老鼠,多管闲事!娶过她一年了,她拈过几回针?纺过几条线?"

小娥笑着说:"我看人家也吃上了,也穿上了!"

李成娘把下嘴唇伸得更长了些说:"破上钱谁不会耍派头?从前我一年也吃不了一斤油,人家来了以后是一月一斤,我在货郎担上买个针也心疼得不得了,人家到集上去鞋铺里买鞋,裁缝铺里做制服,打扮得很时行。"这老人家,说着就带了气,嗓子越提越高,"不嫌败兴!一个女人家到集上买着穿!不怕别人划她的脊梁筋①……"小娥见她动了气,赶紧劝她,又给她倒了碗水叫她润一润喉咙,又用好多别的话才算把她的话插断。

---

① 也是当地的俗话,意思是说不怕别人指着她的脊背笑话她。

小娥很透脱,见娘对金桂这样不满意,再也不提金桂的事,却说着自己一冬天的家务事来消磨时间。可是女人家的事情,总与别的女人家有关系,因此小娥不论说起什么来,她娘都能和金桂的事往一处凑。比方小娥说到互助组,她娘就说"没有互助组来金桂也能往外边少跑几趟";小娥提到合作社,她娘就说"没有合作社来金桂总能少花几个钱";小娥说自己住在镇上很方便,她娘说就是镇上的方便才把金桂引诱坏了的;小娥说自己的男人当干部,她娘说就是李成当干部才把媳妇娇惯了的。

　　小娥见娘的话左右不摆脱金桂,就费尽心思拣娘爱听的说。她知道娘一辈子爱做针线活,爱纺棉花,就把自己年头一冬天做针线活跟纺棉花的成绩在娘面前夸一夸。她说她给合作社纺了二十五斤线,给鞋铺衲了八对千针底,给裁缝铺钉了半个月制服扣子。她说到鞋铺和裁缝铺,还生怕娘再提起金桂做制服和买鞋的事来,可是已经说开头了不得不说下去。她娘呢,因为只顾满意女儿的功劳,倒也没有打断女儿的话再提金桂的事,不过听到末了,仍未免又跟金桂连起来。她说:"看我小娥!金桂那东西能抵住我小娥一分的话,我也没有说的!她给谁纺过一截线?给谁做过一针活?"她因为气又上来了,声音提得很高,连门外的脚步声也没有听见,赶到话才落音,金桂就揭着门帘进来了,小娥的丈夫也跟在后面。

三

　　李成娘一见他们两个人进来,觉着"真他娘的不凑巧"。

　　小娥觉着不对,赶紧把话头引到另一边,她问自己丈夫说:"今天的会怎么散得这样快?"

　　她丈夫说:"这会只是和几个干部接一下头,到晚上才正式开会。"

只说了这么几句简单话大家坐下了,谁也再没有什么话说,金桂的脸色就很不平和。

金桂平常很大方,婆婆说两句满不在乎,可是这一次有些不同:小娥的丈夫是她的姐夫,可也是她的上级。她想婆婆在小娥面前败坏自己,小娥如何能不跟她自己的丈夫说?况且真要是自己的错误也还可说,自己确实没错只是婆婆的见解不对,她觉着犯不着受这冤枉。

小娥的丈夫见她们婆媳的关系这样坏,也断不定究竟哪一方面对。他平常很信任金桂,到处表扬她,叫各村的妇女向她学习,现在听见她婆婆对她十分不满意,反疑惑自己不了解情况,对金桂保不定信任太过,因此就想再来调查研究一番。他见大家都不说话,就想趁空子故意撩一撩金桂。他笑着问小娥:"你们背地里谈论人家金桂什么事,惹得人家咕嘟着嘴!"

金桂还没有开口,李成娘就抢先说:"听见叫她听见吧,我又没有屈说了她!你问她一冬天拈过一下针没有?纺过一寸线没有?"

婆婆开了口,金桂脸上却又和气得多了。金桂只怕没有机会辩白引起上级的误会,如今既然又提起来了,正好当面辩白清楚,因此反觉着很心平。她说:"娘!你说得都对,可惜是你不会算账。"又回头向小娥的丈夫说:"姐夫你给我算着:纺一斤棉花误两天,赚五升米;卖一趟煤,或做一天别的重活,只误一天,也赚五升米!你说还是纺线呀还是卖煤?"

小娥的丈夫笑了。他用不着回答金桂就向小娥说:"你也算算吧!虽然都还是手工劳动,可是金桂劳动一天抵住你劳动两天!我常说的'妇女要参加主要劳动',就是说要算这个账!"

李成娘觉着自己输了,就赶紧另换一件占理的事。她又说:

"哪有这女人家连自己的衣裳鞋子都不做,到集上买着穿?"她满以为这一下可要说倒她,声音放得更大了些。

金桂不慌不忙又向她说:"这个我也是算过账的:自己缝一身衣服得两天,裁缝铺用机器缝,只要五升米的工钱,比咱缝的还好。自己做一对鞋得七天,还得用自己的材料,到鞋铺买对现成的才用斗半米,比咱做的还好。我九天卖九趟煤,五九赚四斗五;缝一身衣服买一对鞋,一共才花二斗米,我为什么自己要做?"

等不得金桂说完,李成娘就又发急了。她觉着两次都输了,总得再争口气——嗓子再放大一点,没理也要强占几分。她大喊起来:"你做得对!都对!没有一件没理的!"又向女婿喊:"你们这些区干部,成天劝大家节约节约!我活了一辈子了,没有听说过什么是'节约',可是我一年也吃不了一斤油,我这节约媳妇来了是一月吃一斤。你们都会算账,都是干部!就请你们给我算算这笔账!"

她越喊得响亮,女婿越忍不住笑,等她喊完了,女婿已笑得合不上口。女婿说:"老人家,你不要急!我可以替你算算这笔账:两个人一月一斤油,一个人一天还该不着三钱,不能算多。'节约'是不浪费的意思。非用不行的东西,用了不能算是浪费……"

李成娘说:"你们这些当干部的是官官相护!什么非用不行?我一辈子吃糠咽菜也活了这么大!"

金桂说:"娘!我不过年轻点吧,还不是吃糠长大的?这几年也不是光咱吃得好一点,你到村里打听一下,不论哪家一年还不吃一二十斤油?"

小娥的丈夫又帮助金桂说:"老人家!如今世道变了,变得不用吃糠了!革命就是图叫咱们不吃糠,要是图吃糠谁还革命哩?这个世道还是才往好处变,将来用机器种起地来,打下的粮食能抵住如今两三倍,不说一月吃一斤油,一天还得吃顿肉哩!"他这番话似乎已经把李成娘的气给平下去了,要是不再说什么也许就没事了,可是不幸又接着说了几句,就又引起了大事。他接着说:"老人家!依我说你只用好吃上些好穿上些,过几年清净日子算了!家里的事你不用管它!"

"你这区干部就说是这种理?我死了就不用管了,不死就不能由别人摆布我!"李成娘动了大气,也顾不上再和女婿讲客气。她说金桂不做活、浪费还都不是很重要的问题,最要紧的是恨金桂不该替她作了当家人,弄得她失掉了领导权。她又是越说越带气:"这是我的家!她是我娶来的媳妇!先有我来先有她来?"

小娥的丈夫说:"老人家!不是说不该你管,是说你上年纪了,如今新事情你有些摸不着!管不了!"

"管不了?娶过媳妇才一年啊!从前没有媳妇我也活了这么大!她有本事叫她另过日子去!我不图沾她的光!大小事不跟我通一通风,买个驴都不跟我商量!叫她先把我灭了吧!"

金桂向来还猜不到婆婆跟自己这样过不去,这会听婆婆这么一说,也真正动了点小脾气。她说:"娘!你也不用跟我分家了!你想管你就管,我落上一个清净算了!"说着就跑回自己房里去。小娥当她回房去寻死,赶紧跟在她后面。可是当小娥才跑到她门口,她却挟了个小布包返出来跑到婆婆的房子里,向婆婆说:"娘!让我交代你!"

小娥看见已经怄成气了,赶紧拉住金桂说:"金桂!不要闹!娘是老糊涂了,像……"

小娥的丈夫倒很沉得住气,他也不劝金桂也不劝丈母娘,倒向小娥说:"你不用和稀泥!我看就叫金桂把家务交代给老人家也好!老人家管住家务,金桂清净一点倒还能多做一点活!"又回头向金桂挤了挤眼说:"金桂你不要动气!说正经的,你说对不对?"

金桂见姐夫是帮自己,马上就又转得和和气气地顺着姐夫的话说:"谁动气来?"又向婆婆说:"娘!我不是跟你生气!我不知道你想管这个!你早说来我早就交代你了!"说着就打开小包,取出一本账和几叠票子来。

李成娘见媳妇拿出账本,还以为是故意难为她这不识字的人,就又说:"我不识字!不用拿那个来捉弄我!"

金桂仍然正正经经地说:"我才认得几个字?还敢捉弄人?我不是叫娘认字!我是自己不看账记不得!"

小娥的丈夫也爬到床边说:"让我帮你办交代!先点票子吧!"他点一叠向丈母娘跟前放一叠,放一叠报个数目——"这是两千元的冀南票,五张共是一万!""这是两张两千的,一张一千的,十张五百的,也一万!"……他还没有点够三万,丈母娘早就弄不清楚了,可是也不好意思说接管不了,只插了一句话说:"弄成各色各样的有什么好处,哪如从前那铜元好数?"女婿没有管她说话是什么,仍然点下去,点完了一共合冀南票的五万五。

点过了票,金桂就接着交代账上的事。她翻着账本说:"合作社的来往账上,咱欠人家六万一。他收过咱二斗大麻子,一万六一斗,二斗是三万二。咱还该分两三万块钱红,等分了红以后你好跟他清算吧!互助组里去年冬天羊踩粪,欠人家六升羊工伙食米。咱还存三张旧工票,一张大的是一个工,两张小的是四分工,共是一个零四分,这个是该咱得米,去年秋后的工资低,一个工是二升半。大后天组里就要开会结束去年的工账,到那时候要跟人家找清……"

婆婆连一宗也没听进去,已经觉得很厌烦。她说:"怎么有这么多的穷事情?麻麻烦烦谁记得住?"

小娥听着也替娘发愁,见娘说了话,也跟着劝娘说:"娘!你就还叫金桂管吧,自己揽那些麻烦做甚哩?这比你黑箱子里那东西麻烦得多哩?"

李成娘觉着不只比箱子里的东西样数多，并且是包也没法包，卷也没法卷，实在不容易一捆一捆弄清楚。她这会倒是愿意叫金桂管，可也似乎还不愿意马上说丢脸话。

金桂仍然交待下去。她说："不怕娘！只剩五六宗了——有几宗是和村公所的，有几宗是和集上的，差务账上，咱一共支过十个人工八个驴工，没有算账。咱还管过好几回过路军人饭，人家给咱的米票，还没有兑。这两张，每张是十一两。这五张，每张是……"

"实在麻烦，我不管了！你弄成什么算什么！我吃上个清净饭拉倒！"李成娘赌气认了输，把腿边的一堆票子往前一推。

小娥的丈夫哈哈大笑起来。他说："我原来不是说叫你'过几年清净日子算了'吗？"又向金桂说："好好好！你还管起来吧！"又向小娥说："我常叫你们跟金桂学习，就是叫学习这一大摊子！成天说解放妇女解放妇女，你们妇女们想真得到解放，就得多做点事、多管点事、多懂点事！咱们回去以后，我倒应该照金桂这样交代交代你！"

1949 年 4 月 14 日

田寡妇看瓜

南坡庄上穷人多,地里的南瓜豆荚常常有人偷,雇着看庄稼的也不抵事,各人的东西还得各人操心。最爱偷人的叫秋生,因为自己没有地,孩子老婆五六口,全凭吃野菜过日子,偷南瓜摘豆荚不过是顺路捎带。最怕人偷的是田寡妇,因为她园地里的南瓜豆荚结得早——南坡庄不过三四十家人,有园地的只是王先生和田寡妇两家,王先生有十来亩,可是势头大,没人敢偷;田寡妇虽说只有半亩,可是既然没人敢偷王先生的,就该她一家倒霉,因此她每年夏秋两季总要到园里去看守。

一九四六年春天,南坡庄经过土地改革,王先生是地主,十来亩园地给穷人分了;田寡妇是中农,半亩园地自然仍是自己的。到了夏天园地里的南瓜豆荚又早早结了果,田寡妇仍然每天到地里看守。孩子们告她说:"今年不用看了,大家都有了。"她不信,因为她只到过自己园里,王先生的园在哪里她都不知道。

也难怪她不信孩子们的话,她有她的经验:前几年秋生他们一伙人,好像专门跟她开玩笑——她一离开园子就能丢了东西。有一次,她回家去端了一碗饭,转来了,秋生正走到她的园地边,秋生向她哀求:"嫂!你给我个小南瓜吧!孩子们饿得慌!"田寡妇没好气,故意说:"哪里还有?都给贼偷走了!"秋生明知道是说自己,也还不得口,仍然哀求下去,田寡妇怕他偷,也不敢深得罪他;看看自己的嫩南瓜,哪一个也舍不得摘,挑了半天,给他摘了拳头大一个,嘴里还说:"可惜了,正长哩。"她才把秋生打发走,王先生恰巧摇着扇子走过来。王先生远远指着秋生的脊背跟她说:"大害大害!庄上出下了他们这一伙子,叫人一辈子也不得放心!"说着连步也没停就走过去了。这话正投了她的心事,她一辈子也忘不了,因此孩子们说"今年不用看了",她总听不进去。不管她信不信,事实总是事实。有一天她中了暑,在家养了三天病,园子里没丢一点东西。后来病好了虽说还去看,可是家里忙了,隔三五天不去也没事,隔十来天不去也没事,最后她把留作种子的南瓜上都刻了些十字作为记号,就决定不再去看守。

　　快收完秋的时候,有一天她到秋生院里去,见秋生院里放着十来个老南瓜,有两个上边刻着十字,跟她刻的那十字一样,她又犯了疑。她有心问一问,又没有确实把握,怕闹出事来,才又决定先到园里看看。她连家也没回就往园里跑,跑到半路恰巧碰上秋生赶着个牛车拉了一车南瓜。她问:"秋生!这是谁的南瓜?怎么这么多?"秋生说:"我的!种得太多了!""你为什么种那么多?""往年孩子们见了南瓜馋得很,今年分了半亩园地我说都把它种成南瓜吧!谁知道这种粗笨东西多了就多得没个样子,要这么多哪吃得了?种成粮食多合算?""吃不了不能卖?""卖?今年谁还缺这个?上哪里卖去?园里还有!你要吃就打发孩子们去担一些,光叫往年我吃你的啦!"他说着赶着车走了,田寡妇也无心再去看她的南瓜。

1949 年 5 月 13 日

登　记

一　罗汉钱

诸位朋友们：今天让我来说个新故事。这个故事题目叫《登记》，要从一个罗汉钱说起。

这个故事要是出在三十年前，"罗汉钱"这东西就不用解释；可惜我要说的故事是个新故事，听书的朋友们又有一大半是年轻人，因此在没有说故事以前，就得先把"罗汉钱"这东西交代一下：

据说罗汉钱是清朝康熙年间铸的一种特别钱，个子也和普通的康熙钱一样大小，只是"康熙"的"熙"字左边少一直画；铜的颜色特别黄，看起来有点像黄金。相传铸那一种钱的时候，把一个金罗汉像化在铜里边，因此一个钱有三成金。这种传说可靠不可靠不是我们要管的事，不过这种钱确实有点可爱——农村里的青年小伙子们，爱漂亮的，常好在口里衔一个罗汉钱，和城市人们爱包镶金牙的习惯一样，直到现在还有些偏僻的地方仍然保留着这种习惯；有的用五个钱叫银匠给打一只戒指，戴到手上活像金的。不过要在好多钱里挑一个罗汉钱可很不容易：兴制钱的时候，聪明的孩子们，常好在大人拿回来的钱里边挑，一年半载也不见得能碰见

一个。制钱虽说不兴了,罗汉钱可是谁也不出手的,可惜是没有几个。说过了钱,就该说故事:

有个农村叫张家庄。张家庄有个张木匠。张木匠有个好老婆,外号叫个"小飞蛾"。小飞蛾生了个女儿叫"艾艾",算到一九五〇年阴历正月十五元宵节,虚岁二十,周岁十九。庄上有个青年叫"小晚",正和艾艾搞恋爱。故事就出在他们两个人身上。

照我这么说,性急的朋友们或者要说我不在行:"怎么一个'罗汉钱'还要交代半天,说到故事中间的人物,反而一句也不交代?照这样说下去,不是五分钟就说完了吗?"其实不然:有些事情不到交代时候,早早交代出来是累赘;到了该交代的时候,想不交代也不行。闲话少说,我还是接着说吧:

张木匠一家就这么三口人——他两口子和这个女儿艾艾——独住一个小院:他两口住北房,艾艾住西房。今年①阴历正月十五夜里,庄上又要玩龙灯,张木匠是老把式,耍尾巴的,吃过晚饭丢下碗就出去玩去了。艾艾洗罢了锅碗,就跟她妈相跟着,锁上院门,也出去看灯去了。后来三个人走了个三岔:张木匠玩龙灯,小飞蛾满街看热闹,艾艾可只看放花炮起火,因为花炮起火是小晚放的。艾艾等小晚放完了花炮起火就回去了,小飞蛾在各街道上飞了一遍也回去了,只有张木匠不玩到底放不下手,因此他回去得最晚。

艾艾回到北房里等了一阵等不回她妈来,就倒在她妈的床上睡着了。小飞蛾回来见闺女睡在自己的床上,就轻轻推了一把说:"艾艾!醒醒!"艾艾没有醒来,只翻了一个身,有一个明晃晃的小东西从她衣裳口袋里溜出来,玎玲一声掉到地下,小飞蛾端过灯来一看:"这闺女!几时把我的罗汉钱偷到手?"她的罗汉钱原来藏在板箱子里边的首饰匣子里。这时候,她也不再叫艾艾,先去放她

---

① 指一九五〇年。

的罗汉钱。她拿出钥匙来,先开了箱子上的锁,又开了首饰匣子上的锁,到她原来放钱的地方放钱:"咦!怎么我的钱还在?"摸出来拿到灯下一看:一样,都是罗汉钱,她自己那一个因为隔着两层木头没有见过潮湿气,还是那么黄,只是不如艾艾那个亮一点。她看了艾艾一眼,艾艾仍然睡得那么憨(酣)。她自言自语说:"憨闺女!你怎么也会干这个了?说不定也是戒指换的吧?"她看看艾艾的两只手,光光的;捏了捏口袋,似乎有个戒指,掏出来一看是顶针圈儿。她叹了一口气说:"唉!算个甚?娘儿们一对戒指,换了两个罗汉钱!明天叫五婶再去一趟赶快给她把婆家说定了就算了!不要等闹出什么故事来!"她把顶针圈儿还给艾艾装回口袋里去,拿着两个罗汉钱想起她自己那一个钱的来历。

这里就非交代一下不行了。为了要说明小飞蛾那个罗汉钱的来历,先得从小飞蛾为什么叫"小飞蛾"说起:

二十多年前,张木匠在一个阴历腊月三十日娶亲。娶的这一天,庄上人都去看热闹。当新媳妇取去了盖头红的时候,一个青年小伙子对着另一个小伙子的耳朵悄悄说:"看!小飞蛾!"那个小伙子笑了一笑:"活像!"不多一会,屋里,院里,你的嘴对我的耳朵,我的嘴又对他的耳朵,咯哩咯嗒都嚷嚷这三个字——"小飞蛾""小飞蛾""小飞蛾"……

原来这地方一个梆子戏班里有个有名的武旦,身材不很高,那时候也不过二十来岁,一出场,抬手动脚都有戏,眉毛眼睛都会说话。唱《金山寺》她装白娘娘,跑起来白罗裙满台飞,一个人撑满台,好像一只蚕蛾儿,人都叫她"小飞蛾"。张木匠娶的这个新媳妇就像她——叫张木匠自己说,也说是"越看越像"。

第二天是大年初一,按这地方的习惯,用两个妇女搀着新媳妇,一个小孩在头里背条红毯儿,到邻近各家去拜个年——不过只是走到就算,并不真正磕头。早饭以后,背红毯的孩子刚一出门,有个青年就远远地喊叫:"都快看!小飞蛾出来了!"他这么一喊,马上聚了一堆人,好像正月十五看龙灯那么热闹,新媳妇的一举一动大家都很关心:"看看!进了她隔壁五婶院子里了!""又出来了又出来了!到老秋孩院子里去了!……"

张木匠娶了这么个媳妇,当然觉得是得了个宝贝,一九里,除了给舅舅去拜了一趟年,再也不愿意出门,连明带夜陪着小飞蛾玩;穿起小飞蛾的花衣裳扮女人,想逗小飞蛾笑;偷了小飞蛾的斗方戒指,故意要叫小飞蛾满屋子里撑他……可是小飞蛾偏没心情,只冷冷地跟他说:"不要打哈哈!"

几个月过后,不知道谁从小飞蛾的娘家东王庄带了一件消息来,说小飞蛾在娘家有个相好的叫保安。这消息传到张家庄,有些青年小伙子就和张木匠开玩笑:"小木匠,回去先咳嗽一声,不要叫跟保安碰了头!""小飞蛾是你的?至少有人家保安一半!"张木匠听了这些话,才明白了小飞蛾对自己冷淡的原因,好几次想跟小飞蛾生气,可是一进了家门,就又退一步想:"过去的事不提它吧,只要以后不胡来就算了!"后来这消息传到他妈耳朵里,他妈把他叫到背地里,骂了他一顿"没骨头",骂罢了又劝他说:"人是苦虫!痛痛打一顿就改过来了!舍不得了不得……"他受过了这顿教训以后,就好好留心找小飞蛾的茬子。

有一次他到丈人家里去,碰见保安手上带了个斗方戒指,和小飞蛾的戒指一个样;回来一看小飞蛾的手,小飞蛾的戒指果然只留下一只。"他妈的!真是有人家保安一半!"他把这消息报告了他妈,他妈说:"快打吧!如今打还打得过来!要打就打她个够受!轻来轻去不抵事!"他正一肚子肮脏气,他妈又给他打了打算盘,自然就非打不行了。他拉了一根铁火柱正要走,他妈一把拉住他说:"快丢手!不能使这个!细家伙打得疼,又不伤骨头,顶好是用小锯子上的梁!"

他从他的一捆木匠家具里边抽出一条小锯梁子来，尺半长，一指厚，木头很结实，打起来管保很得劲。他妈为什么知道这家具好打人呢？原来他妈当年轻时候也有过小飞蛾跟保安那些事，后来是被老木匠用这家具打过来的。闲话少说：张木匠拿上这件得劲的家伙，黑丧着脸从他妈的房子里走出来，回到自己的房里去。

小飞蛾见他一进门，照例应酬了他一下说："你拿的那个是什么？"张木匠没有理她的话，用锯梁子指着她的手说："戒指怎么只剩了一只？说！"这一问，问得小飞蛾头发根一支杈。小飞蛾抬头看看他的脸，看见他的眼睛要吃人，吓得她马上没有答上话来，张木匠的锯梁子早就打在她的腿上了。她是个娇闺女，从来没有挨过谁一下打，才挨了一下，痛得她叫了一声低下头去摸腿，又被张木匠抓住她的头发，把她按在床边上，拉下裤子来"披、披、披"一连打了好几十下。她起先还怕招得人来看笑话，憋住气不想哭，后来实在支不住了，只顾喘气，想哭也哭不上来，等到张木匠打得没了劲扔下家伙走出去，她觉得浑身的筋往一处抽，喘了半天才哭了一声就又压住了气，头上的汗，把头发湿得跟在热汤里捞出来的一样，就这样喘一阵哭一声喘一阵哭一声，差不多有一顿饭工夫哭声才连起来。一家住一院，外边人听不见，张木匠打罢了早已走了，婆婆连看也不来看，远远地在北房里喊："还哭什么？看多么排场？多么有体面？"小飞蛾哭了一阵以后，屁股蛋疼得好像谁用锥子剜，摸了一摸满手血，咬着牙兜起裤子，站也站不住。

她的戒指是怎样送给保安的，以后张木匠也没有问，她自己自然也没有说。原来是她在端午那一天到娘家去过节，保安想要她个贴身的东西，她给保安卸了一个戒指；她也要叫保安给她个贴身的东西，保安把口里衔的罗汉钱送了她。

自从她挨了这一顿打之后，这个罗汉钱更成了她的宝贝。人怕伤了心：从挨打那天起，她看见张木匠好像看见了狼，没有说话先哆嗦。张木匠也莫想看上她一个笑脸——每次回来,从门外看见她还是活人,一进门就变成死人了。有一次,一个鸡要下蛋,没有回窝里去,小飞蛾正在院里撵,张木匠从外边回来,看见她那神气,真有点像在戏台上系着白罗裙唱白娘娘的那个小飞蛾,可是小飞蛾一看见他,就连鸡也不撵了,赶紧规规矩矩走回房子里去。张木匠生了气,撵到房子里跟她说:"人说你是'小飞蛾',怎么一见了我就把你那翅膀夺拉下来了?我是狼?""呱"一个耳刮子。小飞蛾因为不愿多挨耳刮子,也想在张木匠面前装个笑脸,可惜是不论怎么装也装得不像,还不如不装。张木匠看不上活泼的小飞蛾,觉着家里没了趣,以后到外边做活,一年半载不回家,路过家门口也不愿进去,听说在外面找了好几个相好的。张木匠走了,家里只留下婆媳两个。婆婆跟丈夫是一势,一天跟小飞蛾说不够两句话,路上碰着了扭着脸走,小飞蛾离娘家虽然不远,可是有嫌疑,去不得;娘家爹妈听说闺女丢了丑,也没有脸来看望。这样一来,全世界上再没有一个人跟小飞蛾是一势了,小飞蛾只好一面伺候婆婆,一面偷偷地玩她那个罗汉钱。她每天晚上打发婆婆睡了觉,回到自己房子里关上门,把罗汉钱拿出来看了又看,有时候对着罗汉钱悄悄说:"罗汉钱!要命也是你,保命也是你!人家打死我我也不舍你!咱俩死活在一起!"她有时候变得跟小孩子一样,把罗汉钱暖到手心里,贴到脸上,按到胸上,衔到口里……除了张木匠回家来那有数的几天以外,每天晚上她都是离了罗汉钱睡不着觉,直到生了艾艾,才把它存到首饰匣子里。

她剩下的那只戒指是自从挨打之后就放进首饰匣子里去的。当艾艾长到十五那一年,她拿出匣子来给艾艾找帽花,艾艾看见了戒指就要要。她生怕艾艾再看见罗汉钱,赶快把戒指给了艾艾就把匣子锁起来了。那时候张木匠和小飞蛾的关系比以前好了一点,因为闺女也大了,他妈也死了,小飞蛾和保安也早就没有联系了。又因为两口子只生了艾艾这么个孤闺女,两个人也常借着女儿开开玩笑。艾艾带上了小飞蛾那只斗方戒指,张木匠指着说:"这原来是一对来!"艾艾问:"那一只哩?"张木匠说:"问你妈!"艾艾正要问小飞蛾,小飞蛾翻了张木匠一眼。艾艾只当是她妈丢了,也就不问了。这只戒指就是这么着到了艾艾手的。

以前的事已经交代清楚,再回头来接着说今年(或一九五〇年)正月十五夜里的事吧:

小飞蛾手里拿着两个罗汉钱,想起自己那个钱的来历来,其中酸辣苦甜什么味儿也有过:说这算件好事吧,跟着它吃了多少苦;说这算件坏事吧,想一遍也满有味。自己这个,不论好坏都算过去了;闺女这个又算件什么事呢?把它没收了吧,说不定闺女为它费了多少心;悄悄还给她吧,难道看着她走自己的伤心路吗?她正在想来想去得不着主意,听见门外有人走得响,张木匠玩罢了龙灯回来了,因此她也再顾不上考虑,两个钱随便往箱里一丢,就把箱子锁住。

这时候鸡都快叫了,张木匠见艾艾还没有回房去睡,就发了脾气:"艾艾,起来!"因为他喊的声音太大,吓得艾艾哆嗦了一下一骨碌爬起来,瞪着眼问:"什么事,什么事?"小飞蛾说:"不能慢慢叫?看你把闺女吓得那个样子!"又向艾艾说:"艾!醒了没有?什么事也没有,你爹叫你回去睡哩!"张木匠说:"看你把她惯成什么样子!"艾艾这才醒过来,什么也没有说,笑了一笑就走。

张木匠听得艾艾回西房去关上门,自己也把门关上,回头一边脱衣服一边悄悄跟小飞蛾说:"这二年给咱艾艾提亲的那么多,你总是挑来挑去都觉着不合适。东院五婶说的那一家有成呀没成?快把她出脱了吧!外面的闲话可大哩!人家都说:一个马家院的燕燕,一个咱家的艾艾,是村里两个招风的东西;如今燕燕有了主了,就光剩下咱艾艾了!"小飞蛾说:"不是听说村公所不准燕燕跟小进结婚吗?我听说他们两个要到区上登记,村公所不给开证明,后来怎么又说成了?"张木匠说:"人家说她招风,就指的是她跟小进的事,当然人家不给他们证明!后来说的另是一家西王庄的,是五婶给保的媒,后天就要去办登记!"小飞蛾说:"我看村公所那些人也是些假正经,瞎挑眼!既然嫌咱艾艾的声名不好,这二年说媒的为什么那么多哩?民事主任为什么还托着五婶给他的外甥提哩?"张木匠说:"我这几天只顾玩灯,也忘记了问你:这一家这几年过得究竟怎么样?"小飞蛾说:"我也摸不着!虽说都在一个东王庄,可是人家住在南头,我妈住在北头,没有事也不常走动。五婶说她明天还要去,要不我明天也到我妈家走一趟,顺便到他家里看看去吧?"张木匠说:"也可以!"停了一下子他又向小飞蛾说:"我再问你个没大小的话:咱艾艾跟小晚究竟是有的事呀没的事?"小飞蛾当然不愿意把罗汉钱的事告诉给他,只推他说:"不用管这些吧!闺女大了,找个婆家打发出去就不生事了!"

二　眼　力

　　艾艾也和她妈年轻时候一样,自从有了罗汉钱,每天晚上把钱捏在手里,衔在口里睡觉。这天晚上回去把衣服上的口袋摸遍了,也找不着罗汉钱,掌着灯满地找也找不着,只好空空地睡了。第二天早晨她比谁也起得早,为了找罗汉钱,起来先扫地,扫得特别细致——结果自然还是找不着。停了一会,她听见妈妈开了门,她就又跑去给她妈扫地。她妈见她钻到床底下去扫,明知道她是找钱,也明知道是白费工夫找不着,可是也不好向她说破,只笑着说了一句:"看我的艾艾多么孝顺?"

　　吃过早饭,五婶来叫小飞蛾往娘家去,张木匠照着二十多年来的老习惯自然要跟着去。

张木匠这个老习惯还得交代一下:自从二十多年前他发现小飞蛾把一只戒指送给了保安以后,知道小飞蛾并不爱他,不是就跟小飞蛾不好了吗?可是每当小飞蛾要去娘家的时候,他就又好像很爱护她,步步不离她。后来他妈也死了,艾艾也长大了,两个人的关系又定下来了,可是还不改这个老习惯。有一回,小飞蛾说:"还不放心吗?"张木匠说:"反正跟惯了,还是跟着去吧!"直到现在还是这样。

五婶、张木匠、小飞蛾三个人都要动身了,小飞蛾说:"艾艾!你不去看看你姥姥①!"艾艾说:"我不去!初三不是才去过了吗?"张木匠说:"不去就不去吧!好好给我看家!不要到外边飞去!"说罢,三个人就相跟着走了。

艾艾仍忘不了找她的罗汉钱。她要是寻出钥匙,到箱子里去找,管保还能多找出一个来,不过她梦也梦不到箱子里,她只沿着她到过的地方找,直找到响午仍是没有影踪。钱找不着,也没有心思做饭吃,天气晌午多了,她只烤了两个馒头吃了吃。

刚刚吃过馒头,小晚来了。艾艾拉住小晚的手,第一句话就是:"罗汉钱丢了!""丢就丢了吧!""气得我连饭也吃不下去!""那也值得生个气?我看那都算不了什么!在着能抵什么用?听说你爹你妈跟东院里五奶奶去给你找主儿去了。是不是?""咱哪里知道那老不死的为什么那么爱管闲事?""咱们这算吹了吧?""吹不了!""要是人家说成了呢?""成不了!""为什么?""我不干!""由得了你?""试试看!"正说着,外边有人进来,两个人赶快停住。

进来的是马家院的燕燕。艾艾说:"燕燕姊!快坐下!"燕燕看见只有他们两个人,就笑着说:"对不起!我还是躲开点好!"艾

---

① 姥姥:即外祖母。

艾笑了笑没答话,按住肩膀把她按得坐到凳子上。燕燕问:"你们的事怎么样?想出办法来了没有?"艾艾说:"我们正谈这个!"燕燕的眼圈一红接着就说:"要办快想法,不要学我这没出息的耽搁了事!"说了这么句话,眼里就滚出两点泪来,引得艾艾和小晚也陪着她伤心,眼边也湿了。

　　过了一阵,三个人都揉了揉眼,小晚问燕燕:"不是还没有登记?"燕燕说:"明天就要去!"艾艾问:"这个人怎么样?"燕燕说:"谁可见过人家个影儿?"艾艾又问:"不能改口了吗?"燕燕说:"我妈说:'你不愿意我就死在你手!'我还说什么?"艾艾说:"去年腊月你跟小进到村公所去写证明信,村公所不给写,是怎么说的?什么理由?"燕燕说:"什么理由!还不是民事主任那个死脑筋作怪?人家说咱声名不正,除不给写信,还叫我检讨哩!"小晚说:"明天你再去了,人家民事主任就不要你检讨了吗?"燕燕说:"那还用我亲自去?只要是父母主婚,谁去也写得出来;真正自由的除不给写还要叫检讨!就那人家还说是反对父母主婚!"小晚向艾艾说:"我看咱这算吹了!五奶奶今天去给你说的这个,一来是人家民事主任的外甥,二来又有你妈做主。你妈今天要听了东院五奶奶的话,回来也跟你死呀活呀地一闹,明天你还不跟人家到区上去登记?"艾艾说:"我妈可不跟我闹,她还只怕我闹她哩!"

　　正说着,门外跑进一个人来,隔着窗就先喊叫:"老张叔叔,老张叔叔!"艾艾拉了燕燕一把说:"小进哥哥又来找你!"还没等燕燕答话,小进就跑进来了。燕燕本来想找他诉一诉苦,两三天也没有找着个空子,这会见他来了,赶快和艾艾坐到床边,把凳子空出来让他坐,两眼直对着他,可是一时想不起来该怎样开口。小进没有理她,也没有坐,只朝着艾艾说:"老张叔叔哩?场上好多人请他教我们玩龙灯去哩!"艾艾说:"我爹到我姥姥家去了。你快坐下!"小进说:"我还有事!"说着翻了燕燕一眼就走出去,走到院里,又故意叫着小晚说:"小晚!到外边玩玩去吧,瞎磨那些闲工夫有什么用处?回去叫你爹花上几石米吧!有的是!"说着就走远了。燕燕一肚子冤枉没处说,一埋头爬在床边哭起来,艾艾和小晚两个人劝也劝不住。

劝了一会,燕燕忍住了哭跟他两个人说:"我劝你们早些想想办法吧!你看弄成这个样子伤心不伤心?"艾艾说:"你看有什么办法?村里的大人们都是些老脑筋,谁也不愿揽咱的事,想找个人到我妈跟前提一提也找不着。"小晚说:"说好话的没有,说坏话的可不少;成天有人劝我爹说:'早些给孩子定上一个吧!不要叫尽管耽搁着!'"燕燕猛然间挺起腰来,跟发誓一样地说:"我来当你们的介绍人!我管跟你们两头的大人们提这事!"又跟艾艾说:"一村里就咱这么两个不要脸闺女,已经耽搁了一个我,难道叫连你也耽搁了?"小晚站起来说:"燕燕姊!我给你敬个礼!不论行不行冒跟我爹提一提!不行也不过是吹了吧?总比这么着不长不短好得多!就这样吧,我得走了!不要让民事主任碰上了再叫你们检讨!"说了就走了。

艾艾又和燕燕计划了一下,见了谁该怎样说见了谁该怎样说,东院里五奶奶要给民事主任的外甥说成了又该怎样顶。她两人正计划得起劲,小飞蛾回来了。她两个让小飞蛾坐了之后,燕燕正打算提个头儿,可是还没有等她开口,五婶就赶来了。五婶说:"不论说人,不论说家,都没有什么包弹的!婆婆就是咱村民事主任的姊姊,你还不知道人家那脾气多么好?闺女到那里管保受不了气!你还是不要错打了主意!"小飞蛾说:"话叫有着吧!回头我再和她爹商量商量!"五婶见小飞蛾不愿意,又应酬了几句就走了,艾艾可喜得满脸笑窝。

小飞蛾为什么不愿意呢?这就得谈谈她这一次去娘家的经过:早饭后他们三个人相跟着到了东王庄,先到了小飞蛾她妈家里。五婶叫小飞蛾跟她到民事主任的外甥家里看看去,小飞蛾说:"相跟去了不好!不如你先到他家去,我随后再去,就说是去叫你相跟着回去,省得人家说咱是亲自送上门的!"

南头这家也只有三口人——老两口,一个孩子——就是张家庄民事主任的姊姊、姊夫和外甥:孩子玩去了,家里只剩下老两口。五婶一进去,老汉老婆齐让坐。几句见面话说过后,老汉就问:"你说的那三家,究竟是哪一家合适些?"五婶说:"依我看都差不多,不过那两家都有主了,如今只剩下小飞蛾家这一个了!"老汉说:"怎么那么快?"五婶说:"十八九的大姑娘自然快得很了!"老婆向老汉说:"我叫快点决定,你偏是那么慢腾腾地拖!好的都叫人家挑完了!"五婶故意说:"小一点的不少!就再说个十四五的吧?反正还比你的孩子大!"老婆说:"老嫂子!不要说笑话了!我要是愿意要十四五的,还用得搬你这么大的面子吗?"五婶说:"要大的可算再找不上了!你怎么说'好的都叫人家挑完了'?我看三个里头,就还数人家小飞蛾这一个标致!我想你也该见过吧!长得不是跟二十年前的小飞蛾一个样吗?"老婆说:"人样儿满说得过去,不过听说她声名不正!"五婶说:"要不是那点毛病,还能留到十八九不占个家吗?以前那两个不一样吗?"老婆说:"要是有那个毛病,咱不是花着钱买个气布袋吗?"五婶说:"你不要听外人瞎谣传!要真有大毛病的话,你娘家兄弟还叫我来给你提吗?那点小毛病也算不了什么,只要到咱家改过来就行了!"老汉说:"还改什么?什么样的老母下什么样的儿!小飞蛾从小就是那么个东西!"五婶说:"改得了!人是苦虫!痛痛打一顿以后就没有事了!"老汉说:"生就的骨头,哪里打得过来?"五婶说:"打得过来,打得过来!小飞蛾那时候,还不是张木匠一顿锯梁子打过来的?"

他们正说到这里,小飞蛾正走到当院里,正赶上听见五婶末了说的那两句话。她一听,马上停了步,看了看院里没人,就又悄悄溜出院来往回走。她想:"难道这挨打也得一辈传一辈吗?去你妈的!我的闺女用不着请你管教!"回到她家里,她妈和张木匠都问:"怎么样?"她说:"不行!不跟他来!"大家又问她为什么,她说:"不提他吧!反正不合适!"她妈见她咕嘟着个嘴,问她怎么那样不高兴,她自然不便细说,只说是"昨天晚上熬了夜",说了就到套间里睡觉去了。

其实她怎么睡得着呢?五婶那两句话好像戳破了她的旧伤口,新事旧事,想起来再也放不下。她想:"我娘儿们的命运为什么这么一样呢?当初不知道是什么鬼跟上了我,叫我用一只戒指换了个罗汉钱,害得后来被人家打了个半死,直到现在还跟犯人一样,一出门人家就得在后边押解着。如今这事又出在我的艾艾身上了。真是冤孽:我会干这没出息事,你偏也会!从这前半截事情看起来,娘儿们好像钻在一个圈子里。傻孩子呀!这个圈子,你妈半辈子没有得跳出去,难道你就也跳不出去了吗?"她又前前后后想了一下:不论是和她年纪差不多的姊妹们,不论是才出了阁的姑娘们,凡有像罗汉钱这一类行为的,就没有一个不挨打——婆婆打,丈夫打,寻自尽的,守活寡的……"反正挨打的根儿已经扎下了!贱骨头!不争气!许就许了吧!不论嫁给谁还不是一样挨打?"头脑要是简单一点,打下这么个主意也就算了,可是她的头脑偏不那么简单,闭上了眼睛,就又想起张木匠打她那时候那股牛劲:瞪起那两只吃人的眼睛,用尽他那一身气力,满把子揪住头发往那床沿上"扑差"一按,跟打骡子一样一连打几十下也不让人喘口气……"妈呀!怕煞人了!二十年来,几时想起来都是满身打哆嗦!不行!我的艾艾哪里受得住这个?……"就这样反一遍、正一遍尽管想,响午就连一点什么也吃不下去,为着应付她妈,胡乱吃了四五个饺子。

午饭以后,五婶等不着她,就到她妈家里来找。五婶还要请她到南头看看,她说"怕天气晚了赶天黑趁不到家"。三个人往张家庄走,五婶还要跟她麻烦,说了民事主任的外甥一百二十分好。她因为不想听下去,又拿出二十多年前那"小飞蛾"的精神在前边飞,虽说只跟五婶差十来步远,可弄得五婶直赶了一路也没有赶上她。进了村,张木匠被一伙学着玩龙灯的青年叫到场里去了,小飞蛾一直飞回了家。五婶还不甘心,就赶到小飞蛾家里,后来碰了个软钉子,应酬了几句就走了。艾艾见她妈没有答应了,自然眉开眼笑;燕燕看见这情形,也觉着要说的话更好说一点。

燕燕趁着小飞蛾没有注意,给艾艾递了个眼色叫她走开。艾艾走开了,燕燕就向小飞蛾说:"婶婶!我也给艾艾做个媒吧?"小飞蛾觉着她有点孩子气,笑着跟她说:"你怎么也能做媒?"燕燕也笑着说:"我怎么就不能做媒?"小飞蛾说:"你有人家东院五婶那张嘴?"燕燕说:"她那么会说,怎么还没有把你说得答应了她?"小飞蛾说:"不合适我就能答应她了?"燕燕说:"可见全看合适不合适,不在乎会说不会说!我提一个管保合适!"小飞蛾说:"你冒说说!"燕燕说:"我提小晚!"小飞蛾说:"我早就知道你说的是他!快不要提他!你们这些闺女家,以后要放稳重点!外边闲话一大堆!"燕燕说:"我也学东院五奶奶几句话:'不论说人,不论说家,都没有什么包弹的!'不过我的话比她的话实在得多,不像她那老糊涂,'有的说没的道!'婶婶!你想想我的话对不对?"小飞蛾说:"你光说好的,不说坏的!外边的闲话你挡得住吗?"燕燕说:"闲话也不过出在小晚身上,说闲话的人又都是些老脑筋,索性把艾艾嫁给小晚,看他们还有什么说的?"小飞蛾一想:"这孩子不敢轻看!这么办了,管保以后不生闲气,挨打这件事也就再不用传给艾艾了!"她这么一想,觉着燕燕实在伶俐可爱,就伸手抚摸着燕燕的头发说:"好孩子!你还当得了个媒人!"燕燕见她转过弯来,就紧赶着问她:"婶婶!你算愿意了吧?"小飞蛾说:"好孩子!不要急!还有你叔叔!等他回来跟他商量商量!"

燕燕说服了小飞蛾,就辞别过小飞蛾去给艾艾报喜讯,不想一出门,艾艾就站在窗外。艾艾拉住她的手,叫她不要声张。两个人相跟着到了院门外,燕燕说:"都听见了吧!"艾艾说:"听见了!谢谢你!"燕燕说:"且不要谢,还有一头哩!你先到街上看灯去,到合作社门口那个热闹地方等着我,我到小晚家试试看!"说了就走了。

燕燕到了小晚家,也走的是妇女路线,先和小晚他娘接头。这地方的普通习惯,只要女家吐了口,男家的话好说,没有费多大工夫,就说妥了。

她跑到合作社门口,拉上艾艾走到个僻静处,把胜利的结果一报告,并且说:"只要你妈今天晚上能跟你爹说通,明天就可以去登记。"艾艾听罢,自然是千恩万谢高高兴兴回去了,剩下她想想人家的事,又想想自己的事,两下一对照,伤心得很,趁着这个僻静地方,悄悄哭了一大阵,直到街上人都散了她才回去,回去躺下之后,一直考虑"明天到区上还是牺牲自己呀,还是得罪妈妈",一夜也不曾合上眼。

小飞蛾呢?自从燕燕和艾艾走出去,她把小晚这一家子细细研究了好几遍:日子也过得,家里也和气,大人们脾气都很平和,孩子又漂亮又正干,年纪也相当,挑来挑去挑不着毛病。这时候,她完全同意了,暗暗夸奖艾艾说:"好孩子!你的眼力不错!说闲话的人真是老脑筋!"想到这里,她又想起头一天晚上那个罗汉钱。她又揭开箱子找出那个钱来,心想还了艾艾,又想不到该怎样还她。她正拿着这个在手里搓来搓去想法子,艾艾一股劲跑回来。艾艾看见她手里有个东西,就问:"妈!你拿了个什么的?"小飞蛾用两根指头捏起来向她说:"罗汉钱!""哪儿来的?""我拾(拣)

的！""妈！那是我的！""你哪儿来的？""我,我也是拾的！"艾艾说着就笑了。小飞蛾看了看她的脸说："是你的还给了你！"艾艾接过来还装在她的衣裳口袋里。

一会,张木匠玩罢龙灯回来了,艾艾回房去做她的好梦,张木匠和小飞蛾商量艾艾的婚事。

三　不准登记

当天晚上,艾艾回房以后,明知道她的爹妈要谈自己的婚事,自然睡不着觉,爬在窗上听了一会,因为隔着半个院子两重窗,也听不出道理来,只听见了两句话。听见两句什么话呢？当她爹妈谈了一阵争执起来之后,她妈说："你说这么办了有什么坏处？"她爹说："坏处是没有,不过挡不住村里人说闲话！"以后的声音又都低下去,艾艾就听不见了。

这一晚艾艾自然没有睡好,第二天早晨起来,本来想先去找燕燕,可是乡村姑娘们,要是家里没有个嫂嫂的话,扫地、抹灰尘、生火做饭、洗锅碗这几件事就成了自己照例的公事,非办不行。她只担心燕燕往区上走了,好容易等到吃过饭,把碗筷收拾起来泡到锅里,偷偷地用锅盖盖起来就跑到燕燕家里去。

她本来想请燕燕替她问一问她妈和她爹商量的结果如何,可是一到了燕燕家,就碰上了别的情况,这番话就不得不搁一搁。这时候,燕燕在床上躺着,她妈坐在那里央告她起来,五婶站在地上等候着。艾艾问："燕燕姊怎么样了？"燕燕她妈说："燕燕只怕怄不死我哩！"燕燕躺着说："都由了你了,还要说我是跟你怄气！"她妈说："不是怄气怎么不起来啊？好孩子！不要怄了快起！来让你五奶奶给你说说到区上的规矩！再到村公所要上一封介绍信,快走吧！天不早了！"燕燕说："我死也不去村公所！我还怕民事主任再要我检讨哩！"她妈说："小奶奶！你不去村公所我替你去！可是你也得起来叫你五奶奶给你说说规矩呀？"燕燕赌着气坐起来说："分明是按老封建规矩办事，偏要叫人假眉三道去出洋相！什么好规矩？说吧！"五婶见她的气色不好，就先劝她说："孩子！再不要别别扭扭的！要喜欢一点！这是恭喜事！"燕燕说："快说你们那假眉三道的规矩吧！什么恭喜事？你们喜的吧，我也喜的？"五婶说："算了算了！气话不要说了！到了区上，我把介绍信递给王助理员。王助理员看了信，问你多大了，你就说多大了；问你是'自愿'吗？你就说'自愿'……"燕燕说："这哪里能算自愿？"五婶说："傻孩子！你就那么说对了！问过自愿以后，他要不再问什么就算了；他要再问你为什么愿意，你就说'因为他能劳动'。"燕燕说："屁！我连人家个鬼影儿也没有见过，怎么知道人家劳动不劳动？"她妈说："我这闺女的主意可真哩！怄不死我总不能算拉倒！"燕燕说："妈！这怎么能算是我怄你？我真正是不知道呀！你也不要生气了！要我说什么我给你说什么好了！反正就是个我来！五奶奶！还有什么鬼路道，一股气说完了算！我都照着你的来！"五婶说："也再没有什么了！"

这时候，小晚来找艾艾，见燕燕母女俩闹得不开交，也就站住来看结果。结果是燕燕答应到了区上照五婶的话说，她妈跟五婶替她到村公所去要介绍信。

等燕燕她妈跟五婶出去之后，艾艾跟燕燕说："燕燕姊！你今天不高兴，我也不知道该怎样劝劝你……"燕燕说："我这辈子算现成了，还有什么高兴不高兴？我还没有问你：你爹同意不同意？"艾艾说："我也不好问！你今天遇了事了，改日再说吧！"燕燕说："不！我偏要马上管！要管管到底，不要叫都弄成我这样！能办成一件也叫我妈长长见识！你就在我这里等一等，让我去问一问你妈，要是答应了，咱们相跟到区上去！"

燕燕走了,剩下了小晚和艾艾。艾艾说:"听我爹那口气,好像也不反对,听说你家的大人们也愿意了,现在担心的只是民事主任的介绍信!"小晚说:"我也是这么想:咱庄上凡是他插过腿的事,不依了他就都出不了他的手。别看他口口声声说你声名不好,只要嫁给他的外甥,管保就没事了!"艾艾说:"对!事情是明明白白的!他不给咱们写,咱们该怎么办?"两个人都愣了,谁也想不出办法来。停了一会,燕燕回来了,说是张木匠也愿意了,可以一同到区上去登记。艾艾跟她说到村公所写介绍信不容易,她也觉着是一件难事,后来想了想说:"你们去吧!趁着他给我写罢了你们就提出,他要是不愿意写的话,你们就问他'别人来了可以替人写,亲自来了为什么不行?'看他说什么!"小晚说:"对!他要是再不给写,咱俩就不拿介绍信到区上去登记。区上问起介绍信,咱就说民事主任是封建脑筋,别人去了可以替人写,自己去了偏不给写!"艾艾说:"那样你不把燕燕姊的事给说漏了吗?"燕燕说:"说漏了自然更好了!你们给说漏了,我妈也怨不着我!"小晚说:"人家要问介绍人哩?"燕燕说:"就说是我!"小晚说:"写信时候,介绍人也得去呀?"燕燕想了一想说:"可以!我跟你们去!"艾艾说:"你不是不愿意到村公所去吗?"燕燕说:"我是不去要我的介绍信,给别人办事还可以。咱们到村公所门口等着,等我妈一出门咱们就进去!"艾艾说:"民事主任要说你声名不正不能当介绍人呢?"燕燕说:"这回我可有话说!"三个人商量好了,就往村公所去。他们正走到村公所门口,她妈跟五婶就出来了。五婶说:"不用来了!信写好了!"燕燕说:"我也得问问是怎么写的,不要叫去了说不对!"她妈听着只当是燕燕真愿意了,就笑着跟她说:"你要早是这样,不省得妈来跑一趟?快问问回来吃些饭走吧!"说着就分头走开。

他们三个走进村公所,民事主任才写过信,墨盒还没有盖上。

民事主任看见他们这几个人在一块就没有好气,撇开艾艾和小晚,专对燕燕说:"回去吧!信已经交给你妈了!"燕燕说:"我知道!这回是给他们两个人写!"主任瞟了小晚和艾艾一眼说:"你两个?""我两个!""自己也都不检讨一下!"小晚说:"检讨过了!我两个都愿意!"主任说:"怕你们不愿意哩?"艾艾说:"你说怕谁不愿意?我爹我妈也都愿意!"小晚说:"我爹我妈也都愿意!"主任说:"谁的介绍人?"燕燕说:"我!""你怎么能当介绍人?""我怎么不能当介绍人?""趁你的好声名哩?""声名不好为什么还给我写介绍信?"主任答不上来就发了脾气:"去你们的!都不是正经东西!"艾艾看见仍不行了,就又顶了他一句:"嫁给你的外甥就成了正经东西了。是不是?"

这一下更问得主任出不上气来。主任对艾艾,确实有两种正相反的估价:有一次,他看见艾艾跟小晚拉手,他自言自语说:"坏透了!跟年轻时候的小飞蛾一个样!"又一次,他在他姊姊家里给他的外甥提亲提到了艾艾名下,他姊姊说:"不知道闺女怎么样?"他说:"好闺女!跟年轻时候的小飞蛾一个样!"这两种评价,在他自己看起来并不矛盾:说"好"是指她长得好,说"坏"是指她的行为坏——他以为世界上的男人接近女人就是坏透了的行为。不过主任对于"身材"和"行为"还不是平均主义看法:他以为"身材"是天生的,是什么就是什么;行为是可以随着丈夫的意思改变的,只要痛痛打一顿,说叫她变个什么样就能变成个什么样。在这一点上,他和东院五婶的意见根本相同。可是这道理他向艾艾说不得,要是说出来,艾艾准会对他说:"这个民事主任用不着你来当,最好是让给东院五奶奶当吧!"

闲话少说,还是接着说吧:当艾艾问嫁给他的外甥算不算正经的时候,他半天接不上气来,就很蛮地把墨盒盖子一盖说:"任你们有天大的本事,这个介绍信我不写!"艾艾说:"不写我们也要去登记！区上问起来我就请他们给评一评这个理！"主任说："不服劲你就去试试！区上又不是不知道你们的好声名！"吵了半天，还是不给写，他们只得走出来。

　　燕燕回家去吃过饭，艾艾回家去洗过锅碗，五婶、燕燕、小晚和艾艾，四个人都往区上去。

　　三个青年人都觉着五婶讨厌，故意跑在前边不让五婶追上，累得五婶直喘气。走到区公所门口，门口站着五六个人，男女老少都有，只是一个也认不得。原来五婶约着人家西王庄那个孩子在区公所门口等，现在这五六个人，好像也都是等人，有两个大人似乎也是当介绍人的，其中有两个青年男子，一个有二十多岁，一个有十五六岁。燕燕他们三个人，都估量着那个十五六岁的就是给燕燕说的那一个，因为五婶说过"实岁数是十五"，可是谁也认不得，不愿意随便打招呼。停了一会，五婶赶到了。五婶在区门边一看说："怎么西王庄那个孩子还没有来？"她这么一说，他们三个才知道是估量错了，原来哪一个也不是。就在这时候，收发室里跑出一个小孩子来向五婶嚷着说："老大娘！我早就来了！"嗓子比燕燕的嗓子还尖。燕燕一看，比自己低一头，黑光光的小头发，红红的小脸蛋，两只小眼睛睁得像小猫，伸直了他的小胖手，手背上还有五个小窝窝。燕燕想："这孩子倒也很俏皮，不过我看他还该吃奶，为什么他就要结婚？"五婶说："咱们进去吧！"他们先到收发处挂了号，四个人相跟着进去了。

　　正月天，亲戚们彼此来往得多，说成了的亲事也特别多，王助理员的办公室挤满了领结婚证的人，累得王助理员满头汗。屋子小，他们进去站在门边，只能挨着次序往桌边挤。看见别人办的手续，跟五婶说的一样，很简单：助理员看了介绍信，"你叫什么名？"叫什么。"多大了？"多大了。"自愿吗？""自愿！""为什么愿嫁他？"或者"为什么愿娶她？""因为他能劳动！"这一套，听起来好像背书,可是谁也只好那么背着,背了就发给一张红纸片叫男女双方和介绍人都盖指印。也有两件不准的,那就是有破绽:一件是假岁数报得太不相称,一件是从前有过纠纷。

　　快轮到他们了,燕燕把艾艾推到前边说:"先办你的!"艾艾便挤到桌边。这时候弄出个笑话来:助理员伸着手要介绍信,西王庄那个孩子也已经挤到桌边,信就在手里预备着,一下子就递上去!五婶看见着了急,拉了他一把说:"错了错了!"那孩子说:"不错,人家都是一人一封!"原来五婶在区门口没把艾艾和燕燕向那孩子交代清楚,那孩子看见艾艾比燕燕小一点,以为一定是这个小的。王助理员接住他的信还没有赶上拆开,小晚就挤过去跟他说:"说你错了你还不服哩!"回头指了指燕燕又向他说:"你是跟那一个!"经他一说破,满屋子弄了个哄堂大笑!王助理员又把信递给那个孩子说:"你怎么连你的对象也认不得?"小晚说:"我两个没有介绍信,能不能登记?"王助理员说:"为什么没有介绍信?"艾艾说:"民事主任不给写!燕燕她妈替她去还给写,我们亲自去了不给写!他要叫我嫁给他的外甥!""你们是哪个村?""张家庄!"问艾艾:"你叫什么?""张艾艾!"王助理员注意了她一下说:"你就是张艾艾呀?""是!"王助理员又看着小晚说:"那么你一定就是李小晚了?"小晚说:"是!"王助理员说:"谁的介绍人呢?"燕燕说:"我!""你叫什么?""马燕燕!"王助理员说:"你两个都来了?你怎么能当介绍人?""我怎么不能当介绍人?""村里有报告,说你的声名不正!"三个人同问:"有什么证据?"王助理员说:"说你们早就有来往!"小晚说:"早有个来往有什么不好?没来往不是会把对象认错了吗?"这句话又说得大家笑起来。王助理员说:"村里既然有报告,等调查调查再说吧!"燕燕说:"助理员!你说叫他们两人结了婚有什么不好?为什么还要调查呢?他们两个人都没有结过婚,和谁也没有麻烦!两个人又是真正自愿,还要调查什么呢?"助理员说:"反正还得调查调查!这件事就这样了。"又指着西王庄那个孩子说:"拿你的信来吧!"小孩子递上了信,五婶一边把村公所给燕燕的介绍信也递上去。

王助理员问西王庄那个孩子:"你叫什么?""王旦!""十几了?""十……二十了!"小王旦说了个"十"就觉着五婶教他的话不一样,赶快改了口。王助理员说:"怎么叫个'十二十'呢?"小王旦没话说,王助理员又问:"你们是自愿吗?""自愿。""为什么愿意跟她结婚?""因为她能劳动!"王助理员又看了看燕燕的介绍信说:"马燕燕!你说他究竟多大了!"燕燕说:"我不知道!"五婶急得向燕燕说:"你怎么说不知道?"燕燕回答说:"五奶奶!我真正不知道!你哪里跟我说过这个?"五婶不知道燕燕是有意叫弄不成事,还暗暗地埋怨燕燕说:"这闺女心眼儿为什么这么死?就算我没有跟你说过,可是人家说二十,你就不会跟着说二十吗?"在这时候,小王旦偏要卖弄他的聪明。他说:"人家是真正不知道!我住在西王庄,人家住在张家庄,我两个谁也没有见过谁,人家怎么知道我多大了呢?"王助理员说:"我早就知道你没有见过她!要是见过,怎么还能认错了呢?你没有见过人家,怎么知道人家能劳动?小孩子家尽说瞎话!不准你们两个登记!一来男方的岁数不实在,说不上什么自愿不自愿;二来见了面连认也不认得,根本不能算自由婚姻!都回去吧!"

五个人都出了区公所:小王旦回西王庄去了,五婶和他们三个年轻人仍回张家庄去。在路上,五婶怪燕燕说错了话,燕燕故意怪五婶教她说话的时候没有教全。艾艾跟小晚说王助理员的脑筋不清楚,燕燕说王助理员的脑筋还不错。

他们四个人相跟了一段,还跟来的时候一样,三个青年走在前边商量自己的事,五婶在后边赶也赶不上。他们谈到以后该怎么样办,燕燕仍然帮着艾艾和小晚想办法,他们两个也愿意帮着燕燕,叫她重跟小进好起来。用外交上的字眼说,也可以叫做"定下了互助条约"。

四 谁该检讨?

前边说过:张家庄的民事主任对妇女的看法是"身材第一,行为第二,行为是可以随着丈夫的意思改变的"。其实这种看法在张家庄是很普遍的一种看法,不只是民事主任一个人如此——要是他一个人,也不会给这两个大闺女造成坏的"声名"。张家庄只剩这么两个大闺女,这两个人又都各自结交了个男人。谁也说她们"坏透了",可是谁也只想给自己人介绍,介绍不成功就越说她们"坏",因此她们两个的声名就"越来越坏"。

自从她们到区上走了一趟,事情公开了,老年人都认为"更坏得不能提了",也就不提了;打算给自己人介绍的看见没有希望了,也就提得少了;青年人大部分从前只跟着大人瞎吵吵,心里边其实早就赞成,见大人不多提了也就不吵吵了;另有几个原来想和小晚竞争一下,后来见艾艾的心已经落到小晚身上,他们也就没劲了;再加上公开了之后,谁要当面说闲话,她们就要当面质问:"我们结了婚有什么坏处?"这句话的力量很大,谁也回答不出道理来。有这么好多原因,说闲话的人一天比一天少起来。她两个的声名也一天比一天好起来。

在这两对婚姻问题上,成问题的只有三个人:一个是燕燕她妈,说死说活嫌败兴,死不赞成;一个是民事主任,死不给写介绍信;再一个就是区上的王助理员,光说空话不办事,艾艾跟小晚去问过几次,仍是那一句话:"以后调查调查再说。"因为有这么三个人,就把四个人的事情给拖延下来。

他们四个都是不当家的孩子,家里的大人,燕燕她妈还反对,其余的纵不反对也不给他们撑腰,有心到县里去告状去,在家里先请不准假。在这个情况下面,气得他们每天骂民事主任,骂王助理员。

一直骂了两个月,还是不长不短,仍然没有结果。种谷的时候,有一天晚上,小晚到合作社去,合作社掌柜笑着跟他说:"小晚!你们结婚的事情怎么样了?"小晚说:"人家区上还没有调查好哩!"掌柜说:"几时就调查好了?"小晚说:"还不得个十年二十年?"掌柜说:"你真会长期打算!现在不用等那么长时候了!婚姻法公布出来了!看了那上边的规定,你们两个完全合法!"小晚只当他是开玩笑,就说:"看你这个掌柜多么不老实?"掌柜正经跟他说:"真的!给你看看报!"说着递给他一张报。小晚先看见报上的大字觉着真有这回事,就拿到灯下咯里咯节往下念,掌柜说:"让我念给你听!"说着接过来一口气念下去。等掌柜念完,大家都说:"小晚这一下撞对了!明天再去登记去吧!完全合法!"

小晚有了这个底,从合作社出来就去找艾艾;因为他们和燕燕小进有互助条约,艾艾又去找燕燕,小晚又去找小进。不大一会,四个人到了艾艾家开了个会,因为燕燕不愿意马上得罪她妈,决定第二天先让艾艾和小晚去登记。燕燕说:"只要你们能领回结婚证来,我妈那里的话就好说一点。虽然你们说我妈不同意也可以,依我看能说通还是说通了好!"大家也就同意了她的话。

这天晚上散会之后,小晚和艾艾各自准备了半夜,计划着第二天到区上,王助理员要仍然不准,他们用什么话跟他说。不料第二天到了区上,王助理员什么也没有再问就给填上了结婚证。

隔了一天,区公所通知村公所,说小晚和艾艾的婚姻是模范婚姻,要村里把结婚的日期报一下,到那时候区里的干部还要来参加他们的结婚典礼。

因为区里说是模范婚姻,村里人除了太顽固的,差不多也都另换了一种看法;青年们本来就赞成,有好多自动来给他们帮忙筹备,不几天就准备停当了。

结婚这一天,区上来了两个干部——一个区分委书记,一个王助理员。村上的干部差不多全体参加了——民事主任本来不想到场,区上说别的干部可以不参加,他非参加不可,他没法,也只得来。

因为区上说是模范婚姻,村上的群众自然也来得特别多,把小晚家一个院子全都挤满。

会开了,新人就了位,不知道哪个孩子从外边学来的新调皮,要新媳妇报告恋爱经过,还要叫从罗汉钱说起。艾艾说:"那算什么稀奇?我送了他个戒指,他送了我个罗汉钱。一句话不就说完了吗?"

有个青年小伙子说:"她这么说行不行?"大家说:"不行!""不行怎么办?""叫她再说!"艾艾说:"你们这么说我可不赞成!这又不是斗争会!"有的说:"我们好意来给你帮个忙,凑个热闹,你怎么撅起我们来了?"艾艾说:"大家帮我的忙我很欢迎,不过可不愿意挨斗争!罗汉钱的事实再没有多少话说的,大家要我说,我可以说一些别的事!"大家说:"可以!""说什么都好!"艾艾说:"大家不是都知道我的声名不正吗?你们知道这怨谁?"有的说:"你说怨谁?"艾艾说:"怨谁?谁不叫我们两个人结婚就怨谁!你们大家想想:要是早一年结了婚,不是早就正了吗?大家讲起官话来,都会说'男女婚姻要自主',你们说:咱们村里谁自主过?说老实话,有没有一个不是父母主婚?"大家心里都觉着对,只是对着区干部不好意思那么说。艾艾又接着说:"要说有的话,女的就只有我和燕燕两个,可是民事主任常常要叫我们检讨!我们检讨过了,要说有错的话,就是说我们不该自主!说到这里了我也坦白坦白:为了这事,我整整骂了民事主任两个月了,现在让我来赔个情!"

大家问:"都骂了些什么话?"艾艾说:"现在我们两人的事情已经成功了,前边的事就都不提它了……"大家一定要艾艾说,艾艾总不肯说,小晚站起来笑着说:"我说了吧!我也骂过!主任可不要恼,我不过是当成故事来说的。我说:……我也愿意,她也愿意,就是你这个当主任的不愿意!我两个结了婚,能把你的什么事坏了?老顽固!死脑筋!外甥路线!嫁给你的外甥,管保就不用检讨了!"大家都看着民事主任笑,民事主任没有说话。区分委书记说:"你也给王助理员提点意见!"小晚说:"王助理员倒是个好人,可惜认不得真假!光听人家说个'自愿',也不看说得有劲没劲,连我都能看出是假的来,他都给人家发了结婚证!问人家自愿的理由,更问得没道理:只要人家真是自愿,那管得着人家什么理由?他既然要这样问,人家就跟背书一样给他背一句'因为他能劳动'。哪个庄稼人不能劳动?这也算个理由吗?轮上我们这真正自愿的了,他说村里有报告,说我们两个人早就有来往,还得调查调查。村里报告我们早就有来往,还不能证明我们是自愿吗?那还要调查什么?难道过去连一点来往也没有才叫自愿吗?"小晚说到这里,又吃吃吃笑着说:"我再说句老实话,我们也骂过王助理员。我们说:'助理员,傻不傻?不要真,光要假!多少假的都准了,一对真的要调查!'王助理员你可不要恼我们!从你给我们发了结婚证那一天,我们就再也没有骂过你一句!"

区分委书记说:"你骂得对!我保证谁也不恼你们!群众说你们声名不正,那是他们头脑里还有些封建思想,以后要大家慢慢去掉。村民事主任因为想给他外甥介绍,就不给你们写介绍信,那是他干涉婚姻。中央人民政府公布了婚姻法以后,谁再有这种行为,是要送到法院判罪的。王助理员迟迟不发结婚证,那叫官僚主义不肯用脑子!他自己这几天正在区上检讨。中央人民政府的婚姻法公布以后,我们共产党全党保证执行,我们分委会也正在讨论这事,今天就是为了搜集你们的意见来的!"区分委书记说着向全场看了一看说:"党员同志们,你们说说人家骂得对不对呀?检查一下咱们区上村上这几年处理错了多少婚姻问题?想想有多少人天天骂咱们?再要不纠正,受了党内处分不算,群众也要把咱们骂死了!"

散会以后,大家都说这种婚姻结得很好,都说:"两个人以后一定很和气,总不会像小飞蛾那时候叫张木匠打得个半死!"连一向说人家声名不正的老头子老太太,也有说好的了。

这天晚上,燕燕她妈的思想就打通了,亲自跟燕燕说叫她第二天跟小进到区上去登记。

1950年6月5日

刘二和与王继圣[*]

一　学校与山坡

　　一九三四年秋天,有一天后晌,黄沙沟的放牛孩子们——二和、满囤、小囤、小胖、小管、铁则、鱼则——七个人赶了大小二十四个牛到后沟的三角坪去放。

　　这三角坪离村差不多有二里路,是一块两顷来大的荒草坪。因为离村远,土头也不厚,多年也没有人种它,事隔远年了,村长王光祖就说是他家的祖业,别人也没有谁敢说不是。就算是他的吧他也不开,荒草坪仍是荒草坪。放牛孩子们都喜欢到这里来放牛——虽说远一点,可是只要把牛赶上坪去,永不怕吃了谁的庄稼。这几年也有点不同；逃荒的老刘[①]问过了王光祖,在这坪上开了几亩地,因此谁再到坪上来放牛,就应该小心点。话虽是这么

---

[*] 本篇前三章初刊于 1947 年太行华北新华书店编辑的《新大众》杂志。曾编入 1958 年版《赵树理选集》；但删去了每章前原有的小标题。本集在收辑这篇作品时,参考了工人出版社 1980 年版的《赵树理文集》,增收了作者遗稿中的四、五两章,并恢复了每章前的小标题。

[①] 就是刘二和的爹。

说,小心还得老刘自己加,因为他是外来户,谁老牛吃了他的庄稼也不赔他。

平常来这里放牛的孩子们本来要比这天多,因为这一天村子里给关老爷唱戏,给自己放牛的孩子们都跟他们的爹娘商量好了,要在家里等着看戏,只有他们七个人是给别人放,东家不放话,白天的戏他们是看不上的。他们每次把牛赶到坪上,先要商量玩什么。往常玩的样数很多——掏野雀、放垒石、摘酸枣、捏泥人、抓子、跳鞋、成方……这一天,商量了一下,小囤提出个新玩意。他说:"咱们唱戏吧?兔子们都在家里等看戏啦。咱们看不上,咱们也会自己唱!"

"对!可以!"七嘴八舌都答应着。

小管问:"咱们唱什么戏?"

小胖说:"咱们唱打仗戏!"

大家都赞成了,就唱打仗戏。他们各人都去找自己的打扮和家伙①,大家都找了些有蔓的草,这些草上面有的长着黄花花,有的长着红蛋蛋,盘起来戴在头上,连起来披在身上当盔甲;又在坡上削了些野桃条,在老刘地里也削了些被牛吃了穗的高粱秆当枪刀。二和管分拨人:自己算罗成,叫小囤算张飞,小胖、小管算罗成的兵,铁则、鱼则算张飞的兵。

满囤说:"我算谁?"

二和看了一下,两方面都给他补不上名,便向他说:"你打家伙吧!"

戏开了,满囤用两根放牛棍在地下乱打,嘴念着:"冬锵冬锵……"六个人在一腿深的青草上打开了。他们起先还划了个方圈子算戏台,后来乱打起来,就占了二三亩大一块,把脚底下的草

---

① 家伙:就是乐器。

踏得横三竖四满地乱倒。

满囤在开戏时候还给他们打家伙,赶到他们乱打起来就只顾看,顾不上打,后来小胖打了鱼则一桃条,回头就跑,鱼则挺着一根高粱秆随后追赶,张飞和罗成两个主将也叫不住,他们一直跑往坪后的林里去了。满囤见他们越唱越不像戏,连看也不看他们了,背过脸来朝着坪下面,看沟里的水。

一会,沟里的转弯处又进来四个孩子。满囤先看见了,便叫道:"那是谁呀?"又回头向二和他们道:"不用唱了!你们看沟里又来了些谁?"二和、小囤、小管、铁则也都停了打,跑到坪边站成一排看沟里来的人。小胖和鱼则,远远听说有人来了,也都跑回来挤到排里。

下边来的人喊:"二和!小囤!你们头上戴的是什么?你们玩什么?"

二和也喊:"我们唱戏。那是谁?是喜宝?是满土?后面那两个是谁?"

喜宝和满土都说:"那是宿根和小记!"

小胖又问:"你们不上学了吗?为什么来放牛坡玩?"满土说:"庙里一唱戏就没地方念书了,先生说就放了秋学吧!"

提起唱戏,他们七个人又齐声问:"戏来了没有?"

满土说:"没有啦!听说天黑了才能来!"

小囤悄悄说:"该!叫狗×们看吧!"

喜宝、满土、宿根、小记四个人正跑到坡根还没有上坡,又听着沟前边哗啦哗啦银铃响,一个穿着红花夹袄带着联锁绳①的孩子随后赶来。这黑子,论岁数和前边来的那四个差不多,都是十一二岁。他一转过弯来便喊道:"叫你们等等你们听见没有?×你妈

---

① 联锁绳:就是一条银链系着四个银铃、一个银锁子。

的！不等老子,再上了学叫先生打不死你狗×们?"前边走的那四个也奇怪,果然不敢不等他,都在坡下停着步。

上边,小管指给大家说:"看那是个谁?"

小囤说:"还不是继圣?"

小管说:"到底是村长的孩子!看人家多么阔气!"

二和悄悄说:"害人精!可真是他爹的种!"

小管摆摆手说:"人家听见了你又该吃打啦!给人家做活还敢惹人家?"

二和说:"他不是驴耳朵①!"

说着他们这五个人也上了坪。前边的四个上来了,继圣仍然落在后面。前面的四个,一见这毛茸茸的大草坪,都喜得又叫又跳,打滚的打滚,翻筋斗的翻筋斗,只有这继圣一个,气喘吁吁赶上了大家,就坐在草地上喘气。

喜宝翻了个筋斗起来向继圣说:"继圣哥你会?"

继圣说:"×你娘,那还算个本事啦。"说着也翻了一个。

小记指着继圣说:"看你把联锁绳上的铃铃压扁了!"

继圣提起项上联锁绳一看:"呀!坏了!"说着捏了一捏,仍是扁的,就向那四个人骂道:"×你娘!我回去告先生说,就说喜宝、满土、宿根、小记,把我引到放牛坡,把我的铃铃打扁了!"

四个人也不打滚了,也不翻筋斗了,谁也不敢分辩,谁也不敢回话,只有七个放牛的不受先生管,看见继圣当面扯谎,就挤眉弄眼笑个不止。继圣见他们笑自己,正没法抵挡,忽然看见里面也有二和,就骂道:"×你娘二和!你笑什么?我回去告老领②说,就说二和不好好放牛,戴着满头花花光说玩啦!"别的放牛孩子们看见

---

① 俗话都说驴耳朵长,听得远。
② 老领:就是领工伙计。

他这样,都哈哈大笑起来。

五个学生和七个放牛孩合了伙,重新讨论玩法。小胖提出"到沟里耍水去",大家差不多都赞成,只有二和不愿参加。二和说:"把牛放在坪上大家都去沟里玩,俺怕牛跑到俺地里去。"可是一个人扭不过大家,大家都说:"那你就在坪上吧!俺们都到沟里玩玩!"说着就都走了,把二和一个人留在坪上。

二和不是不愿玩,只是不能随便离开坪上。他一家四口人(他爹、他娘、他哥哥和他)只种了这一块块荒地,离村又远,土头又薄,除了给村长缴租、贴粮、贴社,余下的粮食本来就不够吃,哪还经得起糟蹋?就是天天加着小心,放牲口的多了,也年年是地边一把宽没有穗。有一年,老刘两天没到地里去,不知道谁的牛就给吃了半块谷,到了秋天,粮钱社钱租子都还是照样出,只是苦了自己。那时候,二和就给村长王光祖放牛,老刘就跟他说:"迟早到放牛坡,都要留心看一看,不要叫谁的牲口到咱地里糟蹋。"二和这孩子很精干,自从听了他爹的话,每天赶上牛总在这三角坪左右放。在忙时候,有他爹跟他哥哥在地里做活,他还可以玩玩,这几天已是秋收时候,三角坪地势高,庄稼成得晚,收割不得,他爹跟他哥哥趁空子在村里打忙工,好几天没有到这块地里来,因此他更不敢离开这里让几十头牛随便乱跑。别的放牛孩子们,觉着有二和给他们看牛,玩着更放心些,因此也不再拉他,就把他一个人丢在坪上,自己都往沟里玩水去了。

他们下了坪,走到水边,多数人主张玩"水汪冲旱汪"。学生们中间,只有喜宝会玩这个,其余四个不知道,便问"啥叫个水汪冲旱汪",小囤给他们解释道:"把人分成二伙,一伙在上水①堵个汪,满满堵一汪水,叫水汪。另一伙在下水堵个没水的汪,叫旱汪。

---

① 上水:就是上流。

上水的水汪堵成了猛一放,要是把下水的旱汪一下冲破,就算旱汪堵得不好,堵旱汪的就算输了;要是一下冲不破,那就是水汪堵得太小,堵水汪的就算输了。这就叫水汪冲旱汪。"他这么一解释,继圣、满土、宿根、小记觉得这种玩法很新鲜,也都同意了。

继圣说:"我们学生们算一伙,你们放牛的算一伙!"

喜宝说:"不行不行!他们六个咱们五个,那怎么能不输?"

小囤说:"再给你们一个人!你们六个我们五个行不行?不是跟你吹啦!再给你们两个人你们也赢不了!"

继圣说:"不不不!我不跟你们这些放牛孩子算一伙!"

小囤狠狠翻了继圣一眼道:"放牛孩子×过你娘?不跟老子们合伙,谁去你家叫你来?"

继圣跳到小囤身边,挺起胸对小囤骂道:"×你娘小囤!你怎么敢骂老子?"撑开手学着他爹打人的架子,劈头向小囤打去:"×你娘!"

继圣这一回可是找错了对象:他自从跟他爹学会打耳光,说打谁就要打谁——从三岁上他爹抱着他,就常笑着叫他娘道:"过来!过来叫孩打你一耳光!"——可是不论打谁,谁也没有敢回过手,直长到十一岁还是这样。像满土、喜宝、宿根、小记他们在学校里,虽说那个半吊子先生好打人,挨先生打还没有挨继圣的多。继圣在学校衣裳穿得好,手脸也洗得白,小嘴又会说,先生跟他爹又是好几辈以前的老姨亲(听说先生的曾祖奶奶是村长他奶奶的姑姑),因此继圣说一句,先生就听一句——比方他告先生说满土踢了他一脚,满土就得挨十板;说喜宝骂了先生一句,喜宝就得挨十五板。再往下像宿根、小记那些比他小一两岁的,更不在话下,说叫谁早上挨,谁就等不到晌午。先生是本村人,在家伺候老婆的时候多,到学校的时候少。先生不在学校的时候,就该继圣为王,谁敢不顺他,小巴掌就打到谁脸上去。他这小巴掌打到脸上虽说也很痛,可总比先生那块干巴巴的木头板打在手心上轻得多,同学们想少挨木头板,就得忍点气挨他的小巴掌。他从前在家打顺了手,后来在学校又打顺了手,就以为到处都可以一样打,不想这一下打到放牛孩子小囤头上,没有那么顺当——小囤不像喜宝他们那样怕他,没等他打到脸上,就扭住胳膊把他按倒,随口又骂他道:"×你娘!不服气再起来试试!"

继圣从出世以来就没有碰过这一手,哪里肯服?他爬起来就向小囤身上扑,又被小囤推得跌出三步以外。这一下他已经知道自己不是小囤的对手,就不敢再起来向小囤进攻。只躺在地上大哭大骂:"×你娘,老子不跟你们玩了!×你娘小囤!老子回去告你掌柜说,打不死你舅子!咦咦咦……"

小囤不只不挨他的打,连骂也不让他一句:"老子尿你?不玩不玩吧,离了你这王八鼓也要响啦,离了你这马尿河也要涨啦!"又向别的孩子们说:"他不玩咱们玩!"

继圣这躺到地上大哭大骂,也是一种厉害——在家里他娘怕这个,在学校先生怕这个,每逢他这样一闹,总得劝半天。这一次这种厉害也使不上了——起先不止没人劝,还有小囤还口相骂;停了一会,不止没人来劝,连骂也没人骂了,只好越哭越松,最后连他自己也觉得哭着没味了,才停住了哭,一个人孤零零地爬起来。

他爬起来向沟心一看,人家大家都已经玩起来了:喜宝、满土、宿根、小记、铁则、鱼则六个人在上水堵水汪,小囤、满囤、小胖、小管四个人在下水堵旱汪。他虽不愿跟人家放牛的算一伙,可也想去看看人家怎样玩。小囤在下水,他不往下水去,就慢慢凑到上水来。这沟心①不过有两丈宽,水在中间只占尺把宽一条条地方,其

---

① 沟心:就是河床。

余的是平平的黄沙夹着稀稀几块乱石块,两边是二三尺高的沙石岸,岸上有薄薄一层土,长着毛茸茸的细草。他走到喜宝他们堵汪的地方,并不下岸,就在岸上看他们堵。

喜宝们一心要和小囤们赌胜,生怕六个人输给人家四个人,因此忙得连气也喘不过来,并没有看见岸上的继圣。这六个人,每两个管一样事:宿根、小记搬石头,铁则、鱼则垒堰,喜宝、满土捞沙涂堰。他们正忙乱着,忽听得继圣在岸上喊:"中间为什么还要留口?"大家向他看了一眼,却没人答话——铁则、鱼则只顾一股劲垒,四个学生就有三个不懂,只有个喜宝懂得,又被铁则、鱼则催着只顾捞沙顾不上答他。他又问了一遍,喜宝才简单答了他一句:"等做成了才堵口。"他又问:"为什么?"喜宝又说:"里边水深了不好垒。"当喜宝说这两句话的时候,自己虽没有停工,满土、宿根、小记三个人却站住看他,铁则就催他们道:"快,快!不敢说闲话!"继圣便骂道:"用你管啦?×你娘草灰羔子!"铁则和鱼则看了他一眼,也没有说什么。他两个是从河南逃荒来的,跟二和一样,他们的爹娘惹不起本地的大人,他们也惹不起本地的小孩,只得吃一点亏。

继圣骂过铁则,铁则没有敢还口,算是完全胜利了。这次胜利,好像补了补刚才跟小囤那次失败,又长了点精神。不过他觉着这还不够!他刚才哭的时间太长了点,眼也哭痴了,嘴也哭麻了,直到最后也没有一个人来慰问,也没有一个人重来请他入伙,仍是自己孤零零爬起来,无精打采凑过来,慢慢搭讪着跟人家说话:这是多么丢脸的事!刚才骂铁则,本来就是想换一换神气,可是一骂出来,嗓子不止不亮,末尾还带一点哭声,他觉着这神气仍没有换过来,还得再找个空子换一换。他想刚才既然说到汪中间留的那个口,最好还是依着那个口说,主意一定,就先咳嗽了一下打扫打扫喉咙,然后用手指着道:"我看有口不好!先把口堵住!"这么一说,他觉着很成功——声音又圆又亮,口气又像个命令,他总算把刚才那哭丧神气换过来了。

铁则、鱼则不知道他这种心事,只顾垒;四个学生按习惯不敢不理他,都停了工向他看。喜宝仍给他解释:"你不知道!堵住可难垒啦!"

"只有你知道得多!叫你堵住你堵住好了!多嘴!"继圣的声音更大了。喜宝明知堵住不好做,又不便不听他,正在踌躇,恰巧宿根又搬过石头来,继圣就命令宿根:"堵到口上!"

宿根托着石头看看喜宝他们,他们都不说话;又看看继圣,继圣又说了一遍"堵到口上",也只得堵到口上。

继圣又向喜宝、满土两个说:"怎么不堵上沙?堵!"

喜宝和满土没有说话,捞起沙来往口上填了几把。

事情就这样弄糟了:口一堵上,汪里的水慢慢聚起来。宿根、小记两个虽然照样搬石头,铁则、鱼则两个却无心再垒,喜宝也无心再捞沙,都只站着看汪里的水往上涨。满土看见水快满了,赶紧捞起沙来往堰上堆,可是他一动手脚,搅起水波来把堰上的沙又洗回去,才捞了一两把,就把一条堰洗成了光石头堰,水从石头缝里漏出来,不大一会,缝又变成窟窿,窟窿越冲越多,越冲越大,最后把石头堰也冲塌了。

在这时候,继圣指手画脚大声嚷着这个骂着那个——"快堵快堵","那边那边","×你娘小记怎么不下水","×你娘都是些吃材"……嚷着嚷着,直嚷到堰塌了,他才赶着大水头往下水跑,嘴里又喊道:"河涨下来了!河涨下来了!"

下水的四个人比他们上水的六个人本领大,垒起来的堰又粗又高。当他们垒到半路,忽然发现水不下去了,不知道是继圣捣乱,还只当是上边的水汪垒成了,就堵起口来,赶快把堰加高。等到水下去了,还不够半汪,小囤喊道:"你们来看看!你们六个人才堵了这一点点水！"

这时继圣也已经走到旱汪边的岸上。他看见小囤他们四个人还没有离开汪边，就想顺便报一报仇，双手抱起一颗石头向汪里一扔，扑通一声打得一片水花，满满溅了那四个人一身，还溅到他自己脸上两滴。他扭回头就往上水跑。

"×你娘作死脸！"四个人一齐跳起来赶他。小胖力量最大，赶上他拦腰把他抱住。四个人拖的拖推的推把他仍然抓到汪边来。他虽使劲挣扎，也没有用处，小胖仍是死抱着他的腰，小管抡起放牛棍砰——砰——把汪里的水往他身上打，把他的小白脸和红花夹袄都涂成一色，活像破庙里被雨淋过的泥胎像。起先他还骂，后来一张开嘴，泥水就溅进嘴里去，这才不骂了。

上水的六个人，正因为汪塌了在那里生气，忽听着下水吵起架来，就一齐跑来看热闹。他们一见是把继圣制住了，心里都很高兴。铁则对住小囤的耳朵说了句话，小囤便喊道："不要放了他，给他做一个老牛看瓜！"

继圣虽没有见过什么叫"老牛看瓜"，总知道不是好事，不过既然被大家制住了，就只得由大家摆布。他一点也不由自主地被大家又抬到岸上，解裤带的解裤带，捆手的捆手——用他自己的裤带把他自己的两手捆到一处，叫他两条胳膊抱住两个膝盖，又从膝盖下边胳膊上边穿了一根核桃粗三四尺长的木棍，然后把他一推叫他睡倒。这样捆起来的人，除了脊梁骨，头脚都不能着地，因为胳膊和腿连在一起，棍子又长，坐也坐不起来，横也横不过来，只有仰面睡着，好像朝天一张弓：这就叫"老牛看瓜"。继圣被捆成老牛看瓜，起初仍是不服，总还以为这放牛孩子们生的办法，只能制放牛孩子，一定制不住自己这样聪明的人。他用尽气力，像陀螺一样在地上乱滚，直到滚得没有劲了，还仍和原来的睡法一样。自己破不了，就不得不找别人，他又下了命令："宿根！解开！"宿根还没有赶上答应,他就又骂道:"×你娘你给老子解不解?"宿根惹不起他只得去给他解。可是宿根才去动手,小囤指着他道:"谁敢去给他解就再给谁捆一个!"宿根本来就想叫他多睡一会,见小囤不叫解也就算了。

也有人跟小囤说:"给他解开吧,省得他回去到咱们家里找麻烦!"小囤说:"你就这会给他放开,谁能保他回去不找麻烦?刨一镢头也是动了一回土,仍是惹他一回,就叫他睡到天黑吧!"

学生们里边,都怕这事连累着自己。满土说:"俺不玩了,俺要回去啦!"喜宝也说:"俺也要回去啦!"宿根、小记也都说要回去啦,四个人相跟着溜走了。

小囤向其余五个放牛孩子说:"叫他睡着吧!咱们也都去看看咱们的牲口!"五个人都同意,也相跟着上了坪。

这两伙人一走,沟里只丢下一个继圣。这会他也不哭了,也不骂了,也不再妄想自己能弄开了,也不得命令别人给他解开了。他只能照老样躺着,脊梁骨困了就转动转动,然而仍只能转成原来的老样;每转动一次,听着自己联锁绳上的银铃哗啦哗啦响几声,却也没法看看压扁了几颗。他想来想去又想起个二和来,他又觉着有救了,可是叫了几声没有听着答应,山沟里的回声应回来,还跟他叫的一样。

这坪太大了,边上可以听得沟里说话,后面便不行。二和家开的那块地在很后面,二和在那附近看着牛吃草。小囤他们后来上去的这六个人,见二和看着牛,也就不再往二和那里走,溜到林边吃酸枣去了;因此二和就不知道继圣在下边"看瓜",又听不到他喊叫。直到山沟里看不见太阳,他们把牛赶到坪边来,继圣听得牛铃响,又喊叫二和,二和才听见。二和问过了小囤他们,知道他的少东家在下边"看瓜",才跑下来照顾他。

二和是他骂熟了的,见了面自然非骂不行。"×你娘二和!

你的耳朵聋实了?"

　　事情偏有点不凑巧:二和走得离他只有两三步了,忽然听得小管在上边喊道:"二和!看你的老红犍去哪里了?"二和扭回头一看,看见老红犍从坪的半坡上又返回一层窄崖上①,用舌头探吃一根长在半崖上的黄萝条。很危险。他也顾不上去解继圣的绑,喊了一声"唔嗷……"扭头就向坪坡上跑,继圣骂着"×你娘先给老子解开",他连答应也没有顾上答应。这层崖太窄,牛大了不容易翻回头来,一不小心就能把牛跌死。他们七个人都来招呼这只牛——他们都很着急,可是又怕把牛惊了,不敢一齐上手,只好在远处帮忙,有的在坡上叫,有的爬到半崖上截,结果总还算没有出了事,平平安安赶了下来。这时候,二和才又听见继圣在下边骂(原来就一直骂着,只是二和没有顾上听),这才跑下去给他解开。

　　可是这时候天已快黑了,继圣一个人不敢回家去,还只好跟放牛孩子们算一伙,跟着大家往回走。

二　说什么理

　　从半后晌②小囤他们才给继圣做老牛看瓜时候,喜宝、满土、宿根、小记四个学生,因为怕连累他们自己,不是就离开后沟了吗?当他们走到前沟,看见南面岭上下来许多骑驴媳妇。这些女人们有的是本村娘家,有的在本村有亲戚,有的是自己找来的,有的是村里人接来的,都来村里看戏。这些人,喜宝他们差不多都认得。他们四个一边走一边看,远远指着说那个是谁的姑姑,那个是谁的姐姐。不过这些人们,男的都戴着大草帽,女的也只穿些红裤子蓝

---

① 崖:俗话叫迪。
② 半后晌:指下午三四点钟。

布衫,都是些平常打扮。一会岭上又转过一个人来,穿着件白大衫,戴着一顶小白草帽,打着一柄洋布伞;跟着一个十二三岁的孩子,穿着一身毛蓝布学生制服;后边又有个媳妇,骑着马,穿的衣服,上身是鱼白的,下身是黑的,一只手拿个团扇,一只手也拿着一柄洋布伞,不过这时候的太阳已经斜了,伞只遮着她一颗头,身上的衣服,仍被太阳照得一晃一晃打闪,一看就知道是不平常的绸缎;马后跟着个人,却是个戴草帽的普通人。喜宝指着这几个人向宿根、小记、满土三人说:"你们猜那是谁吧!"大家想也想不起来。一会,他们又走近了些,小记认出来了,便抢着说:

"我认得了:那穿大衫的是继圣他姨夫!"

宿根也抢着说:"对了! 就是西坡马先生——继圣他姨夫! 那个骑马的是他姨姨! 那个小孩叫天命,是他姨姨的孩子!"

满土说:"谁认不得天命? 今年正月咱村闹轰火①,他不是在继圣家住了好几天吗?"

喜宝说:"听说人家上高小念书了!"

满土说:"人家爹是校长啦! 人家该不上啦?"

喜宝说:"他那狗×校长还不跟咱的先生一样? 听说人家一年只去学校走一两趟。"

小记问:"他那学生们就不用教?"

宿根说:"人家的学生们都大了还用教? 咱的先生前几年不就是人家的学生吗?"

喜宝说:"宿根也是假在行! 学生大了就不用教了吗? 你没听咱先生说,人家的学校有五个先生,校长是个先生头,在不在学校都不要紧。"

小记问:"先生头是管先生的不是?"

---

① 闹轰火:过正月十五扮演各种玩意。

喜宝说:"问个啥问到底!咱没有上过人家学校,怎么会知道那些事?"

满土说:"咱们不说那些吧!"又指着那匹马后边那个人道:"你们猜那个赶马的是谁?"

喜宝说:"谁?还不是老驴?"

大家都说:"对!就是老驴!"说着他们就走近了,小记故意把头一歪喊道:"老驴!"那个赶马的举起鞭杆向他们喝道:"捶你们呀!这些孩子们实在掉蛋!"

这人也不姓驴(自然也没有姓驴的),也不名驴,老驴不过是个外号。他姓李,名叫安生,有五十上下年纪。他原来也是个逃荒的,没有家口,只他一个人,当初来到黄沙沟也不过才二十来岁。那时候,继圣他爹还只有这时候的继圣大,继圣的爷爷就把他留在家里当长工。老东家高兴时候常说:"安生!只要你好好干,回头给你娶个媳妇!"安生也没追究过他说这"回头"是什么时候才回。后来到底没见回头,老东家也就死了,所以安生到底还是没有老婆。安生在他家做了三十年长工。前十几年,一年还结算一回账,剩下的工钱都给他存在账上;后来熬成领工的了,家里人连继圣他爹王光祖在内,都再不叫他的名字,叫他时候,称呼他"老领"。这个称号,他觉着很光荣,觉着这是自己的功劳换来的,因此对东家越亲近了——别人使用东家的牲口,他要看一看使得轻重;别人借用东家的家具,他也要看看坏了没有;工钱账也不结算了,一年一顶草帽一条手巾也改成二三年才换一次了。他手下的长工们,邻居们,受了他的气都恨他,看见他的破手巾烂草帽又都可怜他,有个长工说他生活像个老驴,大家都觉着像,就背地慢慢叫开这个外号,不过当面却都还称呼他"老领"。

他自从知道了自己的外号叫"老驴",十分丧气,可是爱和他闹着玩的人偏好叫他,淘气的孩子们见了他也偏好远远喊他"老驴",等他发了脾气赶来就又跑了。这一次也跟往常一样,小记他们四个人见他赶来,三脚两步就跑过他前面去了,跑到十几步以外,又回过头来大喊了三声"老驴",算是完全胜利,都笑着跑回去了。

他们还没有跑到村边,就听庙里的锣鼓响,都说"戏来了戏来了",大家越跑越快,谁也不回家,一直跑到庙里去。

他们到庙里一看,还不十分热闹——台上除了打锣鼓的只有两三个人出场,穿的衣裳也不好,呜哩呜啦也不知道说了些什么;台下看戏的没有一个大人,也没有一个女人,只是一伙孩子们打打闹闹,比台上说得还响;拜亭上虽然烧着香,可是还没有摆设停当,二和他爹、铁则他爹、鱼则他爹,还有几个穷人们,抬桌子的抬桌子、挂灯的挂灯,都在那里打杂。他们四个上下看了一会,见没有什么看头,就和别的孩子们说起继圣"看瓜"的事来。这些孩子们不是跟他们在一起念书的,就是跟二和、小囤他们在一起放牛的,一听说继圣"看了瓜",没有一个不痛快,连戏也看不下去,想先去打听一下这事的结果,就跟喜宝他们一同跑出来了。

一大伙孩子们跑到村南头的打谷场子上向沟里看,除了骑驴媳妇看不见别的人,放牛的一个也没有往回走,继圣也没有影踪。

这一块场子就是继圣家的场子,场东边就紧靠着他家后院的院墙。场上已经有打过了的黍秆,还放着一垛子新割起来的谷子。孩子们打听不着继圣"看瓜"的结果,就在场上玩起来。大家问继圣"看瓜"的情形,喜宝就躺在黍秆堆上,两手抱住膝盖学继圣打滚的样子,惹得大家哈哈大笑,都觉着比看戏还有趣。正笑得起劲,忽听东墙根有人喊道:"捶你们呀!把黍秆踩得实塌塌地!"看也不用看,一听就知道是老驴的腔调。孩子们跟一群麻雀被人惊了一样,轰隆一下跑了个干净。

不过他们还不想算拉倒,跑了一段,又都站住,回过头来看老驴的动静,只见老驴拿起杈子来收拾他们刚才打过滚的黍秆。

这时候,天命拉着继圣他娘的手,也到场边来。继圣他娘向老驴问道:"老领!你见继圣来没有?天命急着要找他玩啦!"老驴说:"没看见。"孩子们沉不住气,有一个远远向场里喊道:"继圣在后沟看瓜啦!"继圣他娘远远向他们一看,又问他们道:"在哪里呀?"有几个抢着答应:"在后沟","三角坪底","老牛看瓜","干着急起不来"……

继圣他娘听不懂什么是老牛看瓜,老驴却听懂了。老驴吃了一惊,停住了手里的杈也喊着问:"怎么呀?谁给他做老牛看瓜?"又向他们点手道:"来!来给我细细说一说!"可是他这命令在小孩子面前行不通——小孩们经他一叫就都吓跑了。继圣他娘见他这样惊慌,便也急着问:"怎么呀!什么看瓜呀?"老驴道:"小杂种们刻薄他啦!把他捆起来了!"

继圣他娘一听这话,大声叫起来了:"这是哪些小'烧灰'①们干的?老领!快去看看吧!小爹呀!谁叫你跑到后沟去啦呀?……"老驴答应着,丢下杈子去了。

王光祖跟马先生也摆着方步出来蹓跶,见继圣他娘大呼小叫,也来问讯,经她唧唧喳喳说明了以后,王光祖骂道:"下流东西!谁叫他到放牛坡去玩?回来给我好好捶他一顿!"他看看天命,又看看马先生,觉着自己的孩子到放牛坡去玩是一件很大的丢脸事,暗暗怪他老婆不该对着客人把这事说出来,便翻了她一眼道:"回去吧!这也值得大惊小怪?"他老婆没有说什么,却也没有回去,仍然看老驴往沟里走。

马先生怕他们两个再往下吵,便插嘴道:"小孩们离开了学校就不好管!天命放了假到家还不是一样的!我早就说继圣可以上

---

① "烧灰"是骂人话。原字为"骚货",老百姓的口音转成"烧灰"。

高小去了,你也没有当成个事。"

王光祖用嘴指着他老婆向马先生道:"他娘不让么!"

继圣他娘道:"他姨夫!不是我不叫去!他没有出过门,自己照料不了自己……"

马先生道:"可以!这孩子很有出息!叫他跟上我,你还不放心吗?"

继圣他娘道:"怎么不放心!跟上你还不跟在我家一样?我也是怕累着你!你也不常到学校去……"

王光祖怕马先生多心,赶快截断她的话道:"那怕啥!他是校长。只要他说句话,谁敢不招呼?"又向马先生道:"我看村里的学校也学不了个什么。今年招生时候可惜误了,就叫他明年夏天去吧!"

马先生道:"不过这会去也行!今年的新生还没有备案,名额也不足,还报得上去!"

王光祖又问:"也不用考吗?"

马先生说:"那不过是个样子!"

他们两个说说话话在场上蹓着,继圣他娘和天命向沟里望着,等候着老驴去找继圣的消息。

老驴一进沟,太阳就落了,远远听得牛铃子叮咚叮咚响,喊叫了几声,果然听得继圣答应。

继圣一听着老驴叫他,可算遇着了救命恩人,一面答应着,一股劲赶过牛群前面。他早就不想跟放牛的在一起了,只是一个人不敢走路,不得不借放牛孩子的光,这会有老驴来保他的驾,自然又给他长了精神。可是他这一高兴,却没有想想见了老驴说不说"看瓜"的事,因此老驴远远问了他一句,问得他低下头来。老驴问:"看你那一身脏成个啥样子了?"他低头向胸前一看,小嘴一嘟噜,脚步也慢了许多。这时候他才计划怎样来对答老驴。他想

"看瓜"这事千万说不得,叫别人知道了以后没法见面。可是他又想到这事瞒也瞒不住:七个放牛的知道,四个学生知道,他们怎能不跟人说?有这些破绽,就得想法糊补。他想喜宝他们四个有法对付,一吓唬他们就不敢向人说了;小囤他们六个人没法对付,因为他们不怕先生打,不过他们是放牛的,说他们也只能跟放牛的说,随他们说去也没有大关系;只有二和不好对付,得马上想法子。他想二和虽然也是个放牛的,可是在自己家住着,晚上跟自己家里的长工们在一块睡觉,怎么能叫他不说今天"看瓜"这事?……他正这么胡思乱想,老驴催他道:"快走吧!你天命哥哥来了,在家等你啦!"一说天命来了,他又高兴了一点,放快了脚步走到老驴跟前,老驴便返回头来领着他往家里走。不过他对二和仍放心不下。他想"看瓜"这事本来就不可叫家里知道了,现在家里又住了个天命,更走不得风,一定不能叫二和胡说。他摸得着二和的脾气是好说话——吃着饭也说,做着活也说,只有受了老驴的气才能不说。有一回,老驴打了二和一顿,二和三天就没有说话。他以为想叫二和不说话,总得叫老驴打他一顿。他又觉着二和也就该挨一顿打才对:"×你娘!别人笑我你也笑我!别人给我做老牛看瓜你故意躲到坪上不下来!喊叫你半天你故意不答应!先去赶牛不先给我解开绑!×你娘!非叫你挨一顿不行!"他打定了这个主意,就牵着老驴的衣裳,一边走一边说二和的坏话——说二和"光顾戴着满头花玩",说二和"光顾给他爹看庄稼",说二和"把牛赶到窄崖上差一点跌坏了"。老驴起先只是哼哼答应,却也没有当成一回事。以后听他说把牛赶到窄崖上了,才打动了他的心。他平常爱惜牲口,牲口毛上有点粪他也要擦得净净的。他听说牛上了窄崖上,就马上反问他怎样上去的怎样下来的,受了伤没有。继圣见他注意了,就半真半假说得十分危险,末了又加了一句话说:"他说'你回去千万不要告老驴说'!"老驴听完了他这一段报告,着实起了脾气。他觉着二和犯了两宗大罪:第一是不该不操心把牛赶到窄崖上,第二是不该没大没小说自己是"老驴"。特别是第二宗,他以为越发饶不得。他觉着自己是"老领",凭这功劳东家也得尊敬,一个放牛孩子,是自己直接领导的部下,为什么敢这样随便骂起来?他想这孩子非教训一下不可了。他想到这里恰巧也走近场边,便指了一下王光祖他们向继圣道:"快回去吧!你爹你娘他们都还在那里等着你啦!"说了便扭头返回去找二和算账。

王光祖只顾跟马先生说话,他老婆和天命却早就看见老驴领着继圣从沟里出来了。赶走到近处,老驴又返回向沟里走去,天命却就迎上来。天命第一句先问继圣谁给他做老牛看瓜,问得他红了脸答不出话来,暗暗骂道:"×你娘!这是谁给露了气?"

王光祖听得他们说话,抬头一看,看见继圣一身涂得像一只落水狗,跟天命那一身干干净净的蓝制服一比,实在无脸。他恨不得跑过去踢他两脚,可是当着马先生,又不好对自己的孩子发那么大的脾气,就狠狠咬牙骂道:"下流东西!给老子滚得远远的!天生那种奴才架子,明天就叫你去放牛啦!"他老婆看见自己的孩子被糟蹋成那样,自然也又是骂又是疼。马先生劝了他们一会,才算都不吵了。

他们静下来,才听得远处有人哭起来。老驴返回去见了二和,一句话也没有说就先打了两个耳光,把二和打哭了。二和还只当是继圣把"看瓜"的事推到自己的头上了,他就一边哭一边分辩道:"是我来?你问清楚是我来?"不分辩还好,一分辩又加了一耳光。二和早就知道继圣不是好东西,可是这一回却没有想到他要害自己。他觉着这一次实在没有对不起继圣的地方,可偏又被他害得挨了一顿没名姓的打,真是冤枉极了。老驴打骂了二和,一边走一边说:"你干的是什么事?再敢不小心我揭你的皮!"说着就走远了。二和挨了打,一边哭一边赶着牛慢慢走到场边,还见继圣站在他娘跟前。仇人见面,分外眼明,二和就看着继圣赌着誓分辩道:"要是我叫死我全家,妄嘴说人也叫死他全家了!"

王光祖正在气头上,听了他这么说,更是火上加油。他觉着这真不成个规矩,哪有这放牛孩子敢在东家面前骂人的道理?他又觉着这应该和对付自己的孩子不同——他以为对着客人打自己的孩子是丢人事,可是对着客人不教训一个没规矩的下人更是丢脸事,况且自己还在气头上,也正好借这来出出气,因此他就叫道:"二和你来!"二和只当他要问刚才老驴打自己的事,心想"我非把这事说个清楚不行",就走到他跟前,那知道正要张开嘴去说话,被他劈嘴打了重重一巴掌,打得仰面朝天倒在场里。二和哇地哭了一声,爬起来唾了唾嘴里的血,仍哭着辩道:"放个牛就这么下贱?想打就打?打也得说个理吧?"王光祖一瞪眼道:"你还要跟'我'说理呀?"说着又一耳光打去,二和却跑开了。

二和这一回下了决心,就一边跑一边顶他道:"伙计、伙计不说理,东家、东家不说理,我任凭再跟我爹去讨饭也不敢给你放牛了!我还怕你们打死我啦!"说着头也不回,牛也不圈,饭也不吃,一股劲跑回自己家里去了。

王光祖原来是想争个脸,没打划结果这么糟,气得他两眼死盯着二和的脊背发作道:"作死脸!我看你造得了什么反?——老领!"老驴听得东家喊叫,赶紧跑出来,他便向老驴道:"叫得老刘来算一算账把二和打发了!"老驴答应着,叫别的长工圈了牛,就去找老刘去了。就在这时候,庙里打发人来请王光祖,说是庙里的席已经摆好了。王光祖辞过马先生上庙里去,马先生、天命、继圣和继圣他娘也都回王家吃饭去。

二和哭着跑回家,家里他哥哥大和打忙工还没有回来,他爹被人家派在庙里打杂也没有回来,只有他娘一个人在家。他娘听见他哭,赶紧跑出院里来看他,见他的嘴也破了,耳朵也红了,半个脸也肿了,倒吓了一跳,三脚两步跑到他跟前扳住他的头一边看一边问道:"小爹呀!谁又跟你闹气?"二和一肚冤枉要说,可是一见了娘又恸得很,哭得连一句话也说不出来。铁则他娘、鱼则他娘几家邻居们也出来看,也帮着问,可也问不清楚。

当二和挨打时候,小囤他们六个人都亲眼看见,喜宝他们一伙人,虽然没有敢到场子上去看,却也躲在一边看得清楚。他们这些人,见二和哭着回了家,有的回去圈了牛,端了一碗饭,有的连饭也没有端,就跑来看望二和。这时候,二和的哥哥大和也回来了,大家都在院里站了一大圈,把二和跟二和他娘围在中间。孩子们见二和哭得说不清楚话,知道的就替他抢着说,总算把继圣看瓜跟二和挨打的经过,给他娘跟他哥哥说明了。话完以后,大家都替二和抱不平,有的主张去找王光祖说个清楚;有的主张到庙里去叫大家评一评这个理。二和他娘唉声叹气道:"咱能跟人家说个什么理?趁咱的什么啦?"说着眼里也流下泪来,拉着二和回屋里去了。

天黑透了,院里的孩子们也散了,大和也回屋了。二和的娘给二和舀上饭二和也吃不下去,仍哭着道:"我是不敢给他放牛了!我还怕他打死我啦!"大和也说:"咱惹不起他吧也怕不起他?不给他放就不给他放吧,不论到哪里还愁寻不上个主儿!"

二和这时候哭也止住些了,他娘把他的头放在自己膝盖上,用一只手给他揉耳朵,觉着他半个小脸热烫烫的。就在这时候,老刘回来了,一进门就问:"二和啦?"二和他娘说:"在这里!"老刘喘了几口气就骂:"×你娘!老子不捶死你算你武艺高!"说着就往炕上摸二和,吓得二和他娘把二和往炕后一推用脊背堵住,大和也挡着老刘说:"爹!一点也不怨二和的过!你听谁说什么来?"说着把他招呼到小板凳上坐下,他还是喘着气说:"他算是给我闯下乱子了!"

大和给他点上灯,慢慢跟他说二和这打怎样挨得冤枉。二和的娘也指着二和,哭着向他说:"不用打了,人家早就快把他打死了!"老刘半天也没有说一句话,等到大家都不说了,他才说:"人家不叫咱活了!人家村长打发老驴到庙里找我,说咱这闯事的二和跟人家村长顶嘴!人家不要他给人家放牛了,要叫我跟人家去算账啦!"

大和说:"不放就不放吧!只有他一家雇人的?"他娘也说:"什么好主家?吃的饭还没有吃的打多!"

老刘说:"都是傻瓜!咱凭什么跟人家算账啦?大前年的庄稼叫牲口吃了一半,前年又遭了旱灾,光欠租就是三石多。今年春天又借人家的一石谷,到这时候连本带利又是一石五。光这四五石粮食,咱指什么给人家呀?还有咱种的那几亩山地是人家的,住这座破房也是人家的,人家扭一扭脸,咱还怎么在这地方站呀?"

二和他娘说:"咱这一家活得算个啥?还不如死了清静些!"

老刘叫着二和道:"爹跟你好好说:你以后少给咱闯点事好不好?"

二和发急道:"爹呀!我真正是没有闯过什么事呀!"

老刘道:"你还哭啦!你为什么跟人家顶嘴?"

二和道:"我白白挨了两顿打,连话也不叫我说一句吗?他说我不该顶他,他为什么好好就该打我?"

老刘道:"唉!孩子呀!打就是打了吧,还能问人家该不该?人家是什么人?咱是什么人?"

二和他娘道:"你那么说咱那孩子还有命啦?"

老刘说:"说什么理?咱没有找人家说理人家就找咱算账啦!有理没理且不论,这账怎么敢跟人家算呀?"

正说话间,外面有人喊道:"老刘伯伯!庙里叫你去点灯啦!"老刘舀了一碗饭,端着走了。

三　关帝庙挤不挤

叫老刘是鱼则去叫的。鱼则是老黄的孩子。老黄跟老刘一样，都是外来户。原来庙里有了神社事，要叫谁都是社首打发看庙的去——叫桌面上的人物说是"请"，叫村里老百姓就说是"叫"，要说叫外来的逃荒的人，那就连"叫"也说不上，只是派个条子叫他来支差就算了。像唱戏的时候派老刘他们打杂，自然是只用通知一回，就把这三天戏唱完才能算销差，半路上再没人去叫他们，谁误了是谁的事。老刘因为二和得罪了村长的事，回去一大会没有来，这时候拜殿上要挂灯，老黄怕他误了再受社首们的气，因此才打发自己的孩子去叫他一声。

他跟着鱼则离开了家，外面果然黑得看不见路了，快到庙门口，才看见有两家卖油糕的点着两盏麻油灯。他只当误了什么事，赶忙三脚两步走进庙里，看了看情形，时候还早，这才放了心。原来庙院里还是黑的，只有四五个去处有点火光：社房楼上正划拳喝酒，窗上照得亮亮的；戏台上两个小门黄黄的有点灯光，后台里似乎有一盏灯；拜亭上有老黄、老张他们在那里挂灯，可是才点着了一枝蜡烛；两廊靠近台阶的地方有几个纸灯笼，是几个卖果子的。人也不多：除了做菜的，托盘的，和几个打杂的以外，就只有一伙孩子们跑上跑下乱喊叫。

老刘见拜亭上有了人，就也一径走到拜亭上来。负责挂灯的是三个人——老黄、老张和老刘。挂的灯是各色各样的宫灯，都是用木头做成了格子，上边张着纱，用的时候才十片八片往一处拼对。老黄是小木匠出身，懂得这个。老黄还有个怪劲，手巧嘴拙，能做不能说，急了干张嘴，张十来次嘴才能说出一句话来。老张自小就是个打莲花落讨饭的，和自己地位高低不差什么的人在一块做活,只要他张开嘴就没有旁人说话的地方。他跟老黄到一处,总好故意挑着老黄说话——看见老黄张几次嘴说不出来,他就再跟着说几句;等到老黄快又要说了他就再说几句,然后哈哈一笑,就笑得老黄把话闷回去。

负责的虽然只有他们三个,帮忙的却是七手八脚人数不少,就是白天在山上放牛那伙孩子们。他们这帮忙是为了自己:原来每一枝蜡烛的把子都长得很,往灯里插的时候总要折下多半截来,像一根筷子。唱戏的时候,这庙里要挂六七十个灯,这半截烛把子要折两大把,他们都爱抢这个,不过也不一定真是做筷子,只是玩一玩。

老黄管拼灯,老张管插蜡烛,老刘管往上挂,孩子们除了抢烛把子还管提上灯给老刘递一递。插蜡烛自然比拼灯容易,因此老张一直催老黄,顺口就低低地唱起莲花落:"叫老黄,快快干,误了开戏不好看。""黄师父,你快作,误了开戏吃家伙。"老黄急了一大会才急出一句话来说:"我,我,我只有两只手呀?"老张连停也不停又唱:"不管你有几只手,吃了家伙难开口。"小孩们都嘻嘻哈哈笑他唱得有趣。

铁则是老张的孩子,见他爹管往灯里插蜡烛,他一点也不放松,把烛把子一根一根都弄到他手。鱼则向他要,他举得高高的不给。小胖仗凭力大,从背后把他抱住叫"鱼则!快抢!"还没有等鱼则下手,小囤手快,一把就夺过去了。大家见烛把子都到了小囤手里,一轰就把小囤围起来。小囤见走不了,就说:"咱们分吧!一个人先分两对!"大家说"行!"小囤一手把东西举得高高的,叫一个名,发出四根,叫一个名,发出四根。这里也有别的孩子们等着领,可是小囤仰着脸不看他们,只是念放牛坡上的那一伙人的名字。他顺口念到二和名下没有人答应。别的孩子们都说:"他没有来,先给我们发。"放牛孩子们说:"你不知道二和怎么啦?"小囤没有等他们说也想起来了，把举着的东西放下来说："二和还在家哭啦！咱们先去叫他吧！"小胖说："分了再去！"小囤说："可以。"小囤这会也不再举起手，也不细数，放牛的孩子们也愿意叫他快快发，伸了一圈子手来接。小囤哗啦哗啦发了个差不多，便说："这算我跟二和的吧？"他们也都不再计较，都说："走吧！走吧！"说着就去找二和去了。

放牛的都走了，别的孩子们仍然围着老张抢烛把子。这时候社首王海从社房楼上的窗口伸出头来叫道："上菜吧！"往上端菜的是小管的爹。他听王海一喊叫，接着就在庙院里喊叫小管，老刘答应他"小管到我家去了"，他就不喊了。老张仍然是一枝一枝插着蜡烛，口里仍唱着莲花落："叫老黄，快快快，社房楼上上了菜。"……小管他爹见小管不在，自己便拉过木盘，端着第一碗海参上了楼。

楼上，一桌坐着六个人：王光祖坐在中间一把圈椅上，左边一条凳子，坐着两个社首——一个叫王海，是王光祖的本家弟弟，另一个叫赵起；右边一条凳子也坐的是两个社首——一个叫赵永福，一个叫李恒盛；下位偏左放了个方凳，坐的是学校先生，右边留了个口叫上菜。

小管他爹把吃光了的酒菜盘向四边一推，摆上海参碗又退下去。李恒盛便先举起筷来在碗上点了几下，笑嘻嘻向王光祖打着招呼说："来吧来吧！趁热！"大家也都举起筷来等着王光祖。王光祖也不谦让，懒懒地拾起筷来，先夹了一片，大家也就跟着夹下去。王海才把第一片送到嘴里，觉着很烫，吸了几口气，然后嚼着说："好！又热又烂！"他觉着坐在离王光祖最近的座位上，随便评论一两句菜的好坏，才能算比别人高贵些。赵起觉着能跟王光祖坐在一个桌上吃一碗菜，已经够不错了，再要扳着说个什么那是不知趣，因此不预备开口。赵永福接着王海的下音说："好是好，可是不敢算账!这一碗菜至少值一斗小米!"王光祖轻轻看了赵永福一眼,微微有点发笑。王海顺着王光祖的意思向赵永福开玩笑说:"你也算枉当了多半辈子财主,连半片肉也没有买过。"李恒盛是小户人家,跟人家三个人凑到一处,本来不相称,可是时时总想跟人家往一处凑;见人家说得很热闹,早就想凑几句,只是一时想不起说句什么话合适——顺着王海说吧,怕赵永福不满意;奉承赵永福几句吧,又不合王光祖和王海的意思;不说这个另说个别的什么吧,又跟人家两个人的话连不起来。他猛一下想起一句合适的话来正要去说,可是已经冷了场,人家都又吃起菜来,话误了菜可不敢误了,他赶紧也跟着去夹了一块海参送进嘴里。吃了一口菜之后,他又觉着费很大劲想好的那句合适话,不说一说实在可惜,就拿了一拿劲说:"永福老哥虽说没多吃过好东西,可也没有……"他正说着"可也没有枉花过钱",可巧遇着王光祖开了口,把这句得意的"合适话"碰散了。原来王光祖没有心事听李恒盛说什么,只看见学校先生因为是个晚辈有点拘束——话也不说,菜也吃得很客气,便叫着他的名字向他说:"宝三!你吃你的!不要拘束!"就是这句话把李恒盛的话碰散了的,李恒盛直到吃了几碗菜以后还觉着可惜。

吃了几碗菜,王光祖想起继圣要上高小的事来,顺便向大家道:"继圣他姨夫说叫继圣秋后上高小念书啦。你们哪家的孩子愿意去的话,这倒有个做伴的。"在黄沙沟村,王光祖和别人坐在一处,总是别人先跟他说话,很不多见他先跟别人开口;要是他先开口,那一定说的是和他自己有利的事。这一次也不特别,表面上好像说情愿用我的孩子给你们的孩子做伴,实际上想在人家的孩子们当中给自己的孩子找个做伴的。他这样一开口,在座的人都觉得人家愿意把人家自己的孩子跟咱的孩子算成一类,实在是件光荣的事。特别是李恒盛:他听了这两句话,高兴得两只手就在头上乱搔,嘴里的菜也顾不得往下咽就来接王光祖的下音。他说:"世界上什么也没有念书好。我这一辈不识个字,心里实在闷得慌,实在想叫我宿根多念几天书,可惜是供不起。我宿根跟你继圣……"他一股兴头正往下说,见王光祖把头转向赵起那边去说话,也就只好半路停住。其实王光祖向大家说孩子上学的事,并没有把他算在数里;见他先插嘴已经觉着够讨厌了,哪还能一直听他说那样长,因此便把头一转去问赵起。他也不是特别看得起赵起,只是觉着赵起的孩子满土老实,又比继圣大一点,早晚从学校回来跑跑,到路上能招呼招呼继圣,这才向赵起说:"你啦!叫你满土去吧?"赵起是个小疙瘩户,无心爬高,只觉着孩子能守着原盘日月就好,因此就说:"我趁啥啦?还供得起那个?"不等王光祖再来劝,王海就替他来劝赵起说:"去吧!你这小疙瘩户怕啥啦?咱们也叫孩子们赚几个轻巧钱吧,难道就只能辈辈当山里的老土?你要能叫满土去,我也能叫我喜宝去。"就这么几句话,已经把赵起的心说动了一点,不过一时还拿不定主意,就含含糊糊说:"我怎么敢跟你比?不过这会念书听说也不花什么钱,回头想想看吧!"王光祖见赵起有这心事,又接着淡淡地劝了他几句:"没什么花销,只是管自己孩子一点吃。在家不吃了吗?"说到这里,馍上来了,大家都取了馍。李恒盛见王光祖不理他的话,一大会了总觉着脸上灰灰的,早想找几句话解一解,只是插不上嘴,这会见大家不说了,就又想补个空子。不过他这会不敢再去王光祖名下找丢人,就避开王光祖向赵永福说:"老哥!叫你小记也去吧?"赵永福笑了一笑说:"咱还挖咱的土吧!"王海说:"你跟他说那干啥?人家有一斗谷,春天放出去秋天就能成一斗半;一块钱放出去,一年能多三毛,怎么舍得弄这个?"赵永福正想分辩,排戏的来请点戏,把他的话打断了。

四个社首都不懂戏,村长王光祖又不好看戏,就把这事推给学校先生。王光祖向先生道:"宝三!你到楼下跟他挑戏去吧!要是不知道什么好,可以问一问聚宝!"先生便和排戏的一同下去。王海见排戏的已经来了,庙院里的人也轰隆轰隆的了,只是庙院还黑黑的,就向窗口喊叫:"聚宝!怎么还不点着老灯?"这时候,小管他爹也端上漱口水来了,大家也都吃足了,便都离开了座。四个社首都戴起帽子来去烧香。

这聚宝原来是个锻磨子的石匠,可是很懂戏——也会看也会唱。他锻起磨来也是手里锻着嘴里唱着,锤就是他的梆子,锻得慢了唱流水,锻得快了唱垛板。附近几个戏班子里都有他的熟人,哪一班唱什么戏得手他也都知道,因此本村每逢唱戏,大家都愿意请他来挑。他拨戏台上的大油灯拨得很有把握,因此社里每年总是派他管老灯。不过他有一股别扭劲,只会说一股老直理,人送外号"锻磨锤",理说顺了怎么说怎么应,要是惹起他的脾气来,什么难听他就说什么。这一回他才去点灯就弄了个别扭:王海喊叫他点灯,他正提了个油罐上到台上,先生又叫他点戏。先生见他上了台,就挤到台跟前仰起脸向他说:"聚宝!你给咱点戏吧!"他说:"可以!等我点上灯着!"先生站在台下等,等了一会,见他才点着了一盏,就催他说:"就且点着一盏吧,村长说叫你去点戏啦!"先生就只多说了个"村长说"就惹起他的脾气来了。他说:"我不管!点灯能派差,点戏可不能派差!"台下另有人劝他说:"去吧聚宝!这不是派你的差,是我们大家请你去!请你给大家点几出好戏看看!"他说:"你叫先生说清楚,看究竟是大家请我去呀还是村长派我去?"说罢仍然点他的灯。先生知道他素日的脾气,因为怕耽误时间,也只好说:"去吧去吧,是大家请你,不是村长派你!"他也没有再说什么,仍然是先把灯点好,才跟先生去点戏。不大一会,戏点出来了,戏牌挂在台口柱子上,正本戏是《天河配》,搭戏是《铡美》《下南唐》《杀狗》,大家都很满意。

拜亭上烧着香,戏台上排着场,庙门口进着人,眼看快到开戏的时候。这时候,忽然从庙门口闪进一道亮光来,正往庙里走的人们往两边一裂,那亮光好像更大了些,从中间的人缝中穿到庙院里。大家向门口一看,老驴点着村长的马灯在前边领着路,继圣他娘、他姨姨、天命、继圣、马先生,都挨走进来,后边跟了两个长工给扛着两把圈椅。

王光祖在楼上看见马灯一晃,就知道是马先生他们来了——因为村里再没有第二盏马灯——急忙下楼来迎接。老驴见他接着马先生往拜亭上走,天命和继圣也跟着到拜亭上去,就不去管他们,点着马灯把继圣他娘和他姨姨送上社房楼上对面的东敞棚楼上。这座楼是专叫妇女们看戏用的,前边也只有栏杆没有墙。她们两个来得迟了一点,靠栏杆的一列已经排满了板凳坐满了人,按常理她们只好坐在后边,可是她们这两个人就不能以常理论了:上年纪的老婆们见人家这些贵人们来了,不用等人家开口就先给人家躲开;年轻的媳妇们舍不得让开前边的座位,婆婆们就怪她们不懂礼体,催着她们快搬了板凳;十来八岁的小孩们,就更简单——他们连凳子都没有,只是靠栏杆站着,老驴只向他们喊了一声"往后",他们便跑过后边去了。逼过了大人,撵过了孩子,长工把椅子排好,打发她们两个坐下,老驴这才提着马灯领着长工们下去。椅子本来就要比板凳占的地方大许多,再加上是圈椅,逼得后面的板凳离她们至少也有五尺远。

王光祖领着马先生往拜亭上走,拜亭上才烧过香的社首们也笑脸相迎。可是拜亭上也不是个清净客厅:喜宝、满土他们一伙学生们才在这里抢完了烛把子;小囤他们去叫二和回来,见蜡烛已经插完了,扑了个空,可是也没有马上跑下拜亭,只是跟喜宝他们合了伙,来比谁得的烛把子多;大人们,不论是本村的、外村的、男的、女的,也有好多都在上边游来游去看灯。先生见王光祖和马先生上来了,一边跟马先生打着招呼,一边横起两条胳膊攮着拜亭上的大人们往下走:"闲人都下去!下去叫客坐!"本村人不是客,自然都下去了;外村人虽然是客,可也知道先生说的那客不是说他们全体,除了几个穿长衫的跟王光祖和马先生打过招呼留在上边以外,其余的也都把自己算成"闲人"走下来了。"闲人"下来以后,社首们叫打杂的增加了些椅子板凳,让王光祖他们这几位更"闲"的人坐。这时候,拜亭上的人物只是有数的几个了:王光祖、马先生、本村学校的先生任宝三、四个社首、外村几个穿长衫的和天命、继圣两个小孩。他们有的蹲跶着,有的坐着,有的摇着扇,有的背着手,在他们看来,拜亭上只留这几个人才能算有秩序。继圣又换了一套花衣服,把联锁绳换成了银项圈,和天命两个人半通不通地念着宫灯上写的诗句,引得别的穿长衫的夸奖他们的聪明。别的孩子们见他两个也是小孩,能在拜亭上玩,又凑上去试试,可是没有上到台阶上,又被社首李恒盛赶下来。马先生在黄沙沟附近这一带好像是圣人,扳得着他的人见了总是问长问短。这次王海问起他宣统皇帝复位的事来,他便谈了一顿国家大事,给大家讲了讲出了个"满洲国",出了个"北平政务委员会",还有什么"塘沽协定",不过他只是说明有了这些东西,一字也没有说这有什么利害关系;听的人就连这个也还没有完全听懂。

戏开了,他们嫌拜亭上离得太远听不清,叫打杂的又在庙院上半院排了些桌椅,摆了些梨儿桃儿,然后从拜亭上移下来坐在新座位上。他们仍然谈他们的,两个孩子先把桌子的梨桃装满了自己的口袋,然后跑到东北楼上找他们的娘去了。

戏开了他们就谈戏。从这戏的东家到有名的角色,马先生都知道。提起这戏的东家来,马先生说是城北关三益堂的戏,说这三益堂从明朝时候就是财主,从家里起程往周家口走,一路上都有自己的生意,可以不住别人的店,说得赵永福吐了吐舌头说:"妈呀!

我常想戏上穿那些绸缎衣裳,贵巴巴的谁买得起,不想人家那财主就那么大!哪来那么多的钱来?"说得大家都笑了。马先生说:"出一班戏能花人家几个钱?人家家里七八十口,子弟们也有做官的也有念书的,有在省里的,有在各县的,还有在北平和南京的。县里出北门五十里哪村没有人家的地?一亩地七八分粮银,人家名下就有一百多两。要说外边那些大地方,哪家银行有多少存款,哪家大公司有多少股本,除了人家自己那就谁也不知道了。"他这么一说,不说赵永福,就连王光祖也叫他吓住了。

《天河配》是老熟戏,又是文戏,唱起来大半天不动锣鼓。他们虽然坐了个好地方,可是也不细看也不细听,只是大声谈他们的话,谈话的声音把台上的戏都压住了。谈到了这本戏,马先生说是老俗戏,也是单边戏,使不着大角色。王光祖说:"要不你点一回吧?"还没有等马先生答话,他就随着向台上喊:"喂!叫你们的排戏的来一趟,马先生要点戏啦!"有人要点戏,戏班里自然愿意,打发了个唱旦的拿了个写着戏本名目的笏板来了。马先生接过来看了一下,点了一出昆曲《游湖》,那人便接住打了个千儿去了。

不大一会,《天河配》半路停住,就开了《游湖》。不过一台下的看戏的,差不多都没有马先生那样风雅,都急着要看牛郎织女成亲,不愿听那呜呜哇的昆曲,就哼哼唧唧地议论起来。王海看见前边站着的人头乱动,恐怕扰乱了王光祖和马先生的兴头,就高声大喊:"不要乱!好好听!"大家又稍稍安静了一点。可是聚宝偏不服劲:他见把他挑的《天河配》停了又开了《游湖》,早就有点不耐烦;赶到听见王海说"不要乱",他就接着说:"不要乱?姓马的有钱,雇上一班戏回他家里唱去,管保一点也不乱!"他说得不高不低,近处的人听得很清楚,都觉得这话很得劲;王海和马先生他们也听见了,可惜没有听出是谁说的,也无法追究。凑巧的是人越来越多,戏虽是开了一会了,路远一点的人才赶到,王光祖他们的桌子前面,起先还有空子,后来越挤越近,挤得他们一点也看不见。王海虽然屡次喊叫"往前一点",可是人多了,挤得都由不了自己,一点效果也没有,他们只好站起来。聚宝听王海喊了几遍,又自言自语说:"往前?这会可使不上你们那威风了!"这一回王海可听出这话是聚宝说的,有心骂他几句,又怕丢了自己的身份,想了一想,就变了一个样子来发作。他像发紧急命令一样,喊叫一声:"聚宝!把灯拨亮!"聚宝看见灯着得好好的,知道他是故意发脾气,就顶了他两句说:"挑刺也要看看眼对不对,这灯还不亮?"王海丢不下人来,提高了嗓子大声嚷着说:"叫你拨你就得拨!有什么说的?"他这么一说,惹起聚宝的火来。聚宝起了脾气,谁的账也不认,听了他的话,扭回头来对着他喊:"我不拨你把我怎么样?我早就破出来了!看你能把我的手剁了不能?"王海虽然也跟他对吵,可是没有他的声音高,被他的声音压住。他越嚷越起劲:"只叫你们活吧!东西楼上、拜亭上、台上、台下,满庙里都成了你们的世界,哪还有别人活的地方?"王光祖早就忍不下去,但发作起来又怕顾不住自己的身份,因此只让王海去压服,自己没有亲自动神色。赶听到这里,觉着非亲自开口就再压不下去,便跳起来喊:"把他捆起来!没有见过这么野的东西!"可是没有等他的话落了音,前边的人一动,后边的人抗不住,哗啦一声往后一倒,跟河涨了一样,把他们连桌椅带人,一齐都挤倒了。聚宝还在人群里喊:"捆吗?我犯了什么罪?"说着就从人群里闯了一条胡同走出庙去。王光祖手下虽然有几个小喽啰,可是自己都知道不是聚宝的对手,谁也不敢去拦挡。这么一闹,人都乱起来,戏也停了,有些怕事的都挤出去走了,庙里才算又松动一点。

老驴把王光祖跟马先生扶起来,王海他们也都爬起来。王光祖听说聚宝走了,就下命令说:"去捉去捉!这还了得?"王海和李恒盛带了几个人去捉聚宝,王光祖和马先生回社房楼上休息。戏又照样唱起来。一会，王海他们回来了，说聚宝早就背着他的锤钻走了，家里只留下了煤锨火柱，一口砂锅，一只碗，还有一口破水缸，一条破席子。

王光祖觉着对着马先生，本村就敢有人这样不给自己顾面子，说是非办不可。还是马先生说："算了，张扬出去跟着他丢人。"这才算把一场风波平息过去。老刘瞅了个空子找老驴，请老驴到庙门外吃了几个油糕，托他到王光祖面前替二和讲情，叫把二和再收回去。老驴说："这不算啥！小孩们能不吵架！不过二和的嘴太强，你以后要劝说着他些！"老刘一边连声答应，一边把大和打了一天忙工赚的工钱开了油糕钱。

继圣他娘和他姨姨，自从庙里吵过架以后，就没有再看戏，挤过这边社房楼上来看王光祖和马先生受了伤没有。继圣和天命也跟过来。他们早就想回去了，只是嫌人多不好往外挤，赶到唱完了《游湖》，老驴把二和叫来，当着王光祖的面骂了二和几句，算是做了开解；然后叫二和提上马灯，仍叫长工搬上圈椅，自己拉着继圣的手。二和在前领着路，马先生、王光祖、继圣他娘、他姨姨、天命、老驴、继圣八个人摆成一串走在中间，两个长工搬着椅跟在后面，一同走出庙去。庙里的人们见他们去了，觉着庙院猛一下就宽大了许多。

四 也算翻身

聚宝自那次跑出来，十来年没有回黄沙沟去：抗战以前，怕王光祖，不敢回去；抗战时期，被日本人修的正太铁路把他隔住，不能回去；日本投降后，他已经在路东找下个落脚处，又在斗争恶霸时候分得些果实，村里群众又对他很好，因此又觉着不必回去。

又隔了十来个月，他忽然又想回去看看。因为有一次路西来了一个人,说那边也到处有群众运动,把那些吃人咬人的先生们都斗倒了。他问了一下被斗的人们都是谁,那人数了一大串名字,他只知道两个——一个是那年在黄沙沟唱的那戏的东家三益堂,一个就是王继圣的姨父马先生。他问起王光祖,那人不知道,没有听说。这一问引得他想回去看看这王光祖究竟落了个什么结果,因此就回去了。

走了十来天,这天半后晌,就到了他的老家黄沙沟。

当他走到离村半里的地方,早看见好多人在河滩一块地里割麦,数了一数,共是七个人,除了一个穿土色衣服的,其余的六个,都穿的是雪亮的白小衫,戴的是崭新的大草帽。这些人都割得飞快,好像在地里跳舞,嘴里还不知道唱些什么,割着唱着,一会就打起来了,一会就又笑起来了。这是黄沙沟的好地,麦子长得有胸脯高,大约有五六亩。他把这一片地,一块一块数算了一下,数算着这一块是王光祖的。他想这一定是归了翻身户,却不知道是归谁了。

赶到他走近了,割麦的人也都看见了他,停住了手望着他仔细端详着。有个白胡须老汉(就是那个穿土色衣服的)先认出他来,叫了一声"聚宝",年轻人们也有叫大爷的,也有叫大叔的,都跟着老汉笑眯眯地来招呼他。

这老汉就是老刘,他认得;其余的年轻人看起来有些还没有大变了样子,可是一时叫不来他们的名字,只觉着和他们上一辈的人们年轻时候有点一样。他一边说话一边想着,慢慢又认出一个大和来。那些青年人们都故意和他闹,这个说"大叔你认得我是谁",那个说"大爷你猜猜我叫啥"。他觉着这伙人蹦蹦跳跳实在可爱,引得他哈哈大笑。一个粗大个子青年说:"大爷!放下歇歇!"说着就从他的肩膀上替他卸下行李。他坐下了,大家也跟着他坐下。老刘说:"你还背着你的锻磨锤?"他说:"凭什么敢把这个丢了?"

经过老刘介绍,才知道这几个青年的名字:给他接行李的那个是小胖,跟大和面目差不多的那个是二和,其余的三个是铁则、鱼则和宿根。他看着他们的新衣帽,笑着问:"大家都翻了身了吧?"

"翻了!"好几个人齐声答应。

"咱村都斗了谁?"

"斗了谁?老光祖!""王海!""赵永福!"七嘴八舌答应着。

小胖用嘴指着宿根说:"还有他家!他给人家通风报信就捎带了他一家伙!"宿根看了一眼,什么也没有说。

聚宝的心落实了,心里暗暗得意,好像对王光祖他们说:"试试!你狗×们再厉害?"他又故意问二和说:"二和!再不用给王光祖放牛了吧?"

没等二和答应,小胖插嘴说:"人家二和早就升了,从继圣升中学那一年,人家就从放牛孩升成长工了!"

聚宝笑了一笑说:"如今总不干了吧?"

小胖说:"不?还吃人家的饭,还给人家干!"

聚宝说:"奇怪呀!不是翻了身了吗?"

小胖说:"也算翻吧,只展了展腿!"

聚宝说:"为什么不翻个透彻?"

小胖说:"为什么?"又指着老刘、大和、二和、铁则、鱼则说:"这几个人?算了吧!教着曲也唱不响!背地里不论给他们打多少气,一上了正场就都成了闷葫芦了。自己不想翻,别人有什么法?"

大和向聚宝说:"老叔你不摸内情:人不能跟人比,一个人有一个人的本事。小胖人家是武委会主任,嘴一份手一份,能说能打;像我们这些人,平常只在黑处钻着,上了大场面能说个啥?谁知道什么该说什么不该说？说出去谁知道是啦不是啦？"

老刘说："我看也翻得可以。就说我家吧：咱是一筐一担逃荒来的，黄沙沟没有咱一砖一瓦一垄田地，如今咱住的那座房也算咱的了，咱在三角坪开的那块荒地，这几年展到七八亩，也算咱的了；这还不够好？就是不该把老婆饿死了来！……"

聚宝问："怎么？老嫂不在了？"

老刘说："唉！不提她了！灾荒年饿死了！怨她没有命，要活到这时候来死了也放心些！"

宿根半天插不上话，见说起这来了，他也趁空开开口："老叔你还不知道啦：咱村过灾荒年饿死了好几十口——小囤他爹、小管他娘……"

小胖说："数那些做甚啦？数到天黑也数不完，我看还是说说别的吧：你这十来年都在哪里来？"

聚宝说："在路东，太行山里，也没有一定的地方，哪里有磨就到哪里锻，近二年来才算有个落脚处。这些说起来话长，咱们回去再谈吧，你们先告我说斗王光祖斗得怎么样？"

老刘说："斗得也不轻，如今只留下三十来亩地了。"

小胖说："不轻？可算是没有斗好，只把些远地给了群众，还给人家丢下三十多亩好地近地。这不是？这些地还是人家的，你看这麦长得多高？"

聚宝愣了一会说："怎么还能把这么好的地给他丢下？那你们翻了个什么身？"

二和半天没开口，这会也说话了。他说："说起来咱也算翻了身了，可是咱还是人家的伙计，人家还是咱的东家！"

小胖说："那怨谁？没有叫你们多提意见？"

老刘看了二和一眼说："算了吧！不要太不知足！给人家当伙计还不是咱愿意？咱三角坪那点地，用得着咱父子三个人种

335

吗？咱给他当长工他给咱工钱，我还找不上个主儿啦，人家每月愿意花八十斤米，还不给人家住？"

小胖笑着向老刘说："你这老人家不会打算！你的地不够种不能多要他几块？一定要给人家留那么多，回头再去给人家当长工？"

老刘说："你们如今说那理我就听不过去！人家就只有那么多的问题，也不能给人家没有窟窿去钻眼呀！咱一辈子虽说穷可穷得干净，不会说那些讹人话。"

小胖说："那能算讹他？你父子们给人家受，人家睡着吃；人家吃胖了，把你们吃干了；过灾荒年，人家关住门吃饺子，却饿死了你的老婆；你好好想想这账该跟谁去算？"

二和说："俺可知道俺爹又要说啥啦！'那还不是咱的命穷？'哈哈哈哈！"

"哈哈哈哈……"大家都跟着笑起来。

笑得老刘不好意思了，老刘翻了二和一眼说："你笑啥！那是正经话！"他这么一说，大家更笑得厉害了。

"就斗了个这？"聚宝觉着很泄气。他又问大家说："王光祖总不能还是村长了吧？"

小胖说："那倒不是了。如今的干部没有一个旧的，也没有一个老的：满土是村长，小囤是政治主任，满囤是农会主任，小管是副主任。"

聚宝问："都在家吗？"

小胖说："村长在家，政治主任跟农会正副主任都到区上受训，明天就回来了。"

聚宝又问："王光祖那颗种（就是继圣）成了个什么器？"

小胖说："上了半年中学日本就打进来了，后来当了几年小学教员，如今在村里合作社管账。"

二和指着路上的一个人说:"老驴来了!"大家随着他看了一看都拿起镰来。小胖说:"怕他做甚啦? 不许歇歇?"

聚宝问:"你们是给他打短工吗?"

大家说:"我们是个互助组。"

聚宝站起来,一面背他的行李一面说:"咱们晚上再谈吧! 我先回去了!"

大家也都说:"好! 你先回去歇歇吧!"大家送他走了,又都割起麦来。

小胖忽然又想起个问题来,远远叫着聚宝说:"聚宝大爷! 你的房子坏了! 你可以先到我家吃顿饭,叫村长给你找个房子住!"别的人,也都喊着"到我家吃饭吧"。聚宝远远地点头招手,向大家道谢说:"好好好!"

聚宝回到村里,在街上没有碰到一个人。他没有先去找村长,却仍回到他那破房子里。他进去一看,哪里还像个房子? 席子大个房顶就塌了箩头大三四个透天窟窿,门窗上早已没有一片木头,地上早成了泥堆。他看了独自一个人发笑,心想:"像这房子,就是不坏了吧,能算个什么东西? 费了十来天工夫回家,就回了这样一个家?"看了一会,觉着没甚意思,仍然背着行李去找村长。

他走到满土家,见有个年轻媳妇在院子里做饭。他虽然认不得她,猜也可以猜着是满土老婆,就问:"村长在家吗?"那媳妇先告他说不在家,接着又盘查了他半天,才又告他说村长在合作社。他又问了合作社的地点,就往合作社来!

快到合作社门口,见个小孩子拿了个小口袋,里边不知装了些什么东西也往合作社走,和他同时进了合作社门。

合作社里柜后坐着四个人,是王继圣、满土、喜宝和宝三(就是从前的学校先生)。他们见了聚宝,都觉得有点奇怪,差一点要问"你怎么还在!"可是谁也没有这样说出来,都只说了声"回来了大爷?"聚宝和他们点过头,他们又都问些"从哪里回来"、"这几年都在什么地方",聚宝一张嘴只好慢慢答应。

就在这时,那个小孩把他手里的小口袋向柜台上一搁说:"换盐!"他们只顾和聚宝谈话,没有理。那小孩又催了几遍,把个继圣催烦了,便教训他说:"等一等!你就没有看见有客?一点眼色也没有!"小孩说:"家里急着吃!"继圣说:"就等一会吧!"聚宝看见不像话,就向继圣说:"你先做生意!这又不是生客!"他虽是这样说,继圣仍是先让他坐了然后才给小孩换盐。

继圣这会对聚宝似乎很好,他一边量着小孩的麦子,一边向聚宝说:"大爷!放下行李先进来歇歇!"喜宝和宝三也好像很亲热地让着,只有满土却真是实心实意地让着,一边说话,一边便从柜后来接他的行李。聚宝看了继圣和喜宝两个青年的面貌,就想起王光祖和王海来,心上实在有些不痛快,因此也就不想跟他们两个人的后代坐在一处。可是满土对自己无仇无冤,自己又要找人家谈房子的事,人家又是一番好意让自己到里边坐坐,怎么好意思推诿呢?两种心事一比较,还是进去对,他便把自己的行李向柜台上"咚"地一丢,一跃身进到柜台里边,回手又把行李抓起来丢在里边的地上。满土说:"大爷还是这么大精神!背的还是锻磨锤吗?"聚宝笑了笑说:"那是吃饭家伙,还敢不背?"说着就和喜宝、满土一同坐下。

他两个仍向聚宝说了一些见面话——无非仍是"这几年在哪里来","回来走了几天","那里的麦子好不好"……一类的话。继圣打发走换盐的孩子,宝三记了账,也就凑来打招呼。

继圣、喜宝、宝三和满土四个人同时欢迎聚宝这位稀客,可是心事不同:满土只是觉着奇怪,觉着这十几年没有音信,不论谁都忘记了的一个人,现在忽然又回来了,真是想不到的事。宝三虽然和王光祖他们接近一些,可是向来也没有对不起聚宝的地方,心里也平平的。继圣和喜宝两个人的心情就不那么简单——聚宝是怎样走的,他们那时候虽然是小孩子,却还记得个影儿。年头腊月黄沙沟搞群众翻身运动,他们俩家虽然也挨过斗争,可是并没有人替聚宝提出问题。如今聚宝这人已经是回来了,他们觉着在这种年头,再加上聚宝的"锻磨锤"脾气,很难保不生事,因此一见面心里先有几分不自在,不过他们两个也和他们的老子们一样,一上场都有一套,并不像一般老实人们,有什么心事都带在脸上。他们连商量也不用商量,一见聚宝这个老冤家,就知道用什么法子对付,因为在年头腊月他们就是用这种法子对付过好多对他们有意见的人,结果取得很大的胜利。他们的法子,就是灌米汤,说软话,叫几声"大爷""大叔""大哥",送一些小礼物小人情,把人弄得不好跟他们当面破脸皮,把一场斗争弄成了个"水过地皮湿",有那么一回来就算了。这次一见聚宝,自然无须商量,就拿出那一套老法子。

继圣打发走了换盐的孩子,掉过头来笑嘻嘻向聚宝说:"大爷!真想不到还能见上你!"说着站起来把脸凑近聚宝的脸,好像说什么秘密话一样,低低地说:"大爷!先喝一壶吧!"又转向喜宝说:"喜宝哥!先去炒一盘鸡蛋!"喜宝答应着去了,继圣不等聚宝答话,就拿起酒壶来到酒坛边灌酒。

聚宝赶紧起来按住他的手说:"不不不!这几年闹咳嗽,一盅也不能喝!"继圣仍是要灌,聚宝坚决不让,也只好罢了。喜宝拿了个炒锅进来舀油,继圣说:"算了!人家大爷不喝!"喜宝又让了一会,结果仍是不喝。

其实聚宝很好喝盅酒,虽然老了还没有断过,只是人不对劲不喝,勉强喝起来一喝就醉,醉了马上就要闹起来。他才回到村里,不想先闹这一手,因此坚决不喝。他两人见他实意不喝,也就不再让下去,四个人又重新坐好。

继圣说:"大爷呀！你这十几年算是运气好,没有在家,咱村里可真是遭了大难了！敌人又扰乱,又闹灾荒,实在死了些人了呀！像你们这老一辈的人,真没有几个了！"接着把五十岁以上的人,死的活的都数了一遍,末了又夸赞了一遍聚宝的运气好。他说这一大段话的用意是叫聚宝再不要把那次离开家乡的事放在心上,好像说:"幸亏那年我爹把你赶走,你才免了这场大难,要不一定是已经死了。"他一边说一边看喜宝,喜宝早就觉着他这段话说得很得劲,笑着向他点头,又把这十来年的灾难更详细地补充了好多。他们两个虽然有一番用意,聚宝却只当做平常话来听,因为聚宝在这十几年来经过的灾难并不比他们小。他们满以为聚宝听了他们的话,一定很吃惊,一定要再向他们细问端的,不想聚宝听了,只说了一声"到处都一样",把他们原来的用意弄得落了空。

继圣要跟谁故意亲热起来,有一套大本领,就是话头拉不断,一点也不至于叫人看出空子来。他见聚宝说了个"到处都一样",也就把话头一转说:"是吗？那边也是这样吗？那么咱们都是死里逃生的人了。唉！在这些年头,咱们这些逃过劫来的人,能碰到一处,真是难得呀！"

他正预备再往下说,轰隆轰隆走进许多人来,老的也有,小的也有,七嘴八舌,一齐向聚宝打招呼,聚宝答应不过来,只好站在柜台后点着头向大家打"啊啊"。原来这时候天快黑了,有个互助组从地里回来经过合作社门口,听说聚宝回来了,就都来看望。接着别的人们也陆续跟进来,把个合作社柜台前边挤得满满的,门里门外都是人。原来这聚宝是个好拉好唱的老孩子头儿,听说他回来了自然都要来看看他。

后来进来个老太婆——是老张老婆,铁则他娘——端了一升麦子,大家给她让开路。她慢慢走到柜台边,把升往柜台上一放说:"要一条鞋沿口,买五寸白布,买点麻,买点盐,买点……"继圣截住她的话说:"算了算了!一升麦早就不够了!你光说买点这个买点那个,你就不知道一升麦价多少钱,你要买的那些东西值多少钱?"老张老婆说:"我不知道,凭你算吧!"继圣向大家说:"你们都看看这生意怎么做?拿了一升麦,就念了那么一大堆东西!凭我算怎么能算得够呀?"又捏起一颗麦来咬了一咬说:"麦子又这么湿!"又向老张老婆说:"这只够买白布跟鞋沿口,余也余不下几个!"老张老婆说:"够什么就买什么吧!"宝三用柜上的升去量麦,聚宝问:"这是老张嫂吗?"老张老婆自进了合作社门半天还没有抬头,听得有人跟她说话,这才抬起头来。她一看见聚宝,认了一大会也认不准,慢腾腾地冒叫声"聚宝?"她虽是这样叫了,却还不知道确实是不是,等到聚宝答了话,她才知道没有认错,就接着说:"唉!你还在?"聚宝说:"在!你也还在?老张哥也还在?"老张老婆说:"在!唉!可不是还在吧,死了谁受啦?"聚宝说:"不是翻了身了吗?"老张老婆说:"唉!翻不翻吧!我看都不差什么,反正咱这命还不是活到老受到老?"继圣本来才把五寸布给她撕下来,还没有给她拿出鞋沿口,听她说到翻身的事,不愿意再听她说下去,就打断了她的话,问她:"余下的钱还是要盐,还是要别的?"她听了这一问,就把与聚宝说的话截住,向继圣说:"还能买多少麻?"继圣说:"能买一两?"她说:"一两麻也不济事,那就买成盐吧!"继圣也没有再说什么,叫宝三给她称了盐,她又与聚宝应酬了几句就去了。

打发走老张老婆,宝三拔开笔去记账,继圣向大家说:"你们看这生意怎么做?一升麦就得出好几笔账:又要入卖货钱,又要出买麦钱,麦价又不能一样,干啦、湿啦、好啦、坏啦,看麻烦不麻烦?"他这样议论着,大家着起耳朵听,不知道是谁也跟着说:"可也真是麻烦事。"他见他的话大家注了意,又有人同意,就索性丢开聚宝扭过头来又向大家说下去。他说:"不干什么不知道什么难干:拿一升麦,换好几样东西,你说不给换吧,三厘两毫都是个东家,给换吧,赚的钱不够记账的纸钱。到每期结账时候,大家都嫌赚的钱少,不想一天尽做这种生意,怎么会赚了钱?"听话的人,跟在台下听讲一样,都只是瞪着眼睛听,都觉着人家比自己想得透彻。

聚宝对继圣的话不同意:他在别的合作社入过股,见人家柜上的生意并不比这个不麻烦,可是每期结账以后分的红并不少。在继圣说话时候,他预备插几句话,因为不了解村里过去的情形,也就算了。

他本来是来找满土给他找房子,可是一进来就被继圣他们几个人麻烦住,听了半天虚情假意的亲热话。他早就觉着没味,可也走不脱,最后见继圣对老张老婆的态度那样坏,还要强造出一大段高明的道理来,跟给村里人上课一样吹了半天,实在是越看越不顺眼,好在村里人也都来看自己,才把这些闷气解了些。他觉着这会是走的时候了,再迟了怕继圣再说起什么亲热话来,因此便向满土说:"看我这记性多么坏!我来找你说甚啦,就扯起闲话来忘了!我那房子塌了,请你给找个住处暂且住几天。我到你家里去了,家里说你在这里。……"

还没有等满土张口,继圣的亲热就又出口了。他说:"那容易!房子有的是,村里人死的死了逃的逃了,哪个院子里也有闲房子!依我说呀!你也不用找房子了;咱合作社后院那西楼上闲闲的只放了几包棉花,你就在那上边住也不用起火,合作社里给你带做点饭,不省得每天麻烦吗?"聚宝对这一套已经听够了,赶紧向他摇着手说:"不不不!我一个人清静惯了,还是找个地方好!"接着赶紧向满土说:"怎么样?村长?"满土说:"行!你想清静一点,就住我那后院吧,那里边只有小管他们父子两个。"聚宝说:"好!我就去吧,住哪个房子?"满土说:"我也要回去了,让我跟你去!"

聚宝说:"那也好!"说着就从地上提起他的行李。有个青年人说:"我给你送去!"说着就从聚宝手里抢过行李背在自己膀上。聚宝和满土跨出柜台,跟着送行李的青年去了,别的人们也有跟着去问长问短的,也有回家吃晚饭的,陆陆续续都走了,合作社只留下继圣、喜宝和宝三。继圣说:"看那劲儿恐怕还想找麻烦吗?"喜宝说:"你说得对!这人可真难接近,不论说什么他也不理咱的茬,越赶越远!我看你回去还得问一问大爷怎么办好!"继圣说:"走着看吧,对这种人,我爹他能有什么主意?唉!到这种年头见什么王八吹鼓手都得磕头!"宝三只是顺着他们哼哼了几句。

聚宝到了满土的后院,铁则父子们已经吃起饭来了,又跟他们应酬了一会,满土说:"你也不用做饭了,先在我那里吃上一顿,明天我好给你借些锅碗家具你再起火!"聚宝见他是实意,也就不客气跟他到前院来。在吃饭以前,聚宝问起村里的斗争情形,满土说:"咱村做得很平和,比邻近各村都好!"接着就数了一下哪村打了谁,哪村封了谁的门,然后又说:"咱村一点岔子也没有出,虽然也斗了几户,都是自动拿出些地来,拿出些粮食来就算了。"

聚宝觉着满土这个青年人也很好,只是不赞成他说这"平和"。他想王光祖他们作了一辈子恶,大家对他们这样平和,还算什么"翻身"?只是他跑了多半天路,又应酬了半后晌,有点累了,也顾不得多想这事,胡乱吃了两碗饭,就去睡觉去。

五 打麦场上

满土给聚宝找的这座房子,也不热也不咬,聚宝一觉睡到明,还是小管他爹起来担水才把他惊醒。他起来正准备去找满土借锅碗,小胖就来找他。小胖说:"聚宝大爷!有点要紧活不知道你能给我们做做不能?"聚宝问:"做甚啦?"小胖说:"我们这互助组用的是继圣和宿根两家的场子打麦。继圣家场里的辘轴坏了,宿根家的辘轴有点不正,想请你给洗一洗。"(就是再锻得圆一点)聚宝说:"那怎么不能？咱是个干啥的？"小胖说:"我是说你才回来该歇几天再做,可是今天就要用,我才来跟你商量。"聚宝说:"可以可以！"他这样一答应,小胖便替他背起锤钻,引他到家里吃饭去。

吃过饭,小胖扛着杈子扫帚,聚宝背着锤钻,拿了一截高粱秆,相跟着往场里来。这块场子,和继圣家的场子紧靠着,都在继圣院的西房背后(就是当年王光祖一耳光打倒二和的那块场子)。场子上早有宿根、铁则、鱼则在那里摊麦子,继圣家场里有大和、二和弟兄两个也在那里摊麦子。这一天摊的麦子共是四家的:宿根场里是宿根和小胖两家的,继圣场里是继圣和老刘两家的。大和是给自己摊,二和是继圣的长工,给继圣家摊。小胖见大和把他自己的麦子摊在靠场边的一角上,顺路跟他说:"你为什么那么客气？虽说是他家的场子吧,可是既在一个互助组,就有一份权利,不敢往中间摊一摊？"大和说:"我不过四五担,趁个边就行了！"

说着就走到宿根家场里,聚宝把辘轴拉得转了几个滚,看了一看说:"小头不差,大头差一点！"说罢,放下锤钻,把辘轴上的木框子打了,一脚蹬得滚到场边,双手掀住大头不慌不忙把它竖起来。年轻人们都夸他的力气大,他笑了一笑,打开皮包取出个锥子来贯在高粱秆上,用一个钻尖随着高粱秆的一头向周围一画,偏了一点,他指着这一边说:"就差这么多！"然后把小头翻上来又画了一画,小头果然不差。画罢了,就把它放倒,拿起锤钻,砰砰锻起来。大家见他比量好了,已经动开手,就都去摊麦子去了。

石匠锻起石头来,只是"砰！砰！……"一样声音响到底,可是就这样简单的声音,总能叫附近的人们听得有石匠。他才锻了一道线,就引逗出一个人来。这人也是他不愿意见的,却偏又是来找他扯淡。这人就是继圣的娘,虽然有五十以上年纪,看起来还只像三十来岁的人。近一年来王光祖吃过斗争以后,就不叫她穿新衣服了,可是她把旧衣服洗得很翠,捶得很平,衣服上折叠的痕儿,不论几时都不变样,都像是新从包袱里抖开的,好像她穿着衣服不只没有做过什么,就连坐也没有坐过,迟早是站着的,要是坐一下,一定会把裤子上的折缝弄得不那么周正。她是奉着王光祖的命令出来和聚宝联络联络的。头天晚上,继圣把聚宝回来的事报告给王光祖,王光祖觉着也不敢不理,可是也知道聚宝那干脾气很难说话,只好慢慢想法子。这一会,普通人家吃过了早饭,王光祖也正准备起床,忽然听得外边"砰""砰"的锤钻响,知道一定是聚宝给谁锻什么,就跟继圣他娘说:"这不是聚宝给谁做活?你出去看一看吧!能说得他到咱家里来坐坐吃顿饭谈谈最好,不能的话,联络联络也有好处。"她就奉了这道命令出来了。场上自然没有她能坐的地方,靠着西南房的墙角站了一站,朝着聚宝,扯开她那细细的嗓子喊,"聚宝哥!你几时回来?"聚宝听见有个怪声怪气的女人叫自己"哥",一时想不起是谁,停住家伙向这墙角上看,后来认出来是她,已有几分不高兴,故意装作没有听清她的话,侧转头装作聋子样反向她叫了声"啊?"她见聚宝这样,以为她的话没有传到聚宝耳朵里,就又向前走。聚宝见她走来,就又低下头锻起来,赶她走到离聚宝还有十来步远的地方,石头片就溅到她头上。她怕石头片溅到她眼里,赶紧倒退了两步,又把她前边说的那句话重说了一遍,聚宝连手也没有停,又向她看了一眼,故意装作才认出来的样子,仍然没有停手向她说:"是你?我是夜里才回来的。找我有什么事吗?"她笑嘻嘻地说:"也没什么事!继圣他爹痛得快不行了,听说你回来了,他想请你去坐坐!唉!自从你那次走了,继圣他爹可后悔死了!提起你来就说:'可不该把人家吓唬走了来!到外边倘或遇着什么灾难,不是咱把人家害了吗?'十几年了,常常打听,也打听不着你个消息……"她一直是这样亲亲热热往下说,聚宝只是连手也不停"嗯嗯啊啊"装聋,摊麦子的那伙年轻人在一旁挤眉弄眼地笑。

就在这时候,老驴挟了个扫帚跟跟跄跄出来了。这老驴比从前老得多了;头发胡须都白了一半多,脚手也笨了,走几步平路也要咳嗽喘气。虽说老了可还是那种穿黑衣保黑主的驴劲,一到了场里就先指东话西批评人家做得不对。他见大和跟二和两个人摊的麦子中间空了一道空场,就说:"怎么不挨住摊?"大和说:"边上这是我的!"他仔细一看,才看出大和手里摊的麦比王光祖的麦低得多。他说:"大和!你不要摊了,你们明天打吧,俺这是头场(按这地方的迷信习惯,说第一场跟别人在一块打,就打少了)!"大和说:"俺这也是头场!"老驴说:"知道!可是俺这场是有东家的呀!你去跟东家商量好,我可以不说啥!不然的话,我就要担错啦!"

继圣他娘正在那里跟聚宝亲热着,忽然听得老驴说不问东家就要担错,虽没有听见说的是什么事,可总知道是件要紧事,就撇开聚宝一扭一扭走过来打听。老驴见她来了,早想在她面前夸一夸自己的主张,只等她问了一句,就"不得不得"告诉了一大篇。她听了果然觉得老驴虑得是,就向大和说:"大和!不是我要故意得罪你!我如今地少了,实在是不敢大意!这场子里的五谷爷可灵啦!你们还是明天打吧,那么一点麦怕打不了它啦?"二和不等大和答话就抢着说:"哪有那些说处?该打多少只能打多少!"继圣她娘把嘴噘得长长的对着二和说:"这孩子越长越不如从前了!我还没有你知道得多?"二和自从参加了农会之后,却也比以前胆大得多了,遇上了吃不下去的话也敢顶敢碰了。他见继圣他娘这样大模大样来教训自己,也就冷冷地碰了她一句说:"你知道吃上了不饥!"这一下可真把她碰恼了。她翻起两只白眼睛说:"你说啥呀?再说说我听听?越长越不像样!我比你大一天来,也大着十二个时辰啦吧?"二和见她明明白白摆起老资格来,准备干脆把话说得更难听些,看她怎么样,就说:"那是你自己长老了吧!"这句话,在这地方是一句不很轻的骂人话,原来应是这样说:"那是你自己长老了吧,难道是谁把你×老了?"可是用的时候,都只说前半句,听的人自然就都知道是什么意思。继圣他娘听了这话如何受得了?她的脸一红,连耳朵脖子都成了红的,可是她反觉着没法应付了,因为她知道二和既能说出这话来,再摆什么老资格都不抵事,半天再没有说出句话来,看样子好像要哭。大和虽然也恨她,可是觉着二和这样骂也骂得重了些,就随口低低说了二和一句:"唉!还可那样说?"继圣他娘碰了这个钉子,只后悔自己不该来和一个不三不四的长工比大论小,本来已经准备吃了这次冷亏算拉倒了,赶听了大和这句话,觉着连大和也不赞成他弟弟这样说,可见自己理直气壮,就大声发作起来。她说:"我说你这孩子也不要得了一步进一步!我从你十来岁把你养活到这么大,不想把你养成龙了!……"

二和不等她往下说就插上话:"伺候你十七八年,还没有跟你好好算账啦!"

"工钱不短你一个……"她仍然接着说下去。

"由你算还不是我倒欠你的啦!"二和也跟着顶。

"住我的房,种我的地……"

"哪一年打的粮食够给你?"

"欠下我的租不还,又亲自把你参叫到我家把房和地白白地开明给你们……"

"那不是你们怕在斗争会上吃家伙?"

"我哪一条对不住你们?……"

"你哪一条对得住我?"

"……"

"……"

她说一句二和顶一句,一点也不让,老驴跟大和两个人拦也挡不住,声音越来越高。

正吵嚷着,继圣他娘忽听背后有人气喘吁吁地说:"✕你娘趁你的什么啦?"她一听见,知道是王光祖出来了,赶紧撇开二和回头来看他,只见他装作快要死的样子——弓着腰,伸着脖,两只鞋底拖着地,双手拄着一根棍,说一句话喘半天,走一步晃几晃,要不是他的皮色和平常一样,谁也看不出他的病是装的。只见他断断续续地说:"趁你的什么啦?你是嫌我死得慢啦!"继圣他娘才听他开口,正预备把事情交给他来处理,不想他除不先来问一问端的,就先说出埋怨的话来,不由得不跟他争辩着说:"我嫌你死得慢啦?是人家嫌我死得慢啦!人家快把我顶死啦,还说我趁什么!"王光祖说:"顶死你活该!这年头哪里是你的衙门?"继圣他娘说:"人家连问也不问一声,就把麦摊到场上……"王光祖说:"对着啦!这年头谁的是谁的?"继圣他娘说:"你还没有听听人家二和用什么话骂我。人家说:'是你自己长老了吧!'"王光祖说:"人家骂得对!这年头么?"

王光祖一个"这年头",两个"这年头"说下去,就逼起小胖的火来。小胖停住了摊麦,两只眼盯住了王光祖说:"老汉,这年头怎么样?"又向大和说:"大和哥把麦挑过咱这边场里来!我这头一场欢迎人多!这年头咱不跟他互助!"

小胖是武委会主任,他一说了话,王光祖生怕弄出事来,一句话也没敢回,继圣他娘赶紧解释着说:"主任!我不是说互助不好,我是说……"

小胖说:"这年头我们就不跟你互助了!谁管你说好不好?"

聚宝看见王光祖出来,已经够不顺眼了,又听他一个"这年头"两个"这年头"说了许多不满意世道的话,恨不得跑过来按住揍他一顿,只是插不进去,赶听到小胖说了话,才觉着"这还像个样子",正预备帮几句,一时还想不到该从哪里插嘴。他打了个主意:"不说是不说,说就得给他个厉害叫他怕。"可是一时也找不到个适当的厉害,就又锻起他的石头来。

就在这时候,老刘也挟了个扫帚到场里来。继圣他娘正被小胖的话堵住嘴没有说的,见老刘来了,就转向老刘说:"老刘你把你二和叫回来吧,我也再不敢用他了!他恨不得一句骂死我啦!"老刘一听,摸不着是什么事,心里一怔就站住步说:"啊!"大和说:"不住就不住吧!东家伙计,放着场子还不让凑用一下啦!"继圣他娘接住大和的话向老刘说:"我不是不叫用,我说我今天打的是头场……"小胖接住继圣他娘的话也向老刘说:"大爷不用跟他说了,把麦摊过这边来打,我这头场不怕人多!"老驴接着小胖的话也向老刘说:"头场不头场吧,那都能商量,只是你二和骂得那个实在听不得!"二和接着老驴的话也向老刘说:"爹!你不要光听他们的,我为什么不骂别人?"大家都向老刘说,老刘一时也听不懂是什么事,只按着他那"有理没理,先管自己"的老规矩骂二和:"小杂种!你又跟人家掉什么蛋?"继圣他娘见老刘教训起二和来了,就又向老刘把"是你长老了吧"那句话念了一遍,老刘更认真地大声向二和骂:"小杂种!你在哪里学这些骂人本事?"二和听着老刘这样骂,知道他是不愿意跟人家讲是非,想就这样骂自己几句作为了事,心里有些不服,就想把事情索性弄大一点叫他想了事也不能,因此就顺口又说了一句:"哪里学的?放牛出身,骂牲口骂惯了!"继圣他娘说:"二和!你也不用骂了,你来把我杀了吧?"老刘狠狠看了二和一眼:"你这小杂种反了!"说着就从大和的手中夺出权来,来打二和,二和跑开了,小胖跑过来把老刘拦住。

小胖说:"大爷你真是个老顽固!你也不问问谁是谁非,为什么就先说自己没理?"老刘说:"这明明是他的不对么!他对着我还是这样骂人家,可见人家不是冤枉他了!"聚宝这时候再也撑不住气,也放下家伙跑过来向老刘说:"不差!骂是确实骂来,该骂就得骂啦么!又不是骂错了!"小胖也说:"对!哪种病就得吃哪种药!"……

老驴趁老刘和小胖说话时候,就跑到王光祖跟前悄悄问王光祖:"怎么样?就叫他那么摊吧?"王光祖也悄悄说:"这年头,谁叫你管他们?一两场麦,完全不打一颗有什么关系?你们这些人呀!"说罢,摇了摇头,慢慢拄着他的棍子就回去了。

继圣他娘满以为有老刘在场,可以占个十分理,后来见小胖、聚宝都过来了,也就不敢再说什么。

老驴虽说在王光祖面前落了个多事,却也得了主意,就跑到老刘跟前来送人情:"孩子家,说他几句就是了,哪里值得真正跟他动气?算了吧!咱们该做啥做啥吧!"

小胖不接老驴的话,却仍说出自己原来的意见:"在一个互助组里连场也不叫用,还互助什么?我的意见是不要他们。大家这会就开个会研究研究!大家都来吧!二和!回来吧!开会啦开会啦!"铁则、鱼则、大和、二和、宿根都来了。小胖说:"关于今天这个用场问题,咱们先开个会。我先提出我的意见:'互助'是互相帮助啦,不是光叫咱帮助人啦。咱们跟继圣家互助,大家想想咱是怎样帮助了人家,人家帮助了咱些什么?以地说他家的地最多,以人说他家只有二和一个劳力和老李(就是老驴)半个劳动力。在地里做的话,就算还有个等价交换;响午打场,谁也没有给谁算过工。大家想想:咱们是几家才合起来打一场,人家一家就要打好几场;咱们一、二、三、四、五、六,出六个人,人家出一个半人;可是咱们给人家白白服了务,连人家一个场边也不能用一用,这还互助个什么?以我说咱们从今天起不要他们,把以前的工资结算一下找清楚,大家赞成不赞成?"

聚宝说:"对么!这不是个正经理了?"

聚宝虽然赞成了,可惜他不是组里的人,连谁也不能代表。组里的人啦?除二和痛痛快快喊了一声赞成以外,其余的人马上都没有开口。二和见大家都不说,自己就又补充了几句说:"我要是不给他住了,组里还要我不要?"小胖说:"你回了你家那当然要!"老刘看了二和一眼,预备说话,又看了小胖一眼,可又不说了,仍然又都是静悄悄的。

除了二和,其余的人,各有各的想法:老刘觉着"咱一辈子没有得罪过人,如今老了自然更不该多事。再者,咱二和给人家住着,'吃人一碗,由人使唤',如今除不由人家使唤,又骂得人家那么重,不向人家赔情已经是对不起了,哪里能再说什么?再者,人家打的是头场,咱连问也不问,就把麦子摊到人家场边,也实在不是个理!再者……"他越想越觉着自己理短,实在不能赞成小胖的意见,可是小胖是武委会主任,又不好直接说不赞成,因此一时没有话说。大和对小胖说的道理完全同意,知道自己跟继圣家来互助吃亏很大,可是真正要开除人家出组,他就又有些心软了。他觉着:"说话知了就是了吧,何必真正要给人家弄个过不去啦?"可是这话说出来恐怕小胖不赞成,因此没有开口。铁则主张"不关己事不开口",鱼则主张"多一事不如少一事",因此也都没有开口。宿根本来是向着继圣家这一方面的,可是他爹李恒盛就是因为包庇王光祖吃过一次斗争,他如何还敢当着武委会主任的面再来包庇一下呢?因此也不敢开口。大家都不说话,自然就把个会场弄得静悄悄的。

老驴见是这样,便趁空子来做开解。他向小胖说:"主任!你不要计较俺掌柜老婆的话!她那老脑筋,跟我一样,已经换不过来了。依我看,咱们不要管她说什么,咱们的活还是该怎做就怎做。咱们也不用管他头场不头场,老刘的麦已经摊开了,就那么打吧!"

老刘说:"那我就沾光了!就那样吧?主任你看怎么样?"

小胖本来很起劲,见老刘自己这样松,也觉泄了点气,就问大家说:"你们都为什么不说话呀?"又指着问大和、宿根、铁则、鱼则四个人,四个人的答话都一样,都说:"大家看吧!"

聚宝看了半天,后来见大家这样,生了一口气说:"唉!照你们这样,一千年也翻不了身!"说了就又到场边锻他的石头去了。

小胖也很生气地说:"我也是想叫大家出口气,怎么听大家的口气,好像只有我一个人不愿意?你们既然愿意吃人家的家伙,我有什么话说?只是我要声明:不论你们怎么样,我是不能跟他家互助了!我不能再去伺候他这一家!大家要是不愿意不要他们,你们再选小组长,我马上出组!"

正说着,忽然来了三个人。他们听见脚步响,抬头一看,是小囤、满囤和小管三个人在区上开会回来了。大家点过了头,小囤说:"小胖!走!马上开干部会!"小胖回过头来又向组里人说:"你们要是不愿开除他家,把我的麦给我挑起,我今天不打了!"老刘他们齐说:"不不!你要是顾不得,我们情愿替你打!"

小胖没有听他们下边说是啥,就跟小囤他们走了。

"锻炼锻炼"

"争先"农业社,地多劳力少,
动员女劳力,作得不够好:
有些妇女们,光想讨点巧,
只要没便宜,请也请不到——
有说小腿疼,床也下不了,
要留儿媳妇,给她送屎尿;
有说四百二,她还吃不饱,
男人上了地,她却吃面条。
她们一上地,定是工分巧,
做完便宜活,老病就犯了;
割麦请不动,拾麦起得早,
敢偷又敢抢,纪律全不要;
开会常不到,也不上民校,
提起正经事,啥也不知道,
谁给提意见,马上跟谁闹,
没理占三分,吵得天塌了。
这些老毛病,赶紧得改造,
快请识字人,念念大字报!

——杨小四写

这是一九五七年秋末"争先农业社"整风时候出的一张大字报。在一个吃午饭的时间,大家正端着碗到社办公室门外的墙上看大字报,杨小四就趁这个热闹时候把自己写的这张快板大字报贴出来,引得大家丢下别的不看,先抢着来看他这一张,看着看着就轰隆轰隆笑起来。倒不因为杨小四是副主任,也不是因为他编得顺溜写得整齐才引得大家这样注意,最引人注意的是他批评的两个主要对象是"争先社"的两个有名人物——一个外号叫"小腿疼",那一个外号叫"吃不饱"。

小腿疼是五十来岁一个老太婆,家里有一个儿子一个儿媳还有个小孙孙。本来她瞧着孙孙做住饭媳妇是可以上地的,可是她不,她一定要让媳妇照住她当日伺候婆婆那个样子伺候她——给她打洗脸水、送尿盆、扫地、抹灰尘、做饭、端饭……不过要是地里有点便宜活的话也不放过机会。例如夏天拾麦子,在麦子没有割完的时候她可去,一到割完了她就不去了。按她的说法是"拾东西全凭偷,光凭拾能有多大出息"。后来社里发现了这个秘密,又规定拾的麦子归社,按斤给她记工她就不干了。又如摘棉花,在棉桃盛开每天摘的能超过定额一倍的时候她也能出动好几天,不用说刚能做到定额她不去,就是只超过定额三分她也不去。她的小腿上,在年轻时候生过连疮,不过早在二十多年前就治好了。在生疮的时候,她的丈夫伺候她;在治好之后,为了容易使唤丈夫,她说她留下了个腿疼根。"疼"是只有自己才能感觉到的。她说"疼",别人也无法证明真假,不过她这"疼"疼得有点特别:高兴时候不疼,不高兴了就疼;逛会、看戏、游门、串户时候不疼,一做活儿就疼;她的丈夫死后儿子还小的时候有好几年没有疼,一给孩子娶过媳妇就又疼起来;入社以后是活儿能大量超过定额时候不疼,超不过定额或者超过的少了就又要疼。乡里的医务站办得虽说还不错,可是对这种腿疼还是没有办法的。

"吃不饱"原名"李宝珠",比"小腿疼"年轻得多——才三十来岁,论人才在"争先社"是数一数二的,可惜她这个优越条件,变成了她自己一个很大的包袱。她的丈夫叫张信,和她也算是自由结婚。张信这个人,生得也聪明伶俐,只是没有志气,在恋爱期间李宝珠跟他提出的条件,明明白白就说是结婚以后不上地劳动,这条件在解放后的农村是没有人能答应的,可是他答应了。在李宝珠看来,她这位丈夫也不能算最满意的人,只能说是"比上不足比下有余"——因为不是个干部——所以只把他作为个"过渡时期"的丈夫,等什么时候找下了最理想的人再和他离婚。在结婚以后,李宝珠有一个时期还在给她写大字报这位副主任杨小四身上打过主意,后来打听着她自己那个"吃不饱"的外号原来就是杨小四给她起的,这才打消了这个念头。她既然只把张信当成她"过渡时期"的丈夫,自然就不能完全按"自己人"来对待他,因此她安排了一套对待张信的"政策"。她这套政策:第一是要掌握经济全权,在社里张信名下的账要朝她算,家里一切开支要由她安排,张信有什么额外收入全部缴她,到花钱时候再由她批准、支付。第二是除做饭和针线活以外的一切劳动——包括担水、和煤、上碾、上磨、扫地、送灰渣一切杂事在内——都要由张信负担。第三是吃饭穿衣的标准要由她规定——在吃饭方面她自己是想吃什么就做什么,对张信是她做什么张信吃什么;同样,在穿衣方面,她自己是想穿什么买什么,对张信自然又是她买什么张信穿什么。她这一套政策是她暗自规定暗自执行的,全面执行之后,张信完全变成了她的长工。自从实行粮食统购以来,她是时常喊叫吃不饱的。她的吃法是张信上了地她先把面条煮得吃了,再把汤里下几颗米熬两碗糊糊粥让张信回来吃,另外还做些火烧干饼锁在箱里,张信不在的时候几时想吃几时吃。队里动员她参加劳动时候,她却说:"粮食不够吃,每顿只能等张信吃完了刮个空锅,实在劳动不了。"时常做假的人，没有不露马脚的。张信常发现床铺上有干饼星星（碎屑），也不断见着糊糊粥里有一两根没有捞尽的面条，只是因为一提就得生气，一生气她就先提"离婚"，所以不敢提，就那样睁只眼阖只眼吃点亏忍忍饥算了。有一次张信端着碗在门外和大家一齐吃饭，第三队（他所属的队）的队长张太和发现他碗里有一根面条。这位队长是个比较爱说调皮话的青年。他问张信说："吃不饱大嫂在哪里学会这单做一根面条的本事哩？"从这以后，每逢张信端着糊糊粥到门外来吃的时候，爱和他开玩笑的人常好夺过他的筷子来在他碗里找面条，碰巧的是时常不落空，总能找到那么一星半点。张太和有一次跟他说："我看'吃不饱'这个外号给你加上还比较正确，因为你只能吃一根面条。"在参加生产方面，"吃不饱"和"小腿疼"的态度完全一样。她既掌握着经济全权，就想利用这种时机为她的"过渡"以后多弄一点积蓄，因此在生产上一有了取巧的机会她就参加，绝不受她自己所定的政策第二条的约束；当便宜活做完了她就仍然喊她的"吃不饱不能参加劳动"。

杨小四的快板大字报贴出来一小会，吃不饱听见社房门口起了哄，就跑出来打听——她这几天心里一直跳，生怕有人给她贴大字报。张太和见她来了，就想给她当个义务读报员。张太和说："大家不要起哄，我来给大家从头念一遍！"大家看见吃不饱走过来，已经猜着了张太和的意思，就都静下来听张太和的。张太和说快板是很有工夫的。他用手打起拍子，有时候还带着表演，跟流水一样马上把这段快板说了一遍，只说得人人鼓掌、个个叫好。吃不饱就在大家鼓掌鼓得起劲的时候，悄悄溜走了。

不过吃不饱可没有回了家，她马上到小腿疼家里去了。她和小腿疼也不算太相好，只是有时候想借重一下小腿疼的硬牌子。小腿疼比她年纪大、闯荡得早，又是正主任王聚海、支书王镇海、第一队队长王盈海的本家嫂子，有理没理常常敢到社房去闹，所以比吃不饱的牌子硬。吃不饱听张太和念过大字报,气得直哆嗦,本想马上在当场骂起来,可是看见人那么多,又没有一个是会给自己说话的,所以没有敢张口就悄悄溜到小腿疼家里。她一进门就说:"大婶呀!有人贴着黑帖子骂咱们哩!"小腿疼听说有人敢骂她好像还是第一次。她好像不相信地问:"你听谁说的?""谁说的?多少人都在社房门口吵了半天了,还用听谁说?""谁写的?""杨小四那个小死材!""他这小死材都写了些什么?""写得多着哩:说你装腿疼,留下儿媳妇给你送屎尿;说你偷麦子;说你没理占三分,光跟人吵架……"她又加油加醋添了些大字报上没有写上去的话,一顿把个小腿疼说得腿也不疼了,挺挺挺挺就跑到社房里去找杨小四。

这时候,主任王聚海、副主任杨小四、支书王镇海三个人都正端着碗开碰头会,研究整风与当前生产怎样配合的问题,小腿疼一跑进去就把个小会给他们搅乱了。在门外看大字报的人们,见小腿疼的来头有点不平常,也有些人跟进去看。小腿疼一进门一句话也没有说,就伸开两条胳膊去扑杨小四,杨小四从座上跳起来闪过一边,主任王聚海趁势把小腿疼拦住。杨小四料定是大字报引起来的事,就向小腿疼说:"你是不是想打架?政府有规定,不准打架。打架是犯法的。不怕罚款、不怕坐牢你就打吧!只要你敢打一下,我就把你请得到法院!"又向王聚海说:"不要拦她!放开叫她打吧!"小腿疼一听说要出罚款要坐牢,手就软下来,不过嘴还不软。她说:"我不是要打你!我是要问问你政府规定过叫你骂人没有?""我什么时候骂过你?""白纸黑字贴在墙上你还昧得了?"王聚海说:"这老嫂!人家提你的名来没有?"小腿疼马上顶回来说:"只要不提名就该骂是不是?要可以骂我可就天天骂哩!"杨小四说:"问题不在提名不提名,要说清楚的是骂你来没有!我写的有哪一句不实,就算我是骂你!你举出来!我写的是有个缺点,那就是不该没有提你们的名字。我本来提着的,主任建议叫我去了。你要嫌我写得不全,我给你把名字加上好了!""你还嫌骂得不痛快呀?加吧!你又是副主任,你又会写,还有我这不识字的老百姓活的哩?"支书王镇海站起来说:"老嫂,你是说理不说理?要说理,等到辩论会上找个人把大字报一句一句念给你听,你认为哪里写得不对许你驳他!不能这样满脑一把抓来派人家的不是!谁不叫你活了?""你们都是官官相卫,我跟你们说什么理?我要骂!谁给我出大字报叫他死绝了根!叫狼吃得他不剩个血盘儿,叫……"支书认真地说:"大字报是毛主席叫贴的!你实在要不说理要这样发疯,这么大个社也不是没有办法治你!"回头向大家说:"来两个人把她送乡政府!"看的人们早有几个人忍不住了,听支书一说,马上跳出五六个人来把她围上,其中有两个人拉住她两条胳膊就要走。这时候,主任王聚海却拦住说:"等一等!这么一点事哪里值得去麻烦乡政府一趟?"大家早就想让小腿疼去受点教训,见王聚海一拦,都觉得泄气,不过他是主任,也只好听他的。小腿疼见真要送她走,已经有点胆怯,后来经主任这么一拦就放了心。她定了定神,看到局势稳定了,就强鼓着气说了几句似乎是光荣退兵的话:"不要拦他们!让他们送吧!看乡政府能不能拔了我的舌头!"王聚海认为已经到了收场的时候,就拉长了调子向小腿疼说:"老嫂!你且回去吧!没有到不了底的事!我们现在要布置明天的生产工作,等过两天再给你们解释解释!""什么解释解释?一定得说个过来过去!""好好好!就说个过来过去!"杨小四说:"主任你的话是怎么说着的?人家闹到咱的会场来了,还要给人家赔情是不是?"小腿疼怕杨小四和支书王镇海再把王聚海说倒了弄得自己不得退场,就赶紧抢了个空子和王聚海说:"我可走了!事情是你承担着的!可不许平白白地拉倒啊!"说完了抽身就走,跑出门去才想起来没有装腿疼。

主任王聚海是个老中农出身,早在抗日战争以前就好给人和解个争端,人们常说他是个会和稀泥的人;在抗日战争中八路军来了以后他当过村长,作各种动员工作都还有点办法;在土改时候,地主几次要收买他,都被他拒绝了,村支部见他对斗争地主还坚决,就吸收他入了党;"争先农业社"成立时候,又把他选为社主任,好几年来,因为照顾他这老资格,一直连选连任。他好研究每个人的"性格",主张按性格用人,可惜不懂得有些坏性格一定得改造过来。他给人们平息争端,主张"和事不表理",只求得"了事"就算。他以为凡是懂得他这一套的人就当得了干部,不能照他这一套来办事的人就都还得"锻炼锻炼"。例如在一九五五年党内外都有人提出可以把杨小四选成副主任,他却说"不行不行,还得好好锻炼几年",直到本年(一九五七年)改选时候他还坚持他的意见,可是大多数人都说杨小四要比他还强,结果选举的票数和他得了个平。小四当了副主任之后,他可是什么事也不靠小四做,并且常说:"年轻人,随在管委会里'锻炼锻炼'再说吧!"又如社章上规定要有个妇女副主任,在他看来那也是多余的。他说:"叫妇女们闹事可以,想叫她们办事呀,连门都找不着!"因为人家别的社里每社都有那么一个人,他也没法坚持他的主张,结果在选举时候还是选了第三队里的高秀兰来当女副主任。他对高秀兰和对杨小四还有区别,以为小四还可以"锻炼锻炼",秀兰连"锻炼"也没法"锻炼",因此除了在全体管委会议的时候按名单通知秀兰来参加以外,在其他主干碰头的会上就根本想不起来还有秀兰那么个人。不过高秀兰可没有忘了他。就在这次整风开始,高秀兰给他贴过这样一张大字报:

　　争先社,难争先,因为主任太主观:
　　只信自己有本事,常说别人欠锻炼;
　　大小事情都包揽,不肯交给别人干,

> 一天起来忙到晚,办的事情很有限。
> 遇上社员有争端,他在中间赔笑脸,
> 只求说个八面圆,谁是谁非不评断,
> 有的没理沾了光,感谢主任多照看,
> 有的有理受了屈,只把苦水往下咽。
> 正气碰了墙,邪气遮了天,
> 有力没处使,谁还肯争先?
> 希望王主任,来个大转变:
> 办事靠集体,说理分长短,
> 多听群众话,免得耍光杆!
>
> ——高秀兰写

他看了这张大字报,冷不防也吃了一惊,不过他的气派大,不像小腿疼那样马上唧唧喳喳乱吵,只是定了定神仍然摆出长辈的口气来说:"没想到秀兰这孩子还是个有出息的,以后好好'锻炼锻炼'还许能给社里办点事。"王聚海就是这样一个人。

杨小四给小腿疼和吃不饱出的那张大字报,在才写成稿子没有誊清以前,征求过王聚海的意见。王聚海坚决主张不要出。他说:"什么病要吃什么药,这两个人吃软不吃硬。你要给她们出上这么一张大字报,保证她们要跟你闹麻烦;实在想出的话,也应该把她们的名字去了。"杨小四又征求支书王镇海的意见,并且把主任的话告诉了支书,支书说:"怕麻烦就不要整风!至于名字写不写都行,一贴出去谁也知道指的是谁!"杨小四为了照顾王聚海的老面子,又改了两句,只把那两个人的名字去了,内容一点也没有变,就贴出去了。

当小腿疼一进社房来扑杨小四,王聚海一边拦着她,一边暗自埋怨杨小四:"看你惹下麻烦了没有?都只怨不听我的话!"等到大家要往乡政府送小腿疼,被他拦住用好话把小腿疼劝回去之后,他又暗自夸奖他自己的本领:"试试谁会办事?要不是我在,事情准闹大了!"可是他没有想到当小腿疼走出去、看热闹的也散了之后,支书批评他说:"聚海哥!人家给你提过那么多意见,你怎么还是这样无原则?要不把这样无法无天的人的气焰打下去,这整风工作还怎么往下做呀?"他听了这几句批评觉着很伤心。他想:"你们闯下了事自己没法了局,我给你们做了开解,倒反落下不是了?"不过他摸得着支书的"性格"是"认理不认人、不怕不了事"的,所以他没有把真心话说出来,只勉强承认说:"算了算了!都算我的错!咱们还是快点布置一下明后天的生产工作吧!"

一谈起布置生产来,支书又说:"生产和整风是分不开的。现在快上冻了,妇女大半不上地,棉花摘不下来,花秆拔不了,牲口闲站着,地不能犁,要不整风,怎么能把这种情况变过来呢?"主任王聚海说:"整风是个慢工夫,一两天也不能转变个什么样子;最救急的办法,还是根据去年的经验,把定额减一减——把摘八斤籽棉顶一个工,改成六斤一个工,明天马上就能把大部分人动员起来!"支书说:"事情就坏到去年那个经验上!现在一天摘十斤也摘得够,可是你去年改过那么一下,把那些自私自利的人改得心高了,老在家里等那个便宜。这种落后思想照顾不得!去年改成六斤,今年她们会要求改成五斤,明年会要求改成四斤!"杨小四说:"那样也就对不住人家进步的妇女!明天要减了定额,这几天的工分你怎么给人家算?一个多月以前定额是二十斤,实际能摘到四十斤,落后的抢着摘棉花,叫人家进步的去割谷,就已经亏了人家;如今摘三遍棉花,人家又按八斤定额摘了十来天了,你再把定额改小了让落后的来抢,那像话吗?"王聚海说:"不改定额也行,那就得个别动员。会动员的话,不论哪一个都能动员出来,可惜大家在作动员工作方面都没有'锻炼',我一个人又只有一张嘴,所以工作不好作……"接着他就举出好多例子,说哪个媳妇爱听人夸她的手快，哪个老婆爱听人说她干净……只要摸得着人的"性格"，几句话就能说得她愿意听你的话。他正唠唠叨叨举着例子，支书打断他的话说："够了够了！只要克服了资本主义思想，什么'性格'的人都能动员出来！"

话才说到这里，乡政府来送通知，要主任和支书带两天给养马上到乡政府集合，然后到城关一个社里参观整风大辩论。两个人看了通知，主任说："怎么办？"支书说："去！""生产？""交给副主任！"主任看了看杨小四，带着讽刺的口气说："小四！生产交给你！支书说过，'生产和整风分不开'，怎样布置都由你！""还有人家高秀兰哩！""你和她商量去吧！"

主任和支书走后，杨小四去找高秀兰和副支书，三个人商量了一下，晚上召开了个社员大会。

人们快要集合齐了的时候，向来不参加会的小腿疼和吃不饱也来了。当她们走近人群的时候，吃不饱推着小腿疼的脊背说："快去快去！凑他们都还没有开口！"她把小腿疼推进了场，她自己却只坐在圈外。一队的队长王盈海看见她们两个来得不大正派，又见小腿疼被推进场去以后要直奔主席台，就趁了两步过来拦住她说："你又要干什么？""干什么？今天晌午的事你又不是不知道！先得把小四骂我的事说清楚，要不今天晚上的会开不好！"前边提过，王盈海也是小腿疼的一个本家小叔子，说话要比王聚海、王镇海都尖刻。王盈海当了队长，小腿疼虽然能借着个叔嫂关系跟他耍无赖，不过有时候还怕他三分。王盈海见小腿疼的话头来得十分无理，怕她再把个会场搅乱了，就用话顶住她说："你的兴就还没有败透？人家什么地方屈说了你？你的腿到底疼不疼？""疼不疼你管不着！""编在我队里我就要管你！说你腿疼哩，闹起事来你比谁跑得也快；说你不疼哩，你却连饭也不能做，把个媳妇拖得上不了地！人家给你写了张大字报，你就跟被蝎子螫了一下一样,唧唧喳喳乱叫喊!叫吧!越叫越多!再要不改造,大字报会把你的大门上也贴满了!"这样一顶,果然有效,把个小腿疼顶得关上嗓门慢慢退出场外和吃不饱坐到一起去。杨小四看见小腿疼息了虎威,悄悄和高秀兰说:"咱们主任对小腿疼的'性格'摸得还是不太透。他说小腿疼是'吃软不吃硬',我看一队长这'硬'的比他那'软'的更有效些。"

宣布开会了,副支书先讲了几句话说:"支书和主任今天走得很急促,没有顾上详细安排整风工作怎样继续进行。今天下午我和两位副主任商议了一下,决定今天晚上暂且不开整风会,先来布置明天的生产。明天晚上继续整风,开分组检讨会,谁来检讨、检讨什么,得等到明天另外决定。我不说什么了,请副主任谈生产吧!"副支书说了这么几句简单的话就坐下了。有个人提议说:"最好是先把检讨人和检讨什么宣布一下,好让大家准备准备!"副支书又站起来说:"我们还没有商量好,还是等明天再说吧!"

接着就是杨小四讲话。他说:"咱们现在的生产问题,大家都看得很清楚:棉花摘不下来,花秆拔不了,牲口闲站着,地不能犁,再过几天地一冻,秋杀地就算误了。摘完了的棉花秆,断不了还要丢下一星半点,拔在秆上熏了肥料,觉着很可惜;要让大家自由拾一拾吧,还有好多三遍花没有摘,说不定有些手不干净的人要偷偷摸摸的。我们下午商量了一下,决定明后两天,由各队妇女副队长带领各队妇女,有组织地自由拾花;各队队长带领男劳力,在拾过自由花的地里拔花秆,把这一部分地腾清以后,先让牲口犁着,然后再摘那没有摘过三遍的花。为了防止偷花的毛病,现在要宣布几条纪律:第一、明天早晨各队正副队长带领全队队员到村外南池边犁过的那块地里集合,听候分配地点。第二、各队妇女只准到指定地点拾花,不许乱跑。第三、谁要不到南池边集合,或者不往指定地点,拾的花就算偷的,还按社里原来的规定,见一斤扣除五个劳动日的工分,不愿叫扣除的送到法院去改造。完了!散会!"

大会没有开够十分钟就散了,会后大家纷纷议论:有的说:"青年人究竟没有经验!就定一百条纪律,该偷的还是要偷!"有的说:"队长有什么用?去年拾自由花,有些妇女队长也偷过!"有的说:"年轻人可有点火气,真要处罚几个人,也就没人敢偷了!"有的说:"他们不过替人家当两天家,不论说得多么认真,王聚海回来还不是平塌塌地又放下了!"准备偷花的妇女们,也互相交换着意见:"他想得倒周全,一分开队咱们就散开,看谁还管得住谁?""分给咱们个好地方咱们就去,要分到没出息的地方,干脆都不要跟上队长走!""他一只手拖一个,两只手拖两个,还能把咱们都拖住?""我们的队长也不那么老实!"……

"新官上任,不摸秉性",议论尽管议论,第二天早晨都还得到村外南池边那块犁过的地里集合。

要来的人都来到犁耙得很平整的这块地里来坐下,村里再没有往这里走的人了,小四、秀兰和副支书一看,平常装病、装忙、装饿的那些妇女们这时候差不多也都到齐,可是小腿疼和吃不饱两个有名人物没有来。他们三个人互相看了看,秀兰说:"大概是一张大字报真把人家两个人惹恼了!"大家又稍微等了一下,小四说:"不等她们了,咱们就按咱们的计划来吧!"他走到面向群众那一边说:"各队先查点一下人数,看一共来了多少人!男女分别计算!"各个队长查点了一遍,把数字报告上来。小四又说:"请各队长到前边来,咱们先商量一下!"各队长都集中到他们三个人跟前来。小四和各队长低声说了几句话,各个队长一听都大笑起来,笑过之后,依小四的吩咐坐在一边。

小四开始讲话了。小四说:"今天大家来得这样齐楚,我很高兴。这几天,队长每天去动员人摘花,可是说来说去,来的还是那几个人,不来的又都各有理由:有的说病了,有的说孩子病了,有的说家里忙得离不开……指东画西不出来,今天一听说自由拾花大家就什么事也没有了!这不明明是自私自利思想作怪吗?摘头遍花能超过定额一倍的时候,大家也是这样来得整齐。你们想想:平常活叫别人做,有了便宜你们讨,人家长年在地里劳动的人吃你们多少亏?你们真是想'拾'花吗?一个人一天拾不到一斤籽棉,值上两三毛钱,五天也赚不够一个劳动日,谁有那么傻瓜?老实说:愿意拾花的根本就是想偷花!今年不能像去年,多数人种地让少数人偷!花秆上丢的那一点棉花不拾了,把花秆拔下来堆在地边让每天下午小学生下了课来拾一拾,拾过了再熏肥。今天来了的人一个也不许回去!妇女们各队到各队地里摘三遍花,定额不动,仍是八斤一个劳动日;男人们除了往麦地担粪的还去担粪,其余到各队摘尽了花的地里拔花秆!我的话讲完了!副支书还要讲话!"有一个媳妇站起来说:"副主任!我不说瞎话!我今天不能去!我孩子的病还没有好!不信你去看看!"小四打断她的话说:"我不看!孩子病不好你为什么能来?""本来就不能来,因为……""因为听说要自由拾花!本来不能来你怎么来的?天天叫也叫不到地,今天没有人去叫你,你怎么就来了?副支书马上就要跟你们讲这些事!"这个媳妇再没有说的,还有几个也想找理由请假,见她受了碰,也都没有敢开口。她们也想到悄悄溜走,可是坐在村外一块犁过的地里,各个队长又都坐在通到村里去的路上,谁动一动都看得见,想跑也跑不了。

　　副支书站起来讲话了。他说:"我要说的话很简单:有人昨天晚上要我把今天的分组检讨会布置一下,把检讨人和检讨什么告大家说,让大家好准备。现在我可以告大家说了:检讨人就是每天不来今天来的人,检讨的事就是'为什么只顾自己不顾社'。现在先请各队的记工员把每天不来今天来的人开个名单。"

一会,名单也开完了,小四说:"谁也不准回村去!谁要是半路偷跑了,或者下午不来了,把大字报给她出到乡政府!"秀兰插话说:"我们三队的地在村北哩,不回村怎么过去?"小四向三队队长张太和说:"太和!你和你的副队长把人带过村去,到村北路上再查点一下,一个也不准回去!各队干各队的事!散会!"

在散会中间又有些小议论:"小四比聚海有办法!""想得出来干得出来!""这伙懒婆娘可叫小四给整住了!""也不止小四一个,他们三个人早就套好了!""聚海只学过内科,这些年轻人能动手术!""聚海的内科也不行,根本治不了病!""可惜小腿疼和吃不饱没有来!"……说着就都走开了。

第三队通过了村,到了村北的路上,队长查点过人数,就往村北的杏树底地里来。这地方有两丈来高一个土岗,有一棵老杏树就长在这土岗上,围着这土岗南、东、北三面有二十来亩地在成立农业社以后连成了一块,这一年种的是棉花,东南两面向阳地方的棉花已经摘尽了,只有北面因为背阴一点,第三遍花还没有摘。他们走到这块地里,把男劳力和高秀兰那样强一点的女劳力留在南头拔花秆,让妇女队长带着软一点的女劳力上北头去摘花。

妇女们绕过了南边和东边快要往北边转弯了,看见有四个妇女早在这块地里摘花,其中有小腿疼和吃不饱两个人。大家停住了步,妇女队长正要喊叫,有个妇女向她摆摆手低声说:"队长不要叫她们!你一叫她们不拾了!咱们也装成自由拾花的样子慢慢往那边去!到那里咱们摘咱们的,她们拾她们的!让她们多拾一点处理起来也有个分量!"妇女队长说:"我说她们怎么没有出来?原来早来了!"另一个不常下地的妇女说:"吃不饱昨天夜里散会以后,就去跟我商量过不要到南池边去集合,早一点往地里去,我没有敢听她的话。"大家都想和小腿疼她们开开玩笑,就都装作拾花的样子,一边在摘过的空花秆上拾着零花,一边往北边走。

原来头天晚上开会时候,小腿疼没有闹起事来,不是就退出场外和吃不饱坐在一起了吗?她们一听到第二天叫自由拾花,吃不饱就对住小腿疼的耳朵说:"大婶!咱明天可不要管他那什么纪律!咱们叫上几个人天不明就走,赶她们到地,咱们就能弄他好几斤!她们到南池边集合,咱们到村北杏树底去,谁也碰不上谁;赶她们也到杏树底来咱们跟她们一块儿拾。拾东西谁也不能不偷,她们一偷,就不敢去告咱们的状了!"小腿疼说:"我也是这么想!什么纪律?犯纪律的多哩!处理过谁?光咱们两人去多好!不要叫别人!""要叫几个人,犯了也有个垫背的;不过也不要叫得太多,太多了轮到一个人手里东西就不多了!"她们一共叫过五个人,不过有三个没有敢来,临出发只来了两个,就相跟着到杏树底来了。她们正在五六亩大的没有摘过三遍花的地里偷得起劲,听见有人说话,抬头一看,见三队的妇女都来了,就溜到摘过的这一边来;后来见三队的人也到没有摘过的那边去了,她们就又溜回去。三队的人都哈哈大笑起来。小腿疼说:"笑什么?许你们偷不许我们偷?"有个人说:"你们怎么拾了那么多?""谁不叫你们早点来?"三队的人都是挨着摘,小腿疼她们四个人可是满地跑着捡好的。三队有个人说:"要偷也该挨住片偷呀!"小腿疼说:"自由拾花你管我们怎么拾哩?要说是偷,你们不也是偷吗?"大家也不认真和她辩论,有些人隔一阵还忍不住要笑一次。

妇女队长悄悄和一个队员说:"这样一直开玩笑也不大好。我离开怕她们闹起来,请你跑到南头去和队长、副主任说一声,叫他们看该怎么办!"那个队员就去了。

队长张太和更是个开玩笑大王。他一听说小腿疼和吃不饱那两个有名人物来了,好像有点幸灾乐祸的样子说:"来了才合理!我早就想到这些人物碰上这些机会不会不出马!你先回去摘花,我马上就到!"他又向高秀兰说:"副主任!你先不要出面,等我把她们整住了请你你再去!你把你的上级架子扎得硬硬的!"可是高秀兰不愿意那样做。高秀兰说:"咱们都是才学着办事,还是正正经经来吧!咱们一同去!"他们走到北头,队员们看见副主任和队长都来了,又都大笑起来。张太和依照高秀兰的意见,很正经地说:"大家不要笑了!你们那几位也不要满地跑了!"小腿疼又要她的厉害:"自由拾花!你管不着!""就算自由拾花吧!你们来抢我三队的花,我就要管!都先把篮子缴给我!"吃不饱说:"我可是三队的!三队的花许别人偷就得许我偷!要缴大家都缴出来!"张太和说:"谁也得缴!"说着就先把她们四个人的篮子夺下来,然后就问她们说:"你们为什么不到南池边集合?"吃不饱说:"你且不要问这个!你不是说'谁也得缴'吗?为什么不缴她们的?""她们是给社里摘!""我们也是给社里摘!""谁叫你们摘的?""谁叫她们摘的?""对!现在就先要给你们讲明是谁叫她们摘的!"接着就把在南池边集合的时候那一段事给她们四个讲述了一遍,讲得她们都软下来。小腿疼说:"不叫拾不拾算了!谁叫你们不先告我们说?""不告说为什么还叫到南池边集合?告你说你不去听,别人有什么办法?"小腿疼说:"算我们白拾了一趟!你们把花倒下,给我们篮子我们走!"

这时候,高秀兰说话了。她说:"事情不那么简单:事前宣布纪律,为的是让大家不犯,犯了可就不能随便了事!这棉花分明是偷的。太和同志!把这些棉花送回社里,过一过秤,让保管给她们每一个篮子上贴上个条子,写明她们的姓名和棉花的分量,连篮子一同保存起来,等以后开个社员大会,让大家商量一个处理办法来处理!"张太和把四个篮子拿起来走了,小腿疼说:"秀兰呀!你可不能说我们是偷的!我们真正不知道你们今天早上变了卦!"秀兰说:"我们一点也没有变卦!昨天晚上杨小四同志给大家说得明白:'谁要不到南池边集合,拾的花就都算偷的',何况你们明明白白在没有摘过的地里来抢哩?这是妨害全社利益的事,我们不能自作主张,准备交给群众讨论个处理办法!你们有什么话到社员大会上说去吧!"

小腿疼和吃不饱偷了棉花的事,等到吃早饭的时候,就传遍了全村。上午,各队在做活的时候提起这事,差不多都要求把整风的分组检讨会推迟一天,先在本天晚上开个社员大会处理偷花问题——因为大多数人都想叫在王聚海回来之前处理了,免得他回来再来个"八面圆"把问题平放下来。两个副主任接受了大家的要求,和副支书商量把整风会推迟一天,晚上就召开了处理偷花问题的社员大会。

大会开了。会议的项目是先由高秀兰报告捉住四个偷花贼的经过,再要她们四个人坦白交代,然后讨论处理办法。

在她们四个人坦白交代的时候,因为篮子和偷的棉花都还在社里,爱"了事"的主任又不在家,所以除了小腿疼还想找一点巧辩的理由外,一般都还交代得老实。前头是那两个垫背的交代的。一个说是她头天晚上没有参加会,小腿疼约她去她就去了,去到杏树底见地里没有人,根本没有到已经摘尽了的地里去拾,四个人一去,就跑到北头没摘过的地里去了。另一个说得和第一个大体相同,不过她自己是吃不饱约她的。这两个人交代过之后,群众中另有三个人插话说小腿疼和吃不饱也约过她们,她们没有敢去。第三个就叫吃不饱交代。吃不饱见大风已经倒了,老老实实把她怎样和小腿疼商量、怎样去拉垫背的、计划几时出发、往哪块地去……详细谈了一遍。有人追问她拉垫背的有什么用处,她说根据主任处理问题的习惯,犯案的人越多了处理得越轻,有时候就不处理;不过人越多了,每个人能偷到的东西就太少了,所以最好是少拉几个,既不孤单又能落下东西。她可以算是摸着主任的"性格"了。

最后轮着小腿疼作交代了。主席杨小四所以把她排在最后,就是因为她好倚老卖老来巧辩,所以让别人先把事实摆一摆来减少她一些巧辩的机会。可是这个小老太婆真有两下子,有理没理总想争个盛气。她装作很受屈的样子说:"说什么?算我偷了花还不行?"有人问她:"怎么'算'你偷了?你究竟偷了没有?""偷了!偷也是副主任叫我偷的!"主席杨小四说:"哪个副主任叫你偷的?""就是你!昨天晚上在大会上说叫大家拾花,过了一夜怎么就不算了?你是说话呀是放屁哩?"她一骂出来,没有等小四答话,群众就有一半以上的人"哗"地一下站起来:"你要起反!""叫你坦白呀叫你骂人?"……三队长张太和说:"我提议:想坦白也不让她坦白了!干脆送法院!"大家一齐喊"赞成"。小腿疼着了慌,头像货郎鼓一样转来转去四下看。她的孩子、媳妇见说要送她也都慌了。孩子劝她说:"娘你快交代呀!"小四向大家:"请大家稍静一下!"然后又向小腿疼说:"最后问你一次:交代不交代?马上答应,不交代就送走!没有什么客气的!""交交交代什么呀?""随你的便!想骂你就再骂!""不不不那是我一句话说错了!我交代!"小四问大家说:"怎么样?就让她交代交代看吧?""好吧!"大家答应着又都坐下了。小腿疼喘了几口气说:"我也不会说什么,反正自己做错了!事情和宝珠说的差不多:昨天晚上快散会的时候,宝珠跟我说:'咱明天可不要管他那什么纪律!咱们叫上几个人……'"

这时候忽然出了点小岔子:城关那个整风辩论会提前开了半天,支书和主任摸了几里黑路赶回来了。他们见场里有灯光,预料是开会,没有回家就先到会场上来。主任远远看见小腿疼先朝着小四说话然后又转向群众,以为还是争论那张大字报的问题,就赶了几步赶进场里,根本也没有听小腿疼正说什么,就拦住她说:"回去吧老嫂!一点点小事还值得追这么紧?过几天给你们解释解释就完了……"大家初看见他进到会场时候本来已经觉得有点泄气,赶听到他这几句话,才知道他还根本不了解情况,"轰隆"一声都笑了。有个年纪老一点的人说:"主任!你且坐下来歇歇吧!'没有调查就没有发言权'!"支书也拉住他说:"咱们打听打听再说话吧!离开一天多了,你知道人家的工作是怎样安排的?"主任觉得很没意思,就和支书一同坐下。

小腿疼见主任王聚海一回来,马上长了精神。她不接着往下交代了。她离开自己站的地方走到王聚海面前说:"老弟呀!你走了一天,人家就快把你这没出息嫂嫂摆弄死了!"她来了这一下,群众马上又都站起来:"你不用装蒜!""你犯了法谁也替不了你!"……主任站起来走到小四旁边面向大家说:"大家请坐下!我先给大家谈谈!没有了不了的事……"有人说:"你请坐下!我们今天没有选你当主席!""这个事我们会'了'!"……支书急了,又把主任拉住说:"你为什么这么肯了事?先打听一下情况好不好?让人家开会,我们到社房休息休息!"又向副支书说:"你要抽得出身来的话,抽空子到社房给我们谈谈这两天的事!"副支书说:"可以!现在就行!"

他们三个离了会场到社房,副支书把他和杨小四、高秀兰怎样设计把那些光想讨巧不想劳动的妇女调到南池边,怎样批评了她们,怎样分配人力摘花、拔花秆,怎样碰上小腿疼她们偷花……详细谈了一遍,并且说:"棉花明天就可以摘完,今天下午犁地的牲口就全都出动了,花秆拔得赶得上犁,剩下的男劳力仍然往准备冬浇的小麦地里运粪。"他报告完了情况,就先赶回会场去。

副支书走了,支书想了一想说:"这些年轻人还是有办法!做法虽说有点开玩笑,可是也解决了问题!"主任说:"我看那种动员办法不可靠！不捉摸每个人的'性格'，勉强动员到地里去，能做多少活哩？""再不要相信你摸得着人的'性格'了！我看人家几个年轻同志非常摸得着人的'性格'。那些不好动员的妇女们有她们的共同'性格'，那就是'偷懒''取巧'。正因为摸透了她们这种性格，才把她们都调动出来。人家不止'摸得着'这种性格，还能'改变'这种性格。你想：开了那么一个'思想展览会'，把她们的坏思想抖出来了，她们还能原封收回去吗？你说人家动员的人不能做活，可是棉花是靠那些人摘下来的。用人家的办法两天就能摘完，要仍用你那'摸性格'的老办法，恐怕十天也摘不完——越摘人越少。在整风方面，人家一来就找着两个自私自利的头子，你除不帮忙，还要替人家'解释解释'。你就没有想到全社的妇女你连一半人数也没有领导起来，另一半就咱那个小腿疼嫂嫂和李宝珠领导着的！我的老哥！我看你还是跟那几位年轻同志在一块'锻炼锻炼'吧！"主任无话可说了，支书拉住他说："咱们去看看人家怎么处理这偷花问题。"

他们又走到会场时候，小腿疼正向小四求情。小腿疼说："副主任！你就让我再交代交代吧！"原来自她说了大家"捉弄"了她以后，大家就不让她再交代，只讨论了对另外三个人的处分问题，留下她准备往法院送。有个人看见主任来了，就故意讽刺小腿疼说："不要要求交代了！那不是？主任又来了！"主任说："不要说我！我来不来你们该怎么办还怎么办！刚才怨我太主观，不了解情况先说话！"小腿疼也抢着说："只要大家准我交代，不论谁来了我也交代！"小腿疼看了看群众，群众不说话；看了看副支书和两个副主任，这三个人也不说话。群众看了看主任，主任不说话；看了看支书，支书也不说话。全场冷了一下以后，小腿疼的孩子站起来说："主席！我替我娘求个情！还是准她交代好不好？"小四看了看这青年，又看了看大家说："怎么样？大家说！"有个老汉说：

"我提议,看到孩子的面上还让她交代吧!"又有人接着说:"要不就让她说吧!"小四又问:"大家看怎么样?"有些人也答应:"就让她说吧!""叫她说说试试!"……小腿疼见大家放了话,因为怕进法院,恨不得把她那些对不起大家的事都说出来,所以坦白得很彻底。她说完了,大家决定也按一斤籽棉五个劳动日处理,不过也跟给吃不饱规定的条件一样,说这工一定得她做,不许用孩子的工分来顶。

散会以后,支书走在路上和主任说:"你说那两个人'吃软不吃硬',你可算没有摸透她们的'性格'吧?要不是你的认识给她们撑了腰,她们早就不敢那么猖狂了!所以我说你还是得'锻炼锻炼'!"

1958 年 7 月 14 日

套不住的手

白云岗公社大磨岭大队有个教练组,是高级社时期就成立了的,任务是教初参加农业生产的人们学技术。当一九五六年高级化的那一会,有些素不参加农业生产的妇女和青年学生被动员参加了农业生产,做的活很不合规格,主任陈满红提议组织一个教练组,选两个做活质量最高的老农民当教师,选一部分产量不高、做不好也不太可惜的地作为教练场,来训练这些人。这个建议经管理委员会通过后,就把大磨岭顶上的几十亩薄地和南边沟里几块小园地选作教练场,又选了两个教师——一个是主任陈满红的父亲陈秉正,另一个是种园地的老人叫王新春。陈秉正兼任组长,王新春兼任副组长,组员是流动的,经常分配在各小队,遇上了教练自己不会做或者做不好的活计的时候才来学。训练的对象虽说是初参加生产的人,可是也有例外:第一是经常参加生产而对于某一种活计作得不好的,在教练那种活计的时候,自动报名来学习;第二是对某种活计做不好或者能做好也不做好的人,经小队评议为需要学习,就送来学习——在学习期间,每个劳动日是打六扣记工分的。故意不做好活被送来学习也可以算是一种小小的惩罚。

组长陈秉正已经是七十六岁的老人了。按一般惯例,这样大岁数的人本来早就该不参加主要劳动,可是这老头身体特别强健,在年轻时候一个人可以抵一个半人做活；如今虽说老了，一般青年小伙子还有点比不上他。一九五八年冬天，公社化后，大磨岭算一个大队，大队长仍选的是陈满红。大队成立起敬老院，经过评议，请陈秉正老人退休入院。这老人只进去了三天，就觉着只做那些揭麻皮、拣棉花之类的轻微劳动，有气力没处使，所以又自动要求出院，依旧当他的教练组长。

陈秉正老人的老技术，不但在大磨岭是第一，就整个白云岗山区来说也是曾被评为特等模范的。经他手垒过的石头地堰，从来也不会塌豁儿；经他手压的熏肥窖，从来也不会半路熄了火；至于犁、种、锄、收那些普通活计，更是没有一样会落在马下的。

他在教练组里教人做活，不但要要求规格，而且首先要教架势。他说架势不对就不会做出合乎规格的活儿来。例如锄二遍地，他要求的架势是：腰要弯到一定的度数；一定要斜身侧步，不许乱动脚；两手要攥紧锄把，叫每一锄下去都有准，不许让锄头自己颤动，规格是：一定要锄到庄稼根边，不许埋住生地皮；在庄稼根上拥土，尽可能做到整整肃肃三锄拥一个堆，要平顶不要尖顶。在开始教的时候，他先做榜样，让徒弟们在一边跟着看。他一边做一边讲，往往要重复讲十几遍，然后才让大家动手他跟着看。因为格律太多，徒弟们记着这样忘了那样，有时腰太直了，有时候步子乱了，有时候下锄没有计划，该是一下就能办的事却几下不得解决问题……陈秉正老人不住口地提醒着这一个，招呼着那一个，也往往随时打断他们的工作重新示范。

有个人叫郝和合，半辈子常是直着腰锄地，锄一锄，锄头蹦三蹦，锄头蹦到草上就锄了草、蹦到苗上就伤了苗。教练组成立以后，小队里评议让他到组里受训。他来的时候，老组长陈秉正照例教给他锄地的架势，只是这个人外号"哈哈哈"，带几分懒汉性，弯下腰去锄不了几锄就又直起腰来。陈秉正这老人也有点创造性，

第二天回去把自己家里闲着的一个锄头，安了三尺来长一个短把子给郝和合说："你这弯不下腰去的习惯，只有用这短把子锄头，才能彻底改正。"郝和合一换锄头果然改正了——因为三尺来长的锄把，要不弯腰，根本探不着地皮。后来各小队知道了这个办法，都准备了几张短把锄头，专门叫给那些没有弯腰习惯的人用。

徒弟们练架势练得累了，老组长陈秉正便和他们休息一阵子。相隔八九段梯田下边的沟岸上，有副组长王新春领着另一批徒弟在那里教练种园地。在休息时候，上下常好打个招呼，两个老人好到一块吸着旱烟闲谈一会；徒弟们也好凑在一处读一读小报，或者说说笑笑。陈秉正一见王新春就伸出手来和他握手，王新春却常是缩回手去躲开。王新春比陈秉正小十来岁，和陈很友好，就是怕和他握手，因为一被他握住像被钳子夹住那样疼。

有一次休息时候，陈秉正叫王新春上去吸烟。陈秉正是用火镰子打火的，王新春说："烧一堆柴火吸着多痛快！"一个新参加学习的中学生听说，忙帮他们在就近拣柴，却找不到什么东西，只拣了二寸来长两段干柿树枝。王新春笑了笑说："不用找！你陈家爷爷有柴！"那个学生看了看，没有看到什么柴。陈秉正老人也说了个"有柴"，不慌不忙放下火镰子，连看也不看，用两只手在身边左右的土里抓了一阵，不知道是些什么树皮皮、禾根根抓了两大把；王新春老人擦着洋火点着，陈老人就又抓了两把盖在上面。那个学生看了说："这个办法倒不错！"说着自己就也去抓。陈老人说："慢慢慢！你可不要抓！"可是这一拦拦得慢了点，那个学生的中指已经被什么东西刺破了，马上缩回手去。王新春说："你这孩子！你是什么手，他是什么手？他的手跟铁耙一样，什么棘针蒺藜都刺不破它！"

那个学生，一边揉着自己的中指，一边看着陈老人的手，只见那两只手确实和一般人的手不同:手掌好像四方的,指头粗而短,而且每一根指头都展不直,里外都是茧皮,圆圆的指头肚儿都像半个蚕茧上安了个指甲,整个看来真像用树枝做成的小耙子。不过他对这一双手,并不是欣赏而是有点鄙视,好像说"那怎么能算'手'哩"。

学生的神情,两个老人都看出来了。陈秉正老人没有理他,只是自豪地笑了一下就拿起自己的旱烟袋来去吸烟;王新春老人点着烟之后却教训起这个青年人来。他说:"小伙子!你不要看不起那两只手!没有那两只手,咱们现在种的这教练场恐怕还是荒坡哩!这山是地主王子裕的,山顶上这十几段地,听老人们说从光绪三年就荒了,一直荒到宣统三年。当年间我们两家都没有寸垅田地,他给王子裕家当长工,我给王子裕家放牛。后来他来这里开荒,我长大了从放牛孩子升成长工,跟着老领工在大河滩学着种园地。这些地都是他老哥和咱们现在的大队长他们父子俩一镢头一镢头剜开、一条堰一条堰垒起来的。没有那两只手,这里还不是一片荒坡吗?"

那个学生虽然对他自己那种鄙视的表示有点后悔,可是他除了不愿当面认错,反而还自我解嘲地说:"怨不得我们学习得慢,原来就没有那样的手!"

陈秉正老人一本正经地教训他说:"是叫你们学成我这手,不是叫你们长成我这手!不是开山,我这手也长不成这样;不过上辈人把山都开了,以后又要机械化了,你们的手用不着再长成这样了!"

陈老人虽然不希望别人的手长成那样,可是他对他自己已经长成那样的一双手,仍然觉着是足以自豪的。他这双手不但坚硬,而且灵巧。他爱编织,常用荆条编成各色各样的生产用具,也会用高粱秆子编成各色各样的儿童玩具。当他编生产用具的时候,破荆条不用那个牛角塞子,只用把荆条分作三股,把食指塞在中间当塞子,吱吱吱……就破开了,而他的手皮一点也磨不伤;可是他做起细活计来,细得真想不到是用这两只手做成的。他用高粱秆子扎成的"叫哥哥"笼子,是有门有窗又分楼上楼下的小楼房,二寸见方的小窗户上,窗格子还能做成好多不同角度的图案,图案中间的小窟窿,连个蜜蜂也钻不过去。

　　土改以后,经过互助、合作一直到公社化了,陈秉正老汉家里的收入也丰裕起来了。一九五九年冬天,儿孙们为了保护老人那双劳苦功高的手,给他买了一双毛线手套。他接过来一看说:"这双手可还没有享过这个福!"向手上试着套了一套,巴掌不够宽,指头也太细、太长,勉强套上去,把巴掌那一部分撑成方的了,指头的部分下半截都撑粗了一点,上半截却都还有个空尖儿。儿子陈满红说:"慢慢用着就合适了!"老人带好了握了握、伸了伸说:"还好!"说罢,卸下来交给满红媳妇说:"暂且给我放过去吧!"满红媳妇说:"爹!你就带上走吧!到地里手不冷?"老人说:"在沟里闸谷坊,戴上它搬石头不利落!"说着就放下走了。以后谷坊闸完了,别的活儿又陆续接上来——铡干草、出羊圈、窖萝卜、捶玉米……哪一种活儿也不好戴着手套做,老人也就忘了自己还有一双手套。

　　一天,白云岗有个物资交流会。满红媳妇劝老人说:"现在这些杂活计又不用你教多少技术,你还是休息一天去逛逛会吧!"老人答应了。老人换了一件新棉袄,用新腰带束住腰。满红媳妇说:"这回可带上你的手套吧!"说着把手套给他拿出来,他带上走了。

　　大磨岭村子小,没有供销分社。老人穿着新衣服、戴着手套打街上走过,村里人见他要到白云岗去,就有些人托他捎买东西,东家三两油、西家二斤盐,凑起来两只手就拿不了,借了邻家一个小篮子提着。他走到白云岗,逛了半条街,走到供销社门口,把给别人捎买的日用品买全了又向前走,刚走过公社门口,看见山货部新运来一车桑杈,售货员忙着正往车下搬。这东西在这地方已经二年不见了,不论哪个队原有的都不够用。他以为机会不可错过。他自己身上没有带钱,想起满红在公社开会也许有带的钱。他跑到公社向满红一说,满红说:"噢!哟!那可是宝贝,赶快买!"说着从口袋里掏出五十块钱来递给他。老人拿上钱就到山货部来挑桑杈。老人对农具很讲究,从来见不得有毛病的。他把手套卸下来往怀里一装,拿起一柄来把杈头放在地上试看三股子平不平、有力没力、头正不正、把弯不弯。他连一柄还没有看完,就来了十来个人,每人拿着一柄看;转眼工夫,买杈的越来越多,连在公社开会的大队长们也暂时休了会出来买杈。这些人也不挑三拣四,问明了价钱就拿。陈秉正老人见情况紧张起来,也不敢再按自己的规格挑选,胡乱抢到手五柄,其余的就叫别人拿完了。他付了钱,把杈捆起来扛上,提起小篮子来挤出山货部,因为东西够拿了,他也无心再逛那半条街,就返回原路走出白云岗村。一出了村,他觉人也不挤了、路也宽敞了,这才伸手到怀里摸他的手套。他摸了半天只有一只;放下篮子和桑杈,解开腰带抖搂了一下,也仍然不见那一只。他知道一定是丢在山货部里了。他想:"丢就丢了吧!拿上它也没有多少戴它的时候!"于是他又束好了腰、扛起桑杈、提起小篮子继续往家走;可是走了不几步,就又想到"孩子们好心好意给买上了,丢了连找也不找一趟,未免对不起他们",这才又扭回头来重新返回白云岗物资交流大会上的山货部来。幸而售货员早已给他拾起来放在账桌上,见他来找就还了他。

隔了好久,陈秉正老人又被评选为本年的劳动模范,要到县里去出席劳模大会。这自然又该是他带一次手套的时候。他除换上新棉袄和新腰带外,又把他的手套带上。

　　大磨岭离县城四十里,冬天的白天又短,陈秉正老汉从吃过早饭起程,直走到太阳快落山才到。这一天只是报到的日期。老人到县后,先找着报到处报了名、领了出席证,然后就去找晚上住宿的招待所。他半年没有进县城,县城里已经大变了样——街道改宽了,马路也压光了,他们往年来开会住的破破烂烂的招待所,已经彻底改修成一排一排崭新的砖瓦房了。他进入招待所的时候,天已经黑了,后边几排房子靠甬道两旁的窗户里都闪出灯光,一看就知道里边已经住下了人。前三排的窗户,也有明的、也有黑的。他到传达室登记了名字,招待员领他往西二排五号去。他走到西二排,见只有最西边的六号房间窗上有灯光,其余都还是黑的;脚底下踩着些软一块硬一块的东西,也不知道是些什么。招待员向他说:"小心点老人家!这房子刚修好,交了工还不到一礼拜,院子还没有清理完哩!——这边些,那里是个石灰池!——靠墙走,那里还有两截木料……"走到五号门口,招待员开了门先进去开了灯,才把老人让进去。老人一看,房子里挺干净,火炉子也燃得很旺,靠窗前一张桌子、两把椅子、一条板凳,后边靠东西墙一边排着两张床,门窗还不曾油漆过,墙好像才粉刷了,经火炉子一熏还有点湿味儿。老人看了看床位说:"一个房间住四个人吗?"招待员说:"四个人!""这次会议住得满住不满?""都来了差不多住满了!路远的还没有赶到哩!你休息一下吧!我给你打水来洗洗脸!"一会,招待员打来了水,老人洗着脸,路远的人也陆续来着,西二排的房子就也都住满了。五号房间除了老人以外,又住了三位青年,老人和他们彼此作了自我介绍。

　　会议一共开三天半,老人又是听报告、又是准备发言,和大家一样忙个不了,直到第四天上午听罢了县委的总结报告,才算了结了一宗事。下午,离县城近一点的就都回村去了,路远的就得再住一宿。陈秉正老人离家四十里,说远也不算远,说近可也不近,要是青年人,赶一赶也可以在天黑赶到,老人究竟是上了年纪的人,不想摸黑,也就准备多住这半天了。

吃过了午饭,住下来的人们差不多都想上街逛逛。老人回到西二排五号房间里,见和自己同住的三个青年,陪着四号一个人打扑克玩。老人问:"你们不上街去?"一个青年回答说:"你先去吧老爷爷!我们过一会去!"老人束上腰带,戴上手套,便走出房间。因为院里两截剩余木料碍着路,走过四号门口,便得擦着三号的墙根走,他总觉着太不顺当。他想:"把它转过一边不就好走了吗?可是转到什么地方好呢?"他蹲在四号门边来看空子,觉着只有转到石灰池的南边好一点,看准了,把手套卸下来放在阶台上,就来动手转木料。这一截木料是截去两头、中间留下来的一段盘节,又粗又短又弯又扁,很不好转动。老人很费了点气力才掀起来,转了一个过就又跌死了。老人想找个帮手,敲了敲四号的门,四号的人都出去了,这才又回到五号来向那几个青年说:"同志们!你们帮一下,咱们把院里那两截木头转到一边让走路痛快点好不好?""好!我昨天还试了一下,没有转动了!"一个青年答应着,放下手里的牌;其他三个也都同声答应着站起来往外走。老人趁空子解了腰带脱下他的新棉袄来放在床上,就跟着走出来了。

老人和青年们一同去转动木料,一个青年拦住他说:"你歇歇吧!不够我们转!"短短一截木头,四个人就护满了,老人插不上手,只好让他们转,而自己去搬动另一截。青年们把那一截粗而短的转过去,回头看见老人搬动另一截,一个青年又拦住他说:"老爷爷你歇歇吧!这一截可以抬起来走!"另一个青年就走过来和这个青年抬。这一截比那一截长一点,可是一头粗一头细,抬细头的抬起来了,抬粗头的吃劲一托没有动,连声说"不行不行"就放了手。抬细头的见他抬不起来,正要往下放,老人说:"我来!"说着弯下腰去两手托住,两腿摆成骑马架势,两肩一耸,利利落落抬起来。起先来抬的那个青年,看着另外一个青年竖了竖大拇指头,然后两个人一齐抢过来接住说:"老爷爷真行!你上年纪了,还是我们来吧!"

一个招待员提着茶壶来送水,见他们抬木料,忙说:"谢谢你们!我们来吧!""算不了什么!""在开会以前,我们只剩前三排院子没有赶上清理完,开会期间又顾不上做它,等明天早晨你们一走,我们几个人用不了两天就清理完了!"陈秉正老人说:"为什么要等到我们走了才做呢?我们的会开完了,现在不是正好帮你们清理院子吗?"招待员说"不便劳驾",陈老人和青年们说"完全可以",其他房间里还没有上街的同志们听见谈到帮助招待员清理院子,大家都从房间里走出来表示同意。招待员见这情况,赶忙去问经理,大家不等他问来,就去找清理院子的工具。前三排还没有清理,工具就放在东四排的院子里,被他们找来铁锹、扫帚、筐子、抬杆一大堆,马上就动起手来。陈老人要抬筐子,大家看见他的长白胡须,说死说活不让他抬,他也只得拿起扫帚跟着大家扫院子。劳模总是劳模,前三排没有走掉的人见西二排这样做,大家也都仿照着做起来。不大一会,招待员把招待所经理找来了。经理劝大家休息劝不下去,也就只好号召事务员、会计和每个招待员全体总动员和劳模们一齐参加劳动。

大家用铁锹拢着院里的残砖、破瓦、树皮、锯屑等类的零乱东西,陈老人跟在后边扫地。老人从西二排院子的西南墙角落上扫起,面朝北一帚沿一帚排过来,扫到六号窗下,看见窗台上还有泥块、刨花,把扫帚伸上去,因为地方小扫不着,就放下扫帚用他那两只磨不破的手往下扒拉。他又顺东看去,只见每个窗台上都有。他沿着六号、五号、四号……把每一个窗台都先扒拉干净,然后返回西头来继续扫院子。

人多好做活,不过个把钟头就把六个院子都清理完了,垃圾都堆在大甬道的两旁,成材的东西都抬到存剩余材料的后门外,只等夜间有卡车来装载。老人对这成绩欣赏了一阵,觉着这样一清理,走步路也痛快得多。

经理、事务员、会计、招待员们一齐给劳模打水洗手脸。大家洗过之后有些人就上了街,陈老人重新穿起新棉袄,束住了腰,伸手去戴手套,才发现又把手套丢了。他顺口问那几个青年说:"你们打扫时候可见过一副手套吗?"有一个答应说:"没有见!你放在哪里来?""放在四号门口的阶台上!"另一个青年说:"有来!我们拢着拢着,看见一团刨花里好像有一只手套沾满了泥土。我还当是谁扔了的一只破手套哩!""对!可能是我把四号窗台上的刨花扒拉下来埋住了它,你们没有看见,给拢到泥土里去了!"老人跑到甬道旁边的垃圾堆里来找,可是光西二排的垃圾就抬了几十筐,马上怎么会找到呢?

一个招待员看见了就问:"老爷爷你找什么?""我的一副手套拢到这里边去了!""准在吗?""准在!""准在你上街逛去吧,我们给你找!""不要找它吧!手套给我没有多大用处!"老人干脆放弃了。

老人逛了几道街,除看了看半年以前还没有的一些新建筑外,别的东西也无心多看。他想:"我也不买什么,也不卖什么,净在这些店铺门口转什么?"想到这里,也就回招待所来了。他回到招待所,天还不黑,同房间的青年们都还没有回来。一个招待员给他开了门,告他说手套找到了。他到房间里一看,静静的火炉子依旧很旺,招待员已经给他把手套洗得干干净净的,搭在靠近火炉的一个椅背上,都快烘干了。

第二天他回到家,换过衣服之后便把手套还给满红媳妇说:"这副手套还给你们吧!我这双手是戴不住手套的!"

1960 年

实干家潘永福

潘永福同志和我是同乡不同村,彼此从小就认识。他是个贫农出身,年轻时候常打短工,体力过人,不避艰险,村里人遇上了别人拿不下来的活儿,往往离不了他。抗日战争开始以后,他参加了革命工作,在行政上担任过村长、区助理员、区长、县农林科长、县农场场长、县采购站长;在党内是县委会委员,曾担任过县委农村工作部副部长;在群众团体中,担任县工会主席,现在还是。从他一九四一年入党算起,算到现在已经是二十年了。在这二十年中,他的工作、生活风度,始终是在他打短工时代那实干的精神基础上发展着的。

我对他生平的事迹听得很多,早就想给他写一篇传记,可是资料不全。今年一月份,我到沁水县去,又碰上了他,因为要写这篇传记,就特地访问了他几次。我访问他的目的,不过是想把我知道的事了解得更具体一点,可是一谈之下,他附带谈出来的事都是我不曾听到的,而且比我知道的那些事更重要。这时候,我觉得写他的全传不太容易,就准备只记一些大事,题目就写作《潘永福大事记》。这几次访问,在他的谈话中又发现有一些新的关节还要请他补充,可惜他要下乡我也要下乡,两个人下的不是一个乡,就把这访问停下来。现在三月初,我到晋东南专区(长治市)来参加一个会议,他也来参加另一个会议,又住在一个宾馆,我便继续在会议的空隙中访问他。从这几天访问中,我发现我改拟的题目还不合适,因为他补充的新事,更比我原来听到的"大事""大"了。这也难怪:在我看来是了不起的大事,在他的工作和生活中已经习以为常,要不从闲谈中以话引话慢慢引出来,有些事他还猛一下想不起来。这正是他的品格高超处,我愿向他学习。他已是五十六岁的人了,从他十六岁算起,所干过的不平常的事,即以每年十件计算,四十年也该有四百件,想要他都谈出来,他也谈不完,我也记不完,而已经谈出来的也不见得比没有想起来的还"大",所以只好不那样命题而改为现在这个题目,有些事他作过而一般作地方工作的老同志也都作过(如抗旱、灭蝗、土改、民兵等项),别人也写过。关于这一类事,我就暂且不写在这篇文章里。

以下便该书归正传。

慈航普渡

一九五八年秋天,潘永福同志任中共山西阳城县委会(当时阳城、沁水两县合并,后来又分开了)农村工作部副部长,要赴沁水北边的一个名叫"校场"的村子去工作。这地方是安泽县和沁水县的交界处,两县的村庄犬牙交错着,想到校场村去,须得从安泽的马壁村坐船摆渡。这里的船工,都是潘永福同志的徒弟,可是潘永福同志这次上了船,见撑船的是个二十多岁的青年,没有识过面。他看见这新生一代有两下子,就随便问他说:"你是谁的徒弟?"青年似乎不了解潘永福同志问他的意思,或者还以为是看不起他的本领,便回答说:"你管得着吗?"潘永福同志说:"你不说我也知道:你的老师不是马银,就是瑞管,再不就是长拴!"因为潘永福同志在这里只传授过这三个人。那青年说:"咦!你怎么知道?

你是不是姓潘?""你猜对了!""我的老大爷,你好!"潘永福同志又问了问他住在哪个院子里,那青年回答了他。潘永福同志想了想当年的情况,记得有两个不到上学年龄的孩子,是弟兄两个,长得很好玩,算了算时间,该是这个青年这样大小了,便又问他说:"你叫黑济呀还是叫白济?"青年说:"我叫黑济!"潘永福同志又问黑济爹娘的好,黑济说他们都去世了,彼此感叹了一番。潘永福同志顺便又问讯了马壁以北的招贤、东李、魏寨、建始等各渡口老船工的消息,船已靠了岸,就和这青年作别,往校场村去了。

马壁、招贤、东李、魏寨和建始这五个渡口的老一代的船工,全是潘永福同志教会了的。原来安泽县只有孔滩一个渡口有船,船工也是沁水人,父子两个同撑,不传外人。潘永福同志当年在马壁打短工,马壁人听说他会撑船,就集资造了船请他撑。他又回原籍找了个帮手,就在马壁撑起船来,并且带了三个徒弟。上游招贤、东李、魏寨、建始等村也有摆渡的需要,就先后造了船请他去撑,并请他带徒弟,因此五个渡口的老船工都是他的徒弟。

潘永福同志住在校场,有一天晚上到招贤去看他的老朋友们(也就是徒弟,因为年岁相仿,所以彼此都以老朋友看待)。他刚到了一家,村里人就都知道了,凡是熟人都抢着来看他,后来连四五里以外别的村子里的人也知道了,也有些赶来看他的,有点像看戏那样热闹。老朋友们都兴奋得睡不着觉,他也兴奋得睡不着觉,有几位老朋友特地给他做了好饭请他吃,一夜就吃了好几顿。

他为什么这样受人欢迎呢?原来他在这里撑船的时候,每天只顾上渡人,连饭也顾不上做,到了吃饭时候,村里人这家请他吃一碗,那家送他吃半碗,吃了就又去撑船去了。他是个勤劳的人,在谁家吃饭,见活计也就帮着做,因此各渡口附近村庄的庄稼人们对他都不外气。他还有个特点是见别人有危难,可以不顾性命地去帮忙。为了说明他这一特点,不妨举个例子。

他在招贤渡口的时候,也是一个晚饭后,有一伙人要到对岸一个村子里看戏,要求他摆渡。他说:"我还没有吃晚饭,饿得很,撑不动了!"其中有几个和他学过几天的人说:"我们自己来吧!"说着就都上了船,把船解开。潘永福同志对他们的技术不太相信,虽然也未加阻拦,可是总有点不放心,所以当他们把船撑开的时候,自己也未敢马上走开,只站在岸上看着船向对岸前进。沁河的流量虽然不太大,可是水流太急,而且上下游隔不了三里总有乱石花坡,船只能摆渡而不能上下通行。在摆渡的时候,除了发洪期间在篙竿探不着底的地方用划板划几下外,一般只靠划板是划不过去的,全凭用篙撑;撑的时候,又要按每段水势的缓急来掌握船身的倾斜度。坐船的人,看了船身的斜度和船工用力的方向,总以为船是向对岸很远的上游行进的,可是在客观上靠岸的地方只是个正对岸,在水大的时候往往还要溜到下游一半里远。假如在水急的地方把船身驶得斜度小了,船头便会被水推得颠倒过来。船头要是打了颠倒,便要迅速地往下游溜,几棹板摇得扭回头来,也会溜出里把远;要是水太急了,马上扭不过来,溜到乱石花坡是非被冲翻了不行的。潘永福同志开头看见他们撑得还正常,可是一到了中流,船打了颠倒,飞快地顺水溜走;坐船的人都直声喊叫起来。潘永福同志知道凭那几个人的本领,在一二里内是拨不回船头来的,因此也忘记了肚子饿,也顾不上脱衣服,扑通跳下水,向着船游去。撑船的那两个人倒也把船头拨转回来了,只是拨得迟了点,船已溜到个两岔河口的地方。河到这里分为东西两股,中间水底有块大石头挡着一堆小石头。船头被搁在这石头上,船尾左右摇摆着,好像是选择它倒向哪一边溜得更顺利些。西岸上有些人早已发现船出了事,喊着从岸上往下游赶,赶到这里见船被搁住了,可是也无法营救。这时候,潘永福同志赶到,站在几块乱石上,一膀把船尾抵住,两手扳住底部使它不得左右摇摆。照这地方水的流速，不用说逆水行船往上游撑，就是往东西两边撑也是撑不过去的。船上的人向潘永福同志要主意，潘永福同志说："西岸有人，要是带着缆绳头扑过西岸去，叫大家拉住绳顺着水势能拉得靠了岸；可惜我现在饿得没有劲了，要是扑得慢一点，船要被冲得溜起来，我一个人可拖不住它！"坐船的人，有拿着油条和糖糕的，拿出来给潘永福同志吃。潘永福同志两只手扳着船尾的底部腾不出来，就叫船上的人往他嘴里塞。可是水淹在他脖子根，直着脖子不容易咽下东西去。船上的人先给他塞了个油条，他咽不下，吐出去说："油条吃不下去，快拿糖糕来！"船上的人，喂得他吃了十多个糖糕后，他吩咐船上人把缆绳盘顺搁到船边，把绳头递给他。船上的人，一边照办，一边向西岸的人打过了招呼，潘永福同志便丢开船尾，接住绳头，鼓足了劲，拼命地向西岸扑去，不几下子就扑过翻波滚浪的急流，到达西岸，和岸上的人共同把船拉过去。满船乘客全部脱险。

像潘永福同志这样远在参加革命之前就能够舍己为人的人，自然会受到大多数人的尊敬，所以他走到离别十八年之久的地方，熟人们见了他还和以前一样亲热。

为何要到安泽去？

潘永福同志是沁水县嘉峰村人，离安泽县界有百余里，为什么会到那里去当船工呢？这至少也得从他的青年时代谈起。

潘永福同志是个贫困农家出身。当他小的时候，家里因为地少人多，欠下好多外债；一到他能劳动，就给别人做短工——欠谁家的钱，就得先给谁家做，经常是做了工不见现钱，他的体力强，做活一个足抵两个人，到了忙时候，债主们都抢着要他，天不明就会有好几个人找上门，往往还因为争他而吵起来。他不做日工活，只做包工,因为他家欠的外债过多,做日工实在还不了几个钱。他包下的活都能保质保量,又能完成双工的任务。例如担粪,别人每次担两桶,他一次要担四桶。

农家活总有个忙闲,打短工不一定通年有人雇用。在没有人雇用他的时候,他不得不找一些生产门路。他小的时候,夏秋两季常在村外的沁河里玩水,练得个游泳的技术,所以后来在农忙的间隙没有人雇用他的时候,他和一位名叫何田的伙伴,常到沁河里摸鱼、捞鳖。他们真有点发明创造精神:把河边浅水处用石头垒成一道临时小堤,让这浅水与深水隔绝,只留一个口,浅水里撒上有几粒麦子的麦糠。这泡过麦糠的水从他们留的那个口里流出去,水里带有麦味,老鳖就顺着这味儿来找食物。到了夜里,他们把口一堵,就在这小堤里的水里摸,往往一次就能捞到几十个。沁河里较大一点的有鳞鱼不易捉到,因为鱼太稀,用网不能捕;有鳞鱼的动作迅速,用手捉不住。能用手捉的只是老绵鱼,不过捉它的人要会泅水,要钻到光线不足的水底石坎中去摸。潘永福同志就有这个本领。

嘉峰村渡口上的船工叫马成龙。潘永福同志到河里捉鱼的时候也常帮他的忙,日子多了,从他那里学得了撑船的全部技术。不过这种工作没有报酬。住在河边村子里的人们,就有一些爱尽这种义务的,和爱唱戏的票友一样。潘永福同志开始学渡船的时候,也只是马成龙的票友。

潘永福同志在打短工的开头几年里最怕过冬季——冬季里除了打窑洞、垒地堰外,很少有人雇短工。在夏秋两季,闲下来还可以摸鱼,一到冬季,就连鱼也不能摸了。后来潘永福同志找到了冬季的生产门路。村里有个土法凿井的老行家马老金,每到冬季就在邻近各村包打水井。马老金要找一个帮手,不过这个帮手需要具备以下一些条件:体力强,手眼快,遇了险不手忙脚乱,受了伤不大喊小叫。马老金选来选去，觉着潘永福同志最适合自己的要求，就拉作帮手。用土法包打水井，和一般工头剥削工人的包工有区别：打井是包井下不包井上，而井下的活都是自己亲手做的。"包"的意思，就是和要打井的东家定下条约说："你也不用管我误多少工，打成这眼井你给多少钱。所有井里误的工都是我的，井上绞辘轳或者拉滑车的笨工是你的，几时打成几时算数。"做这种井底活危险性很大：各种土质有各种打法，弄错了塌下去会把自己埋在井底。井上要是遇了毛手毛脚的人，土筐、水桶、石块、铁锹等物，常会因为拴得不牢、扳得不稳而飞落下去，躲闪不好就要吃亏。他们自己常说："赚这种钱是卖命钱。"潘永福同志跟着马老金做了几冬天，又学得了打井的全部技术，也会找了帮手去赚这种卖命钱了。

在旧中国，欠债多的穷苦人，任你怎样勤劳也不得翻身。潘永福同志学会了赚这卖命钱之后，真要是卖掉了命的话是自己的，赚了钱却还是债主的。他到哪村去包打水井，也不是一天半日可以成功的。债主们的耳朵长、打听着他包工的地方，就找到那个打井的东家，同着潘永福同志，当面把包工的工资拨给他抵利息，往往一冬天得不着个现钱。一九三一年冬天，潘永福同志不但打了一冬天井没有得着现钱，过年时候连家里剩下的百把斤口粮也被债主倒光了。在这年过年关的时候，潘永福同志就跑到安泽县去。

安泽的旧县名叫"岳阳县"，和沁水县的北部连界，是沁河的中游。这地方全部是山区，土山多，地广人稀，可以开垦的荒山面积很大。本地人往往是地主，外省外县到这里开荒的和打短工的很多。安泽附近各县有句俗话说："措不响，上岳阳。"意思就是说措打不开了，可以到安泽去打短工或者开荒。潘永福同志也是抱着这种打算往安泽去的，只是去的时候是个冬天，没有多少短工可做，找到点杂活也只能顾个吃。但是在潘永福同志看来，这样也比在家强,只要冬季一过,赚钱不论多少总能躲过债主的监视——把钱拿回家去虽说大部分还是还了债,但债主摸不着自己的底,总还可以留一点来解决一下全家的生活困难。他本来也想打短工或开荒地。后来因为那地方缺船工,才开渡口撑船,但他在他所在渡口的荒沙滩上也还种一点农作物来作为附带收入。

潘永福同志在安泽撑了十年船,起先每年还回一两次家,抗日战争开始后,有二三年没有回家去。

抗日战争初期,他在东李渡口上。有一个短时期,渡口两边的村子里,一边住的是蒋军,一边住的是八路军。他是一个船工,每天忙于摆渡,也顾不上多和军队接触,不过他在这两边都走动。对于这两种军队的区别,他理解得很简单——只知道蒋军打人,八路军不打人。后来打人的军队不知去向,不打人的八路军向南开动了。他打听得不打人的八路军开到自己的家乡,也就跟着回了家。

这便是潘永福同志参加革命以前的生活概况。在这种苦难日子里,把他锻炼成一条铁汉。有一些互相对立的日常事物,在潘永福同志看来差别不大——屋里和野地差别不大,水里和干地差别不大,白天和夜里差别不大,劳动和休息差别不大。若用"吃苦耐劳"等普通字样,是不足以说明潘永福同志这种生活风度的。

干部新风

一九四一年,八路军的地方工作队到了潘永福同志的老家嘉峰村,他也赶回了家。这一带原来驻的军队是蒋介石的第三十三军团,后来这部队被敌人打散了,遍地都成了溃兵;嘉峰南边相隔十里的王村又已变成维持敌人的区域,所以这一带的群众,只要是看见军队,用不着看臂章就知道不是来干好事的,马上跑个光。八路军的地方工作队初到嘉峰村的时候,情况也是如此。潘永福同志回到村后，无形中做了工作队的义务宣传员。他宣传的内容只有一句话："这队伍不打人。"这句简单的话效力很大，他的穷朋友们听了，马上跟他先回了村，其他人也慢慢试探着都回去了。

八路军的主力部队把周围的土匪溃兵肃清以后，环境变得单纯了，嘉峰村变成了和日军相持的边缘，群众组织起来在村南边布下岗哨，监视着通往维持区的要道。潘永福同志是夜里在野外活动惯了的人，不论该不该自己的班，夜里都好到那里去看路上的动静，一发生变故马上就报告工作队。工作队见他和他的几个穷朋友们大有舍己为人的精神，就吸收他们入了党。

嘉峰村建立了地方政权，第一任村长是王思让同志，潘永福同志是村供销社干部。在共产党领导下的村干部，从外表上看，和群众无大区别，潘永福同志在这方面更突出——完全和他打短工时期的打扮一样。有个外村的老相识在路上遇上了他问他说："听说你当了干部了，你怎么还是这样子？"潘永福同志反问他说："干部该是个什么样子？"问他的人马上也拟定不出个干部样子来，只得一笑而罢。

潘永福同志当了干部以后，不但外观上没有变化，工作和生活也都按着自己特有的风度发展着。为了说明这一点，也举两三个例子：

一、搭　桥

嘉峰村东北方向五十里外的玉沟村，开了个为沁水民兵制造手榴弹的工厂。这工厂烧的是阳城煤，运煤时候需要在嘉峰村过沁河。沁河上过渡的习惯，夏秋两季用船，冬天冰冻以后至春天发洪之前用桥。每年搭桥的时间是寒露以后——早了水大，迟了水凉，所以选择在这个季节。这年冬天，因为南边离八里的王村成了维持区，群众宁愿自己不过河去，也不愿给敌人制造方便，在非过不可的时候可以多绕四五十里到上游去过别村的桥。嘉峰村的人事先没有想到五十里外玉沟工厂的需要,等到工厂缺了煤找到嘉峰来的时候,搭桥的地方已经被冰封了。上级要求嘉峰村想法子,村长王思让便和会搭桥的党员干部潘永福、何启文等同志接受了这个任务。

这地方,桥的构造是用两根树杈顶一根平梁算一个桥脚,一个个桥脚中间都用五六根长的木料连接起来,上边铺上厚厚的灌木枝条,然后再垫上尺把厚的土把它压平。这些木料都很笨重,在水里边推来拉去倒不太费气力,只是想把顶着横梁的桥脚竖起来就不太容易。竖的办法是用好多人在两岸拖着一股大绳,再用几个人把桥脚从水里拉到应竖的地方,拴在大绳上,自己扶着让岸上的人拉。用对了劲,一拉就竖起来了。活儿倒也有传统办法,只是时间不对,河被冰封着,冰又只有寸把厚。人到冰上,怕把冰压破了;破冰下水,人又受不了。党员们研究了半天,更巧的法子想不出来,也只好破冰下水。王思让同志勇敢得很,把冰打开口,他就先跳下去。可是他的身体没有经过更多的风霜锻炼,一下去就抖得倒在水里。在打开的冰窟里倒下去,马上便会被水推到下游的大冰层下,潘永福同志见势不好,跳下去一把把他抓出来。这时候,王思让同志的皮肤已经变成黑青的了。

潘永福同志是在河里井里泡惯了的,何启文同志也是年年搭桥离不了的人物。岸上的同志们搬运着木料,这两位英雄下了水,打开冰道,送过大绳,来来往往拉木料、扶桥脚……终于在这冰层包围中完成了上级党给予的任务。两个人的腰上、肚上、胳膊上,被顺流而下的冰块割成了无数道的大小创口,只有腿部藏在水底,没有受到冰块的袭击。

二、借渡口

在潘永福同志当区长时候,有一次,敌人集中了大于我们当地驻军十多倍的兵力来"扫荡"这个地区,沁河以西有我们一部分部队一定得渡过沁河转到外线。领导方面知道潘永福同志是撑船能手,就把这任务交给他。潘永福同志接受任务后,马上跑到离区公所十五里路的张山去找部队。他向部队的首长说附近几个渡口船太小,恐怕一夜渡不完;王村的船大,可是维持区,要是把维持会的人挟持住,夜里可以在那里摆渡。部队同意了他的建议,就派了几个便衣,由他领着路,到王村去找维持会。他们走到王村村边,碰上了一个人。潘永福同志要这个人带他们到维持会去。这个人便带他们去了。走到维持会门口,潘永福同志同那个人走进去,便衣在外边守着门。一进了屋子,静悄悄连一个人也没有。领路的那个人向潘永福同志说:"你坐一下,我给你找他们去!"说着就走出院里来。潘永福同志见那个人神色不正,怕他搞鬼,略一思忖便跟了出来,却不见他往哪里去了,问了问门外的便衣,说是没有出去;又返回院里来,见有个通房后厕所的小门,情知是从这小门里跑了。潘永福同志马上向门外的便衣说明了情况,并且又向他们说:"你们监视住河边和村西头的路,不要让有人过去,就出不了事,让我亲自去找撑船的人去!"潘永福同志和这里的撑船的人都很熟识,一会就把他们都找到了。这时候,太阳已经落了,清除了一下船里渗漏进来的积水,吃了些晚饭,部队就开到了。

潘永福同志和王村的船工们共同撑着船,先送过一部分机枪手们到对岸山头上布了防掩护住渡口,然后才渡大队人马。船开得也不慢,只是人太多了,急切渡不完。潘永福同志见深处没有几步,绝大部分淹不住人,就跳下水去拉住缆绳在前边拉;王村有几个船工也跳下去帮着他拉。这样拉的拉、撑的撑,船比以前快得多,一趟又一趟,还不到鸡叫就把全部人马渡完了。部队的负责同志临别的时候向潘永福同志说:"潘区长!谢谢你的帮忙!敌人很快就会侦察到我们在这里过渡!你也要马上离开这里!"

潘永福同志向来觉着工作和休息差别不大,可是这一次碰上了例外:他跑了几十里路,找了半晌人,又拉了多半夜船,算起来已经连续劳动了二十个钟头了。打发部队走后,他本想马上离开王村,只是走到村边,身子便摇晃起来,再勉强走是会摔倒的。王村靠河的那一边,支着一排喂牲口的石槽。这时候,潘永福同志已经走得寸步难挪,就穿着一身湿透了的衣服睡进一个石槽里,一闭上眼就睡着了,等到他一觉醒来,天已大明。他一见天明了就觉着有点不妙,慢慢抬了抬头,一只眼睛沿着石槽边向河边一看,不知几时开来的日军已经把这一段河边的空地坐满了。他不敢坐起,急忙扳住石槽的另一边一骨碌滚出背着敌人这一边的地上来,然后爬起来就往山上跑。不巧的是敌人已经在这山头上放下岗哨,一见有人跑上来就开了枪。潘永福同志往旁边一绕,仍然跑他的。身旁边的飞弹吱吱地越来越密,好在抢了几步跳到一条土胡同里,顺住土胡同可以跑到另一段沁河边,他也不管后边的子弹来得怎样密,反正有土胡同隐蔽着打不到身上,就这样跑到河边游过了水,不到晌午又回到他的区公所。

正因为潘永福同志是这样一个苦干实干的干部,在他影响下的群众都十分喜爱他,到处传颂着他一些出格的故事,甚而还有人加枝添叶地把一些故事神话化。在潘永福同志自己,却不曾有过丝毫居功的表现,平常时候在办公之余,仍然和区公所的同志们扛着锄头或挑着粪桶,去种他们机关开垦的小块荒地,和打短工时代的潘永福的神情没有什么区别。

正因为他喜欢实干,所以坚决反对虚伪的俗套子礼节。一九四九年他被调回县里去作农林科长,区公所的同志们要举行个送别的仪式。这种仪式已经形成了俗套,办法是被送的人走在前边,同事们和一组八音会的音乐跟在后边,慢慢摆开八字步走出区公所所在的村镇,和旧时代的送龙王回宫差不多。潘永福同志根本不赞成这一套,不过在送旁人的时候,怕被送的同志多心,也不便反对;现在轮到了送他自己,他想免一免这套过场。可是有些同志诚心诚意要那样送他,说死说活不让免,他也马马虎虎同意了,等到送他的那天早晨,大家都已经准备好,却不见他出来和大家打招呼,有人进到他屋里去看,床上只剩了一条席子,潘永福同志不知道什么时候就挑着行李走了。这也不奇怪,他原来就是个认为白天和夜里差别不大的人。

经营之才

潘永福同志是实干家,善于作具体的事,而不善于作机关工作。一九四九年他被调到沁水县当农林科长。这时期的农林科是新添的部门,从前没有传统,科技人员又缺乏,虽然挂着个指导农林生产之名,可是和实际的农林生产接不上茬。潘永福同志失去了用武之地,摸索了二年也没有摸索出个道理来——后来换了别人也同样对实际的农林起不到指导作用,原因在于那时候的生产资料还属于个人所有,单纯科技的部门指导不了那样散漫的单位。

一九五一年,潘永福同志又被调到县营农场。这也是个新添的单位,归县里的农林科领导,但是潘永福同志觉着这要比当农林科长的工作具体得多。有他个老相识以为他是降了级,问他犯了什么错误。他说:"我没有犯错误,到这里来是党的需要。"

在一九五一年以前,认识潘永福同志的人,往往单纯以为他是个不避艰难的实干家;自他被调到农场之后,在社会主义革命和社会主义建设阶段里,才又发现他很有经营计划之才,不过他这种才能仍然是从他的实干精神发展来的。为了说明这一点,需要举他三个例子,而且第二个例子比较长一点:

一、开辟农场

沁水县要开辟一个县营农场,而这个农场要具备企业和试验两种性质。地址准备在沁水县东乡的端氏镇,共有土地七十亩,三十亩山地,四十亩平地,职工的住址是镇中间的城隍庙。

潘永福同志到任后,首先感到不合适的是这个住址——上街倒很方便,往地里去便差一点。后来他和镇里交涉,把城隍庙换成了南寺,就比较好些了。

再一个成问题的事就是那三十亩山地。这三十亩地离人住的地方有五里远,还隔着一条小河,土质不好,亩产只是百把斤,不论从企业观点和试验观点看来,价值都不大。可是那时候的土地还是个人所有制,这三十亩地是未被分配过的地主土地,其他已分配了的土地各自有主无法调拨。潘永福同志曾向一个农民提出过调换土地的要求。那个农民提出的条件很苛刻——三十亩远地换他近处一亩菜地,还得倒贴他十石小米。潘永福同志一计算,三十亩地一年的产量也产不够十石小米,三十亩换一亩再贴一年产量,这买卖干不着。

换不成,只有农场自己来种了。潘永福同志是种过远地的。他知道这三十亩地种好了能把产量提高一倍,可是从企业观点上看,提高一倍也还是不合算——共产六千斤粮,按六分一斤折合,共值三百六十元;但想种好须得两个长期农业工人,每人每年工资以二百四十元计,须得四百八十元,一年净赔一百二十元。这买卖还是干不着。

隔了几天,潘永福同志对这三十亩地终于想出了应用的办法。

他见端氏镇的农民种的棉花多，牲畜饲草不足，自己农场养的牲口也要吃草，草价很高，就想到种苜蓿。种苜蓿花的工本都很少，二年之后，三十亩苜蓿除了自己牲口吃了，还能卖很大一部分；再把地边种上核桃树，又能卖树苗，算了算细账，收入金额要超过粮产，而节余下的劳力用到近处的四十亩地里，又能赶出一部分粮来。账算清了，他便把这三十亩远地种成了苜蓿和核桃树。到了一九五三年，端氏镇成立了青峰农业社，更扩大了棉田，牲畜的饲草更感到不足。这时候，农场的三十亩苜蓿已经发育到第三年，根深叶茂，长得有一腿多高，小核桃树也培养得像个样子了。青峰农业社提出来愿意用镇边的十多亩菜地来换农场的三十亩山地和这地里的苜蓿、树苗，潘永福同志一计算，光三十亩苜蓿的收入也要抵住三十亩中等棉花，只讲经济价值农场还吃一点亏，但是为了便于集中经营，把地换得近一点也还是有益的事，所以就换过了。要按当年那个单干农民向农场提出来的苛刻条件，换这十多亩菜地，须得三百多亩山地，还得贴一百多石米。

农场的第三个问题是作农事试验的问题。这事潘永福同志自己不在行，又没有这种专门人材，光靠几个上过短期训练班的技术员，也搞不成什么名堂，和实际农业生产还是碰不了头，对企业收入又要有所妨碍。潘永福同志见当地有些群众有到外地买生产树（即干果、水果、花椒等树）苗的，就想起试种树苗来。他想这样既能满足群众需要，又能兼顾企业收入，是件可干的事，问了问县里，县里也说可以干，于是就决定种树苗，种了几年，群众有树苗可买，十分满意；农场也因此增加了企业收入。后来县里见他这样做的成绩不错，干脆把这农场改为育苗场了。

潘永福同志从开办这个农场起，鉴于场子小、工人少、干部多，有碍企业，就和工人们在田间作同质同量的活，直到一九五四年他被调往文化补习学校学习为止，始终不变。

二、小梁山工地

一九五九年冬,潘永福同志担任沁水县工会的主席,同时他又是中共沁水县委会委员,被领导方面派往县东乡的蒲峪沟经修水库。

这年冬天,沁水县要开两个中型水库——较大的一个是由省投资,名山泽水库;其次一个就是这蒲峪水库,原决定由专区投资,后来因为由专区经修的水库多了些,又改作由县投资;两个库都由县里派人经修。

潘永福同志接受任务后,于十月二十七日随同十三个下放干部来到蒲峪。这时候,各公社派来的民工,离得近的也来了一些;县里早已通知水库附近村庄给他们找下了住处。

潘永福同志先到技术员已经画下的库址上看了一下,又上下跑了一跑,觉着库址有点不合适,不如往下游移一移,找了一会技术员,有人说技术员已经往其他小型水库上去了,过几天才能回来。

库址没有落实,坝基不能挖,只得先找一些别的活做。潘永福同志见工地附近有几孔多年没有住过人的旧土窑洞,就和同来的同志商量先拨些人收拾一下给将来的指挥部用;决定以后,就打发了几个同来的同志到附近村里去找先到的民工,自己也拿了带来的铁锹参加了这项劳动。

他走到一孔破窑洞旁边,见这孔窑洞的门面已经塌了,塌下来的土埋住了口,只剩一个窟窿还能钻进人去。他对这一类地下的土石工活也是老行家,认得该从哪里下手。他看准了土的虚实,就慢慢从上层挖虚土。一会,被拨来的民工也都陆续来了。有几个民工见这里已经有人动开手,也凑到这里来参加。一个民工问潘永福同志说:"你是哪个村人?"潘永福同志说:"嘉峰村的!""参加过水库工作没有？""还没有！"那人见他说没有参加过水库，觉着不足以和他谈水库上的事，就转问另一个民工说："可不知道这库是国库呀还是私库？"那个人回答说："这样大的库，大概是国库吧？"潘永福同志听了莫名其妙，就问他说："怎么还有私库？"那人说："你们没有做过水库工的人不知道：国库是上级决定的，由上级发工资；私库是县里决定的，不发工资，只把做过的劳动日记下来，介绍回自己家里的生产队里作为分红工。我看这个库是私库！""你从什么地方看出来的？""山泽水库是省里决定的。往山泽去的民工，都有公社干部参加带队；来这里的民工，没有人带队，只让各自来：不是私库是什么？""管他是不是国库？把工介绍到队里分红还不一样吗？""怎么会一样？国库的工资高！"潘永福同志觉着他这种看法传播到民工头脑中，对工作很不利，正想批评他一下，另一个民工替他说了话。这个人和原来说话的那个人认识，很不客气地批评他说："你这家伙思想有问题！把工给你介绍回队里去分红，还不和你在家劳动一样吗？你是来修水库来了呀，还是来发财来了？"这个人不说话了。停了一阵，另几个民工又谈起到别的水库上做工的事来——哪个水库吃得好，哪个水库有纪律，哪个水库运输困难，哪个水库吃菜太少……好像他们都是不只在一个水库上做过工的。

　　潘永福同志把他们谈出来的事暗自记在心上，作为自己的参考，并且趁大部分民工还没有发现他是县里派来的领导干部之前，又到其他做零活的民工中参加了两天劳动，访得了更多的参考资料。

　　这时候，民工大部分来了——原调二千人实到一千四五百人；原调三十头牛，实到十三头。人来了就得组织起来干活。全体民工中只有一个公社来了个干部，其余都是各自来的，只好按地区民选干部，经过动员、讨论后，选出班、排、连、营、团各级负责人和司务长、炊事员等。

组织就绪,就应该开工了,只是技术员没有回来,坝基迁移问题不能决定。潘永福同志这时候又想出新主意来。他想:民工住的村庄,离工地都有几里远,每天往返两次,多误一个半钟头,用在工作上的劳力就等于打了八扣,不如就附近打一些窑洞,让全部民工都搬到里边来住;窑洞里挖出来的土垫到坝上,也和取土垫坝一样,并不赔工。主意一定,就从民工中选拔打窑洞行家,共选出四十个人,每人带粗工二十余人,选定了地址,五十多孔窑洞同时开工。此外,牛要吃草,到附近公社去买,运输不便,又决定选出人来在就近坡上割干白草——每割三百斤草算一个工,共割了三万斤,一直喂到来年青草出来还没有用完,改作柴烧了。

山泽和蒲峪两库都开了工,物资、工具、运输力都感到不足。潘永福同志想尽可能靠自己解决一部分困难,就发动民工自报特技:计报出铁匠十人(用五人)、木匠二十六人、石匠十三人、编筐匠二十人(用十人)、修车三人、缝纫一人(愿自带机)、剃头三人、补鞋二人……所用工具、各自有的回家去取,没有的买得来就买,买不到就借,也买不到也借不到的,等铁木工人开了工就地打造。后来各个行业都配备成套,就地试验取得定额,从此蒲峪水库工地上,放牛、割草、割荆、编筐、自己打铁、自己造车、理发店、补鞋摊、缝纫房、中药铺……各行各业,花花朵朵,在这荒无人烟的山谷中,自成一个小天地。有些民工说这里像个小梁山寨,比得有点道理,此是后话。

这样虽然能把一大部分民工临时用在为工程服务的工作上,但总还用不完,正经工总得施。潘永福同志自己对这样工程技术没有学过,只得尊重技术员的安排,把其余工人调到已经制定的坝基上去做清基工作。做了两天,县里派一位李思忠同志到这里来看开工情况。李思忠同志是一位水利工程的老技术员。潘永福同志把他领到工地上,向他说明自己的改变坝基的打算。潘永福同志说:"从这里修坝,库容小,又是运土上坡;往下移一移,库容要比这里大几倍,又是运土下坡,卧管用的石头又能就地起取,不用运输。依我看是移一下合算,可是技术员不在,我自己又是外行,不知道是不是可以!"李思忠同志上下察看了一会说:"你的看法完全对!应该移!"潘永福同志说:"要可以的话,早移一天少浪费好多工。责任完全由我自己负,在技术上我听你一句话!你说可移我马上就停了上边的工,明天就移过来!"李思忠同志又答应了句肯定的话,第二天就移到下边新决定的坝基上重新开了工。

又隔了两天,技术员回来了。潘永福同志先向他说明了迁移坝基经过,并问他还有没有不同的意见,技术员表示完全同意。潘永福同志又请他测算一下两个库址投工、投资、容水等项的差别,计算的结果是:原来的需工四十三万个,现在的是四十五万个;原来的需资二十五万元,现在的是三十万元;原来的可容水八十万方,现在的是三百万方。潘永福对于土石方工程做得多了,一看到投工的数字,觉着和自己的见解有些出入。他向技术员说:"我看用不了那么多的工,因此也用不了那么多的款。要知道原定的坝基是运土上坡,新改的坝基是运土下坡,一上一下,工效要相差两三倍。"

等到清完了坝基筑坝的时候,运起土来就是省劲,一个小车能推三百斤。取土的地形是开始走一段较平的坡,然后才是陡坡,可是到了陡坡边不用再往下推,因为坡太陡,只要一倒,土自己就溜下来了。有人建议用高线运输,潘永福同志说:"用不着!这种没线往下溜,要比高线快得多。""那是技术革新!""这比那还要新!"

在五十里外定购了些石灰。石灰窑上和工地定的条约是一出窑就得全部运走,因为他们怕停放下来遇上了雨淋化了。可是水库工地上只有那十几头牛,每次全部拨去也不够用,何况有时候还有别的运输任务。调牲口调不来,自己烧石灰又没有青石,也是个不好办的事。有人说打窑洞打出来的土里,有一部分蜡姜石(是一种土色的石头,形状像姜,俗名蜡姜石),可以用来烧石灰。潘永福同志用做饭的小火炉试烧了几块,真可以烧成石灰,可是修成烧石灰的窑炉,就烧不成,试了几次都失败了。后来遍问民工谁见过蜡姜烧石灰,有一位姓孔的(忘其名)民工,原籍河南人,说他听说过要在个两头透气的窑洞里烧。潘永福同志根据老孔的启发,捉摸着打了个窑洞又去试烧,结果烧成了。一连烧了几次,取得的经验是一窑可烧一万三千斤,需柴(草柴)六至七千斤,时间是两昼夜零半天一次。一共烧成三十万斤,足够修这个水库用。这一试验成功后,附近各生产队曾派好多人来学习,这时候,已经到了一九六〇年春天,牛已经有青草可吃,把割下来没有喂完的干白草也作了烧石灰的柴。

种地的季节到了,潘永福同志见工地附近也有荒地,也有库容里被征购来而尚未被水占了的地,又有人粪、牛粪,又有用渠道正往外排的水,就想到自己种菜以免收购运输之劳,就又从民工中选出两个种菜能手,自己也参加进去,组成个三人种菜小组——在忙不过来的时候,由下放干部临时帮忙。后来生产的菜,除供全体员工食用外,剩下来的,每个下放干部还缴给县里一千五百斤生产任务。家里没有劳力的民工,有请假回去种自留地的,有特技的民工,因为工作离不开,不能回去种地,安不下心来,潘永福同志允许他们也在工地附近开垦小块土地,利用工地水肥来种植,产品归他自己。

有了这些安排,工程进行得相当顺利。不料到了夏季,发生了点小小变故——请假回家的人逐渐增加,而且往往是一去不回头。潘永福同志一调查,原因是从外边来的。原来山泽、蒲峪两个水库都不是单纯的拦洪库而是有活水的,可是因为地势不同,蒲峪的活水在施工期间可以由渠道排出，而山泽的活水则需要用临时的小库蓄起来。雨季来了，山泽的小库蓄着几万方水，而且逐日增加，一旦来个山洪冲破小库，说不定会把已经做起来的半截坝完全推平。领导方面急了，把山泽未完成的土方分别包给各个公社，限期完成。各个公社怕到期完不成任务，只得增加民工，因为农忙时候劳力难调，有些就把蒲峪请假回去的改派到山泽去。同时，蒲峪库这时已经改为由县投资，"国库"、"私库"那种谣传，也影响得一部分落后的民工，以回家为名，暗自跑往山泽。潘永福同志见这原因不在工地内部，也想不出扭转形势的办法，只好每天向各公社打电话讨索请假回去的人。

有些公社，在潘永福同志去打电话向他们讨人的时候，他们说人走不开，问派些牛来能不能代替。潘永福同志觉着这正是扭转形势唯一的希望，赶紧和他们搞好具体的头数。一两天后，果然来了百余头牛，可是这些牛又都是骨瘦如柴，其中尚有一些带瘟病的。有些民工，认得一些牛是他们村里派往山泽工地的，就向潘永福同志说："潘部长（他们爱称他这个老衔头）！这都是山泽工地上拉车拉垮了的牛！快给他们退回去吧！"潘永福同志说："可是退不得！在没有劳力时候，这也是宝贝！""一个也不能用，算什么宝贝？""在他们那里不能用，到咱们这里就有用了！""为什么？""为什么？他们那里是运土上坡，路上又净是虚土。牛上坡一发喘，再吸上些灰土，就吃不进草去，怎么能不瘦？到咱们这里是运土下坡，开头拉得轻一点，每天少拉几个钟头，还是能养过来的！"潘永福同志收到这批牛之后，先请兽医检查过，把有瘟病的挑出来隔离开治疗，把其余的分为重病、轻病、无病三类：重病号除医药治疗外只放不用，轻病号每天使用四个钟头，瘦而无病的每天使用六个钟头，卸了车以后，都着专人成群赶到附近草坡上放牧。结果是瘟病的死了四头，其余的抢救过来；重病号养了一段时间又能拉车了;轻病号和瘦而无病的在使用中又都逐渐肥胖起来,恢复了正常的体力。原来是山泽把那些瘦牛病牛退还各公社以后,各公社听民工们说蒲峪工地的牛养得很胖,就把这些牛派到蒲峪来养。这也可以说是"两利",这批牛对后来蒲峪工地的继续施工,起到一部分主力作用。

因为民工减少,蒲峪水库直至一九六〇年底,尚欠三万工未得完成,可是投资、投工都比原来的预算节约得多。

三、移矿近炉

一九六〇年秋收时节,各个水利、基建工地要把劳力压缩一部分回农村去收秋,蒲峪工地只剩了三百来人。潘永福同志因为在这里领导修水库,长期把自己负责的工会工作托付给会里其他同志做着,这时候水库工地上人少事少了,便想趁空回县里看看去,于是把工地上的事托付给指挥部的同事们,自己便回到县里。

这时候,县西南乡的中村铁厂,正修建着五里长一段运矿的土铁路,也因为民工回家收秋而几乎停工。潘永福同志要到中村铁厂去,因为他又是县党委委员,县委会便托他顺路看一下有关土铁路的情况。他到达铁厂后,铁厂有人向他反映,有好多矿石已经从山顶用高线运输法运到了一个山沟里,只等这里的土铁路建成才能接运回来,要是土铁路停了工,矿石运不到,铁厂就不能开工。

潘永福同志觉着此事对铁厂关系重大,就到运输现场去观察了一番,见到的情况是这样:采矿的地方离铁厂十八里,地名轧儿腰,在一个山头上,原来有一条路可通胶皮大车。现在全线的运输设计是从矿洞所在的山头上把两条铁线架到个较低的山头上算作第一段高线,再从这较低的山头上把同样的铁线架到山沟底,算作第二段高线。这两段高线已经架通使用起来,只是较低的山头上卸矿和装矿还放不到一个地点,因此第一段溜下来的筐子无法就原筐子转挂到第二段线上,还得这一边倒在地上那一边再拿筐子装起搬运到第二段线头上去挂。现在正在修建的五里土铁路,是准备用来接这已经溜到山沟里的矿石的,不过只能接到沟口的较宽处,再往里边还有二三里路便成了陡岩狭谷无法修通,只好用人担出来再往车上装。潘永福同志看了之后一合计,觉着这样是个傻事:高线上每筐只能装一百斤,狭谷里每人也只能担一百斤。每筐装一次只算五分钟、卸下来倾倒一次只算一分钟,每筐或每担装卸一次共是六分钟,每吨每段就得两个钟头,三段共是六个钟头。需用六个钟头才能把一吨矿石送到土铁路上的车子上,若用胶皮大车运输,走下坡路只架一个辕骡每次也能拉一吨,十八里路往返一次也不过用四个钟头。这套运法且不用说运,光装筐也比胶皮大车慢了。他把他这意见向铁厂的负责同志一说,铁厂同意了他的说法,就把土铁路的工停下来。

  潘永福同志在中村遇上了个老汉,也是旧相识。潘永福同志问他说:"你们这里除了轧儿腰,别处就没有矿吗?""十八条也有!""好不好?""和轧儿腰的一样!""十八条离这里多么远?""就在村西头,离铁厂半里远!""啊?"潘永福同志有点惊奇,接着便又问:"铁厂的人不知道吗?"老汉说:"说不清!人家没有和咱谈过!"潘永福同志又向铁厂说明了这个新的发现,并建议去刨一刨看。结果按照那老汉指点的地方刨出来了,和轧儿腰的矿一个样,只要查明蕴藏量够用的话,就用不着再研究轧儿腰的运输问题了。

  以上三个例子,看来好像也平常,不过是个实利主义,其实经营生产最基本的目的就是为了"实"利,最要不得的作风就只摆花样让人看而不顾"实"利。潘永福同志所着手经营过的与生产有关的事,没有一个关节不是从"实"利出发的,而且凡与"实"利略有抵触,绝不会被他纵容过去。这是从他的实干精神发展来的,而且在他领导别人干的时候,自己始终也不放弃实干。

余　记

　　我对潘永福同志的事，姑且只写出这么多吧！假如同志们关怀到他现在的生活，我可以在这里加一点补叙：他现在在沁水县工会工作，没有随带家属（家属还在嘉峰生产队参加生产），只住了一个房间，房子里除了日用的衣服被褥外，没有什么坛坛罐罐。因为县工会只有五个人的编制，经常下厂矿平均就有三个，立不起灶，都在县委会的灶上吃饭。他的衣服比他打短工时代好一点，但也还不超过翻身农民，和民工在一起，光凭衣服你还不会发现他是干部。按他应得到的干部待遇，下厂矿或工地可以骑骡子（因为山里行车不便，所以有此规定），但是他在百里之内，要不带笨重的东西，他仍是要步行的；要和挑东西的人在一块走，他觉着空走着还有点不好意思，因此在上水库工地的时候，还要捎带一二十斤炸药或三两根钻条。

1961年3月10日写于山西长治。